Thomas le Rimeur

Ouvrage publié sous la direction de
Jean-Laurent Del Socorro

Gestion de projet : Gaëlle Giroulet
Couverture © Zariel
Mise en page : Audrey Gineux
Correction : Valentine Beau et Gaëlle Giroulet

45, chemin du Peney, 73000 Chambéry
www.editions-actusf.fr
ISBN : 978-2-37686-362-5

ELLEN KUSHNER

THOMAS LE RIMEUR

Perles d'épice

UNE COLLECTION ACTUSF

Thomas le Rimeur

Traduit de l'américain par Béatrice Vierne

Titre original :
THOMAS THE RHYMER

À ceux qui sont déjà partis :
Sir Walter Scott Belle et Hyman Lupeson Rose
et Boris Kushner
Joy Chute et les Juifs d'York, 1190

PREMIÈRE PARTIE

Gavin

Jamais violoneux pour les jours de fête
N'eut la main plus leste que Jack Orion,
Si bien que les belles en perdaient la tête,
Séduites par le chant de son violon.

De l'océan il eût tiré le sel,
Et de la carrière le marbre blanc,
Le lait du doux téton de la pucelle,
N'eût-elle jamais eu le moindre enfant.

Chanson traditionnelle et A.L. LLOYD
(tirée de *Child ballad* n° 67, « Glasgerion »)

MOI, JE SUIS PAS UN CONTEUR D'HISTOIRES, un vrai comme le Rimeur. J'ai pas sa voix de velours, ni sa langue bien pendue. Je connais bien quelques airs, comme tout le monde, mais ils ont rien à voir avec les siens : c'est pas à moi qu'il faut demander des chansons dans lesquelles d'aimables filles franchissent à gué sept rivières par amour pour un perfide, de ces ritournelles si douces-amères qu'elles tirent les larmes aux vieux soldats les mieux aguerris ; non plus que des refrains joyeux où des ladres cousus d'or se font soulager de leur bien à la faveur d'une parole prise à rebours ou d'une plaisanterie si bien tournée qu'un vieux grigou d'oncle qui a fait main basse sur un douaire peut quand même en rire sans prendre ombrage. Ma foi, c'est un pouvoir, pour sûr, cette musique et ces paroles, et moi, je l'ai pas, c'est clair.

Cela dit, je suis pas sûr que j'en voudrais, de ce pouvoir, même si on me l'offrait. Un des récits de Tom, justement, a pour héros Jock of the Knowe qui rentrait chez lui de la foire de Mellerstain avec une figure longue d'une aune, vu qu'il avait fait tout ce chemin avec sa vieille vache courte-corne pour la vendre, mais que personne en avait voulu. Alors voilà mon Jock qui s'en revient chez sa bonne femme sans plus d'argent que d'emplettes, et l'hiver qui sera bientôt là. Tout en suivant la route de Mellerstain avec sa vache, il se met à pester contre elle, comme qui dirait en colère : « Qu'est-ce que je donnerais pas pour être débarrassé de toi et pour avoir quelques pièces de bon argent dans ma bourse ? »

Au même instant, il voit sur le bord de la route un homme enveloppé dans un manteau. Et l'homme lui dit : « Bonsoir à toi, Jock of the Knowe. Il est comment, le lait de ta vache courte-corne ? »

Prenant l'inconnu pour un gars de la foire, Jock répond : « Mais voyons, cette vache-là, elle donne un lait mi-crème, mi-miel. Et si elle en donne un seau le matin, le soir, elle en donnera deux. »

Là-dessus, ils se mettent à marchander l'animal. Jock se dit qu'un homme qui court les routes après la foire en quête d'une vache doit en avoir un rude besoin, alors il demande un bon prix. Tout à coup, l'inconnu, un homme de haute taille, lance : « Écoute donc, l'argent c'est bel et bon, mais je peux t'offrir quelque chose qui vaut deux fois plus, vache comprise. » Et de sous son manteau il sort un violon.

Jock lui dit qu'il sait même pas en jouer, mais l'étranger répond : « Ça fait rien, c'est le violon qui jouera pour toi. »

À ces mots, Jock comprend que cet homme du crépuscule doit appartenir à la race des Elfes. Et qu'ils ont besoin du lait de la vache pour nourrir un petit d'homme qu'ils ont volé. Dans ce cas, l'or des fées, s'il l'accepte, peut très bien se transformer en herbe et en feuilles dès le lendemain. Tandis qu'un violon magique, c'est un violon magique ; où qu'on aille, les gens sont toujours prêts à payer une jolie somme pour un peu de musique. Alors, il dit : « Je prends le violon. »

Et en effet, une fois le marché conclu, l'inconnu prend la vache, va se planter tout contre le flanc de la colline et frappe trois fois avec son bâton. Aussitôt, le versant s'ouvre et l'homme et la vache s'y engloutissent, filant tout droit vers le Pays des Elfes. Quant à Jock, avec. son violon, il mange tous les jours à sa faim – mais il a plus un seul jour de repos, vu que les gens d'un bout à l'autre de la contrée lui réclament sa musique pour leurs bals, leurs noces et tout le reste. Quant à sa bonne femme, elle voit plus guère que l'argent qu'il rapporte, car il est plus jamais chez lui à présent. Oh, et chaque fois que revient la première nuit de mai, qui est nuit de fête chez les Fées, Jock s'en va jusqu'à la colline jouer du violon. Il en voit sortir une armée de magnifiques personnages qui sont les seigneurs et les dames du Pays des Elfes et qui dansent toute la nuit au son de son crincrin, au point qu'il en a mal aux bras et les doigts tout endoloris.

Telles que je vois les choses, c'est pas une vie, ça. Il aurait mieux fait de garder sa vache.

Mais, faut dire que je suis un homme tout simple, moi. Un modeste fermier qui vit là-haut, dans les montagnes, au-dessus du fleuve qu'on appelle Leader Water, avec une épouse, beaucoup de moutons et quelques voisins. Et les vaches, j'en vois que deux fois par an, au marché d'Earl's Market.

Le Rimeur, j'avais jamais aperçu son pareil avant de le voir arriver sur le pas de notre porte.

C'était par une de ces lugubres nuits d'automne, oùsque le vent sifflait comme un chasseur fou appelant les chiens de l'enfer et oùsqu'on sait que la pluie menace. Et pour sûr, elle a pas tardé à tomber dru, martelant toit et volets, sans compter quelques solides giclées dans la cheminée, si bien que le feu enfumait la pièce. Ma Meg, pourtant, restait assise à sa place, toute proprette, occupée à coudre une chemise pour l'aîné à sa nièce, là-bas du côté de Rutherford. Moi, j'avais un panier à raccommoder, bien content de savoir mon troupeau déjà dans ses enclos, par cette vilaine nuit. Entre la lumière des chandelles, avec leur mèche en jonc, et l'éclat du feu, on y voyait assez pour travailler, ou peut-être bien que nos doigts se rappelaient ce qu'ils avaient à faire.

Ces temps derniers, faut dire, la lumière est plus aussi vive qu'avant.

Et puis voilà que le chien couché à mes pieds, ça devait être Tray, le fils à notre vieille Belta, voilà que Tray donc se raidit comme s'il avait entendu quelque chose, même si mes oreilles à moi avaient rien saisi du tout par-dessus le boucan que faisaient le vent et la pluie.

« Tout doux, mon gars, que je lui dis, comme on dit à un chien qui a la frousse. Calme, le chien. Gros bêta qu'a peur d'un peu de mauvais temps. »

Ma Meg lève le nez. « Oh, Gavin, qu'elle dit, sa voix claire passant par-dessus la tempête, Gavin, c'est une de ces nuits où les morts sont de sortie, c'est moi qui te le dis. »

À l'entendre, il me semblait qu'elle s'apprêtait à me conter une de ses histoires. Ça va bien avec les nuits noires, ces récits-là ; comme celui de cet esprit sans repos, le Seigneur de Traquair, qui chevauche par les nuits d'orage à la recherche de l'épouse qu'il a assassinée dans un accès de rage jalouse, afin de lui demander pardon… mais voilà bien longtemps que le corps de l'innocente est retombé en poussière et que son âme est au ciel. C'est arrivé à moins d'une journée de marche d'ici, de l'autre côté du fleuve, voilà déjà pas mal d'années.

« La Meute Sauvage est en marche ce soir. » Le conte fantastique avait allumé une lueur dans les yeux de Meg. « Les chasseurs montent des chevaux aux naseaux rouges comme des braises et pourchassent les âmes des méchants, privées de repos à cause de… » Au même instant, elle a levé la tête brusquement. « Gavin, on frappe à la porte. »

J'ai cru d'abord que ces mots faisaient encore partie de l'histoire, puis j'ai entendu à mon tour : des coups sourds, trop réguliers pour être dus au vent ou à la pluie.

À côté de moi, Tray grondait, le poil hérissé. J'ai gardé une main sur sa tête, vu qu'on peut jamais savoir quel genre d'homme court les routes par une nuit comme celle-là : romanichel, vagabond ou démon de l'enfer. Dans l'autre main, j'ai pris une torche et je suis allé ôter la barre qui bloquait la porte, mon brave Tray sur les talons.

Devant moi se tenait un bossu immense et trempé de pluie, une épaule plus haute que l'autre sous son manteau noir et boueux qui dégoulinait. Il a repoussé son capuchon au moment où je levais ma lumière en direction de son visage. J'ai vu un homme jeune, sans barbe, même s'il avait le menton mal rasé du voyageur, avec des cheveux sombres qui lui tombaient dans les yeux.

« Dieu bénisse cette demeure », qu'il nous dit, ce qui est pas le salut d'un homme sans Dieu, ni de ceux qui appartiennent au Peuple des Autres. Tray a grondé. « Oui, lui répond l'inconnu, j'ai fait bon voyage, merci – encore que j'aurais pu être un peu plus au sec. Et que penses-tu, toi, de cette nouvelle mode des jarretières jaunes ? »

Je l'ai dévisagé fixement. « Vous parlez au chien », que j'ai dit.

L'étranger a secoué la tête pour empêcher l'eau de lui couler dans les yeux. « Ma foi, c'est lui qui a engagé la conversation. Je ne voulais pas être mal poli. Ça fait si mauvaise impression. » Pour autant que j'aie pu voir, dans la lumière vacillante, il parlait sérieusement.

« Gavin, lance Meg, prends donc garde au vent qui fait courant d'air... » Ce qui était sa façon de me dire de pas rester planté là, les yeux écarquillés.

Bon, avant de construire la maison on avait fait bénir les pierres et y avait du sorbier au-dessus de la porte, pour tenir à distance ces Autres dont je vous parlais. Et la sainte charité nous commande d'héberger les simples d'esprit. Alors : « Que la paix accompagne tous ceux qui pénètrent en ce lieu », que j'ai marmonné au plus vite, avant de m'écarter pour laisser entrer le fou bossu.

« Je vous remercie. » Il a dû courber la tête pour passer sous le linteau. En approchant de l'âtre, il a vu Meg assise au coin du feu. Sans quitter son manteau gorgé d'eau, il s'est incliné devant ma bonne femme comme devant une reine. Rien qu'à entendre sa voix, j'ai su qu'elle souriait en disant : « Bienvenue dans notre demeure, joueur de harpe. »

Et pour sûr, il a enlevé la « bosse » qu'il avait sur l'épaule : une harpe solidement ficelée dans de la toile cirée. Tandis que Meg s'activait à mouiller une poignée de farine pour faire des galettes dans l'âtre et mettait du lait à chauffer sur le feu, il a ôté son manteau – où y avait plus de boue que de laine – et si une puissante odeur de mouton trempé a envahi la pièce, c'était pas nouveau.

Des fois, pendant qu'on est en train de faire une chose ou d'y penser, une autre vous passe brusquement par la tête, une image vous traverse l'esprit. C'est ce qui m'est arrivé à ce moment-là : l'homme s'est retourné pour s'asseoir et tout à coup, comme un éclair, j'ai vu un jour de grand soleil à Earl's Market, avec, je vous le donne en mille, une femme en train de gaver une oie ! J'ai regardé notre visiteur de plus près. Il avait le teint pâle, une peau de jeune fille et, sous l'effet de la chaleur qui revenait en lui, la rougeur lui montait aux joues comme la honte du pécheur. Le bas de ses manches était mouillé ; il a tendu les mains vers le feu et j'ai vu un mince tissu de laine, vivement coloré par une de ces teintures étrangères comme on en voit guère par ici. Malheureusement, la teinture avait coulé sur les poignets blancs de sa chemise. Sous l'un des deux, j'ai entrevu l'éclat d'un bracelet d'or ; il a remarqué mon regard, mais il a pas cherché pour autant à cacher le bijou. Il avait de vraies mains de joueur de harpe, longues et souples, la peau bien lisse.

Meg lui a tendu la coupe de bienvenue, en disant :

« Moi, je suis Meg, et celui-ci, c'est mon bonhomme Gavin, fils de Coll Blacksides. » Nous autres, par ici, on s'en tient aux vieux usages; donc il était tout naturel de lui faire connaître les noms de ceux qui l'accueillaient, alors qu'il était, lui, aucunement tenu de nous dire le sien, mais simplement d'accepter notre hospitalité si c'était pas contraire à son honneur ou à celui de sa famille.

Le joueur de harpe a été secoué par un frisson, comme s'il cherchait à chasser tout à fait le froid qui l'avait transi jusqu'à l'os, et il a lampé une longue gorgée du posset de Meg. « Jamais roi n'a été si bien régalé », qu'il lui a dit. Meg, elle écoute pas volontiers les sornettes et elle lui a lancé le genre de regard qu'elle réserve aux mioches difficiles ou aux poulets qui s'échappent de la basse-cour. Il a toussoté, lui a décoché un sourire mielleux, a toussé de nouveau pour s'éclaircir la gorge et a repris d'une voix encore plus sucrée : « Ah, commère, vous croyez que je veux vous flatter ! Et en effet, en vertu de quoi croiriez vous sur parole un pauvre voyageur qui traîne dans les pans de son manteau plus de boue qu'il n'en a laissé sur la route et dont la figure a de quoi effrayer jusqu'aux épouvantails du vallon ? Est-ce là, vous dites-vous, un homme digne de se présenter devant Sa Majesté, notre roi ? Mais, je vous en supplie, imaginez-moi lavé et peigné, les pieds et tout le corps au sec, une chanson aux lèvres et la harpe à la main. Car c'est ainsi que j'ai joué devant le roi en personne, à Roxburgh. Il était alors en train de festoyer, et j'ai eu le plaisir de contempler les mets que l'on posait sur sa table. » Il a hoché la tête, d'un air grave. « Oui, je les ai contemplés, mais sans y goûter, car les joueurs de harpe sont aux rois ce que notre ami que voici est pour vous... » en indiquant de la tête Tray qui somnolait d'un œil à mes pieds, inquiet de sentir sa présence. « Ah, j'ai regardé notre bon roi se régaler de pain blanc et de moelle — et tout comme vous, il jette parfois quelques miettes aux chiens. » Et sous couvert de se gratter la tête, il a levé le bras de façon à faire retomber sa manche en arrière et à nous laisser voir le bracelet d'or.

Ma foi, si vous voulez mon avis, fallait être un vrai benêt pour prendre un tel risque en voulant faire le fanfaron : comment qu'il savait qu'on n'allait pas l'assassiner et le lui voler, son bracelet ? Je me suis même demandé depuis combien de temps il courait les routes, notre ménestrel ; pas bien longtemps pour pas songer à ce genre de chose.

Quand même, j'étais curieux d'en entendre plus : j'ai pas beaucoup voyagé, moi qui vous parle, mais je suis toujours content d'avoir des nouvelles du vaste monde, et un bon récit est bien accueilli partout. On voit guère passer de gens, dans nos régions, mis à part un moine de temps à autre.

« Messire », que j'ai commencé.

Mais aussitôt, il a levé une de ses mains, fort joliment, comme pour arrêter une procession. « Bonhomme, qu'il dit, je ne mérite pas ce titre, non plus d'ailleurs qu'aucun autre. Je ne suis qu'un pauvre hère à qui Dieu a bien voulu donner quelque talent pour la musique et les couplets et qui a eu la chance de plaire aux princes de la terre. »

Bon, je suis pas du genre à me jeter la pierre, uniquement parce que d'autres me la jettent ; mais mal gré toutes ses belles paroles, un homme plus âgé aurait mieux tourné la chose, alors je me suis pas du tout senti en faute. Oh, il était vif et malin, c'est sûr. N'empêche qu'il y a toute la place voulue pour nous tous en ce bas monde.

J'ai rien répondu et Meg a fait du fracas dans l'âtre, en retournant les galettes. Le regard du ménestrel fait le va-et-vient entre nous, et puis son visage s'éclaire comme celui de certains jeunes chiens que j'ai connus, qui tentent de détourner votre attention des saletés qu'ils ont faites en allant vous chercher leur balle.

« Voyons, mes amis, qu'il dit, je suis sûr que vous avez déjà entendu l'histoire du Chat qui disait la Vérité aux Rois ?

— Non, répond Meg, jamais. » Je sentais bien qu'elle avait envie de l'entendre, mais c'est une femme de bon sens que ma Meg. « Et vous, vous avez entendu le récit du freluquet qui parlait tant que la langue a fini par lui tomber ? »

L'éclat de rire du voyageur s'est achevé en quinte de toux. « Non, je ne le connais pas, qu'il dit d'une voix enrouée. Racontez-le-moi, je vous en prie, car je suis toujours à l'affût d'histoires étranges et invraisemblables qui me permettront de distraire les gens au cours de mes voyages. »

J'ai retenu mon souffle, prêt à l'entendre se faire moucher par Meg. Toute jeunette déjà, elle avait pas l'habitude de s'en laisser redire. Les coins de sa bouche se sont abaissés, avant de remonter. Elle est partie d'un grand rire, un vrai, pas un petit rire coincé comme celui du joueur de harpe.

« Je veux bien croire, qu'elle dit, que vous en connaissez de belles. Et on sera ravis de les entendre quand vous aurez quitté ces habits mouillés et mangé un morceau. Pour le moment, vous aurez qu'à prendre la cape à Gavin qu'est bien sèche et vous dormirez au coin du feu cette nuit. »

Il a ouvert ses mains, qui étaient vides. « Vous comprenez bien que… je n'ai rien à vous donner.

— Tcha ! » Le temps d'un éclair, Meg est passée du doux à l'aigre. « Jeune homme, serait-ce que vous prenez notre maison pour la Foire de la Saint-Michel ? Il est pas question de commerce ici. Bien, et maintenant, vous avez eu une dure journée, alors vous allez finir votre posset et vous allonger bien gentiment devant le feu. Et demain, quand vos habits seront secs, on vous les rendra, après quoi vous serez libre de repartir à toutes jambes vers le lieu où vous êtes si pressé d'arriver.

— Vous êtes bien bonne. » Il y avait comme de la surprise dans sa voix. Le ménestrel a toussé. Puis il s'est levé, à croire qu'il se trouvait dans la salle d'honneur d'un seigneur. Mon vieux manteau lui descendait pas plus bas que le genou, mais il tombait de ses robustes épaules mieux qu'il était jamais tombé des miennes.

« Mon nom est Thomas. On m'appelle le Joueur de Harpe, et parfois aussi le Rimeur, quand je me mêle de faire quelque chose de nouveau, au lieu de voler leurs chansons aux morts.

— Cette manie d'avoir toujours du nouveau, a lancé Meg avec un reniflement de mépris. Ya pas de déshonneur à s'en tenir à ce qui est ancien et éprouvé. »

Thomas a souri. « Eh oui, cette manie du nouveau. Mais les seigneurs qui détiennent les anciens fiefs aiment les entendre honorer par de nouvelles chansons. Et qui sommes-nous pour leur tenir tête ?

— Moi, j'en ai jamais eu l'occasion », dit Meg d'un petit ton pincé. Je sais bien quand elle s'amuse, moi, quoi que puissent en penser les autres. « À présent, Tom le Joueur de Harpe, prends ta galette dans l'âtre avant qu'elle brûle, et si tu veux un peu de miel dessus, y en a dans le pot. »

Il a toussé encore une fois et s'est penché pour ramasser la galette d'avoine. Meg a dit : « Du miel », en lui en donnant. « Et de la tisane de marrube, et un bon morceau de laine bien graissée autour de ton cou. Tu m'as l'air parti pour tomber fort joliment malade, ce qui a rien d'étonnant, à vouloir franchir nos collines par une tempête pareille.

— Je vais très bien », qu'il croasse d'une voix de corbeau. Mais presque aussitôt le voilà en train de boire la tisane de Meg, et je peux vous dire qu'il a pas fière allure, recroquevillé au coin du feu. Et pour le coup, sa toux s'aggrave. Meg connaît tout ça ; elle a soigné plus d'un marmouset des deux côtés du fleuve. À l'heure qu'il est, le joueur de harpe se sent si mal qu'il en oublie même de la remercier par de belles paroles. « Ça ne doit pas durer, qu'il dit d'un ton rauque, je n'aurai plus de voix !

— C'est pas grave, qu'elle dit pour le consoler, t'auras toujours ta harpe. »

Le ménestrel rit, ce qui déclenche une nouvelle quinte. « Pour ça oui, elle pourra leur fournir toutes les mesures pour danser. » Il soulève le paquet bien enveloppé, déroule la toile cirée et le tissu de laine avec moins de soin que j'aurais cru. Puis il lève la harpe bien haut, et elle est pas belle à voir, fracassée d'un côté, avec les cordes qui frétillent dans un bruit de ferraille autour des débris de bois.

« Voyez donc l'instrument de Thomas le Joueur de Harpe. Un don que je dois aux esprits du grand chemin, qui ont jugé bon de placer sous mon pied une portion de route particulièrement glissante, juste à côté de quelques fort beaux échantillons de rochers.

— Tu dois être douloureusement meurtri dans ce cas », dit Meg doucement.

Il a haussé les épaules, toussé et craché dans le feu. « Je n'en ai même pas eu l'occasion ; je suis tombé sur ma pauvre chérie comme un nigaud de marin ivre en bordée. Et je l'ai laissée dans un bel état, pas vrai, mon cœur ? »

Il a remballé sa harpe en toussant.

« On pourra la réparer ?

— Peut-être à Dalkeith. » Cette fois, il nous a clairement montré son bracelet ; entièrement couvert de volutes, comme une porte d'église, qu'il était. « L'or blanc et l'or jaune. C'est du roi que je le tiens, et je voulais le garder en souvenir – comme un des chevaliers de mes ballades. Quelle idée sotte et vaine ! Mais à présent, il va m'ouvrir le chemin de la musique. » Le poignet qu'enserrait la babiole commençait à trembler de fièvre. « Des cercles, voyez-vous, des anneaux autour d'autres anneaux. Entre les rimes et les rythmes, les chansons et les histoires, on voit se former les dessins les plus étranges.

Gavin, me glisse Meg à l'oreille, je veux deux toisons de la remise, pour lui servir de couche. Thomas, repose-toi à présent. Tout ce qui est cassé se répare. »

Le visage qu'il a tourné vers elle reflétait toute la misère du monde, aussi lugubre que les collines avant une chute de neige. « Vous croyez ? Alors c'est que je suis arrivé dans un vrai pays des merveilles.

— Repose-toi à présent, qu'elle a répété. Tu te sentiras mieux demain matin. »

Mais le lendemain matin, le joueur de harpe paraissait pas mieux, et il se sentait sans doute encore plus mal. Il est resté étendu devant l'âtre, les yeux brillants, le visage blême, avec une tache rouge sur chaque joue, et il arrêtait pas de tousser. S'il songeait encore à ses autres soucis, il pouvait rien y faire. Meg l'a soigné de son mieux, le régalant de ses tisanes et de sa compagnie : elle est restée assise à côté de lui, avec entre les mains un bien bel ouvrage qu'elle sort que si elle doit se tenir tranquille. La façon qu'elle a, ma bonne femme, de vaquer à son ouvrage, et au feu, et au jeune voyageur dans son délire, et aux cent autres choses qu'y a toujours à faire, à nos propres ennuis et à ceux d'autrui, voilà qui m'a toujours émerveillé. C'est comme dans la chanson :

Elle est tout ce qu'il y a de gracieux,
Son esprit est avenant,
Le travail de ses mains est beau.

La pluie tombait toujours, en bruine légère. Toute la matinée, je me suis activé autour des enclos à moutons, puis je suis rentré à la maison pour trouver mes deux oiseaux encore à jaser.

« Gavin, me dit Meg, Tom m'a raconté le grand banquet de la Toussaint qui se tient au château de Roxburgh, avec des feux de joie, de la bière brune et tout ça. Et des histoires aussi, tout au long de la nuit, pour attendre l'aube, en sorte que les esprits osent pas approcher.

— C'est déjà quelque chose, que j'ai dit en prenant quelques-unes des galettes que ma bonne femme avait disposées dans l'âtre. Je me suis laissé dire que c'est un endroit magnifique, Roxburgh. »

Un sourire a flotté sur les lèvres desséchées du joueur de harpe. « C'est de là que j'arrive. C'est un bel endroit, certes, mais les ducs et les rois eux mêmes ont leurs ennuis. Sa Majesté a quitté la place pour un autre de ses fiefs, et à présent le duc est tristement harcelé par les voleurs de bétail. Alors, ses chevaliers sortent la nuit à la poursuite des malandrins, et ils repartent à l'aube chasser le cerf pour approvisionner sa table. Et le soir, la salle des banquets ne respire pas la joie de vivre ; chacun d'y ronfler et d'y somnoler bercé par les accents de la harpe, et même les chants de bataille les plus féroces ne parviennent pas à les tenir éveillés.

— Dans ce cas, c'est pas l'endroit rêvé pour un joueur de harpe. » Ça, j'étais capable de le com prendre. « Donc t'as pris la poudre d'escampette ?

— Tout juste.

— Avec la permission de ton seigneur ? »

Il m'a foudroyé du regard, comme si je l'avais accusé d'avoir fait rôtir au four un bébé tout cru.

« Aucun homme n'a de droits sur moi. » Il s'est remis à tousser, mais il a interrompu sa quinte par un éclat de rire.

Il a fini par reprendre sa respiration pour ajouter. « Et aucune femme non plus, d'ailleurs. »

En entendant ça, Meg relève brusquement la tête pour le dévisager, et moi aussi je me demande si on a pas affaire à un débauché. C'est une chose qu'on reproche souvent aux ménestrels. Et pourtant, y en a de bien mal bâtis : aveugles, ou boiteux, comme si la musique était un don accordé par le ciel pour les dédommager de ce qui leur manque. Ce drôle-là, pourtant, aurait jamais de mal à faire le galant.

Il a très bien remarqué de quel œil Meg le regardait et il a aussitôt changé de refrain en demandant : « Quel est donc cet ouvrage auquel vous travaillez ? Je n'ai jamais rien vu de pareil. » Il s'adressait toujours à Meg fort honnêtement, comme s'il avait affaire à la maîtresse d'une demeure splendide.

Elle a soulevé le morceau d'étoffe. « C'est un Arbre de Vie. C'est ma mère qui m'a donné le modèle, et elle le tenait de la sienne. Les gens de par ici font pas ce genre d'ouvrage ; ils préfèrent tisser la laine. Mais nous autres, on en a toujours fait. C'est pour un berceau d'enfant. Pas un enfant en particulier... n'importe quel enfant. Ça m'étonnerait que je finisse celui-ci.

— Oh, si, il le faut », qu'il s'est écrié si fort que ça l'a fait tousser de nouveau, mais il a continué avec fougue : « C'est comme un petit univers. Vous créez un petit univers. Toutes ces bêtes, ces oiseaux, ces feuilles... Je voudrais que vous puissiez voir les couleurs dont se servent les grandes dames pour broder. Si fines, si chatoyantes. Il vous faudrait – tenez ! »

Et le voilà qui se met à tirer sur sa manche élimée, comme un moineau, cherchant à en sortir un fil éclatant pour le donner à Meg. « Mettez-moi dans votre Arbre de Vie.

— Allonge-toi donc, aboie Meg, et couvre-toi. Tu vas attraper ta mort. » Mais le fil est devenu le jabot d'un pinson ; et plus tard, Meg a réparé la manche avec notre bonne laine brune.

Grâce aux soins de ma bonne femme, le joueur de harpe a été sur pied au bout de quelques jours. Il est resté à la maison, la gorge entourée de laine, occupé à donner un coup de main à Meg, ou parfois à tripoter sa harpe, taillant des chevilles et changeant les cordes de place jusqu'à ce qu'il ait retrouvé cinq notes bien justes, pour ce que ça lui servait. Plus il se rétablissait, plus il piaffait d'impatience de repartir ; je me suis demandé ce qui l'attendait à Dalkeith, mais par courtoisie, j'ai pas posé de questions. C'était pas contre nous qu'il en avait, notez bien ; mais quand un homme passe son temps à courir de la fenêtre à l'âtre et veut savoir toutes les heures quel temps il fait, on sait bien que le moment est venu pour lui de prendre la route.

À la tombée de la nuit, on s'asseyait au coin du feu. Je regrettais presque que personne soit passé par chez nous ces jours derniers, pour voir notre invité. Il avait bien meilleur aspect à présent, presque digne du palais d'un roi, c'était vrai. Et on avait entendu de sa bouche de nouveaux contes, aussi, que Meg pourrait raconter à son tour pendant les veillées d'hiver. Elle aimait beaucoup celui de la reine des sorcières qui avait clos le ventre de sa bru par un septuple sortilège pour l'empêcher de mettre son enfant au monde, jusqu'au moment où le jeune roi, un fin matois, avait su déjouer les desseins de la sorcière sa mère.

« Celui-là, il faudra le raconter à la prochaine qui te demandera de l'aider à faire ses couches », que j'ai dit à Meg, à quoi elle a répondu, comme je m'y attendais, que j'avais autant de jugeote que mes moutons. Notre ménestrel a pris un air de lapin effaré.

« Je me demande, qu'il a dit très vite, comme pour nous empêcher de nous quereller, si vous connaissez "Les énigmes du Chevalier des Elfes" ?

— Certaines, répond Meg. Mais dis-les donc, toi. »

Il a contemplé le plancher, puis ses mains. « Oui, mais c'est une chanson, vous savez, qu'il dit. Il lui faut la harpe. C'est bien dommage que la mienne soit cassée, parce que j'ai mis en musique quelques nouveaux couplets, et j'aimerais bien les essayer avant de les jouer à Dalkeith. »

Puis il a fait la grimace, secoué la tête, poussé un gros soupir.

« Qu'est-ce qui va pas ? » que j'ai demandé.

Il a levé les yeux et nous a souri. « Personne n'y peut rien. Sans doute vais-je me couvrir de honte, à cette fête, faute d'avoir une harpe convenable, mais c'est comme ça.

— Y aura donc pas d'autres joueurs de harpe, là-bas ? » demande Meg. Elle est toujours prompte à résoudre les problèmes. « T u pourrais en emprunter une.

— Ha ! rétorque Thomas. Une vieille casserole avec des cordes qui piaulent et des chevilles cassées. Pas un des autres joueurs de harpe ne me prêtera un instrument digne de ce nom. »

Meg a ouvert tout grand ses yeux bleus. « Pourquoi non ? T'as l'habitude de les casser ?

— Certainement pas ! »

Il s'est penché vers elle par-dessus le feu.

« Je vais vous dire pourquoi, moi, ma douce : c'est parce que les autres ont peur que je ne leur fasse de l'ombre.

— C'est vrai, ça ? »

Ils se sont regardés dans le blanc des yeux, chacun comme un chien courageux qui veut faire baisser le regard au loup. Je savais plus si je devais rire ou leur jeter un seau d'eau.

« Tu sais quoi, Thomas, que je dis, j'ai pensé à quelque chose. Tel que je te vois là, t'es un ménestrel et tout ça, et pourtant tu peux pas chanter sans ta harpe. Ils sont tous comme ça, les ménestrels ? »

Il m'a jeté un regard, vif mais sans méchanceté.

« Vous, vous avez parlé avec Murray de Thornton :

Et maintenant, mon ami, partez au loin;
Il faut choisir, c'est la harpe ou la rime,
Et il a dit : La harpe, je ne la connais point,
Car chez les ménestrels c'est la langue qui prime.

Ah, les affreux vers de mirliton ! Bien sûr que je peux chanter sans harpe. Qu'aimeriez-vous entendre ? »

Meg a souri dans sa barbe, derrière sa main.

« "Les énigmes du Chevalier des Elfes" ?

— Je vais vous les chanter. J'ai composé de la musique, et j'ai écrit aussi quelques couplets. Ce n'est pas encore fini, bien sûr. Et sans la harpe, ça ne ressemblera peut-être pas à grand-chose...

— Mais chante-les donc quand même, Thomas, chante-les-nous. »

Il s'est assis bien droit, il a toussé, puis il a tiraillé sur ses vêtements pour les remettre en ordre et il s'est éclairci la gorge. « Je n'ai pas encore tout à fait retrouvé ma voix, alors c'est tant pis pour vos oreilles. » Puis il lève la tête et se met à chanter :

Là-bas sur la colline, un Chevalier des Elfes attend,
Il souffle dans son cor, lance un appel fort et strident.
Vers l'est et vers l'ouest, il souffle tant qu'il peut,
Il lance son appel partout où il le veut. Dans mon sein, je voudrais avoir son cor,
Et me trouver dans les bras de celui que j'adore.

Quand sa voix s'est élevée dans notre maison, j'ai senti les poils se hérisser sur ma nuque. Elle était brillante et claire, comme une de ces fenêtres en verre transparent à travers lesquelles on aperçoit une scène au loin, sans même remarquer la vitre.

Ces mots, à peine les a-t-elle dits
Que le chevalier se tient auprès de son lit.
Belle dame, il est ma foi étrange de constater
Qu'au premier son du cor, toujours vous m'appelez.

Et l'histoire de la chanson brillait ainsi à travers la voix de Tom : le seigneur des Elfes venait réclamer l'amour de la dame, celle qui l'avait appelé ; puis il essayait de prendre sa vie après avoir joui d'elle, afin de mettre un terme au pouvoir qu'elle avait sur lui ; mais elle le soumet alors au jeu des énigmes et elle y gagne sa liberté.

Ce qui sonne plus fort que le cor, dites-le-moi
Ce qui perce plus cruellement que l'épine. Dites-le-moi.

Moi, je voyais pas comment ça pouvait être encore mieux avec la harpe. Sa voix déversait les trilles et les flots de notes comme une rivière ou un étourneau, mais sans ressembler pourtant à un babil d'eau ou d'oiseau.

Oh, le tonnerre sonne plus fort que le cor, sachez-le.
Et la douleur perce plus cruellement que l'épine, sachez-le.
Plus vert encore que l'herbe est le courroux,
Et jamais on n'a connu femme pire que vous.

Y avait là des passages que j'avais encore jamais entendus ; mais je saurais pas dire si c'est ainsi qu'on raconte l'histoire de l'autre côté du fleuve, ou si c'est Tom qui les avait inventés.

En finissant, il avait les yeux fermés, ses mains de harpiste posées sur ses deux genoux. Son visage était immobile ; lui aussi était pris par sa chanson.

Meg s'est levée et elle a mis une main de chaque côté de sa figure pour le baiser au front.

« Thomas, qu'elle a dit, avec ou sans harpe, la musique parle vrai chez toi. »

Il l'a regardée droit dans les yeux, mais son visage brûlait d'une espèce de honte, comme si on savait à présent, nous deux Meg, quelque chose qu'il aurait préféré nous cacher.

« La musique, qu'il a répété, à défaut d'autre chose. » Et de hausser les épaules. « Mais ainsi va le monde ; chacun doit gagner son pain comme il peut.

— Voyons, mon gars, que j'ai dit en manière de réprimande, y a pas de honte à faire des chansons. Une bonne chanson, c'est quelque chose d'aussi honnête qu'une roue bien faite, ou qu'une marmite, ou que – ou qu'un peigne, ou que sais-je, moi.

— Une marmite, qu'il répète, ou un peigne. Un honnête artisan. » Il a secoué la tête comme un chien qui veut se débarrasser de ses puces, et puis il a levé le nez pour me regarder avec un sourire malin.

« Ma foi, c'est toujours ça. Peut-être bien que je vais ouvrir boutique : Bonnes rimes à vendre. Contes usés jusqu'à la trame laissés à moitié prix.

— Une boutique, lance Meg en se gaussant de ses ambitions, oui, avec une bonne femme pour tenir la caisse, pendant que tu t'en iras courir les collines toute la sainte journée, en quête de récits et de rimes.

— Il n'y a pas de bonne femme qui vous arrive à la cheville, Maggie l'Affairée », qu'il s'écrie, et il se penche pour poser un baiser sur sa vieille joue ridée ; et allez pas croire qu'elle le gronde pour son effronterie.

« Je m'en vais demain matin, qu'il annonce, et je prie Dieu d'arriver à Dalkeith avant la fin des noces. On doit festoyer pendant plusieurs jours, là-bas, parce que la fille de Cauldshield épouse le baron de Dalkeith, avec force réjouissances et tintement de harpes, psaltérions, hosannas braillés à tue-tête et largesses pour les acrobates, les ménestrels et les ours danseurs. Le duc de Cauldshield m'a convié tout spécialement au mariage – Tom a souri – même si sa jolie fille ne l'a pas fait. Pensez-vous qu'elle goûtera ma nouvelle chanson ? » C'était un sourire entendu et secret, qui m'a déplu.

« Peut-être que oui, peut-être que non, que j'ai dit, mais c'est pas une chanson heureuse à chanter à une jeune mariée.

— Vous croyez ça ? » a demandé le ménestrel, d'un air tout plein de douce bonté et de surprise – et pas au service du bien, que je me suis dit.

« Des dames qui appellent les chevaliers des Elfes ? Possible que ça plaise à l'épouse d'un baron, mais je peux te dire, mon gars, que ça serait guère apprécié par ici !

— Oh, qu'il répond, mais c'est une dame très maligne, voyez-vous ; c'est elle qui gagne à la fin et qui obtient ce qu'elle veut, pour ça comme pour tout le reste. Et vous n'avez donc pas entendu qu'elle se joue du chevalier et qu'elle l'envoie au diable à coups d'énigmes, tout déconfit de ses rebuffades.

— Attention, Thomas, a dit Meg, d'une voix aussi menaçante et sinistre que dans un conte. Prends garde à pas soumettre ta musique à ton orgueil : c'est un serviteur peu courtois, mais un maître cruel. »

Il s'est tourné vers elle avec brusquerie, comme s'il voulait répliquer vertement, mais il a préféré ravaler ses mots. « Je sais, qu'il a dit entre ses dents. Je l'ai remâché plus souvent que vous ne pourriez le croire. Vous avez oublié de préciser que l'orgueil est une sauce amère. Je connais le monde, commère. C'est un endroit bien dur pour ceux d'entre nous qui ne sont pas nés en possession de titres ou de terres. Vous avez beau jeu de trôner devant votre feu, vous, reine des marmites et des casseroles, et vous, roi de l'enclos à moutons, généreux et bons – mais là-bas au-dehors, j'ai vu d'excellents hommes terrassés, j'ai vu de vrais talents qui se sont perdus, faute d'avoir de quoi manger. Personne ne panse la blessure muette, ni ne met de l'or dans le poing fermé, malgré tout ce que Dieu nous ordonne. L'humble ménestrel qui joue de la harpe le soir dans un coin de la salle de son maître pour obtenir de lui du pain, un toit et une caresse sur la tête est un homme transi et sans nom quand le maître est parti.

— Rimeur, dit Meg d'un ton paisible, y a une vérité pour tes chansons.

— Oh, certes. Et elle me vaudra de l'or devant le roi.

— Si c'est de l'or que tu veux.

— Qui n'en veut pas ? » Il a lancé son bracelet en l'air et l'a rattrapé d'une seule main. Et cet éclair doré m'a remis en tête la foire d'Earl's Market, et autre chose encore. Mais je l'ai gardé pour moi.

« L'or du roi, les éloges des nobles et un nom parmi les bonnes gens pour me valoir un lit bien doux partout où je choisis de coucher – ah, et puis une rose de la main d'un jolie fille. » Il regarde Meg, la tête penchée sur le côté, et s'il croit s'attirer ses louanges en lui tenant ce genre de propos, c'est qu'il est plus sot qu'il en a l'air. Et s'il le croit pas, pourquoi caqueter ainsi ?

Meg se contente de faire entendre un petit reniflement et plante férocement son aiguille dans sa toile de lin. « La rose, m'est avis que t'auras aucun mal à l'obtenir. T'es joli garçon et t'as une fort bonne opinion de toi-même. Les rois et les nobles peuvent en penser ce qu'ils voudront et tu les sers de toutes les façons possibles. Pourquoi avec de la musique ? »

D'abord, il a pas su quoi répondre. Puis il se ressaisit et déclare, en haussant les épaules. « C'est un talent.

— Je vois. » Mais on lit si clairement le mépris sur le visage de Meg qu'elle aurait aussi bien pu se contenter d'un grognement. « Comme de faire des marmites ou des peignes ? »

Quelle fine mouche que d'aller retourner ses propres paroles contre lui ! Je me suis rappelé qu'elle en avait fait autant avec Hugh le Rouge, le jour qu'on était venus la courtiser tous les deux. Moi, grand nigaud que j'étais, j'avais gardé le silence, et c'était moi qui avais décroché le gros lot.

Le visage du garçon s'est figé de colère, puis lentement un sourire l'a envahi. « Commère, qu'il dit, je crains d'avoir trouvé mon maître. Je vous laisse le champ libre. » Et s'inclinant jusqu'à terre, il baise la vieille main de Meg, usée par les travaux !

« Mais je vais quand même vous dire une chose, Meg : la prochaine fois que je viendrai, je vous écrirai une chanson spéciale où il n'y aura que du vrai, une chanson que vous seule aimerez et que je ne chanterai qu'à vous seule. »

La prochaine fois. On s'est regardés, Meg et moi, et aucun de nous deux a lu le déplaisir sur le visage de l'autre, mais plutôt une sorte d'espoir, en dépit de tout. Je nierai pas qu'il savait y faire, le Rimeur.

« On verra pour ta chanson spéciale, a grommelé Meg. Tu ferais mieux de laisser là les paroles et d'écrire juste un air de harpe. Je suis pas sûre de m'en remettre à toi pour la vérité.

— Je suis à vos ordres, qu'il a dit avec un grand salut.

— Tant mieux. Je veux que tu fasses quelque chose pour moi.

— Tout ce qu'il vous plaira.

— Alors, tends donc tes deux mains. J'ai un écheveau de laine à mettre en pelote et pour ça les mains de Gavin valent rien du tout, elles sont trop rugueuses. »

Docilement, le joueur de harpe a tendu ses deux mains lisses. Et Meg a défait son tortillon de laine et l'a tendu autour d'elles, les réduisant à l'immobilité pendant qu'elle roulait son fil en pelote bien ronde.

« Tu feras bien de partir au point du jour, qu'elle dit. La journée devrait être belle, mais fraîche – garde ton écharpe autour de ton cou, je remettrai de la graisse dessus avant ton départ. Si tu suis le fleuve, tu devrais atteindre le gué d'Oxton avant la tombée de la nuit ; c'est là qu'habite la fille de ma sœur, elle te logera jusqu'au lendemain – tu veux bien lui porter quelques petites affaires de ma part ?

— Bien sûr », qu'il dit, de ce ton abasourdi que je connais bien, moi aussi, à force d'avoir affaire à Maggie quand elle a une idée dans le crâne. Mais c'est bien difficile de pas se sentir rassuré quand une maîtresse femme vous dorlote ainsi. À présent qu'il était suffisamment à l'aise avec nous pour profiter des bons côtés de la chose, le jeune Thomas a souri.

« Y a-t-il quelques géants que vous aimeriez me voir pourfendre chemin faisant ? »

Meg a tiré sur la laine. « Foin de tes impertinences, mon garçon – et garde donc les mains bien roides, si elles deviennent molles, elles me servent plus de rien. Y a un bon bout de route d'Oxton à Dalkeith ; mais tu le sais aussi bien que moi.

— Oui, je le sais. Mais j'aurais peut-être la chance d'être ramassé par une voiture.

— Pourquoi que tu vas pas tout droit chez le roi ? que j'ai glissé. Probable qu'il te paierait mieux que n'importe quel comte. »

Il est resté un moment sans répondre. Puis, il a dit : « Le roi n'est pas là. Il pourrait aussi bien venir séjourner à Dalkeith qu'ailleurs. Mais dites-moi donc, avez-vous jamais vu le baron de Dalkeith ? Il ne pourrait pas passer par la porte de votre chaumière. Il a les bras gros comme la cuisse et les cuisses grosses comme… comme des jeunes moutons. On dit qu'il faut trois pages pour porter son armure, et que son destrier est le bâtard d'un cheval de labour. Je l'ai vu chez les Cauldfield ; il avale des poulets entiers comme vous avaleriez une pomme. Curieusement, il adore les chansons d'amour et pleure chaque fois qu'il est question de jeunes filles qui se meurent. »

Meg a dit : « J'ai connu une femme, dans le temps, si laide qu'elle était obligée de porter un voile, comme une païenne. Sa lèvre du bas lui pendait jus qu'à la taille, et elle avait les oreilles attachées par un nœud au sommet du crâne. »

Ma foi, en bon ménestrel, il s'est cru obligé d'en rajouter dans les histoires à dormir debout. Il nous a parlé d'un roi païen, Orphée, et de sa femme qu'avait été enlevée et emportée au pays des Elfes par le roi des fées. Mais cet Orphée, comme ça se trouvait, était un grand joueur de harpe, alors il avait suivi sa femme jusqu'au Pays des Elfes, et là il avait tiré les larmes à la Reine des Elfes. Si bien que sa femme avait reçu la permission de regagner notre Monde du Milieu avec lui – seulement elle avait mangé sept noisettes au Pays des Elfes, lesquelles noisettes étant des mets réservés aux fées, les mortels doivent pas se risquer à y toucher ; c'est pour ça que sept jours par an, elle est obligée de retourner vivre dans l'autre contrée.

Et de fil en aiguille, entre les récits à conter et le dîner à manger, voilà qu'il faisait nuit noire et qu'il était temps d'alimenter le feu jusqu'au matin. Et tandis qu'elle étalait sur lui son manteau propre, j'ai entendu Meg murmurer au joueur de harpe : « Regarde bien où tu mets les pieds, tu m'entends, Thomas. »

Et le lendemain, en fermant le manteau de notre invité avec son épingle d'argent, elle a dit : « Tu sais que t'es toujours le bienvenu ici. »

Mais il a eu beau baiser tendrement sa vieille main calleuse et me sourire en plantant droit dans mes yeux son regard lumineux, de longs mois se sont écoulés avant le retour de Thomas.

En franchissant la crête, il a agité le bras pour nous saluer ; avec les corbeaux, y avait guère que lui de noir dans l'univers gris et brun de l'automne.

J'avais le cœur plus lourd que j'aurais voulu, et je savais pas si c'était parce que le joueur de harpe était parti, ou parce que je faisais des cachotteries à ma Meg. Elle s'était toquée du garçon, c'était facile à voir.

Au même instant, elle a poussé un soupir. « Ah, c'est bien un habitant des vallées, ce petit, y pas à dire. Il a pas davantage vu le roi que toi et moi, Gavin. Tiens, on me donnerait un millier de couronnes que je voudrais pas redevenir jeunette, et pourtant Dieu sait que mes vieux os me font souffrir !

— Mais..., que j'ai commencé, comme pour dire : Comment t'as su ?

— Oh, je veux bien croire qu'il y a déjà été à Roxburgh. Une fois. Et si je sais lire dans son cœur, il sera devant le roi dès avant la fin de l'année. Il reviendra quand ça lui chantera. Et, alors, on saura tout, à ce que j'imagine. » Elle s'est retournée vers la chaumière, face au soleil levant. « Bon, eh bien, les bavardages, ça remplit pas les ventres vides – encore qu'à entendre ces poules caqueter, on pourrait croire le contraire ! »

J'ai jamais su comment elle avait deviné que Thomas avait jamais vu le roi. Moi, je lui ai pourtant jamais dit ce que je m'étais rappelé : comment que j'avais vu le ménestrel à Earl's Market.

C'était au printemps dernier, quand on a vendu la majeure partie de notre troupeau, en gardant juste assez de bêtes pour avoir de la laine, parce qu'à présent mes vieux os s'accommodent mieux de tisser que de courir les collines. J'avais mené les moutons au marché, et je peux vous dire que c'était pas une mince besogne ! Jamais j'y serais arrivé sans mon Tray. Le bourg grouillait davantage qu'une fourmilière dans laquelle on vient d'enfoncer un bâton, rempli de moutons, de chèvres et de poulets, et y avait même des vaches et des chevaux, et aussi des toiles, des pains d'épices, des couteaux, des rubans, des fromages, et tout ce qui peut vous être utile dans la vie. Mais le pire, c'était les gens, plus que j'en avais jamais vu, du fait que le comte de March et Dunbar en personne était venu tenir ses assises pour les habitants de ses domaines, là au marché où chacun pouvait venir lui faire connaître ses griefs.

Donc, contre le mur du château, on avait dressé une tente rayée sous laquelle ses gens et lui pouvaient s'asseoir. Pour commencer, la suite du seigneur a fait tout le tour de la foire, ce qui a rendu les animaux fous, de voir tous ces hommes à cheval avec des habits aussi beaux que dans un conte, et la foule qui hurlait et qui les acclamait. Y avait des hérauts pour tout installer comme il fallait, et maintenir l'ordre, parce que c'étaient d'abord les chevaliers qui pouvaient venir porter plainte, et puis les gentilshommes, les tenanciers de terres, et ainsi de suite, jusqu'aux bourgeois, aux paysans et tout le monde. Et pour sûr que ça devait être bien ennuyeux pour le comte, mais chacun ici-bas a sa tâche à remplir.

J'ai été très occupé pendant le plus clair de la journée, avec le troupeau à vendre et tout ce que Meg m'avait chargé d'acheter, sans compter quelques autres babioles qui pourraient lui être utiles, à ce que je pensais. Quand j'ai eu enfin le temps d'aller contempler le comte, les scribes étaient encore à leurs écritures, et les sages à leurs débats. Mais les tables devant eux étaient prêtes pour le repas, et les acrobates et les saltimbanques de la foire étaient tous à l'œuvre, aussi près des pavillons qu'ils en avaient le droit. Sous la tente, à côté de March et Dunbar, se trouvait un joueur de harpe, lequel joueur était personne d'autre que notre ami Thomas. Le comte était en train de lui parler : et que je ris et que je plaisante comme deux bons camarades, et le baladin a joué pendant que le comte et sa suite mangeaient. J'ai essayé de m'approcher assez près pour entendre la musique, mais il m'en parvenait guère qu'un fil ténu sans cesse rompu par la bousculade et le brouhaha de la foule entre nous.

J'avais aucune envie de rester à regarder les assises. À cette heure, j'avais vu assez de monde comme ça, de toute façon. Mais un cri étouffé de la foule m'a fait retourner encore une fois. Le comte avait enlevé un cercle d'or qu'il portait au bras et le levait bien haut pour l'offrir au joueur de harpe. Il a dit je sais pas trop quoi, et le musicien lui a répondu sur le même ton. Les gens prenaient plaisir à les voir. On a beaucoup jasé sur la générosité du seigneur, et j'avais l'intention d'en parler à Meg en rentrant chez nous, mais une chose en amenant une autre, ça m'était sorti de la tête.

Cela dit, y avait aucun moyen de savoir à coup sûr si le bracelet d'or de Thomas le Joueur de Harpe était celui que lui avait donné Dunbar. Mais entre nous, dites, des anneaux d'or, on en reçoit combien par an ?

Non pas que je le lui reproche, d'ailleurs. Un ménestrel gagne sa vie à conter des histoires. Un rimeur, ça vit dans son imagination. Sur ses lèvres, les héros morts côtoient la bouillie d'avoine, pour ainsi dire, à croire qu'il s'agit de ses plus chers amis. Fous et rêveurs qu'ils sont, les rimeurs vivent pas en ce bas monde, comme nous autres. J'y dirais pas en face, à Thomas, mais déjà ils travaillent pas vraiment à la sueur de leur front, pas vrai ? Seulement ma Meg s'était toquée de lui, ça oui, et à coup sûr y a guère de gens qui sont capables de conter une histoire comme Thomas, ou de chanter d'aussi belles chansons.

On a connu un hiver bien dur, avec plus de neige qu'on en avait vu depuis belle lurette, et l'eau gelée jusque dans les ruisseaux. L'automne avait été bon pour nous, cependant, si bien qu'on manquait ni de quoi manger, ni de quoi se chauffer ; on avait rien d'autre à faire qu'à rester au-dedans et à laisser passer la saison froide. Elle s'est terminée brusquement, vers le mois de mars – et alors, comme l'a dit Meg, nous voilà transformés en créatures des mers, nageant dans un océan de boue. Les moutons, ils aimaient pas ça, et les chiens non plus. Enfoncés jusqu'au ventre dans le dégel, qu'ils étaient, et moi obligé à tout moment d'aller les en sortir. Un jour où j'étais justement occupé à les tirer d'affaire, sur un versant de colline, et à me dire que je ferais mieux de les remettre dans l'enclos, quitte à les priver de la première herbe, j'ai entendu le dernier bruit que je m'attendais à entendre : un rire de fille.

Sur le terrain sec du talus derrière moi, je vois arriver Elspeth aux cheveux fauves, la sœur de Iain de la ferme de Huntsleigh : c'est nos voisins et il est pas rare qu'elle nous rende visite, Elspeth, même si c'était la première fois qu'on la revoyait depuis le début de l'hiver. Son frère était un homme fait ; leurs parents ayant trépassé, elle vivait à Huntsleigh avec lui et faisait de son mieux pour aider sa femme avec les marmots ; mais chacun savait bien qu'elle préférait être ici, chez nous, à écouter les histoires de Meg, où bien à courir par monts et par vaux jusqu'aux marchés de Langshaw ou d'Ercildoun, où elle allait vendre le beurre et le fromage pour Iain depuis qu'elle était assez grande pour tenir debout. C'était pas une mauvaise fille, même si elle avait un peu trop la bougeotte. Mais ma Meg jurait que c'était parce qu'elle avait son caractère, tout comme elle-même, et qu'Elspeth ferait une aussi bonne épouse qu'elle, quand elle choisirait.

À en juger sur sa mine, elle pourrait choisir aussitôt qu'elle voudrait. Elle avait le teint rose, les yeux brillants et ses cheveux dénoués entouraient son minois comme le nimbe d'or rouge d'un ange. Quand elle m'a aperçu, elle s'est arrêtée juste au dessus de ma mer de boue. Elle était tout essoufflée d'avoir couru et je lui ai vu des formes que je lui avais encore jamais vues.

« Oh, Gavin, qu'elle halète, riant toujours aux éclats. Il y a une espèce de fou malappris, venu je ne sais d'où, qui hante nos collines et qui s'est mis en tête d'aller se promener avec moi dimanche ! Et il me jure que vous allez plaider sa cause, Meg et vous, du fait qu'il est votre fils adoptif.

— Ma foi, que je réponds, enfoncé jusqu'aux genoux dans la boue et les brebis grosses de leurs agneaux, je suis pas au courant de tout ça, moi. Meg est en bas, au ruisseau, occupée à laver de la toile, pour ce que ça peut servir. »

Et aussitôt la mignonne de détaler, glissant et dérapant jusqu'en bas de la pente rapport à la boue, et elle rit si fort qu'elle tient à peine sur ses jambes. Les gens nous connaissent. On a gardé des enfants, dans notre jeune temps, et Meg a aidé plus d'un mioche des environs à venir au monde, mais c'était la première fois que j'apprenais qu'on avait un fils, adoptif ou autre.

J'ai mieux compris quand une grande silhouette bossue, enveloppée dans un manteau, est apparue en haut du talus.

« Bonjour, Gavin, qu'il me lance poliment, le souffle un peu court. Je suis content de vous voir si gaillard ! »

Cette fois, il arrivait pas les mains vides, Thomas. Il avait une besace au côté et sa harpe bien couverte dans le dos.

« Oh, que je fais, en m'enfonçant encore plus loin dans la boue, épargne-moi donc tous tes beaux discours. Je sais parfaitement que pour toi on est rien d'autre qu'un excellent moyen d'enjôler les belles. » Sous sa longue frange de cheveux bruns, ses yeux ont pétillé. « Ah bon ? Vous l'avez vue passer, alors ?

— Courant comme si le diable lui-même était à ses trousses. J'ai bien peur que t'ailles pas loin avec celle-là, mon gars », que j'ai répondu, histoire de le piquer au vif.

Il a tendu les bras et empoigné les deux miens. La manœuvre était délicate, entre les brebis, la boue, la harpe et tout ça, mais il y est arrivé. « Gavin, c'est bon de vous revoir. J'ai tant de choses à vous raconter – et Meg, elle se porte bien ? »

Y avait de la lassitude dans ses yeux et au coin de ses lèvres. En y regardant de plus près, j'ai vu que ses habits étaient sales et il portait sur lui l'odeur du grand chemin. Je me suis dit qu'un peu plus de boue ferait guère de différence, alors je lui ai demandé de m'aider avec la brebis, et à nous deux on l'a tirée de la fange et précipitée dans un buisson d'ajoncs, pour la tenir au sec.

Tout étonné, j'ai remarqué : « Tu te débrouilles pas si mal avec les bêtes.

— Mes mains ont connu d'autres choses que les harpes, qu'il a répondu, mais il en paraissait pas plus fier que ça.

— Ma foi, que j'ai dit, tu dois avoir besoin d'un bon repas, après tes voyages. Descends donc jusqu'à la maison, on va voir ce que peut faire Meg. Elle sera heureuse de te voir. »

Meg avait du fromage et du pain d'orge, et Elspeth assise dans le coin de la pièce, qui l'aidait à carder la laine.

« Dieu bénisse cette demeure, a dit Thomas, en se courbant pour passer sous le linteau. Et comment va Maggie l'Affairée, par cette boueuse journée ? »

Meg a bondi sur ses pieds pour le serrer dans ses bras, tout sourire.

En dépit de sa fatigue, il a jeté à Elspeth un regard triomphant. Pour la première fois de sa vie sans doute, elle est restée assise avec un air de sainte nitouche, occupée à peigner sa laine comme si elle était une ménagère du commencement des temps. Le ménestrel a enlevé son grand manteau et posé doucement sa harpe dans un coin. Puis il s'est assis au coin du feu pour manger le repas que Meg lui a servi.

« Que c'est bon ! a dit Thomas. C'est le fromage de vos brebis ?

— De nos chèvres, a dit Meg. C'est qu'on a deux chèvres à présent.

— C'est bien ce que je pensais – vous êtes en train de construire l'arche de Noé. La terre ferme se fond en boue et nous allons bientôt partir voguer dessus. Et vous, jolie douce, est-ce que vous nous cardez des voiles d'argent ?

— Pour mettre le cap sur le soleil ? » Elspeth connaissait la chanson. « Vous n'êtes vraiment pas de par ici pour ne pas reconnaître de la vulgaire laine grise quand vous en voyez.

— À ce que je vois, reprend Tom s'adressant à Meg, vous réunissez d'abord les animaux. C'est fort bien. Pourquoi se donner la peine de construire l'arche tant qu'ils ne sont pas tous en rang deux par deux ? On peut dire que j'arrive à point nommé. Je vais aider cette jeune demoiselle à monter à bord. » Elspeth a continué à carder furieusement. « Vous aurez besoin d'un joueur de harpe, vous savez. Pour couvrir les braiments et les aboiements, les miaulements et les croassements, sans parler du clapotis. De la boue. »

Meg m'a souri. « Je vois que t'as plus ton bracelet d'or, Thomas, qu'elle remarque. C'est une harpe neuve que t'as posée dans le coin ?

— Commère, a répondu le ménestrel en fronçant les sourcils, si vous aviez le regard encore plus aiguisé, on pourrait le vendre à la foire en guise de ciseaux. Une harpe neuve, en effet, et jamais à coup sûr vos yeux n'ont rien vu de plus charmant. Je l'ai fait fabriquer précisément selon mes besoins. Le son est encore un peu jeune – c'est ça l'ennui avec les harpes neuves – mais je vous laisserai le soin d'en juger par vous-mêmes quand nous aurons eu, elle et moi, l'occasion de prendre un peu de repos.

— Les harpes sont donc toujours des dames ? demande Elspeth de son coin, où elle continue à carder de plus belle.

— Oh, que non, répond Thomas, il y en a qui sont de vraies mégères.

— C'est quand même dommage, qu'elle dit, qu'un homme se trouve affublé d'une mégère, alors qu'il a payé du bon or pour l'avoir.

— Ma foi, s'il la prend sans même l'avoir essayée, c'est qu'il est d'une rare sottise.

— Si les sots étaient rares, soupire la petite, les harpes n'en auraient peut-être que des accents plus doux. »

Il s'est contenté de sourire, incapable de cacher à quel point il était ravi par ces frustes saillies. Tout autour de lui, l'air crépitait presque de désir. Et elle restait assise à sa place, travaillant la laine, la rusée petite innocente.

« Après le dîner, dit Meg, y aura tout le temps de jouer de la harpe. Pour le moment, j'ai un petit travail pour lequel tu peux donner un coup de main. Elspeth, t'es la bienvenue à notre table, si t'as envie de rester écouter la musique de Tom.

— Oh, répond la petite d'un ton dégagé, ça m'étonnerait que j'en aie le temps. On a grand besoin de moi à la maison.

— Commère, dit Thomas en se penchant en avant pour lui parler, la belle dame de France, épouse de notre roi, m'a dit à peu près la même chose. Comme c'était juste avant le nouvel an, toutes ses dames tiraient l'aiguille comme des possédées pour que les chemises qu'elle voulait offrir au roi et à ses frères soient brodées et prêtes à temps. “Thomas, m'a-t-elle dit, je vous prierais d'avoir la courtoisie (car c'est ainsi que s'expriment les reines) d'emporter hors d'ici votre harpe et votre voix infernales, car nous avons fort à faire – et la dernière fois que vous avez chanté pour nous, nous avons versé des larmes si salées qu'elles ont taché notre soie et que nous avons dû tout recommencer. – Laissez-moi donc vous jouer quelque chose de gai, dans ce cas, ai-je proposé. – Oh, non, Thomas, a-t-elle répondu, car alors nous commencerions à taper du pied, et l'une ou l'autre se piquerait sûrement le doigt encore une fois." Elle m'a foudroyé d'un de ses regards royaux. Or, la reine, figurez-vous, a les yeux de la même cou leur que vous. »

Elspeth a rougi. « Vous mentez.

— Ma foi, peut-être bien que oui, et peut-être bien que non. » Le jeune finaud s'est renversé en arrière, tout content d'avoir piqué son intérêt. « C'est moi qui l'ai vue, pas vous.

— Ah oui ? réplique Elspeth, maligne. Et de quelle couleur sont-ils, ses yeux ?

— De différentes couleurs, qu'il déclare aussitôt du tac au tac. Cela dépend de son humeur. Quand elle est heureuse, ils sont presque du même bleu qu'un lac limpide. Quand elle se désole, ils sont gris comme des nuées d'orage au-dessus du Roc de Blackhope. Et quand elle est en colère (ce qui n'arrive pas souvent, bien sûr), ils lancent des éclairs verts, comme le manteau d'un Elfe disparaissant au milieu des bois par un matin de mai. »

Elspeth, le regard baissé, a pris l'air boudeur. Ses yeux à elle étaient exactement ainsi, et Dieu seul sait comment Thomas s'en était avisé.

« Et qu'avez-vous donc fait, qu'elle a demandé, pour voir la reine en colère ?

— Cruelle dame. Pourquoi croyez-vous que c'était ma faute ?

— Je le devine.

— Ma foi... c'était à propos de ces chemises à broder. J'étais bien décidé à rendre leur besogne plus aisée grâce à ma harpe, alors je me suis mis à jouer. Et dans ma chanson, j'ai mis toute la pitié que j'éprouvais pour les pauvres yeux las de la reine et de ses dames, et pour leurs pauvres doigts meurtris… et savez-vous ce qui est arrivé ?

— Elles se sont endormies. »

Le ménestrel l'a dévisagée fixement. « Oui. Tout juste. Toutes sauf une. Elle avait nom Lilias. Et quand la reine s'est réveillée, c'était une reine fort en colère.

— Ah bon ? répond Elspeth, sans avoir l'air d'y toucher. Et les chemises, les ont-elles jamais finies ?

— Sans doute que oui. » Pauvre garçon ! Pour une fois, il savait vraiment pas quoi dire, qu'il m'a semblé. Je veux bien croire que c'était pas le genre de réponse que lui faisaient les dames de la cour enfin, si elles existaient, elles aussi, ailleurs que dans son imagination. « En tout cas, le roi avait l'air très content, pour la nouvelle année.

— Je m'étonne, a repris Elspeth, qu'elles ne vous aient pas obligé à rattraper le temps perdu par votre faute, en vous faisant coudre à leur place. Ne dit-on pas que les doigts des joueurs de harpe sont fort agiles et bons à toutes choses ? »

Mais, pour finir, elle est restée dîner. Et ensuite, quand Thomas a sorti de son étui sa harpe luisante et que les notes qu'elle égrenait se sont fondues dans les airs comme une brume, la petite Elspeth est restée assise, le menton dans la main, sans le quitter des yeux un seul instant. Il a eu assez de jugeote pour éviter de la regarder pendant tout le temps où il a joué ; il avait les yeux fixés sur d'invisibles collines lointaines, tandis qu'il tirait de sa harpe une douce musique et nous chantait des chansons de voyageurs errants et d'amants séparés. Y avait comme une douloureuse beauté dans sa musique : elle avait pas de quoi faire couler les larmes, mais on a tous été bien contents, tout à coup, d'avoir un toit au-dessus de nos têtes et un feu autour duquel profiter de la compagnie d'autres mortels. Pendant qu'il chantait, le visage de Thomas s'est détendu pour refléter la tranquillité. Meg m'a pris la main et elle a appuyé sa tête sur mon épaule. « Regarde-la, qu'elle m'a murmuré tout doucement, pour pas être entendue des deux autres. Elle croit l'entendre dévoiler les secrets de son cœur en jouant. Et elle a raison, d'ailleurs. On se sent si seul à leur âge. »

Quand Thomas a eu fini, c'est la petite qu'il a regardée en premier. Elle avait les yeux encore tout embrumés de musique. Il a souri, comme pour la remercier de l'avoir écouté, comme s'il lui avait pour de bon longuement parlé de lui-même. Et elle lui a rendu son sourire.

« Il se fait tard, a fini par dire Meg. Tu ferais mieux de te sauver, Elspeth, si tu veux pas être surprise par la nuit.

— Je vais vous raccompagner », a proposé Thomas.

La petite a relevé la tête. « Je n'ai pas besoin d'aide. Je connais le chemin, joueur de harpe, et mieux que vous, j'en suis certaine.

— Quoi qu'il en soit, qu'il a insisté doucement, je vais vous raccompagner. »

Comme le rouge de la gêne, un lent sourire est monté au visage d'Elspeth, qu'elle a essayé pareillement de cacher. « Vous n'avez donc pas assez marché aujourd'hui, joueur de harpe ? Et vous n'aurez pas peur, en revenant tout seul par les collines, dans le noir, peur des lutins et des spectres, et de la jument blanche de Traquair ?

— J'aurai très peur. Mais le souvenir de votre éclatante chevelure me mettra un peu de cœur au ventre. Peut-être pourrais-je en avoir une mèche à offrir…

— Tiens… vous allez donc me céder par petits bouts aux Bonnes Gens pour sauver votre précieuse peau ? C'est vraiment du joli, je dois dire.

— Absolument pas ! Si j'avais une mèche de vos ravissants cheveux, je ne l'échangerais ni contre de l'or, ni contre de l'argent. »

Elle s'est levée brusquement et s'est drapée dans son manteau comme dans un tourbillon de nuées d'orage, en serrant le capuchon autour de sa tête.

« Gavin, Meg, bonne nuit. Que Dieu vous garde, joueur de harpe. »

Mais il était à la porte en même temps qu'elle. « Je vous suis simplement jusqu'en haut de la colline, qu'il a dit, comme cela nous n'aurons rien à craindre. »

Et le voilà qui la suit dehors, dans la nuit humide. Je me suis levé et j'ai pris mon bâton. « Vaut mieux que j'aille m'assurer que les enclos sont bien fermés pour la nuit.

— On les voit parfaitement d'ici, a fait remarquer Meg.

— J'y vais quand même. »

J'ai pas eu honte d'aller me poster à un endroit d'où je pouvais voir le haut de la colline. Je connais Elspeth depuis qu'elle est haute comme trois pommes et qu'une brebis gros-ventre a failli la piétiner. Tout comme je l'avais sauvée de notre bête, je la protégerais, s'il le fallait, de ce nouveau fils adoptif qui nous était tombé du ciel. Mais y a pas eu le moindre baiser d'échangé, et pourtant je gagerais que le Rimeur s'est pas fait faute d'essayer. Je les ai vus s'arrêter un bon moment pour causer, et puis elle s'est enfuie à toutes jambes contre le ciel, le long de la crête, comme une hirondelle, et le garçon s'en est revenu vers la chaumière.

« Je peux vous aider ? qu'il m'a demandé doucement, près des enclos.

— Tout est fait. Rentrons. »

Il était tard, à présent, mais Tom a quand même voulu nous confier ses nouvelles. J'en ai profité pour travailler à un sarcloir en corne, tandis que Meg se mettait à filer.

« Je n'ai pas oublié, qu'il commence, votre bonté envers moi, lors de mon voyage à Dalkeith. Je suis content d'être toujours le bienvenu chez vous. J'ai gardé le souvenir de vous en courant le monde – et parfois il m'a bien aidé, quand la méchanceté des hommes pesait lourd sur mes épaules. Et je me suis souvenu de vous aussi en des temps plus heureux. » Il a fouillé dans son havresac. « Tenez, Gavin, voici une tasse comme on en fait dans l'Ouest – j'ai choisi la plus belle pour vous. » C'était une superbe tasse en terre cuite émaillée, dans une belle teinte bleue que j'avais encore jamais vue. Mais elle était pas uniquement pour faire joli, cela dit : elle avait aussi une bonne poignée bien solide, au cas où le contenu serait très chaud. Je l'ai remercié. Inutile de dire que jamais on accepterait un sou d'un invité, surtout d'un ménestrel ; mais il était courtois de sa part de le savoir et d'apporter des cadeaux. « Et vous, Meg, regardez donc ! » Et il se met à tirer de son sac quelque chose qui ressemble à un nid d'oiseau.

« Qu'en dites-vous – ce sont des soies, Meg, de toutes les couleurs de l'arc-en-ciel ! » Et en effet : des écheveaux de fils si fins qu'on aurait pu les faire rentrer dans une coquille de noix, teints dans les couleurs les plus vives. Thomas les a allongés sur les genoux de Meg, mais elle arrêtait pas de les tripoter du bout des doigts, sans se soucier de les sentir accrocher contre sa peau rugueuse.

Ah, qu'elle était donc contente ! Même si elle s'efforçait de pas le montrer, en disant d'abord : « Oh, elles sont bien trop belles pour moi ! Voyons, Thomas, on dirait des vitraux d'église – que viendraient-elles faire sur ma pauvre toile ? » Et en demandant ensuite : « Où tu te les es donc procurées, ces soies ? T'as dévalisé un navire étranger ? Ou bien tu les as quémandées à la reine ? »

Là, elle a dû tomber à peu près juste, vu qu'il a cessé de faire des manières pour répondre : « Précisément. Je lui ai dit que je connaissais une dame qui l'égalait presque par sa grâce, son adresse et sa bonté, et à l'aiguille de laquelle il ne manquait que de telles soies pour que son ouvrage fût parfait. Elle…

— Tom, l'a interrompu Meg, l'air grave, faut pas dire des choses pareilles. Nous autres humains, on connaît pas la perfection. On pourrait t'entendre là-haut. » Il avait l'air si déconfit qu'elle a ajouté : « Et d'ailleurs, je crois pas une seconde que t'as dit tout ça à la reine française. Sait-elle seulement notre langue, je me le demande ?

— Bien sûr qu'elle la sait ! Elle a passé des années à l'apprendre dans son pays, avant d'épouser notre roi. Mais la langue lui fourche parfois : quand elle veut dire "Je crois", on entend "Je cois" ! Ça nous a fait rire, alors le roi nous a confié les gens de sa suite, des seigneurs de France et des nourrices, et il en a fait un bien joyeux spectacle. Mais les chanteurs venus de France, a continué Tom, racontent des histoires que je n'ai jamais entendues : les hauts faits de chevaliers et de dames, de Sarrasins et de pèlerins...

— Et on les entendra toutes, a dit Meg d'un ton ferme en rassemblant ses soies comme une vraie reine, mais pas ce soir. Autrement, tu le regretteras amèrement quand le coq chantera. Alors maintenant, au lit ! »

Ma foi, c'était merveilleux, tout ça, les cadeaux qu'il avait apportés et les récits qu'il racontait. Je me suis quand même demandé ce qu'y avait de vrai dans ces histoires de dames, de reines et de Français. On aurait dit une ballade. La vérité, c'est que je m'en soucie guère : un bon récit, c'est un bon récit, d'où qu'il vienne. Seulement, on aime pas être pris pour un sot. Et je pouvais pas m'empêcher de me dire qu'un garçon qui couche au coin de votre feu, qui mange votre pain et baise la main de votre bonne femme, il est tenu de vous parler franc.

Dans la nuit noire, j'ai dit tout haut ce que je pensais : « Voilà un gars qui prend jamais le droit chemin si y a moyen de prendre un détour. »

Y avait personne pour m'entendre à part Meg. « Il fait des progrès, qu'elle m'a dit. La faveur de la reine lui réussit mieux que les bracelets. » Bon, c'était entendu dans ce cas, quand ma Meg dit quelque chose, c'est que c'est vrai.

« Et puis il est revenu.

— Pour le plaisir de se faire gronder par toi ?

— Peut-être bien.

— En tout cas, elle est belle, cette tasse », que j'ai reconnu.

Les jours ont passé et Thomas parlait pas de repartir. Il abattait pas qu'un peu de besogne pour nous aider, Meg et moi, s'activant à la maison et aux enclos comme l'aurait fait un véritable fils, et on était contents de le trouver là et d'avoir aussi sa compagnie au coin du feu.

Quand le bruit s'est répandu qu'un joueur de harpe réputé logeait chez nous, les gens ont commencé à passer nous voir. Ce printemps-là, on a eu davantage de visiteurs qu'on en voyait souvent en une année entière, jusqu'à des deux et trois par semaine. Thomas était jamais trop fier pour les régaler d'un air ou d'une chanson. Et il rechignait pas non plus à en suivre plus d'un de l'autre côté de la colline pour un mariage ou un baptême, histoire d'ajouter un peu de musique à la fête, et peut-être bien d'y danser avec les filles ! Mais jamais il couvrait plus de terrain qu'un homme peut en couvrir dans la journée s'il veut être rentré chez lui à la tombée de la nuit.

Peut-être bien qu'il en avait assez de vagabonder. Ou alors qu'il avait besoin d'essayer sur nous autres, gens simples, les nouvelles chansons qu'il faisait pour le roi ? Ou bien qui sait si c'était pas rapport à la petite Elspeth – c'est ce que je m'étais dit, toujours, parce qu'on voyait bien qu'elle lui avait tapé dans l'œil, même s'ils se donnaient tous les deux tant de peine à souffler le chaud et le froid que c'était presque aussi divertissant qu'un spectacle de les regarder faire !

La fillette venait aider Meg, avec la permission de son frère, comme elle disait, mais une journée passée à faire la lessive ou le pain ou bien à filer la laine lui donnait toujours l'occasion d'échanger quelques mots avec le joueur de harpe. Des fois, elle voulait bien se laisser raccompagner jusqu'à la ferme de Huntsleigh, des fois non.

« Mais il est tard, ma douce, qu'il disait, il faut passer la nuit ici.

— Oh, qu'elle répondait, coucher près de l'âtre avec un oiseau chanteur ? Tu crois, peut-être, que je n'ai point de lit chez moi ?

— Bien sûr que si, mais pas si chaud.

— Et comment le sais-tu, puisque tu n'y as jamais mis le bout du pied ? »

Et si on les laissait faire, ils continuaient toute la soirée. Le garçon la régalait d'une chanson grivoise qu'il tenait d'un pêcheur sur la côte, et elle lui demandait si c'était le genre de chose qu'il chantait aux dames de la reine, puis elle s'amusait à imiter les femmes au marché, si bien qu'ils finissaient tous les deux morts de rire et qu'y avait plus rien à en tirer.

C'est comme ça que de mars on est passé en avril et que le jour de la Foire de Melrose est arrivé. Thomas a dit qu'il irait pas – y aura pas de nobles, que je me suis dit, et les moines de l'Abbaye sont pas assez cossus pour lui – mais j'ai pensé qu'il changerait d'avis quand la petite commencerait à en causer. Elle avait apporté à Meg du beurre en échange de nos œufs, vu que les poules de Huntsleigh pondaient guère. Et la voilà qui annonce : « J'irai porter des fromages frais à la foire, afin de les vendre pour Iain et tout ça.

— Ne t'avise pas de mettre des cailloux dedans afin qu'ils pèsent plus lourd, lance négligemment Thomas depuis le pas de la porte, où il sculpte des cuillers. Les moines auront l'œil à tout.

— Figurez-vous que Jack Rowan m'a demandé s'il pouvait me porter mes paniers, qu'elle continue. Il veut m'offrir quelque chose à la foire. Sans doute un ruban vert, à ce qu'il dit, pour mettre dans mes cheveux. »

Tom continue son ouvrage, mais je vois bien qu'il appuie si fort sur la corne qu'il risque fort de fendre sa cuiller. « Un ruban vert ? qu'il dit. Prends garde, Elspeth. Ce n'est pas la couleur des fées, ça ?

— On dit des Bonnes Gens, qu'elle le reprend presque sans y penser. Elles n'aiment pas s'entendre nommer.

— Ma foi, tu ne risqueras rien, c'est sûr, en compagnie d'un dénommé Rowan. Ou bien le sorbier[1] n'est-il pas plutôt un charme pour se protéger des sorcières ? Dans ce cas, c'est lui qui sera en sûreté.

— Je n'ai pas dit que j'irais avec lui, qu'elle rétorque.

— Comment comptes-tu l'empêcher de t'accompagner ? demande Thomas de ce ton faussement raisonnable qu'il sait si bien prendre. Je le vois déjà en train de te suivre à la trace, comme Tray le toutou, avec tes fromages dans la gueule.

— Je suis tout à fait capable de porter mes fromages toute seule, qu'elle répond exactement sur le même ton que lui. Et aussi de m'acheter mes propres rubans !

— Oui, mais c'est quand même bien agréable de ne pas y être obligée. »

Plus tard, Meg a trouvé la gamine qui pleurait dans la bergerie.

Et tout au long de la belle saison, ils ont continué à se conter si étrangement fleurette, tous les deux. Pendant ce

---

1 En anglais «rowan» signifie sorbier. (N.d,T.)

temps, Tom a supporté avec nous le retour des froids, avec la dure épreuve de l'agnelage et des collines verglacées ; et puis le retour de la boue, et enfin celui du vert franc du mois de mai.

On en a appris plus long sur ses voyages à travers le monde, sur les choses qu'il avait vues, les gens qu'il avait connus. C'était aussi bien que d'y être allé soi-même, sans avoir à se donner le tracas : les grandes cités dont les murailles s'élèvent à la verticale comme des falaises et où les habitants sont si nombreux qu'y aura jamais moyen de les connaître tous ; et les marchés avec leurs soies et leurs épices venues d'Orient, leurs vins français, leur cuir espagnol…

Elspeth a bien voulu se montrer avec lui, le dimanche, une ou deux fois, au vu et au su de tous.

« Qu'est-ce qu'elle a donc, cette gamine ? que j'ai demandé à ma Meg. Elle en veut du Thomas ou elle en veut pas ? »

À ma grande surprise, Meg s'est mise à rire si fort qu'elle a dû cacher son visage dans son tablier. « Mais oui, elle en veut, et non, elle en veut pas, qu'elle a fini par dire. Et si t'es pas capable de démêler l'énigme tout seul, Gavin-qui-sait-rien, j'ai vraiment pas de temps à perdre avec ta niaiserie !

— Je vaux rien pour les énigmes, que j'ai reconnu.

— Dans ce cas, c'est une bonne chose qu'on ait pas de fille, a gloussé ma bonne femme, sans quoi tu la donnerais au premier vagabond venu dont elle irait s'amouracher, puisque tout ce qui compte pour toi, c'est de savoir si elle en veut, oui ou non !

— Mais, notre Tom, il veut pas se marier.

— Dieu merci, non ! » Meg a levé les bras, comme si elle était horrifiée. « Il a déjà assez de mal à lui arracher un mot gentil, à la petite. Bien sûr qu'elle veut de lui. Mais à quoi bon ? C'est bien dur pour une fille. Elle préférerait échanger des promesses avec lui, plutôt que des baisers. Oh, toi, tu la crois mûre pour les noces parce qu'elle a les formes d'une femme. Mais cette petite, Gavin, elle y connaît encore rien du tout à ces choses-là, et elle est pas pressée de les découvrir. Pour elle, Thomas, c'est comme un prince des contes de fées. » Elle s'est tue pour mettre de l'ordre dans les plis de sa jupe, tout affairée. « Et c'est pas plus mal : si je pensais qu'ils en faisaient de belles, tous les deux, je leur tomberais dessus à coups de bâton ! »

Mais ça, c'était juste sa façon de parler, à Meg. J'ai fini par avoir l'impression que toutes leurs chamailleries, c'était comme une espèce de jeu d'amour, au fond, même si j'avais encore jamais rien vu de pareil. Peut-être que cette fillette-là préférait les paroles aux baisers – quoique lui, on voyait bien qu'il aimait les deux. Et, bien sûr, y avait des moments de calme, quand il jouait de sa harpe pour nous trois et qu'il chantait ; des fois, elle chantait avec lui, vu qu'elle avait une jolie flûte dans le gosier et une bonne oreille, Tom le reconnaissait lui-même. Et certains jours, quand il avait attendri le cœur d'Elspeth avec sa musique, il lui glissait un compliment ou deux qu'elle repoussait pas.

Elle adorait les récits de rois et de reines, les récits de héros défunts de notre monde ou de celui des fées. Mais pour lui c'était que des contes, voyez, alors qu'elle, elle avait grandi à l'ombre des Collines d'Eildon, scindées en trois d'un seul coup de l'épée du géant. Ainsi, tenez, elle avait coutume de laisser une écuelle de lait devant la porte le soir, pour le Billie Blin, afin qu'il porte chance à la maison, et Tom, il y croyait guère, à tout ça. À force de s'entendre chiner là-dessus sans trêve, elle finissait par voir rouge.

« J'ai comme l'impression, qu'il disait, que tu te sers de ton lait pour soudoyer les fées, afin qu'elles viennent faire tes corvées à ta place ! »

Et elle, aussitôt, de taper du pied : « Ne les appelle pas ainsi ! Vraiment, tu ne sais pas vivre, pour les appeler par leur nom.

— Bon, d'accord, les Bonnes Gens, ricanait Thomas. Le peuple de la Paix. Les Êtres Bénis. Les Bons Voisins… Dans les ballades, on parle toujours d'Elfes et de Fées, et nul ne s'en soucie. De toute façon, qu'il a continué un jour d'un air songeur, je ne suis pas sûr qu'il existe une rime à “voisins”. Argousins ?

— Ne te fatigue pas la cervelle, qu'elle a riposté. La musique, c'est différent. Les Bonnes Gens aiment les rimes. Mais tu ne manques pas de toupet pour oser chanter leurs aventures et puis te moquer d'eux ainsi !

— Voyons, Elspeth ! qu'il s'est écrié d'un ton faussement surpris. On pourrait croire que tu défends la réputation d'une amie. Tu les as donc vus, en train de sucer la crème avec le chat de la maison ou de danser autour de l'Arbre d'Eildon par un matin de mai ?

— Bien sûr que non ! Ils n'aiment pas être vus… très peu de gens les ont aperçus.

— Et même moins que ça.

— Oui, eh bien ; moi, je n'ai jamais vu ta reine française, si tu le prends par là ! » qu'elle lui rétorque prompte comme l'éclair. Oh, je peux vous dire qu'elle est joliment en colère à présent. Personne aime à s'entendre dire qu'il est sot. Jamais au grand jamais, je saurai comment il s'est fait la réputation de savoir s'y prendre avec les femmes, notre Thomas, si je dois en juger par les réactions d'Elspeth mais faut bien dire que justement je dois pas en juger par Elspeth. Thomas, ça l'amusait de la provoquer ainsi, mais elle, n'importe qui pouvait voir qu'elle plaisantait pas. En ce qui me concerne, j'en ai souvent entendu causer de ces Autres, mais sans jamais en voir ni pied ni patte. Cela dit, on peut pas savoir.

« Et pourtant, je le sais qu'il y a une reine – même s'il faut que je te croie sur parole quand tu me dis que tes yeux l'ont vue de près ! »

Les yeux en question contemplaient bizarrement la petiote : c'était un regard pénétrant et plein de feu. Mais elle, elle le voit pas, ou elle veut pas le voir, emportée par sa fureur. Et, vrai, elle est belle à voir, avec ses cheveux qui volent tout autour de sa tête et ses yeux qui étincellent. « Pour toi, Thomas, ce ne sont que des contes, ces histoires d'elfes, de fées et j'en passe – ce n'est qu'un moyen d'inciter les gens à t'écouter. Mais si toi-même tu ne crois pas à tes propres histoires, pourquoi y croirais-je, moi ?

— Mais tu y crois, qu'il lui souffle. Tu crois à toutes les choses auxquelles moi, je ne peux pas croire, ma belle déesse en colère.

— Oh, ça suffit ! qu'elle crie. Assez ! Je déteste t'entendre parler ainsi !

— Qu'est-ce à dire ainsi ? Quand je dis que tu es belle ?

— Ce ne sont que des mots.

— "Que" des mots ? Mais, c'est très important les mots – tu l'as dit toi-même. Ils sont réels, les mots, Elspeth, aussi réels que tout ce qui nous entoure.

— Tu ne le penses pas vraiment.

— Mais toi, si. Les paroles d'une ballade : "Et ainsi il baisa ses lèvres de rubis, Sans même lui demander s'il lui était permis." »

Tout en parlant, il s'était approché d'elle : il était à la fois l'hermine qui fascine le lapin et le papillon de nuit fasciné par la flamme. Et elle, sans le quitter des yeux, flamme ensorcelante et lapin affolé, elle était trop brave pour détourner le regard.

Il lui a touché le visage et l'a attiré vers le sien. Et doucement, il a posé ses lèvres sur celles d'Elspeth et l'a tenue contre lui un instant.

Brusquement, elle s'est écartée, en se cachant la bouche du dos de la main. « Attends ! » qu'il lance tandis qu'elle fonce à travers la pièce pour ramasser son tricot, sa laine et sa cape. Mais elle refuse de le laisser approcher et tout aussitôt, la voilà dehors, avec sa laine dans son sac.

Ils ont oublié que j'étais là, tous les deux, et c'est une bonne chose. Quoique je le leur aurais rappelé vite fait, si j'avais eu l'impression qu'ils pensaient à mal.

Pendant quelques secondes, Thomas est resté planté là, les yeux rivés sur la porte qu'elle avait claquée derrière elle. Dans la cour, le chien s'est mis à faire un raffut de tous les diables. J'ai entendu frapper à la porte. Thomas a fait un pas dans sa direction, puis s'est arrêté, les mains en l'air.

Pour lui venir en aide, j'ai dit : « J'y vais. » En entendant ma voix, il a sursauté, puis il a filé jusqu'à la porte.

Mais quand il a eu ouvert, il a reculé d'un pas.

« Que Dieu bénisse cette demeure », a dit l'homme qui se tenait sur le seuil. C'était un de ces romanichels étameurs qui m'avait tout l'air d'un sacré vieux filou, avec son visage sombre et sournois, ses yeux noirs étincelants à demi cachés par ses cheveux raides et le mouchoir jaune crasseux entortillé autour de son cou en même temps que toutes sortes de maudits charmes et babioles. « Que tous ses habitants soient préservés de tout mal et de tout chagrin, protégés des uruisg dans les vallons et des sorts jetés par les Êtres Bénis sous la Butte.

— Ce n'est pas très drôle, lui a dit Thomas.

— Oh, messire, a mendié le gitan, rien qu'une croûte de pain pour emplir mon pauvre ventre et un siège au coin de votre feu pour me réchauffer, après quoi je reprends ma route. Et si vous avez des vieilles marmites à réparer... »

Le ménestrel est resté planté à foudroyer l'arrivant du regard, alors je me suis levé et j'ai dit : « Écoutez-moi. Je peux vous offrir de la bouillie froide; et si vous voulez passer la nuit dans la bergerie, vous êtes le bienvenu. Mais mes chiens ont l'oreille fine, et moi j'ai encore de bons yeux, alors faut pas essayer de nous jouer un de vos tours.

— Non, mon bon maître, a répondu l'étameur d'un ton humble. Mais laissez-moi vous rendre quelque menu service. Je viens de fort loin et je peux vous donner des nouvelles de certains grands seigneurs dans l'Est; vous dire ce qui se passe à la cour du roi, vous parler de ses courageux chevaliers et de ses belles dames, ainsi que d'un nouveau traité signé avec la noblesse anglaise. Et j'ai de belles marchandises à vendre… » Il a sorti un paquet gras qu'il a poussé vers Thomas. « Des rubans pour votre amoureuse, messire ? Des gages d'amour ? »

Thomas a repoussé l'objet comme si l'homme lui tendait un fer rouge.

« Un petit quelque chose pour la dame du lieu, peut-être ? » Le coquin a fait volte-face, nous laissant voir Meg qui approchait de la chaumière.

« Ah, je vois que vous avez trouvé l'endroit, qu'elle lui a lancé. Je vous avais bien dit que c'était juste de l'autre côté du versant. Asseyez-vous et je vais vous donner à manger, et puis vous pourrez réparer la poignée de ma marmite qui branle depuis le début de l'année. Restez donc pas plantés là comme des piquets, vous deux, qu'elle nous dit vertement, sans quoi quelqu'un risque d'arriver et d'en profiter pour attacher son cheval. »

Thomas s'est écarté pour laisser entrer l'étameur, en lui demandant d'un ton rogue : « Pourquoi ne nous as-tu pas dit aussitôt que tu étais invité ?

— C'est qu'on aime à être accepté sur sa bonne mine… », a pleurniché l'autre.

Bon, il s'est assis et mis au travail sans plus tarder, ce qui l'a pas empêché de causer. Toutes sortes de ragots que je me rappelle plus, à propos de gens dont j'avais seulement jamais entendu parler, qui habitaient des villes aussi éloignées que Stirling et Berwick. D'ailleurs, ça m'étonnerait bien qu'y ait eu seulement la moitié de vrai dans tout ce qu'il disait. Car, voyez, il aurait pu nous raconter que la fille du roi avait mis au monde un veau à deux têtes, et qui d'entre nous aurait pu faire la preuve qu'il mentait ? Mais on a quand même écouté, tous les trois. Meg tricotait et moi, je tressais du filin de bruyère. Je pensais que Thomas allait sortir sa harpe afin de tailler une nouvelle corde, mais il s'est assis auprès de moi pour nettoyer mes rameaux de bruyère avec un tout petit canif ; et s'il en dégageait un correctement, pendant que le gitan discourait, il en massacrait trois, soit en les taillant si fins qu'il restait plus rien, soit en les cassant en deux.

« … et il y a bien du malheur parmi les dames de la reine – du fait qu'une d'entre elles est grosse des œuvres d'un homme de rien, et c'est une jeunesse qui n'est même pas encore mariée. On lui a demandé le nom de celui qui l'avait dévergondée, mais elle refuse de parler. Le roi est affreusement courroucé de voir sa cour en proie à de tels désordres qu'on pourrait croire que son épouse n'est pas capable de veiller sur la vertu des pucelles ; il a fait enfermer la demoiselle dans une tour sans fenêtre jusqu'à ce qu'elle se décide à révéler le nom du séducteur. »

J'ai tendu la main pour prendre le rameau que m'avait préparé Thomas et je me suis aperçu qu'à force de tordre la bruyère, il en avait fait un nœud compliqué qu'il serrait dans son poing si fort qu'il en avait les phalanges toutes blanches.

« Tcha ! a fait ma femme. Quel nigaud de roi. Si elle refuse de parler, c'est sans doute parce qu'elle aime le garçon et qu'elle veut pas le voir puni pour l'avoir aidée à faire ce qu'elle voulait. “Dévergondée”, voyez-vous ça ! »

Thomas lui a jeté un regard approbateur, comme s'il s'attendait pas à voir ma Meg connaître si bien les façons d'agir des pucelles !

« Mais, a continué le vagabond, il n'y a pas que des mauvaises nouvelles parmi les dames de la reine, il y en a aussi des bonnes. Car la jeune Damoiselle Lilias Drummond a été mariée le dimanche de Pentecôte au comte d'Errol, et on dit qu'elle est déjà grosse. C'est un mariage avantageux pour elle, même si l'on prétend que le père a payé cette fois-ci trois fois la dot qu'a eue sa sœur. Et s'il y a de mauvaises langues qui disent qu'elle n'était plus vierge, elle non plus, personne n'a entendu le comte d'Errol se plaindre. » Thomas a pris le rameau qu'il avait massacré et l'a jeté dans l'âtre. Il est resté à le regarder prendre feu, les boucles et les nœuds s'embrasant de chaleur, ce qui leur donnait l'aspect d'un mystérieux bijou d'or, comme ceux avec lesquels les rois d'antan se faisaient enterrer, à ce qu'on dit. Puis soudain il a paru dévoré par les flammes pour n'être bientôt plus que cendres.

Un curieux sourire éclairait le visage du ménestrel. « Alors je suis le roi des Chats », qu'il s'est dit tout bas ; et il a plus prononcé un seul mot de la soirée.

Le gitan était un honnête coquin à ce qu'il paraît, puisqu'il a rien pris d'autre que ce qu'on lui a donné et le lendemain, il était parti avant l'aurore.

Ce matin-là, Thomas tenait pas en place ; ça m'a guère étonné de le voir se mettre en route pour la ferme de Huntsleigh un peu avant midi.

Il est revenu qu'au coucher du soleil et sous son bras était passé celui d'Elspeth. Oh, faut dire qu'ils formaient un bien joli couple, quand ils ont franchi la crête, la tête du garçon lisse et noire et celle de la fille couronnée de sa toison fauve, tandis qu'ils cheminaient ensemble à grands pas avec le ciel éclatant qui brûlait derrière eux. Je sais pas comment il avait fait pour amadouer sa belle – avec d'autres belles paroles, je gagerais, et puis un baiser peut-être, ou peut-être pas.

Ce soir-là, il a chanté pour nous, une chanson magnifique sur le Pays des Fées, les merveilles qu'on y trouve, les festins, la musique et tout le reste. Et puis il a enchaîné avec une petite chanson qu'Elspeth avait dû lui apprendre, car on la connaît par ici ; il y est question du Genêt sur la Colline auprès duquel les amoureux se retrouvent et se séparent. Ensuite, il a dit : « Il va falloir que je parte, bientôt. » Elspeth a pas fait entendre un murmure ; sans doute qu'il l'avait déjà prévenue. « Je souhaiterais de tout mon cœur qu'il en aille autrement… » Là, il s'est interrompu et son regard faisait le va-et-vient entre Elspeth et Meg, tandis qu'il souriait d'un air penaud : « Enfin, peut-être pas de tout mon cœur. Mais j'en laisserai un petit coin ici, que vous le vouliez ou non.

— Comme ça, tu pourras revenir le chercher », a lancé Elspeth. Mais c'était guère que l'ombre maigre et pâle de son franc-parler habituel.

« Oui, je reviendrai, qu'il nous a dit à tous. Je reviendrai quand je pourrai. Je sais – je sais que personne ne m'a prié de rester. Et que j'ai abusé de votre hospitalité tout au long du printemps. Mais quand même… » Il a tripoté les chevilles de sa harpe, sans savoir quoi dire pour une fois, comme si la franchise le rendait muet. « Quand même…

— Où iras-tu ? a demandé Elspeth.

— À Roxburgh. L'étameur a dit que le roi était en route pour s'y rendre. » Il l'a regardée, assise de l'autre côté de l'âtre, le bras de Meg autour de sa taille. « J'aimerais – j'aimerais beaucoup que tu puisses venir avec moi. J'aurais tant de choses à te montrer... »

Une vive lueur a traversé le visage de la petiote, née et morte en l'espace d'un instant. Ça faisait peine à voir.

Tom aussi s'en est aperçu. « Non, mais je suis sincère, tu sais. »

Dans la pénombre du soir tombant, les yeux d'Elspeth étaient sombres et limpides. « Peut-être. Mais je n'irai pas passer pour ta catin au milieu de tous ces gens. »

Il a rougi et continué à tripoter sa harpe sans regarder ce qu'il faisait. « Est-ce que j'irais te faire une proposition pareille devant ces deux honnêtes personnes ? Non, tu resteras aussi chaste que l'aurore et tu verras des spectacles étonnants. Nous dirons que tu es ma sœur et quand ils seront tous allés se coucher, tu pourras les imiter pour me faire rire. Si tu veux, même, je jouerai de la harpe pour te faire une dot. »

Elle a tressailli. Non, mais quel jocrisse d'aller parler de dot à une jeune fille qui aurait pu l'aimer !

« Tu es un sot, Thomas, qu'elle a lancé, de penser que je pourrais revenir ici après en être partie avec toi.

— Oh, qu'il a dit, en contemplant sa harpe cette fois. Oui. Je vois ce que tu veux dire. Oui.

— Ça ne fait rien, qu'elle a repris d'une voix faussement enjouée. Tu nous raconteras tout quand tu reviendras, pas vrai ?

— Bien sûr. Quand je reviendrai. »

Et sans un mot de plus, le voilà qui se met à faire sonner les cordes de son instrument et à nous jouer des airs tristes et joyeux, répandant ses accords aux quatre coins de notre chaumière.

Thomas est parti par un superbe matin de printemps, prenant congé de nous deux en tête à tête. Dieu seul savait quand il serait de retour, alors on lui a fait des petits présents pour qu'il nous oublie pas : Meg lui avait tissé une ceinture et moi, pour passer le temps, j'avais taillé un peigne dans la corne.

Il les a pris en nous remerciant : « Et si loin que j'aille, je ne trouverai rien de plus beau. » Sur ces mots, il nous a embrassés tous les deux.

Il a regardé notre maison et les collines tout autour de nous.

« Tu vas passer par Huntsleigh pour gagner Roxburgh ? que j'ai demandé.

— Non, qu'il a répondu bien qu'il ait justement les yeux tournés de ce côté. Pauvre Elspeth ! Si elle était un garçon, je la prendrais comme apprenti. Cela lui plairait de courir les routes. » Il a souri et mis sa harpe sur son dos, en la calant confortablement. « Mais à présent, je suis bien sûr qu'elle sera mariée quand je reviendrai par ici. »

Le visage fermé, Meg a ouvert la bouche pour lui répondre vertement, mais se rappelant qu'il partait pour un long voyage ; elle s'est contentée de dire :

« Que non, que non, elle est bien trop jeune pour se marier.

— Ma foi, qu'il a dit. Ma foi. Peut-être que je lui trouverai un jeune seigneur. Elle ne saurait pas obtenir une étoffe d'or en filant de la paille, par hasard ?

— Tu es mieux placé que moi pour le savoir, a rétorqué Meg d'un ton sec. À propos, est-ce qu'on doit s'attendre à recevoir des messages par la bouche d'un gitan, en ton absence ?

— Des messages… ? » Le visage de Thomas était tellement vide d'expression qu'on aurait dit une figure gribouillée sur un bout de papier. De même que son sourire insouciant, sauf si on observait le coin de ses yeux. « Les histoires de cour de notre ami basané ne vous ont donc pas plu ?

— À coup sûr, lui répond Meg, les grands personnages de la cour du roi vont finir par peupler tous mes commérages. Mais, à ce que je pense, on en aurait pas entendu la moitié si je lui avais pas dit que tu logeais chez nous.

— Tiens, tiens, dit mon Tom, voilà donc le fond de votre pensée. Nul doute qu'il a entendu dire qu'il y avait un ménestrel dans le coin et qu'il est venu entendre un peu de musique ; dommage que j'aie déçu ses espérances.

— Il avait pas l'air d'un homme déçu, a rétorqué ma bonne femme. Quand je l'ai rencontré, il a dit qu'il était de tes amis. »

Les yeux de Thomas faisaient des allées et venues, comme ceux d'un animal pris au piège. « Ami est un bien grand mot, qu'il a dit d'un ton dédaigneux. Nous fréquentons parfois les mêmes milieux. Bevis, fils de Nora, est lui aussi utile à la cour.

— Ce romanichel étameur ! que je me suis écrié. Tu vas pas nous dire que tu connais ce coquin, quand même !

— Aussi bien qu'on peut avoir envie de le connaître, me répond Thomas d'un ton guindé. Mais ne vous inquiétez pas ; il ne reviendra pas vous importuner.

— Oh, je dis pas, s'écrie Meg pour le faire enrager. Il s'y entendait pour réparer les marmites. Je serai peut-être ravie de le revoir.

— Écoutez, sourit Tom, après l'excellent accueil que lui a fait Gavin, en lui offrant les crocs de ses chiens, de la bouillie froide et j'en passe, il reviendra sûrement la prochaine fois qu'il sera dans les environs.

— Et peut-être bien que la prochaine fois, il t'apportera aussi un souvenir de la part d'une belle dame. »

Le joueur de harpe l'a regardée avec une espèce de peur dans les yeux, comme s'il avait affaire à une sorcière.

« Ah, Tom, soupire ma Meg, je suis pas encore gâteuse. Quand j'entends parler deux fois de la Damoiselle Lilias au cours du même printemps, je suis encore capable de comprendre comment vont les choses. »

Il s'est mis à rire. « Eh bien, oui, là, c'est vrai. Je reconnais que je me suis mis dans de mauvais draps, ces temps derniers, et que toute l'affaire était bien risquée : ses frères m'auraient tué si j'étais resté à la cour. Il n'y en a pas tout à fait sept, mais il suffit d'une seule épée entre les côtes pour mettre fin à la chanson. Mais à l'évidence, les têtes froides l'ont emporté sur les têtes chaudes, la voici bien mariée à un homme haut placé, et personne ne s'en porte plus mal. »

Meg, cependant, a gardé la mine soucieuse et quant à moi, j'ai dû laisser paraître mes sentiments. « Croyez-vous donc qu'une femme ne sait pas séduire ? qu'il s'est écrié avec chaleur, comme pour se défendre contre notre silence. Lilias Drummond ne se meurt pas le cœur brisé, je puis vous l'assurer. »

Mais moi, sa Damoiselle Lilly, je m'en souciais comme d'une guigne. « C'est-y que je dois comprendre que t'aurais pu nous attirer les foudres de Drummond et de tous les siens pour t'avoir hébergé chez nous ? que j'ai demandé.

— S'ils m'avaient trouvé – mais qui serait venu me chercher ici, au fin fond de nulle part ? Drummond n'est pas homme à incendier les bergeries pour s'amuser. De toute façon, comme je vous l'ai dit, tout est bien qui finit bien !

— Ben voyons ! Avec ton ami le gitan qui s'en retourne à Selkirk pour faire savoir peut-être à tout un chacun que t'as trouvé un refuge sûr ! »

Il a eu, du moins, le courage de pas chercher du secours auprès de Meg. « Gavin, qu'il m'a dit en me regardant droit dans les yeux, vous me connaissez quand même un peu. S'ils étaient venus par ici, je serais allé à leur rencontre. Par ma harpe et ma main droite, je vous le jure.

— Oh, garde donc tes grands serments, que j'ai grommelé, sûr qu'il disait la vérité. Mais tu ferais mieux de pas chercher à tout prix à t'attirer des embrouilles.

— Mais, je ne pensais pas à mal, qu'il me répond comme un gamin. Jamais je n'irais vous attirer volontairement des ennuis. Vous n'avez eu que des bontés pour moi. Je le sais parfaitement, tout comme je savais qu'ici je serais en sécurité. » Il a gardé les yeux baissés, plus honteux de nous le confesser que d'avouer ses coucheries et ses mensonges. « Je ne peux pas expliquer.

— Non, dit Meg, pour sûr que tu peux pas expliquer ce que tu comprends pas. Mais ça fait rien, qu'elle continue en s'adressant aussi bien à moi qu'à Tom, rassurez-vous, tous les deux. L'étameur voulait faire le malin, voilà tout, et se divertir à nos frais. Ce sont des drôles de gens que ces romanichels, ils sont pas comme nous. Ce sont des hommes, c'est sûr, mais ils aiment bien se raconter qu'ils appartiennent à la race des Bonnes Gens et qu'ils se mêlent à nous autres mortels de temps en temps, pour nous aider ou nous jouer des tours, selon leur bon plaisir. Et en ce qui te concerne, Thomas, tu devrais lui savoir gré de t'avoir apporté cette nouvelle.

– Comment que ça se fait que t'en saches si long sur les romanichels ? » que j'ai demandé à ma bonne femme.

– Mais elle s'est bornée à répéter : « Je suis pas encore gâteuse. »

Alors le Rimeur s'est préparé à nous quitter.

« Tu t'en vas chercher fortune, a soupiré Meg, comme les jeunes sacripants des contes… Et si Bevis, fils à Nora, était pas arrivé avec sa nouvelle, ou si on s'était aperçu que ta Damoiselle Lilly était enceinte de toi, qu'est-ce que t'aurais fait, hein, Thomas ? »

Il lui a répondu par une phrase tirée d'une de ses chansons : « "Je serais monté à bord de ce navire, là-bas, et j'aurais cinglé vers le large" fort probablement. Je serais peut-être parti un peu plus vite – et je ne serais pas revenu.

— Mais à présent, t'es libre de revenir. » Meg lui a souri avec affection, de son sourire qui ferait fondre la neige au flanc des collines.

« Si j'arrive à garder le nez propre… »

Meg l'a serré dans ses bras, tout grand qu'il est, emmitouflé dans sa cape et chargé comme un baudet. « Que Dieu t'accompagne, notre Tom. » Et il s'est pas fâché de s'entendre appeler ainsi.

Bon, notre Tom, il a trouvé fortune, c'est pas un secret, et aussi un autre nom. Au fil de l'été, on a commencé à entendre ses mélodies entre les mains d'autres musiciens et son nom sur leurs lèvres. À la foire, les violoneux ont gagné de l'argent en jouant ses airs et on a même raconté qu'une chanson, que j'avais entendu de mes propres oreilles Thomas inventer devant nous, était l'œuvre de Merlin ! Un joueur de flûte ambulant a parlé d'une harpe enchantée, une harpe d'ivoire toute blanche, dont on avait joué devant la cour à Rutherglen – là, ma Meg a fait entendre un petit ronflement de mépris. À présent, quand ils prononçaient son nom, ceux qui connaissaient Tom faisaient une petite pause avant de dire Thomas le Rimeur. Ou alors, ils le lançaient trop vite pour essayer de faire croire qu'ils étaient ses bons amis. Pourvu qu'il fasse pas de bêtises, que je me disais.

On a jamais rien dit à Elspeth pour l'étameur, ni pour la Damoiselle Lilly. La petite continuait de nous rendre visite, comme pour bien nous montrer qu'elle était pas venue juste pour Thomas, et je dis pas qu'on était pas contents de la voir, avec sa petite langue effrontée et sa jolie voix.

Une fois le ménestrel parti, y a d'autres gars qui ont commencé à venir tourner autour d'Elspeth, mais j'aurais pu leur dire de ménager le cuir de leurs souliers. Elle venait s'asseoir auprès de Meg, au métier à tisser ou au coin du feu, ou bien elle s'activait dans les champs ou la basse-cour, et elle se moquait de tous ses soupirants, de bons garçons pourtant, qui étaient ses voisins depuis qu'elle était toute petite. Y en avait un qui parlait trop lentement, un autre trop vite ; un qu'était aussi long et maigre qu'un râteau, un autre aussi court sur pattes et large qu'un nain, non, que deux nains plutôt… oh, elle débordait de gaieté pendant des jours et des jours, et puis une humeur noire s'abattait sur elle et elle restait silencieuse et mélancolique, s'échinant à son travail comme si c'était une tâche qu'elle devait accomplir pour être libérée d'un sortilège. À mesure que les semaines passaient sans nouvelles de Thomas, elle a commencé à se radoucir vis-à-vis des autres gars, mais elle se contentait d'aller se promener avec l'un d'eux une semaine et avec un autre la semaine suivante.

« Il n'y a rien à faire pour qu'ils me plaisent, Meg, qu'elle disait d'une voix désolée. Jamais je ne serai l'épouse de personne ! Peut-être qu'il vaut mieux que je me fasse nonne.

— Attends donc un peu, lui répondait ma bonne femme, avec une douceur que je lui voyais pas souvent, attends un peu, ma fille. »

Le Rimeur est revenu à l'automne, entre les moissons et la Toussaint. Il est arrivé à pied, mais il était mis comme un prince, avec des couleurs vives et des broderies, des rubans plein sa harpe et des bonnes semelles à ses souliers. Il débordait d'entrain et son sac de cadeaux qu'il a posés devant nous, tout fier, comme un chaton qui vient d'attraper une souris et la dépose au pied de votre lit.

« Je suis en route pour Roxburgh, qu'il a dit, pour la grande nuit de chansons dont je vous ai parlé. » Comme ça, on savait qu'il resterait pas plus de quinze jours. C'était une bonne chose de savoir ça : moins dur pour Meg de pas avoir à se demander sans cesse quand il repartirait. Elle s'en était sérieusement entichée, de ce garçon. C'est bien naturel, vu qu'on a pas eu d'enfants. Et lui, s'il avait de la famille, il en parlait jamais. Plus tard, Elspeth nous a dit que Tom avait été élevé par un frère, tout comme elle, mais pas si brave que Iain, et aussi que la femme du frère avait été que trop contente de voir Tom se sauver avec un vieil aveugle qui jouait de la harpe, pour être son élève et apprendre le métier à ses côtés.

Cela dit, à son retour, la gamine est devenue des plus bizarres. On aurait dit qu'elle avait perdu toute sa joie de vivre. Au lieu de se moquer de ses soupirants, ce qui aurait amusé Tom, elle en a pas soufflé mot, et si Meg ou moi on disait quoi que ce soit, elle piquait une petite colère, comme une poule qu'a reçu de l'eau. Même moi, je voyais bien qu'elle se donnait beaucoup de mal pour peigner et arranger ses cheveux ; elle se faisait toutes sortes de tresses qu'elle attachait avec des rubans.

« Des rubans bleus, a dit Tom qui l'avait aussitôt remarqué, c'est très joli.

— Peuh, a lancé la fillette en s'activant aux soins du ménage sans même le regarder, ce n'est rien du tout. »

Au bout de quelques jours, elle a cessé de venir. Il avait beau faire un été superbe, Thomas se morfondait à l'intérieur – oh, il était de bonne compagnie, on peut pas dire, mais y avait un certain rire qui lui manquait. Et puis, il essayait même pas d'aller faire le joli cœur sur la colline, comme avant.

Pour finir, Meg, qui les comprenait pas davantage que moi, a pris les choses en main et lui a demandé de porter des œufs à la ferme de Huntsleigh. Il s'est tourné vers elle, pris d'une brusque rage : « Pourquoi ne m'avez-vous pas dit qu'elle avait un amoureux ?

— Ma foi, répond ma rusée vieille Meg, elle pouvait pas t'attendre éternellement. » Mais moi, je gâche tout en m'exclamant en même temps qu'elle et beaucoup plus fort : « Un amoureux ! D'oùsque tu sors une idée pareille, mon gars ?

— Elle a changé du tout au tout, qu'il tempête. Elle ne me regarde même plus et elle fait des manières et des minauderies comme une – une... une grande dame. Et en plus elle a perdu sa langue. Je vois bien qu'elle s'est coiffée de Dieu sait quel jeune nigaud. Vous auriez pu me le dire.

— On mûrit vite à son âge », déclare Meg toute guillerette, mais juste avant je l'ai entendue pousser cette espèce de ronflement qu'on fait quand on ravale un grand éclat de rire.

— Baste, ils ont pas eu le temps de régler leurs histoires. La femme d'Alain a eu un autre enfant si bien qu'y avait besoin d'Elspeth à la maison. Thomas a dû repartir avant le baptême, ce qui était bien dommage, parce que j'ai souventes fois entendu dire qu'y a rien de tel qu'un bon baptême pour rapprocher les gens.

Il nous a dit qu'il reviendrait au printemps et il a tenu parole. Il paraissait pâle et las, ce qui l'empêchait pas de dire que tout allait bien ; il nous a montré une bague que le roi lui avait donnée et toutes sortes de babioles et de souvenirs du même genre qu'il tenait de divers grands seigneurs. « Le frère de la reine, le cardinal, va venir de France à Pâques, qu'il nous a déclaré brièvement. Je dois présenter une nouvelle chanson. » Puis il nous a souhaité bonne nuit et il a passé toute la nuit et la plus grande partie du lendemain à dormir.

Ma foi, il avait rien que de bonnes choses à dire de son renom, et de tous les honneurs qu'on lui avait octroyés pour ses talents de joueur de harpe et ses chansons. Mais il a gardé les traits tirés pendant plusieurs jours, tandis que Meg lui mitonnait toutes sortes de bons petits plats. Ça m'a fait penser à une de ses propres histoires, celle du violoneux des fées. Tout fatigué qu'il était, il nous a pas pleuré sa musique ; on aurait même dit qu'il prenait, plaisir à nous jouer les vieux airs dont on s'était toujours régalés. Enfin, c'est lui qui disait qu'ils étaient vieux et pas du tout au goût du jour.

« Vous ririez aux éclats, Meg, si vous pouviez voir les chapeaux d'aujourd'hui. Ceux des dames sont si hauts qu'elles sont obligées de ployer le cou comme des cygnes pour franchir les portes – et de faire un plongeon cocasse pour nous montrer – mais malheureusement, certaines ressemblent plutôt à des oies prises de vertige !

— Ouiche, ça te va bien de te moquer de la mode, Tom le Rimeur, avec à ton oreille cet anneau que tu dois tenir des gitans ! »

Il a tripoté le petit anneau d'or. « Eh oui, Maggie l'Affairée, je savais qu'il vous plairait. Il plaît à toutes les dames. La prochaine fois je l'enlèverai avant de traverser le Leader Water, c'est entendu ?

— Fais comme tu voudras, qu'elle rétorque vertement, mais sans pouvoir cacher son affection pour lui. T'es l'homme le plus entêté qui soit.

— Oui, mais laissez-moi demeurer l'unique ménestrel de votre Grâce, je vous en supplie.

— Ah, mon Tom, qu'elle soupire, un jour à force de vouloir faire le beau parleur, tu vas te fourrer dans un guêpier dont tu pourras plus te sortir.

— En voilà de tristes prédictions ! Et puisque nous parlons de prédictions, où en sont les projets de mariage de ma douce Elspeth ? »

Sans laisser à Meg le temps d'inventer ses fariboles habituelles, j'ai répondu : « Y a pas de mariage, Tom, et tu le sais fort bien. Enfin quoi, il faut donc que tu trouves un mari à toutes les filles que tu courtises ? »

Il m'a regardé, stupéfait, comme s'il venait d'entendre un pot à eau émettre une prophétie. Puis il s'est ressaisi. « C'est une honnête fille, qu'il a dit doucement. Je me demandais ce qu'il en était, voilà tout.

— Elle doit venir un jour de cette semaine m'aider à faire ma lessive, a dit Meg. Tu verras par toi-même comment elle va. »

Avec ses jupes troussées et ses longues jambes plantées dans le ruisseau, Elspeth paraissait se porter fort bien. J'ai entendu les bruits d'eau et les cris qui arrivaient d'en bas, mais la lessive, c'était l'affaire de Meg, alors je suis pas allé y fourrer mon nez. N'empêche que je me suis demandé à quoi elle songeait, ma bonne femme, quand j'ai vu Thomas à moitié nu foncer à travers la cour, suivi par une Elspeth ruisselante qui hurlait à tue-tête. Même ses cheveux étaient trempés au point d'avoir viré au roux foncé. Ils lui pendaient partout comme des queues de rat ébouriffées par le vent. « GOLIATH ! » qu'elle a crié en lançant à Tom quelque chose qui ressemblait à un bas mouillé. Il est tombé dans la poussière, loin de sa cible. « Reviens ici, Philistin, et bats-toi comme un homme ! »

Avec force ruses et esquives, il est allé ramasser le bas et le lui a jeté à la tête. « Je te dis que David, c'est moi ! Je joue de la harpe !

— Je m'en moque ! Moi, je n'ai rien d'un géant ! De toute façon, c'est moi qui gagne ! »

Et voilà le bas qui repart en sens inverse, ou bien peut-être qu'ils avaient la paire.

« C'est toi qui gagnes ! qu'il a ricané en restant prudemment hors de portée de bas. Tu ressembles à une créature qui vient de ramper hors d'un trou dans le sol.

— Et toi, à une horreur sculptée sous un banc d'église !

— Ce n'est pas vrai !

— Si, c'est vrai !

— Philistine !

— Gargouille ! »

Elle riait tellement qu'elle a été obligée de s'asseoir par terre au milieu de ce qui est très vite devenu une mare de boue.

« Et on dit que c'est le vin qui incite les gens à se traîner dans la boue. » Il s'est penché au-dessus d'elle, tandis qu'elle essayait mollement de le repousser. « Dans ton cas, ma fille, l'eau pure suffit amplement. Quelle décadence ! C'est scandaleux ! » Mais il avait pas suffisamment écarté les pieds et quand il a voulu l'aider à se relever, c'est elle qui l'a fait tomber à ses côtés.

« Ma foi, que j'ai dit, au cas où ils auraient oublié que j'étais là, c'est bien la première fois que j'entends des pourceaux citer les Saintes Écritures. »

Y a rien eu à en tirer pendant tout le restant de la journée, sauf qu'ils ont quand même réussi à étaler la lessive sur l'herbe nouvelle pour la faire blanchir au soleil. Tout ce qu'on disait les faisait hurler de rire comme deux poupons. Le lendemain étant le jour de la Foire de Melrose, il l'a invitée à y aller. Mais je dois dire que Meg elle-même a ouvert de grands yeux quand Elspeth est revenue croulant sous les rubans verts : elle en avait pour nouer ses cheveux, pour fermer sa robe et même pour lacer ses souliers ; et autour du cou une perle en verre bleu au bout d'un autre ruban. Cette soirée-là aussi, ils l'ont passée à rire et à chanter des chansons à deux voix, puis Thomas a raccompagné la petite chez elle du moins, j'espère que c'est bien ce qu'il a fait, parce que ça lui a pris rudement longtemps.

Et même quand il est reparti, elle est restée assez joyeuse. Elle chantait en travaillant et riait quelque fois aux anges, en se rappelant quelque chose qu'ils avaient partagé. Elle finissait par nous manquer quand elle était chez son frère et c'était pourtant là qu'elle devait être, après tout. Seulement, c'était une fille jeune et jolie qui avait pas d'amoureux et y avait de quoi faire jaser le monde. Cette fois-ci, pourtant, elle se moquait de personne, elle restait tranquille dans son coin, donnant un coup de main chez nous et chez elle et courant les collines exactement comme si elle était encore qu'une petite mioche. Meg disait que ça plaisait pas aux autres filles, parce qu'on aurait dit qu'Elspeth se souciait pas d'elles, non plus que de leurs beaux. Cela dit, pour autant que je pouvais voir, elle s'en moquait bel et bien des autres et personne y pouvait rien.

Tom reparaissait de temps à autre, tantôt à l'improviste, tantôt non, pour passer la nuit ou peut-être un jour ou deux, avant de repartir à la suite du roi ou de ses seigneurs, afin de jouer de la harpe et de faire des chansons pour leur bon plaisir. Il était invité ici et là et, à ce qu'il semblait, il laissait jamais passer une occasion de voir quelque chose de nouveau, ou de jouer pour des gens qu'il connaissait pas encore. Comme il disait, la plupart des ménestrels s'efforçaient d'avoir qu'un seul protecteur, mais lui il les voulait tous, si c'était possible ! Ma foi, il savait de quoi il retournait, je veux bien croire. Mais je crains fort qu'il ait suivi la même méthode pour ce qui était des femmes. Certes, il avait toujours un petit souvenir pour Elspeth, un ruban, une épingle, un peigne, et s'il repartait trop vite pour avoir le temps de lui rendre visite, il nous laissait la babiole comme si c'était l'or des fées, afin qu'elle la trouve la prochaine fois qu'elle viendrait nous voir.

J'avoue que c'était bien étrange d'avoir pour amoureux un joueur de harpe qu'elle voyait jamais. Et si elle savait pas qu'il avait des amours à revendre, aussi bien à la cuisine qu'au château, c'était parce qu'elle voulait pas le savoir. Pourtant, on aurait bien dit que ça la rendait heureuse. J'ai même dit à Meg quand on était rien que nous deux : « Vraiment, je sais pas. Si j'étais elle, je me ferais apporter ses balloches sur un plateau. »

Meg s'est esclaffée. « Ça, je veux bien le croire. Mais pour elle, c'est pas la même chose. Elle a jamais voulu ce qu'elle pouvait avoir sans mal.

— Oh, que j'ai dit, elle pourrait l'avoir aisément, si elle savait s'y prendre. »

Meg a fait entendre un petit reniflement de mépris, pour moi ou pour mon idée. « Ça lui ferait la jambe ronde. Tu le vois, le Rimeur, attelé à une charrue ? Ou alors Elspeth, dormant par terre dans la grande salle du château ? » C'est drôle, moi, je m'étais jamais demandé oùsqu'il couchait, Thomas. J'avais toujours cru qu'il avait un lit de plumes, comme tout le monde au château.

« Les gens, ils doivent se marier, que j'ai insisté. Elle pourrait avoir une bonne maison et des marmots, et lui, il lui apporterait de quoi les faire vivre, de l'argent qu'il gagnerait en voyageant. Je dis pas que ce serait idéal, mais ce serait pas pire pour elle qu'à présent. »

Meg m'a pris la main. « Écoute donc, faut attendre et voir. Elle est encore jeunette pour se marier, et lui est pas bien vieux, même s'il fait comme s'il avait tout vu et tout connu. Mais, je t'en prie, va pas te mêler de lui dire un mot à cette petite pour lui mettre martel en tête.

— Moi, donner un conseil à une péronnelle pour ce qui est ses amours ? Elles m'intéressent pas les péronnelles – même si j'ai eu la main plutôt heureuse avec celle que j'ai choisie. »

La dernière fois qu'il est venu, c'était à l'automne. Il faisait beau et frais, ce jour-là, et Thomas est arrivé à flanc de colline en chantant.

Meg lui a jeté un seul regard et elle s'est écriée :

« Je m'en vas laver et ravauder ta cape bleue. Elle est à rougir de honte. Et tu vas en avoir grand besoin, à présent, avec l'hiver qui arrive. Ça m'étonnerait pas qu'on voie les loups cette année.

— Et votre raccommodage les tiendra à bonne distance, les loups ! qu'il s'est écrié en riant. L'hiver est encore bien loin. Je ne veux même pas y penser avant qu'il ne soit temps pour moi de repartir.

— Tu vas rester quelques jours alors ?

— Quelque jours, oui, qu'il répond. Assez longtemps pour m'entendre réfléchir. J'ai trop de mots et de notes qui me trottent par la tête. » Il avait les yeux brillants de fièvre, comme si les applaudissements de la cour lui trottaient encore par la tête, eux aussi. Il a baisé la vieille main de Maggie : « Très chère Meg. De toutes mes femmes, il n'y a que vous qui êtes assez bonne pour me ravauder une cape. »

Meg l'a regardé d'un air sévère, vu qu'elle savait toujours quand il cherchait à lui faire du charme et qu'elle aimait guère, à ce que je crois, cette façon de lui parler de « toutes mes femmes ». Mais elle a quand même gardé la main de Thomas dans la sienne.

Il était de si belle humeur que j'ai cru qu'il avait obtenu quelque faveur insigne, comme d'avoir été choisi peut-être pour devenir le chanteur attitré du roi. Mais la cour, semblait-il, devait se transporter de Selkirk à Jedburgh, pour la saison de la chasse, donc pour le moment, Thomas était en rupture de ban.

« Je me suis dit que j'allais essayer de changer un peu d'air, qu'il a expliqué, si tant est qu'il ait jamais vraiment donné d'explication. J'ai tout mon temps avant de me mettre en quête d'un lieu pourvu d'épaisses murailles pour y passer l'hiver. »

Le lendemain, il est parti voir Elspeth, tout seul. C'était une bien belle journée ; le ciel était d'un bleu profond, l'air si limpide qu'on apercevait les collines à perte de vue jusqu'aux lointains brumeux qui marquaient la mer, et à l'ouest on voyait la fumée s'élever des cheminées d'une ville qui se trouvait à une journée entière de marche. Ils s'en sont revenus tous les deux en fin d'après-midi ; la petite était en colère, mais pour une fois c'était pas contre Thomas.

« On l'a rattrapée, cette satanée vache ! que je l'ai entendue déclarer à Meg en tournant le coin de la maison. Et ce n'est quand même pas ma faute si Thomas est trop tête en l'air pour fermer les barrières !

— Je ne suis pas…, qu'il a commencé, mais aussitôt elle lui a coupé la parole.

— Et tout à coup, voilà qu'ils se mettent dans la tête que je ne peux pas me débrouiller toute seule. Je ne vais jamais nulle part, je ne fais jamais rien, et ils me traitent comme un bébé. Tout ça parce que je ne suis pas – parce que je n'ai pas – ce n'est pas juste !

— Elspeth, glisse Meg profitant de ce que la petite reprend son souffle. C'est-y que t'es venue ici sans la permission de ton frère ?

— Je lui ai dit où j'allais.

— Ma foi, dans ce cas, tu feras bien de t'en retourner.

— Oh, Meg... »

Mais du doigt ma bonne femme lui a indiqué la muraille rocheuse du Scar. Là-bas, au loin, on pouvait voir une nuée d'orage, noire comme un vol de corneilles, avec au-dessous l'ombre grise de la pluie. C'était tout ce qu'y a de joli à voir, très loin, par cette après-midi ensoleillée. Mais Meg a continué :

« Si tu files pas au plus vite, ce soir l'orage sera entre toi et la maison de ton frère. »

Elspeth, cependant, est restée clouée sur place. Au-dessus de nos têtes une crécerelle a crié, à nos pieds une souris a couiné. « Il va me corriger, a marmonné Elspeth. Il me l'a dit.

— Je vais venir avec toi », a aussitôt proposé Thomas.

La petite l'a dévisagé un bref instant. Il avait pas choisi le bon moment pour faire son galant en essayant de s'immiscer entre une fillette et le chef de sa famille au sujet d'une affaire qui le concernait directement, même s'il s'en rendait pas compte.

« Non merci, qu'elle a répondu fièrement. Oh, laissez-moi rester, qu'elle lance à Meg. Je m'en irai demain. Peut-être que Iain se sera calmé d'ici là, » Si j'étais son frère, moi, je la corrigerais encore plus fort si elle s'avisait de passer la nuit dehors – et sans doute qu'il en ferait autant, Iain, et elle le savait.

« Si je ne peux pas rester ici, qu'elle reprend en nous foudroyant du regard, d'abord Meg, puis moi, je dormirai dans les collines à la belle étoile, parce qu'il n'est pas question que je rentre chez nous ce soir, après ce qu'il m'a dit. »

Thomas avait l'air un peu dépassé par les événements, vu qu'il était pas habitué aux querelles de famille. « Voyons, qu'il lui dit gauchement, ce n'était pas si méchant. Ton frère se faisait du souci pour la vache, voilà tout… »

La gamine l'a regardé, déconfite : « Personne ne comprend. Et toi, tu es le pire de tous ! »

Et la voilà qui part en courant et contourne la maison pour gagner le bosquet de houx.

« Eh bien ? aboie Meg. Pourquoi vous ouvrez des yeux pareils, tous les deux ? Vous avez donc pas pour deux sous de cervelle ? Tu crois peut-être que ça lui a fait plaisir, Thomas, de se faire disputer par son frère devant toi, comme une petite fille ?

— Oh, qu'il a dit. Bien sûr... mais elle devrait quand même savoir que je n'irais pas m'occuper de...

— Cette petite, que je lui ai dit sans prendre de gants, elle a besoin d'avoir son chez soi. » Et je suis retourné à mon travail.

Elspeth est revenue à l'heure du souper, en même temps que les premières gouttes de pluie. Elles étincelaient dans ses cheveux quand elle est apparue sur le pas de la porte, tête haute. Elle avait dû essayer de remettre un peu d'ordre dans sa tenue, avant d'entrer, mais elle était encore toute dépenaillée après les heures qu'elle venait de passer dans les collines, avec des feuilles mortes accrochées à ses jupes, sa chevelure en bataille dans laquelle étaient prises des bribes de fougères et de bruyère, et même quelques airelles rouge vif.

« Je vous demande pardon pour le dérangement », qu'elle a dit d'un ton guindé.

Mais comme si elle avait rien dit, Thomas s'est écrié : « On jurerait que tu es une créature sauvage sortant tout droit de la Butte. »

C'était de la Butte aux Fées qu'il voulait parler et il a dit ça avec tant de révérence qu'elle a même pas pu protester. Et je peux vous dire qu'il la contemplait comme s'il voyait monts et merveilles ! Elle a tourné la tête, fièrement, pour le regarder, mais pas un mot est sorti de ses lèvres entrouvertes.

Même moi, j'ai senti que quelque chose avait changé ; on aurait dit qu'on avait cessé d'exister, Meg et moi, ou alors qu'on était témoins d'une histoire dont on faisait pas partie.

Thomas s'est levé et elle est allée auprès de lui ; il l'a fait asseoir à table, à ses côtés. Et paisiblement, nous avons soupé, chacun plongé dans ses pensées ; et quant à savoir quelles étaient celles du jeune couple, ça coulait de source, parce qu'ils avaient beau pas se toucher, le peu d'espace qu'y avait entre eux paraissait tout brûlant de désir.

Elspeth a aidé Meg à desservir, pendant que Tom pinçait distraitement les cordes de sa harpe, puis la nuit est tombée. Alors Tom lance : « Elspeth, tu vas dormir ici devant le feu. Moi, je vais aller dans la grange.

— Mais il pleut.

— Ça ne fait rien, qu'il dit. La grange était bien suffisante pour le gitan de Gavin – et d'ailleurs Meg a ravaudé ma cape bleue. »

La petiote lui a donné une peau de mouton, la pressant longuement et tendrement entre ses bras. Meg et moi, on s'est retirés dans notre chambre, bien contents d'être enfin seuls. La pluie tombait dru avec un bruit réconfortant et ni l'un, ni l'autre, on avait envie de causer.

Je me suis réveillé en sursaut au milieu de la nuit, sans trop savoir ce qui m'avait tiré du sommeil. Le chien se tenait tranquille et la pluie était moins forte. Mais pour sûr que j'avais entendu quelque chose.

Je suis sorti du lit et j'ai vu qu'y avait plus personne devant l'âtre. Le verrou de la porte était tiré. J'ai attendu un petit moment. J'ai songé à réveiller Meg, j'ai fait un pas vers la porte, je me suis ravisé, et puis au bout de quelque temps j'ai décidé que le mieux à faire, pour un vieux sot de mon espèce, c'était de se remettre au lit jusqu'au matin. Alors, c'est ce que j'ai fait.

Quand ils sont partis, on dormait encore ; il a raccompagné Elspeth jusqu'à Huntsleigh à travers les collines bien lavées, aux premières lueurs de l'aube, pour affronter le courroux de son frère. Thomas nous a confié plus tard qu'elle s'était comportée « en vraie demoiselle », comme il a dit, demandant si humblement pardon que Iain a eu le plus grand mal à jouer les frères fouettards – et d'ailleurs peut-être bien que sa femme l'avait sérieusement tancé pour s'être oublié à gronder la fillette devant son prétendant ! Je dois bien avouer, pourtant, que j'étais pas fâché que Thomas ait vu Iain en colère, attendu que le frère d'Elspeth est un rude gaillard, lent à se mettre en courroux mais prompt à agir – et c'était une bonne chose que le joueur de harpe le sache, si les choses devaient continuer de la sorte !

Après ça, on a vu Tom moins souvent, nous deux Meg, parce qu'il allait voir Elspeth à la ferme et l'aider à faire son travail là-bas, afin qu'ils puissent aller ensuite courir ensemble par monts et par vaux. (À ce qu'il nous a dit, il était le chouchou des petites nièces parce qu'il était capable de faire disparaître un sou et de le retrouver au fond de leurs oreilles !) Faut pas croire qu'il nous donnait pas les coups de main nécessaires, à Meg et à moi ; mais fidèle à sa parole, il paraissait rechercher la solitude pour « s'entendre réfléchir », alors quand il était pas en compagnie de la gamine, il errait parmi les collines.

Un beau jour, Tom est parti se promener tout seul en haut des Monts d'Eildon, où le monde, qu'il disait, s'étalait devant lui comme une carte étincelante de joyaux et où le seul bruit était celui du vent ébouriffant les genêts et les ajoncs. Il est parti les mains vides, sans même prendre sa harpe, et il est jamais revenu.

C'est que le lendemain, quand on a découvert qu'il était pas allé voir Elspeth, qu'on a commencé à redouter un malheur. Il aurait pu nous quitter sans nous dire au revoir, voyez-vous, mais jamais il serait parti sans sa harpe.

Ma foi, on s'est fait aider par tous ceux qui ont bien voulu, mais y a pas eu moyen d'en retrouver trace.

Personne l'avait vu ni entendu ; à croire qu'il s'était complètement volatilisé. On a même fait avertir l'intendant du comte ; c'est Iain qui y est allé et qui est revenu avec deux serviteurs et des chiens.

On a passé les Monts d'Eildon au peigne fin, sans rien découvrir. Si bien qu'à mon avis, jamais plus on reverra le Rimeur en ce monde.

DEUXIÈME PARTIE

Thomas

Thomas le Sincère se reposait sur un talus
Quand le pays des fées lui apparut
Et il y vit une brillante personne
Arriver à cheval près de l'Arbre d'Eildon.

De soie verte était sa jupe éclatante,
De fin velours était sa grande mante,
Et chacun des crins de son cheval blanc Portait
cinquante et neuf clochettes d'argent.
Chansons traditionnelles (*Child Ballad* n° 37)

Thomas, dit-elle, prends congé de la lune et du soleil,
Ainsi que des feuilles qui poussent sur l'arbre vermeil ;
Avec moi tu vas vivre pendant toute une année
Sans pouvoir dans le Monde du Milieu retourner.
Manuscrit Thornton, xve siècle

Maintenant, Thomas, il faut savoir être coi,
Quoi que tu puisses entendre et voir de nouveau,
Car au Pays des Elfes si tu souffles mot
Jamais plus tu ne pourras retourner chez toi.
Chansons traditionnelles (*Child Ballad* n° 37)

QUELLES CHANSONS FAUT-IL LEUR CHANTER au Pays des Elfes ?

En ce lieu où toutes les chansons sont vraies, où toutes les histoires sont l'Histoire… J'ai vu des amants parcourir ces clairières, les mains tendrement enlacées, le visage rayonnant, le pied foulant l'herbe avec légèreté comme s'ils avançaient à la surface du firmament étoilé. Et il y en a que j'ai presque reconnus : Niamh à la chevelure flamboyante avec Oisian l'Irlandais; le bel Aucassin avec sa douce Nicolette; et deux seigneurs d'aspect royal enlaçant la même reine gracieuse et allègre… d'autres visages, d'autres silhouettes à l'étrange costume, chacune avec sa propre histoire assurément, et chacune en paix à présent, ici où toutes les histoires prennent fin. Et je ne sais si leur paix était véritable, ou si ce n'était qu'une illusion de ce beau Pays des Elfes, qu'un jeu joué par les fées, qu'une œuvre d'art.

Je ne pouvais pas leur parler.

Une histoire peut commencer n'importe où, à la guise de celui qui la fait. Mon histoire à moi commence sous l'Arbre d'Eildon, là, sur le versant le plus oriental des Monts d'Eildon. Il me paraissait bien étrange d'y être assis sans bouger, tranquille et seul, la vie d'un ménestrel ne se prêtant guère à ce genre d'intermède. Je savourai ce moment de repos, humant l'air vif de l'automne, aux senteurs brûlées et piquantes, et contemplant, sans m'en lasser, la vaste étendue de collines et de ciel, ainsi que le fleuve qui étincelait en bas dans sa vallée. Très loin, car le son porte aisément dans l'atmosphère limpide des Monts d'Eildon, j'entendais bêler des moutons et j'entendais aussi la voix que prend le vent quand il fend les herbes. C'était la voix d'un plaisant compagnon, vaquant à ses propres affaires sans rien avoir de particulier à me dire.

Si je songeais à quoi que ce fût, je me disais sans doute que je devais être fou pour quitter régulièrement cet endroit. La vie que j'y menais ne ressemblait à rien de ce que j'avais connu auparavant. Ici vivaient des gens que j'aimais, qui ne semblaient rien vouloir de moi ; des gens qui s'inquiétaient de savoir si j'avais chaud ou froid, si j'étais affamé ou repu, triste ou gai, uniquement par affection pour moi et non parce qu'ils voulaient profiter de ma musique. Oh, j'essayais bien de me dire qu'ils en auraient fait autant pour n'importe qui, qu'ils n'avaient aucune raison d'avoir pour moi une tendresse particulière ; mais je savais que c'était une excuse de couard. La vérité, c'était qu'ils m'avaient ouvert leur cœur et que moi, je m'étais attaché à eux en retour. Par cet « eux », je veux simplement parler de Meg et de Gavin, sans doute ; car entre Elspeth et moi, ce qui existait allait désormais au-delà de la simple affection.

Tout cela était arrivé plus vite que je ne l'aurais voulu – encore que je n'ai à aucun moment cherché à établir de tels rapports. La petite m'avait plu, j'avais eu envie d'elle, mais pour cette fois l'assouvissement de mon désir ne l'avait nullement apaisé. Je ne voulais pas la déshonorer et pas seulement parce que j'aurais alors cessé d'être le bienvenu par ici. Elspeth était tellement différente des grandes dames et des filles faciles que j'avais connues jusque-là ; si farouchement elle-même ; si innocente. Naguère péronnelle railleuse et taquine, elle s'était depuis transformée en un être débordant de confiance – c'était un nid d'oiseau, un cœur battant la chamade que je tenais entre les mains – oh, toujours pleine d'esprit et d'étincelles, certes, mais n'ayant plus envers moi la moindre réserve. Auprès d'elle, on eût dit qu'une question m'avait été posée et que j'avais su y répondre. Je m'étais aperçu que j'avais envie d'être tout le temps avec elle, de lui parler, de la regarder, de l'entendre me faire rire. Je voulais la protéger de tout – oui, et de moi tout le premier. Je n'étais pas vraiment en mesure de raisonner clairement à son sujet. Quand j'essayais, je perdais mes distances – dans mes actes aussi bien que dans mes pensées, car songer à elle, c'était aussitôt me mettre en route pour aller la retrouver, et alors adieu à toute réflexion.

Cela m'amenait à penser que je ferais mieux de regagner bientôt la cour, plus tôt que je ne l'avais prévu. J'avais encore plusieurs chansons à composer pour les festins de Noël, sans compter des airs de danse ; en plus de quoi, avant de quitter Stirling, j'avais commandé pour les fêtes un habit neuf que je devais aller essayer, car la mode était aux vêtements ajustés. Une certaine comtesse avait déclaré qu'elle espérait me voir en bleu et j'avais entendu dire qu'elle était veuve depuis peu... Et il y avait aussi la fille du premier gentilhomme de Sa Majesté, donzelle qui en l'espace d'un an avait cessé de faire rebondir ses balles contre les murs du palais pour venir traîner dans la salle chaque fois que je jouais... J'avais en outre promis à la reine de nouveaux couplets sur la différence entre l'amour qu'un chevalier doit à son épouse et celui qu'il a pour sa maîtresse. Ici, je n'avançais pas dans mon travail. (J'avais brossé à l'intention d'Elspeth un tableau complet des festins royaux pendant les fêtes de Noël, avec les gâteaux en forme de cygnes, et les cygnes transformés en basilics... mais je ne suis pas sûr qu'elle m'ait cru... qu'il eût donc été amusant de lui faire découvrir tout cela !)

Du coin de l'œil, je discernai un mouvement, vif comme l'éclair, sur le versant de la colline. Je m'assis sur mon séant, les yeux écarquillés. On eût dit que la cour en personne était venue me chercher, qu'elle était sortie de mon rêve pour m'arracher à ma rêverie. Une dame montée sur un beau coursier blanc traversait le paysage. Elle était presque à ma hauteur ; j'avais dû être vraiment perdu dans mes pensées pour ne pas l'avoir entendue, car à la crinière et la bride de sa monture étaient suspendues des clochettes d'argent qui noyaient le babil du fleuve, tandis que ses sabots résonnaient sourdement sur la terre sèche.

Je bondis sur mes pieds, rassemblant au plus vite mes belles manières de courtisan. Se détachant contre l'herbe flétrie de l'automne, la dame juchée sur le coursier était aussi éclatante qu'un printemps. Sa robe était du vert tendre des premières feuilles, sa chevelure éparse brillait comme le soleil matinal. Auprès d'elle, tout devenait grossier.

Au même instant, je la reconnus. « Lilly ! m'exclamai-je. Quelle satanée idée que de venir me relancer jusqu'ici ! »

Son rire s'égrena comme une cascade. « Regarde mieux, Thomas. Et n'invoque donc pas le nom de l'Adversaire quand tu jures. »

Je tournai de nouveau les yeux vers elle. À côté d'une mèche de ses cheveux, une toile d'araignée paraissait un câble et les diamants perdaient tout leur éclat. Dans cette auréole d'or, son visage resplendissait d'une beauté indescriptible, à la fois plein d'esprit, de chaleur et de pitié.

Cette fois, je la reconnus et je m'agenouillai dans l'herbe, empli de respectueux effroi. « Majesté…

— Voyons, Thomas !

— … et reine du ciel. Sainte Marie, honte à moi…

— Mais non. » Sa voix était teintée de chagrin. « Thomas, regarde encore. »

Je la contemplai et vis une beauté bien au-delà de toutes les beautés humaines. Le coursier blanc agita la tête, faisant tinter les clochettes prises dans sa crinière mousseuse. « Belle dame, dis-je, je ne vous connais point.

— Mais moi, je te connais. Thomas le Rimeur, Thomas à l'esprit vif et aux doigts agiles. Je suis venue te chercher afin que tu joues pour moi, Thomas, car ton renom est parvenu jusque dans mon pays. Fais-moi entendre ta musique, Rimeur, et narre-moi tes récits. »

Je la dévisageai et sus qu'elle disait la vérité. Quel besoin de mentir aurait eu une telle créature, aussi indomptée que le vent et pourtant aussi réelle que la pierre ? Et je savais qu'aucun de mes contes ne pouvait égaler un des siens.

« Comment ? s'écria-t-elle en riant. Tu n'es donc plus ravi d'entendre parler de ta renommée ? » Ses lèvres étaient rouges comme des baies. « Je vois bien que non. Les paroles n'ont donc plus de charme pour toi, Rimeur ? »

À côté du sang chaud qui chantait à mes oreilles, les paroles étaient fragiles et irréelles. Pourquoi lui offrir des paroles ? Si j'avais pu la tirer à bas de sa monture et prendre dans l'herbe ses soies, sa bouche, ses mots et tout le reste, j'aurais assouvi mon désir le plus cher.

« Tu me connais, Thomas, dit-elle espiègle, si tu te donnes la peine de réfléchir. Tu as le droit d'essayer une dernière fois de deviner. » Mon corps me paraissait épais et lourd. Je ne pus que secouer la tête et la bride du cheval résonna, sa musique argentine faisant écho aux tintements qui m'emplissaient les oreilles.

« Thomas le Sincère, résous donc cette énigme : qu'est-ce que tu chantes à longueur de soirée et que tu rimes à longueur de journée ? L'amour fidèle, l'héroïsme, la gloire, le chagrin, l'enchantement... »

Mais toutes mes rimes s'étaient envolées.

Elle ajouta : « Femme de la Terre je ne suis, non plus que du Ciel. »

Son visage se brouilla devant mes yeux : toutes les femmes que j'avais jamais possédées s'y trouvaient, tous mes moments d'extase et d'assouvissement – et qu'ils paraissaient donc arides à côté de ceux qu'elle me promettait, défraîchis à côté de son animation, tristes à côté de sa joie de vivre.

« Je suis la Reine des Elfes, Thomas.

— Je le sais, m'entendis-je répondre d'une voix grêle et grinçante.

— Je ne suis pas faite pour tes appétits terrestres, continua-t-elle et ses dents blanches étaient aiguisées, ses yeux apitoyés emplis de cruauté. Tu ferais mieux de te détourner dès maintenant et de t'éloigner. »

Je fis un pas vers elle. Le cheval resta calme et immobile, broutant l'herbe. Elle se pencha par-dessus l'arçon de sa selle.

« Veux-tu donc un baiser de moi ? Tu le paieras fort cher. » La lumière dansait sur la douce moiteur de sa bouche. « Ose baiser mes lèvres et sache que ton corps suivra. »

Je lui adressai un demi-sourire, le souffle bloqué par une boule au fond de ma gorge. « Il vaut mieux l'espérer, non ?

— Crois-tu ? Tu seras à moi, Thomas. Laisse-moi donc m'assurer de ta personne. »

Je l'attirai jusqu'à ma bouche et savourai un fruit et une chair dont je n'avais seulement jamais rêvé. Elle étancha ma soif, mais en même temps m'emplit d'une faim dévorante qui ne me quitterait plus, je le savais. Un bref instant, mon esprit s'éclaircit et je me dis : je suis perdu.

Puis elle se glissa entre mes bras dans un bruissement de soie frissonnante. Je fus enveloppé de vert et d'or, tandis que le rouge de ses lèvres m'emportait jusque dans le cœur d'une flamme. Nous nous allongeâmes dans la laîche fanée et là où ce végétal piquait ma peau nue je ne sentais que les caresses de la terre ; quand les rochers et les racines s'enfonçaient dans ma chair, c'étaient les doigts de ma belle, et la plante de ses pieds, et la paume de ses mains. Elle était vent et pluie, elle me protégeait à tout jamais de tous les éléments en faisant de moi une partie d'eux. Lorsque la passion explosa au fond de moi, je sentis mon corps se désintégrer pour former les innombrables joyaux sous les collines, les étoiles dans les ténèbres.

Je gisais épuisé, pressé contre le sol, baigné de sueur. La Reine des Elfes, vêtue de pied en cap, se dressait au-dessus de moi. Elle fit courir un doigt frais le long de mon épaule et suça ma sueur d'une langue délicate. « Que tu chantes bien, dit-elle. Maintenant, lève-toi, Thomas, et habille-toi, car nous avons un long voyage devant nous.

— Quoi ? » marmonnai-je. L'odeur de la terre automnale était poignante contre mes narines, si douce que j'avais envie de pleurer.

« Il faut venir avec moi. Ton corps m'appartient, comme je te l'ai annoncé. Tu seras à moi pour sept ans ;

et pendant tout ce temps, tu me serviras de la façon qui me plaira le mieux. Viens, Thomas, lève-toi. »

Je roulai à plat dos. Tout le devant de ma personne était recouvert d'herbe et de terre. Loin au-dessus de nous, la voûte des cieux était assez bleue pour s'y noyer. « Je ne peux pas partir, dis-je. Ce lieu est ma patrie. » Jamais mes sens n'avaient si pleinement goûté la pureté de l'air, la senteur âcre de l'herbe, la façon dont la terre sur laquelle je reposais moulait mon corps, dont les racines plongeaient au plus profond de mon être. Quitter tout cela maintenant serait comme de m'arracher le cœur.

« Ce sera toujours ta patrie quand tu seras dans mon pays. Et tu pourras y revenir plus tard. Mais tu dois d'abord me suivre. Regarde-moi, Thomas. »

Elle se tenait au-dessus de moi, aussi grande et svelte qu'un jeune bouleau. J'eus de nouveau envie d'elle, comme je l'avais subodoré dès le début. Je me relevai sur un genou, une main encore crispée sur une touffe d'herbe, comme si ses racines étaient capables de m'ancrer au sol. « Belle dame, suppliai-je, ayez pitié de moi.

— Un marché conclu est un marché conclu. Il faut être à moi pour sept ans. Je vais remonter à cheval à présent, dis la reine, et tu monteras en croupe derrière moi. Ou bien tu resteras planté ici, sur cette froide colline, et tu me regarderas disparaître. Mais d'une façon comme de l'autre, tu seras à moi. Malgré tes supplications, c'est une preuve de pitié que de t'emmener avec moi. Tu t'apercevras que je ne suis pas difficile à servir. »

Sept ans. Lorsqu'elle bondit sur le dos de son coursier, elle n'était que grâce et musique. En la voyant si riche et si étrange contre la beauté resplendissante du monde, à la fois plus que le monde et moins que lui, je ne pouvais détacher mon regard d'elle ; elle était une énigme à élucider, un indice à suivre. Avec si peu de distance entre elle et moi, je sentais le tiraillement dans ma poitrine. Je ne pouvais pas la laisser partir. Je savais, certes, que j'avais des raisons de rester, mais j'étais incapable de raisonner ; des êtres chers dont je devais prendre congé, mais j'étais incapable de leur parler. Les doigts tremblants, je me rhabillai. Puis je pris sa main, cette main froide et forte, et je sautai à cheval derrière elle.

Le coursier fit deux pas en avant, puis il parut emporté par un véritable ouragan de vitesse. Le vent rugissait à mes oreilles. J'étais obligé de cligner des yeux pour y voir. Le monde défilait de chaque côté à une allure vertigineuse, ce qui m'épargna le spectacle des objets familiers, des endroits et des gens que je quittais ainsi. La reine chevauchait à un train d'enfer, le corps tendu, les muscles bandés comme une jeune chasseresse. Une vague d'orgueil m'engloutit : je me dis qu'il n'était pas du tout mauvais de lui appartenir.

Combien de temps nous galopâmes ainsi, je n'en sais rien. La lumière disparut vite, comme si nous nous étions entraînés au-delà de la trajectoire de l'astre solaire. Dans l'obscurité totale, il y eut un moment où toute rumeur s'éteignit. Puis j'entendis le bruit régulier de sabots fouettant l'eau.

Pour la première fois depuis que nous avions commencé notre course, la reine me parla : « Tu vas avoir les pieds mouillés, Thomas. Mais tant pis. »

Alors même qu'elle prononçait ces mots, je sentis une tiédeur que je n'aurais peut-être pas reconnue comme étant celle de l'eau chatouiller la pointe de mes bottes. Comme une main chaude, elle enveloppa mes pieds et grimpa le long de mes chevilles et de mes jambes jusqu'à mes genoux. Le cheval poursuivit sa route sans hésiter et ne paraissait pas avoir besoin de clarté pour se diriger. Mes membres inférieurs fendaient aisément les flots tièdes, dans une espèce de confortable songe. À en juger par les bruits qui me parvenaient, nous étions dans une grotte et nous franchissions un fleuve souterrain. Je n'aurais jamais cru qu'il pourrait être d'une température aussi délicieuse : tous les cours d'eau de montagne que je connaissais étaient glacés. J'appuyai la tête contre le dos de la Reine des Elfes, l'entourant de mes bras, sentant l'eau couler autour de moi, soutenu par le réconfort de son corps souple. Le rythme des sabots était celui d'un cœur qui bat. Et nos deux cœurs battant à l'unisson évoquaient le rugissement lointain de l'océan, le bruit que l'on entend au fond d'une conque.

Je ne sais si je dormais ou veillais, dans ces profondes ténèbres. Il me semblait entendre des chants, des berceuses que j'avais connues jadis… mais quand je voulus les écouter, elles furent englouties dans le pouls assourdissant des eaux.

J'avais la bouche affreusement sèche, la gorge rugueuse, comme si je venais de hurler. « Que tu as bien chanté, Thomas, dit la reine. Tu as raison de chanter les airs que tu as entendus naguère, niché sous le sein de ta mère. Et maintenant dis adieu à la lune et au soleil, ainsi qu'à la feuille sur l'arbre vermeil. Car nous venons de franchir la limite du Monde du Milieu. »

Entre nos jambes, le corps du cheval se mit à gravir une pente et le niveau de l'eau baissa le long de mes jambes. Une faible lumière commença à luire autour de nous, la grisaille du petit jour, mais plus indécise, plus lugubre. Au contact de ce que je croyais être l'eau du fleuve, mes jambes avaient foncé ; mais à mesure que la lumière s'intensifiait, je vis la couleur de ce liquide qui s'égouttait dans la poussière du sol, un rouge profond et criard.

« Du sang…, m'exclamai-je d'une voix rauque.

La terre ne peut absorber tout le sang que l'on répand à sa surface. Aussi le flot s'engloutit-il dans les profondeurs. Nous l'avons traversé à présent ; bientôt, sa trace aura disparu de ton corps. »

Le long de mes jambes, le fleuve que nous venions de traverser avait laissé le sang des batailles se confondant avec celui des accouchements et des pucelages, celui des doigts entaillés pour les serments d'enfants et celui des blessures plus profondes qu'infligent les luttes fratricides ; le sang des voyageurs assassinés pour leur or et celui coulant d'écorchures à peine remarquées l'été dans les champs… Je m'entendis crier, comme un nouveau-né venant au monde, au lieu d'un homme qui venait de le quitter. Une soif intolérable me tenaillait. Cramponné à la reine, je sentis l'aiguillon salé de mes propres larmes me piquer les lèvres.

« Regarde à présent. »

Nous étions dans une vaste plaine étendant à perte de vue son camaïeu de gris, depuis le presque noir des ombres jusqu'au gris pâle et nacré du ciel couvert qui paraissait suspendu, impénétrable, au-dessus de nous.

« Quel est cet endroit ? demandai-je, à peine capable de balbutier ces mots tant j'avais soif.

— Nulle part. »

D'une infime pression des jambes, la Reine des Elfes remit le cheval au galop. Le désert paraissait déferler autour de nous, les lieues fulgurantes se succédant sans le moindre changement. Soudain je sentis le cheval prendre son élan pour un bond immense et nous nous envolâmes, planant plus longtemps dans les airs que n'aurait pu le faire un vrai cheval, pour atterrir avec la douceur d'un baiser sur une terre verdoyante.

C'était un verger tapissé d'herbe veloutée parsemée de fleurs blanches et jaunes. Je sentis mon cœur se serrer, en songeant aux vergers de mon enfance, où mon frère m'avait soulevé jusqu'aux branches des arbres pour cueillir des fruits – puis je me rendis compte que ce verger-ci n'avait rien de commun avec eux. Ici, l'herbe était trop verte, l'écorce des arbres avait l'éclat de l'argent ; les fleurs roses et blanches – non, c'étaient des feuilles vertes fraîchement déployées – non, les rameaux de l'été chargés de pêches et d'abricots – non, le parfum mûrissant des fruits d'automne… Chaque fois que je regardais, je voyais et sentais une saison différente. Mes cinq sens étaient en proie au vertige.

« Viens, Thomas. » La Reine des Elfes se laissa glisser à bas du cheval et leva les bras pour m'aider à descendre. J'en avais besoin, car lorsque mes jambes touchèrent le sol elles se dérobèrent sous moi, tant elles étaient raides et gourdes après la longue chevauchée. Je ne pus me retenir de rire de ma faiblesse ; et la reine rit avec moi en m'aidant à m'asseoir. J'ôtai mes bottes et recroquevillai mes orteils dans l'herbe haute.

Nous étions à présent dans un verger en plein été, croulant sous les pêches et les abricots bien dorés, ainsi que sous des cerises rouge sombre qui ressemblaient à des grappes de rubis. Juste au-dessus de ma tête pendait une pêche parfaite, à la peau veloutée comme le dos d'un bourdon. Elle était si près que son parfum chatouillait mes narines. Si j'avais dû me mettre debout pour la cueillir, je me serais peut-être évanoui, car j'avais la tête qui tournait et le ventre vide. Mais je n'eus qu'à tendre une main pour séparer de l'arbre le fruit chauffé par le soleil.

« Ah, non, s'écria la reine. Vas-tu donc prendre ce qui ne t'appartient pas ?

— Et vous, allez-vous donc me laisser mourir de faim, ici, au Pays des Elfes ? ripostai-je, serrant dans ma main ce fruit dont la fragrance était une tentation.

— Nous ne sommes pas au Pays des Elfes, dit-elle du ton sévère que l'on prend pour réprimander un enfant capricieux. Dans un instant, je te le montrerai. Mais pour commencer, tu vas devoir apprendre à maîtriser tes appétits. Ton ancêtre Adam s'est dit, lui aussi, que ce serait une excellente chose que de goûter au fruit de l'Arbre – je vois qu'il a tout simplement lancé une mode pour les mortels, mais qu'il ne t'a rien appris pour tirer les leçons de sa mésaventure. »

Elle était vraiment bien placée pour me faire des sermons de morale, la reine de cette contrée sans Dieu qu'on appelle le Pays des Elfes ! Je n'étais pas un voleur, cependant. Furieux, je jetai la pêche.

« Ne te fâche pas, reprit-elle plus doucement. Il faut me faire confiance sur le chapitre des enchantements. Si tu avais goûté à ce fruit, tu étais perdu pour moi – et ton âme était perdue pour toi. Tiens… » De sous un pli de son manteau, elle sortit une miche de pain et une cruche de vin. « Mange et bois ceci. Ça ne te fera pas de mal : le pain a été cuit à Boulogne, dans le beau pays de France, et les raisins pressés en Sicile. »

Je pense que personne n'ira me critiquer si j'avoue m'être jeté sur ces denrées avec un peu moins de retenue que ne l'exigeaient les bonnes manières. La reine paraissait fort à l'aise dans ce verger ; elle se fit une couronne de cerises qu'elle posa de travers sur ses cheveux dorés, lui donnant une inclinaison un peu canaille, restant sagement assise, comme une petite fille à un goûter d'enfants. Je remarquai toutefois qu'elle non plus ne consommait pas un seul fruit.

La collation me rendit quelques forces. Ma souveraine rayonnait à présent d'une grâce juvénile, aussi fraîche que le verger lui-même ; et je ne pus m'empêcher de redresser la couronne qui lui ceignait le crâne, en plongeant les doigts dans le somptueux nuage de ses cheveux soyeux. Mais ses doigts vinrent aussitôt saisir les miens tandis qu'elle s'exclamait en riant : « Ah, non, Thomas, tu ne penses donc qu'à cela ?

— Madame, dis-je galamment, comment ne pas y penser quand votre beauté resplendit comme… » Je m'interrompis assez confus car j'avais été sur le point de dire « comme des cerises ». Ce qui n'était pas franchement ravissant ;

je savais que je pouvais mieux faire si je m'en donnais la peine. Mais dans ce verger, il était bien difficile de penser à autre chose comme si l'endroit lui-même était plus réel que tout le reste.

« Je vois, dit la reine. Ce n'est pas toi qui es incapable de résister, mais moi qui suis irrésistible ? » Il n'existe pas une mortelle au monde à qui cette notion ne semblera pas exquise. Mais la Reine des Elfes me dit : « Dans ce cas, je vais te faciliter la tâche. »

Il y eut comme un frisson dans l'air tout autour d'elle. Et là, assise à la place de ma Reine de Mai, je vis soudain une vieille mégère flétrie. Elle avait le cheveu pauvre, le visage sec et ridé, les mains crochues et déformées. Il n'y avait pas jusqu'à sa robe qui ne fût usée jusqu'à la corde. La couronne de cerises était le seul de ses attributs qui eût le moindre éclat et, sur une tête pareille, elle était devenue une véritable abomination. De la vilaine bouche édentée, j'entendis sortir le rire cristallin de la Reine des Elfes.

« Tu peux me toucher autant que tu voudras à présent, Thomas. Viens, pose ta belle tête sur mes genoux. »

Je m'aperçus que j'avais le dos contre un arbre.

« Ne me refuse pas, ordonna-t-elle d'un ton coupant. Viens. »

Je m'agenouillai dans l'herbe à ses côtés et posai la tête sur l'étoffe défraîchie de sa robe. Elle sentait la lavande et la tanaisie, deux herbes que les campagnardes mettent dans les coffres où elles rangent leurs effets. Ma nourrice, autrefois, dégageait le même parfum. Je me souvenais de l'avoir suivie partout, le poing crispé dans les plis de sa jupe odorante.

Je sentis dans mes cheveux une main griffue, pressant ma tête contre la cuisse décharnée de la Reine des Elfes et l'y maintenant immobile. « Ah, caqueta-t-elle, est-il aisé de résister, maintenant ? Mais ne veux-tu pas voir des merveilles, joueur de Harpe ? Regarde l'endroit que je t'indique... regarde... »

Ses doigts cruels me tordirent la tête, si bien que mon regard se porta au-delà des arbres jusqu'à un endroit où un sentier s'enfonçait dans une vallée-le genre de sentier grossier qu'un bûcheron taille à travers un épais fourré de ronces, pour marquer son passage, avec à peine assez de place de part et d'autre pour qu'un thorax et deux bras puissent s'y faufiler. Il descendait en serpentant, sombre et traître, et les épines qui le bordaient paraissaient féroces.

« Veux-tu que nous parcourions ce chemin côte à côte, toi et moi ? me demanda la Reine des Elfes, puis elle attendit ma réponse.

— Belle dame, dis-je, je doute qu'un seul de nous deux puisse se frayer un passage jusqu'en bas.

— Ah, le petit malin ! Tu dis plus vrai que tu ne le crois. Mais que penses-tu de celui-là ? »

Et de tourner ma tête d'un autre côté.

Cette fois, je vis une véritable route, large et bien entretenue, où deux charrettes de bonne taille auraient eu la place de se croiser, voire toute une compagnie de chevaux. Elle déroulait agréablement son ruban à travers l'herbe d'un vallon.

« Où s'en va-t-elle ? demandai-je.

— Où crois-tu qu'elle aille ?

— Nulle part qui puisse nous intéresser », répondis-je. Elle avait cet aspect trop soigné qu'ont souvent les parcs aux cerfs du roi, où il ne reste plus la moindre pierre pour faire trébucher un cheval et où les cavaliers viennent surtout faire étalage de leurs belles toilettes.

« Bien, dit-elle. Et ceci ? »

À ces mots, je faillis avoir le souffle coupé. Il n'y avait pas la moindre route, rien qu'un vaste pan de vallée et de colline, bleu argenté et vert sous la brume. Tandis que je le contemplais, le fin rideau se déchira pour me laisser apercevoir une minuscule route d'ivoire serpentant à travers bois, champ et ruisseau pour grimper jusqu'à un château, au loin, qui se détachait délicatement contre le sommet de la colline.

« Tu te tais, Rimeur ?

— La voilà, dis-je doucement, voilà la route qu'il me faut.

— Oui, c'est bien ce que je pensais. » Elle se releva et tandis qu'elle secouait ses habits, ils reprirent leur belle couleur verte. « Voilà la route qui mène au beau Pays des Elfes, Thomas, celle-là même que tu as envie d'emprunter. »

Alors une joie étrange m'envahit. J'eus le sentiment que je rentrais chez moi. C'était l'endroit que je chantais depuis toujours, la vision qui m'emplissait les yeux quand je les fermais pour chanter.

Jamais je n'aurais osé croire qu'elle pourrait un jour devenir réalité.

Ayant retrouvé sa beauté, la reine, douce et joyeuse, prit mes deux mains et me sourit : « Je vois que tu t'en accommodes. Alors, es-tu content de m'avoir embrassée près de ! » Arbre d'Eildon ? »

Ses yeux étaient d'un bleu aussi éclatant que le ciel. « Belle dame, lui dis-je, ces sept années vont s'écouler aussi vite que sept journées.

— Crois-tu ? demanda-t-elle gravement. Je puis faire qu'il en soit ainsi. Les ballades auraient dû te l'enseigner – ou bien n'as-tu rien appris de tes propres chansons ? Nous arrivons : sept jours de plaisir passent, sept nuits de festins et de délices – et puis c'est fini. "Prends tes cliques et tes claques, Thomas ! Il est temps de regagner ta patrie ! – Mais voyons, belle dame, je n'ai passé ici qu'une courte semaine… – Oh, non, Thomas. Cela fait bel et bien sept années que tes pieds n'ont plus foulé la Terre. Tandis que tu festoyais parmi nous, tes amis ont vieilli et tu leur as manqué, mais à présent tu vas aller les retrouver." Voilà ! »

Elle me dévisagea avec un adorable mélange de malice et d'ardeur dans ses yeux bruns pleins de confiance.

« Qu'en dis-tu ? »

La brume s'épaississait à nouveau sur le lointain versant, ondulant parmi les ombres bleutées des arbres et s'enroulant en volutes autour des crêtes.

« Belle dame, dis-je, toute ma vie j'ai brûlé du désir de connaître le Pays des Elfes. Quand j'étais petit… »

Je m'interrompis soudain. Jamais je n'avais confié ce secret à quiconque.

« Je me rappelle très bien le temps où tu étais petit, dit-elle doucement. Continue.

— Je croyais – je ne pensais pas être vraiment humain. Je ne plaisais à personne – enfin, je veux dire à aucun de mes camarades – ni à mon frère et à sa – sa femme – et je croyais que j'étais – Dieu sait comment – que je n'étais pas de leur monde. » J'avais le plus grand mal à énoncer mes mots, c'était comme de traverser un roncier. J'avais honte de ma confession, et honte aussi de ne pas pouvoir la faire sans éprouver l'ancienne souffrance, aussi vive qu'avant. « Je croyais que je venais d'ailleurs. Que j'appartenais à un autre peuple, finis-je par lâcher tout à trac.

— Mais tu te trompais, bien sûr. » Elle s'éloigna, la mine boudeuse, en écartant du pied les feuilles mortes. Le verger avait basculé dans l'automne et la couronne sur sa tête était faite de feuillages et de baies rouges. « Tu es un habitant de la Terre. Le Pays des Elfes n'est pas ta patrie.

— Je le sais bien », lançai-je sèchement – car je ne m'attendais pas vraiment à ce qu'elle répondit autre chose, non, pas vraiment. « Mais quand même, accordez-moi mes sept pleines années ici.

— Comme tu voudras. » Ses yeux étaient d'or fauve. « Mais comprends bien ceci : tu n'es pas du Pays des Elfes. Tu crois connaître le monde des Fées mais toutes les chansons, tous les récits que tu connais ne sont que de très pâles reflets de la vérité. Un jour, tout cela aura peut-être un goût trop fort pour toi, Rimeur – et alors avec quelle impatience tu attendras la fin des sept années pour sentir encore une fois la surface rugueuse du Monde du Milieu sous tes pieds. Le Pays des Elfes, cependant, mon univers féerique, sait retenir ses biens. Ne t'y trompe pas : il te désire autant que toi, tu l'as désiré. Sers-moi bien et je te rendrai ta liberté au bout de sept années. Mais je t'impose la condition que voici : tu ne prononceras pas un seul mot en ces lieux, sans quoi jamais plus tu ne reverras ton propre pays. Tu peux me parler à moi, Thomas, mais à moi seule – et tu peux chanter pour mes invités dans ma grande salle, car c'est pour cela que je t'ai amené de chez toi. Mais quoi que les autres puissent te dire, dans les bois, les champs ou les salles du château, veille bien à ne répondre à personne d'autre qu'à moi. »

Pénétrer muet au Pays des Elfes ? Fi, la vilaine condition à faire respecter par un homme amoureux des mots ! Si c'était une plaisanterie, je la trouvais saumâtre.

« Belle dame, protestai-je. Je connais les chansons. Jamais dans aucune je n'ai entendu parler d'un sort aussi cruel. »

Elle m'adressa un chaud sourire. « Mais ce récit est celui de tes aventures, Thomas, et tu n'en connais pas la fin. Et puisque je te sais si bien versé dans les us et coutumes de la gent féerique, je n'ai point besoin d'ajouter que les mortels, quels qu'ils soient, sont tenus de ne pas avaler un seul mets du Pays des Elfes. N'aie crainte, cependant – tu ne manqueras de rien. » Je sentis de nouveau le pouvoir du maître : mon sort était entre ses mains, désormais, et si elle posait des conditions, force m'était de m'y plier, de même que je m'étais toujours – ou presque – soumis aux ordres des grands de ce inonde. La dignité ne me laissait qu'une seule issue, m'incliner profondément devant elle. « Comme vous voudrez. »

Au loin sur le coteau, la brume allait et venait. En dépit de tout ce qu'avait dit la Reine des Elfes, j'étais consumé par l'envie de fouler ce chemin.

La dame siffla son cheval et le superbe animal arriva au trot, apparemment aussi désireux que moi de se mettre en route. Seule la Reine des Elfes resta un instant dans le verger, tournant et retournant entre ses doigts la couronne de feuilles. Puis, haussant très légèrement les épaules, elle la lança de toutes ses forces par-dessus les arbres, avant de bondir en selle et de m'aider à monter en croupe.

La route d'ivoire commençait presque à nos pieds, dans l'herbe du verger. Pour une fois, le coursier la parcourut comme aurait pu le faire un cheval ordinaire suivant une route normale. Autour de nous s'élevait le paysage bleu-vert, les champs, les arbres et les collines éloignées. J'avais le cœur léger et je chantai joyeusement comme je ne l'avais plus fait, sans doute, depuis l'enfance.

Voulez-vous tenir un pari, jolie brune,
Cinquante pièces d'or contre une,
Si au Mont Broomfield vous vous rendez pucelle,
Il y a peu de chances que vous reveniez telle…

La Reine des Elfes se mit à rire et se joignit à moi pour le refrain : « Oh, le genêt, le genêt joli joli. »

Nous franchîmes un ruisseau sur un charmant pont de pierre en dos-d'âne. « Belle dame, demandai-je, ce pays n'a donc point d'habitants ? »

Elle se retourna sur sa selle pour me lancer un regard moqueur. « Voyons, Thomas – ils sont tout autour de toi ! Tu ne les as donc pas vus ? »

Je sentis mon visage s'embraser de gêne. « Non, madame.

— Il faut apprendre à regarder. Tu en prendras l'habitude, le temps aidant. »

Je jetai un coup d'œil à la ronde, mais je ne voyais toujours rien. Nous traversions un bois de hêtres à présent, le soleil dardait ses rayon jaunes obliques à travers les fûts blancs des arbres et leurs vertes frondaisons.

« Regarde cet arbre, murmura-t-elle en me l'indiquant du menton. Du coin de l'œil. »

Je détournai la tête et en effet, du coin de l'œil, je saisis la vision fugitive d'une silhouette féminine debout près de l'arbre, longue et blanche, avec une chevelure d'argent.

« L'as-tu vue ?

— Une femme...

— Oui. C'est une de miennes. »

Je ne compris pas bien si elle voulait dire par là une de ses sujettes ou une de ses suivantes ou même une de ses enfants. Je regardai de nouveau, de biais, et je surpris la nymphe occupée à faire ce qui, chez les humains en tout cas, passe pour un geste obscène.

La Reine des Elfes s'esclaffa. « La nouvelle de ton arrivée va nous précéder. Souviens-toi : tu ne dois pas dire un mot à quiconque. »

J'obéis, ce qui ne m'empêcha pas de me retourner et d'y aller moi aussi de mon geste en direction de la nymphe.

« Tu n'es encore qu'un enfant, dit la Reine à qui la chose ne semblait pas déplaire le moins du monde.

— Je ne vous dis pas non, répondis-je avec franchise. J'ai l'impression d'être un jeune garçon. » Je me rappelais justement certains de mes jours de congé les plus mémorables ; je me mis à narrer à la reine dans quels guêpiers je m'étais parfois fourré et comment je m'en étais extirpé… cela ne parut pas l'ennuyer. Des moments oubliés depuis longtemps surgirent soudain pêle-mêle de ma mémoire et franchirent mes lèvres. Tout en parlant, je commençai à voir du coin des yeux certains des habitants de cette contrée : les uns élancés et gracieux comme la reine ; les autres si minuscules que je les aurais pris pour des oiseaux, si je n'avais pas su à quoi m'en tenir. J'appris à me retenir de tourner la tête pour mieux les voir, car quand je le faisais, ils n'étaient plus là. Les oiseaux et leurs chants étaient absents de ce bois. Je n'entendais rien d'autre que le tintinnabulement des clochettes d'argent de la bride, le claquement des sabots contre la route, le vent dans les feuilles et le lointain murmure d'un ruisseau – et par-dessus tout cela, ma propre voix qui parlait, pérorait, racontait à la reine tout ce qui m'était arrivé dans mon ancienne vie, dans ce monde de l'enfance que j'avais laissé derrière moi il y avait bien longtemps, par la parole, la pensée et la mémoire.

« Ta chatte, Flocon, me disait la reine d'un ton encourageant. Elle chassait bien, elle aussi ? »

Je commençai à répondre, entendis ma propre voix et me tus. « Belle dame, balbutiai-je, je… » Que diable me prenait-il de babiller ainsi au sujet de mon enfance devant la Reine des Elfes ? Et d'abord, que faisais-je donc en ce lieu ? Comment en étais-je venu si aisément à l'embrasser sous l'arbre et à enfourcher son cheval pour passer de mon univers dans le sien ?

« S'il vous plaît…, dis-je, bredouillant toujours, puis je parvins à me ressaisir suffisamment pour ajouter non sans dignité : J'aimerais mieux ne plus parler.

— Je crois que ce n'est pas vrai », dit-elle d'un ton adorablement raisonnable. Puis elle rit. « Te crois-tu victime d'un sortilège ? Est-ce bien cela, Thomas ? »

J'ai horreur qu'on se moque de moi. Et j'avais toutes les raisons de me croire ensorcelé.

« Tu ne comprends pas, reprit la reine d'une voix indulgente. Aucun sortilège ne s'attache à toi. Mais maintenant, tu es à moi, et ce qui me plaît devrait, en toute logique, te plaire aussi. Or il me plaît de t'entendre parler.

— Et si je n'en ai point envie ?

— Dans ce cas, évidemment, tu garderas le silence. Mais pourquoi, mon cher garçon ? N'as-tu pas toute ta vie offert aux autres le plaisir de ta voix, de ton esprit et de tes mots ? Tu as toujours su te rendre utile. Tu me seras utile à moi aussi et tu me donneras du plaisir. Tu sauras toujours si j'ai envie d'entendre une chanson, ou d'être embrassée, ou de me voir apporter à boire, ou d'être seule.

— Voilà qui me paraît refléter une bonne part de magie.

— Bien sûr que c'est de la magie ! Je suis magique, moi ! Et je ne choisis jamais mes gens parmi les rabat-joie ou les sots. Dès le moment où tu m'as vue, tu aurais eu bien du mal à me refuser quoi que ce soit. Le désir que tu as éprouvé envers moi, ce désir qui t'a fait tourner la tête et bouillir le sang… il ne faut pas le confondre avec la concupiscence qu'ont pu t'inspirer les mortelles. Je règne sur tout le Pays des Elfes, Thomas – pour te dominer, je n'ai nul besoin de sortilèges. »

Je m'aperçus que ses mots eux-mêmes éveillaient en moi un désir lancinant que je m'efforçai de masquer par des propos galants quelque peu empesés :

« Néanmoins, je crois avoir mieux pour vous divertir que les souvenirs d'un petit garçon et de ses animaux de compagnie.

— Si tu veux, répondit-elle avec une froide indifférence. De toute façon, je t'aurai tout fait raconter avant que tes sept années ne soient écoulées. »

En réponse, je la serrai très fort dans mes bras et lui posai des petits baisers dans le cou. Ce qui n'est pas très malin quand la femme que l'on câline ainsi tient les rênes du coursier que vous chevauchez ensemble : je manquai tomber à terre lorsque le cheval fit un brusque écart et rejeta la tête en arrière si violemment qu'elle faillit heurter nos deux visages. Une blanche colombe venait de traverser le chemin à tire-d'aile juste devant lui. Un sifflement affreux suivit aussitôt et une flèche d'argent s'enfonça dans un arbre au-dessus de nos têtes.

La reine apaisa son cheval et leva la main ; la colombe vint se poser sur son doigt à l'instant même où un autre animal se frayait un passage en force à travers bois.

C'était un cheval noir, le plus gigantesque que j'aie jamais vu, plus grand qu'un cheval de trait, mais possédant l'anatomie déliée du cheval de course. Il était monté par un cavalier aux longs cheveux d'ébène tout de noir vêtu – seuls ses sourcils et ses lèvres étaient rouges comme un coucher de soleil. Il tenait à la main un arc démesuré. En nous voyant, il arrêta brutalement sa monture, au point de lui faire venir l'écume aux lèvres et agiter la tête.

La reine se tenait immobile sur son propre coursier, avec sur son doigt la colombe qui paraissait d'albâtre.

« Eh bien, mon frère, lança-t-elle sèchement au cavalier, qu'est-ce donc ? »

Le visage de l'elfe noir était aussi dur et froid que le sien. « Ma sœur, je ne fais que me divertir.

— Ah bon ? Et serez-vous diverti aussi quand je prendrai vos deux yeux pour les donner à mâchonner à Celui-qui-n'a-pas-de-nom ? Car il me paraît évident que vos yeux ne vous sont plus d'aucune utilité si vous n'avez point su voir que cet oiseau est un des miens.

— Il ne l'est plus pour longtemps, répliqua le chasseur. Le temps qui lui est imparti est presque écoulé et il n'a pas encore réussi.

— S'il échoue, vous aurez alors le droit de le chasser. Mais pour le moment… » Elle leva la main et la colombe prit son essor, mais elle resta à voler autour de nos têtes, comme si elle redoutait de quitter ce sanctuaire.

Le chasseur ricana. « Ah, ma sœur ! Que vous êtes donc miséricordieuse ! Vous n'êtes point la seule à avoir fréquenté le Monde. Je l'y ai suivi, moi aussi, l'oiseau que voici, et j'ai observé ses piteuses tentatives. Vous ririez à vous en rendre malade si vous les aviez vues : pauvre colombe sans voix, c'est un volatile assez commun là-bas. Et dire qu'il se donnait tant de mal pour obtenir toute l'attention qui lui est due. »

La reine contempla le cavalier noir et son visage reflétait un amusement qui était le jumeau du sien.

« Peut-être. Peut-être lui prêterai-je la voix de Thomas – il n'en aura pas besoin d'ici un certain temps. » Et tout en parlant, elle me caressa la jambe du bout du doigt, ce qui déclencha chez moi un frisson d'horreur et de désir mélangés. Ce n'est pas une sensation dont je puis vanter les délices en toute honnêteté.

« Eh là, toi ! aboya le chasseur d'un ton impérieux en me regardant. Quelle espèce d'homme es-tu ? » Me rappelant la condition posée par la reine, je me gardai bien entendu de répondre – en étais-je encore capable, d'ailleurs, soumis comme je l'étais aux doigts et aux paroles de la reine ? J'évitai de me le demander.

« Allons, insista-t-il d'un ton enjôleur quoique toujours impérieux. Thomas… qui es-tu ?

— Ne soyez pas si sot, lança la reine.

— Vous m'avez confié son nom, n'ai-je point le droit de m'en servir ?

— Pauvre sot, répéta-t-elle d'un ton méprisant. Vous connaissez le Monde moins bien encore que vous ne le croyez. Il y a des milliers de Thomas dans le Monde du Milieu. Ce nom a autant de pouvoir qu'une noix. »

Le chasseur n'eut pas l'air penaud pour autant.

« Ma foi, rétorqua-t-il, dans ce cas je trouverai bien un autre moyen.

— Peuh ! fit la reine avec un ronflement dédaigneux. Vous dites cela uniquement pour me contrarier. S'il était à vous, vous ne sauriez qu'en faire.

— Peut-être. » Et sans un mot d'adieu, le cavalier noir fit tourner bride à son cheval et disparut parmi les arbres.

La colombe redescendit se poser sur le doigt de la reine. « Va-t'en, lui dit celle-ci. Tu n'as plus beaucoup de temps, mais il n'est point encore tout à fait écoulé. » Elle secoua la main et l'oiseau s'envola.

« Eh bien, Thomas, es-tu muet ? »

— Eh oui, muet, la bouche sèche et la gorge serrée par la peur d'être bel et bien privé de ma voix et aussi par la tension de l'étrange combat que je venais de voir s'engager… « Non, dis-je enfin, en poussant aussitôt un soupir de soulagement. Non, prudent, tout simplement.

— Tu fais fort bien. Tu n'as rien à craindre de mon seigneur aux flèches d'argent – les mortels n'ont aucun charme pour lui. »

Si elle croyait me rassurer par ces mots ! Mais je ne restai pas longtemps à me morfondre. Ma compagne aux cheveux d'or et aux riches habits verts me fit traverser les forêts qui composaient son splendide royaume. J'étais à la merci de la Reine des Elfes et tout autour de moi se déployait le Pays des Rêves. Les forêts cédèrent la place aux prairies. Nous avions perdu la route d'ivoire aperçue depuis le verger ; pourtant, en gravissant la colline, au milieu des herbes ondulantes, nous ne paraissions nullement cheminer au hasard, car on eût dit que le cheval suivait une route invisible. Au-dessus de nous se détachait le château qui couronnait le sommet et qui n'avait plus désormais la taille d'un jouet : quoique toujours aussi lumineux et délicat qu'un objet en ivoire sculpté, il était en outre aussi solide que l'acier. Des murailles où l'on ne discernait ni herse ni porte le ceignaient.

La reine empoigna un cor qui pendait à son côté et que j'avais pris pour un cor de chasse. L'ayant levé comme pour souffler dedans afin d'annoncer son arrivée, elle secoua la tête et le laissa retomber en silence. Puis elle me sourit, la malice au fond de ses yeux verts : « Tu es prêt, Thomas ? »

Je me cramponnai avec l'énergie du désespoir tandis que le coursier blanc prenait son élan pour bondir. Il y eut une brusque rafale de vent et presque aussitôt nous retombâmes à grand bruit devant les écuries et des courtisans accoururent de partout pour nous accueillir.

Quand je dis de partout, je ne parle pas seulement de portes ou de passages. Des créatures ailées descendirent du toit et de la tour, en planant comme des mouettes, leurs ailes iridescentes reflétant la lumière chaque fois qu'elles les inclinaient. Plusieurs gargouilles se détachèrent des gouttières pour venir s'intéresser de près aux événements. Je vis même une espèce de chose verte ramper hors du puits pour s'asseoir sur la margelle, les orteils pendant dans l'eau. Parmi tous ces êtres, aucun n'était quelconque.

Ceux qui étaient beaux étaient d'une beauté qu'on avait peine à croire : qu'ils fussent robustes ou éthérés, chacun aurait pu sortir tout droit des pages de quelque mystérieux missel enluminé. Quant à ceux qui étaient laids, ils n'auraient pas déparé l'imagination des tailleurs de pierre qui décorent les cathédrales. Les habitants du château se massèrent tout autour de nous et, du haut de sa monture, la reine rayonnait de plaisir, les réchauffant de sa présence comme un soleil.

« Maîtresse. » Un grand gaillard à demi nu, avec des cornes de cerf sortant de la toison qui lui couvrait le crâne, lui tendit les bras. Elle s'y abandonna et il la déposa par terre. Redoutant de le voir m'offrir ses services à moi aussi, je me laissai glisser de l'autre côté sur les pavés de la cour, où je restai un instant à plier les jambes et à les frotter.

Mais la gent féerique ne fut pas longue à me découvrir.

« C'est le nouveau mortel de la reine, annonça un bonhomme d'aspect assez grossier, la tête ornée de feuilles de chêne.

— Est-il sage ou est-il sot ? s'enquit une dame languide avec des guirlandes de lierre au bout des doigts. (Les feuillages faisaient fureur à la cour, me sembla-t-il). Car, à coup sûr, ce n'est pas pour son physique qu'il a été choisi. »

Au milieu de ces êtres magiques, je me sentais mal dégrossi, crasseux et gauche. J'espérais néanmoins être capable de maîtriser ma colère au même titre que ma langue.

Une créature radieuse, aux immenses ailes repliées, vint tripoter une mèche de mes cheveux. « Ils brillent, fit-elle. C'est beau.

— Oui, renchérit un homme trapu à la voix caverneuse. Autorisez-le à parler. »

Inquiet, je cherchai la reine des yeux, mais elle était là-bas à l'autre extrémité de la cour, juchée sur un escalier au milieu de ses courtisans.

« Il est intimidé », dit un grand elfe avec bonté. Il avait les yeux les plus grands, les plus noirs que j'eusse jamais vus. N'eussent été sa taille démesurée et la disposition quelque peu anormale de ses traits, il aurait pu passer pour un jouvenceau de dix-sept printemps.

« Allons, mon enfant, reprit-il, dis-nous ton nom. »

La dame au lierre ricana et il lui lança un regard venimeux. « Je pense que c'est un érudit, dit-elle. Un moine peut-être. Ah, mortel, cela te fait rire ? Dommage. J'ai toujours eu envie de voir un moine. Est-il vrai qu'ils n'ont pas de…

— Le Jeu des Énigmes ! s'écria une minuscule fillette dont la voix de gond mal huilé couvrait celle des autres. Voilà qui va mettre sa science à rude épreuve.

— Fort bien. Commençons par quelque chose de facile :

Qu'est-ce qui est plus blanc que le lait,
Et qu'est-ce qui est plus doux que la soie ? »

Ils me regardèrent avec espoir et j'étais malade de rage de ne pas pouvoir leur répondre. C'est une comptine, voyez-vous – le premier enfant venu vous dira que la réponse est la neige et le duvet.

« Non, c'est trop facile, dit l'elfe aux yeux noirs. Vous l'avez vexé. Écoute. »

Il s'agenouilla devant moi, afin que son regard fût à la hauteur du mien. Ses yeux avaient la beauté poignante de ceux d'un animal, mais leurs profondeurs reflétaient une intelligence humaine. Son regard retint le mien, comme s'il connaissait le pouvoir de ses yeux, mais quand il reprit la parole, le ton de sa voix était toujours aussi gentil :

Dans la forêt se trouve un puits, Dans ce puits une coupe.
Quelle main royale l'y a laissée tomber Et quelle main saura la remplir ? »

Je secouai la tête : celle-là je ne la connaissais pas et elle est, je pense, inconnue des mortels.

« Vous voyez ! constata le gond mal huilé. Il ne sait rien ! »

Le grand elfe se redressa gracieusement. « Ma foi, c'est notre reine que cela regarde, pas nous. » Il passa son bras autour des épaules de l'homme trapu et ils s'éloignèrent.

« Joli petit nigaud », dit la créature ailée. Elle déploya ses ailes qui étaient un véritable arc-en-ciel vivant. Je laissai échapper un hoquet d'admiration, tandis que les autres s'écartaient pour lui faire place. Une brise s'empara d'elle et la fit pivoter jusqu'au moment où elle s'éleva dans les airs pour flotter vers le mur.

« Mon cher, me dit distraitement la dame au lierre en passant devant moi, n'hésitez pas à venir me trouver. Je serai pour vous un véritable père…

— Moi aussi – les deux font le père ! » brailla le gond.

Pour un peu, j'aurais ri, mais je tremblais d'épuisement et d'énervement tant le spectacle était étrange. Un à un, les elfes s'éloignèrent.

Je sentis qu'on me prenait doucement par le coude. Une femme drapée dans une cape grise passa son bras sous le mien. « Viens, Thomas, me dit-elle. Il faut nous reposer. »

Je sus que c'était la Reine des Elfes, bien qu'elle me parût tassée sur elle-même et lasse, comme peut l'être une mortelle qui s'est égarée très loin de chez elle. Personne ne nous prêta la moindre attention tandis que nous traversions la cour spacieuse et gravissions l'escalier pour pénétrer dans le château. Nous suivîmes des couloirs ornés de tapisseries splendides. Je vis des fenêtres constellées de joyaux, des murs de fleurs fraîches. Nous atteignîmes enfin une porte que nous refermâmes derrière nous. Au centre de la chambre se dressait un grand lit de perles, dont les volutes faisaient penser à un coquillage. Je débarrassai la Reine des Elfes de sa cape et délaçai sa robe. Son corps était souple et blanc. Elle ne pesait presque rien entre mes bras et elle sourit quand je la déposai sur le lit, comme un chaton ensommeillé.

À mon réveil, j'étais ailleurs.

J'entendais les bruits d'eau d'une fontaine et sentais une brise tiède chargée d'un parfum fleuri me caresser le corps. J'étais étendu sur une couche douce et étroite, nu sous un simple drap. Le sol était dallé de carreaux blancs, les murs peints en bleu pâle, le plafond en blanc.

Je ne savais pas qui j'étais.

J'avais gardé le souvenir d'une pièce en pierre grise où j'avais tout le temps froid. Il y avait une petite maison en terre, une sempiternelle odeur de laine mouillée et un vieux couple, mes parents – non, pas mes parents – je me tournai sur le côté, face au mur, pour réfléchir. Le drap glissait sur moi avec la douceur de la soie… mais oui, il était en soie ! J'étais un prince – le favori de princes. Ah, bon Dieu, j'y étais, je devais interpréter ma nouvelle chanson lors du banquet donné pour l'envoyé italien et elle n'était qu'à moitié finie…

« Messire ? » dit une voix.

Je me retournai, mais ne vis personne.

« Messire, voici pour vous le jus de pommes des comtés de l'Ouest. » Sur un plateau d'argent, une coupe, elle aussi d'argent, flottait dans l'air, dangereusement proche de ma tête. La voix aussi venait de là. Je bâillai à me décrocher la mâchoire et me frottai le visage.

« Sa Majesté m'ordonne de vous rappeler que vous ne devez point me parler. Si ce mets vous déplaît… » Je saisis la coupe dans l'espoir de faire taire cette voix étrange et asexuée. Elle aurait pu appartenir aussi bien à une femme adulte qu'à un jeune garçon avant la mue. J'avais besoin de silence pour réfléchir. Ma situation me revenait en mémoire. J'avais été désorienté parce que je n'étais plus sur la terre. J'étais devenu l'amant de la Reine des Elfes et je vivais dans la contrée située au-delà du fleuve de sang, une contrée de brumes et d'ivoire.

J'espérais que mes réveils ne seraient pas tous aussi pénibles.

Les questions qui se présentaient en foule à mon esprit devraient attendre le moment d'être posées. J'avalai mon jus de pommes et gagnai la fenêtre par où entrait la brise. On aurait dit les arcades d'un cloître : la fenêtre occupait toute une moitié de mur, du sol au plafond, soutenue par de fines colonnes torsadées. Je m'immobilisai au milieu d'elles pour contempler un jardin verdoyant où des sentiers s'entrecroisaient autour d'un bassin de nénuphars, ayant la fontaine en son centre.

Un peignoir en soie bleu atterrit sur mes épaules. Mon serviteur invisible me dit d'un ton craintif.

« Vous êtes logé dans les appartements d'Été, messire. Ce sont ceux que les mortels trouvent les plus confortables au début. Vous découvrirez dans la pièce voisine quelques vêtements à essayer. »

Privé de ma voix, comme je l'étais, impossible de repousser cette proposition sans me montrer grossier. Je franchis donc une arche fermée par un rideau pour pénétrer dans la pièce en question.

Elle était fort spacieuse, elle aussi, entièrement meublée de coussins assez grands pour s'y asseoir, ainsi que d'une collection d'instruments de musique comme je n'en avais encore jamais vu. Le long d'un mur courait un banc sur lequel on avait disposé divers effets.

C'était une garde-robe de prince. Des pourpoints en laine moelleuse jusqu'aux chausses de soie et aux bonnets de velours, chaque article était raffiné et superbement coupé. J'ai connu des grands seigneurs plus chichement vêtus. Mes mains se tendirent d'elles-mêmes pour tâter les brocarts – chez moi, j'étais assis aux pieds de ceux qui les portaient. Ceux-ci avaient des couleurs riches et chatoyantes, des motifs aussi complexes que des labyrinthes ; ils tombaient souplement de mes bras et flottaient quand je virevoltais.

Les pieds de mon serviteur, s'il en avait, ne faisaient guère de bruit. À moins qu'il ne parlât, je ne pouvais pas savoir s'il était là en train de me regarder me pavaner comme une demoiselle d'honneur. Or, c'était un plaisir auquel je comptais bien m'adonner dans la plus stricte intimité. Je reposais tous ces costumes ostentatoires. À en juger par la lumière qui me parvenait de la cour, c'était à peu près le milieu de la matinée à la cour des Elfes. Je choisis donc une chemise blanche très simple, malgré la luxueuse ampleur de ses manches, et une tunique en lin gris, fort habilement plissée sur les épaules. Le tissu en était trompeur, cependant : à l'ombre, il paraissait gris, mais dès qu'il accrochait la lumière il devenait vert comme de l'herbe. Il y avait des chausses vertes assorties. Je ne pensais pas que ma reine s'offusquerait de me voir mettre mes jambes en valeur. Si son peuple devait me considérer comme un benêt, tout juste bon à lui donner du plaisir, du moins serais-je un benêt bien bâti. Je découvris de hautes bottes en cuir, faites pour monter à cheval, mais tous les souliers d'intérieur paraissaient être en velours ; j'en choisis une paire de couleur verte, très sobre, sans la moindre broderie.

« Et maintenant, messire, suivez-moi, je vous prie. » J'ouvris la bouche pour répondre : « Si je ne vous vois pas, je ne peux pas vous suivre… », puis je la refermai sans prononcer un mot. Il y eut un tintement, métal contre métal, et j'en fus réduit à suivre ma coupe vide sur son plateau, qui se frayait un chemin parmi les salles.

Je n'eus pas l'impression d'aller bien loin, mais à mesure que nous avancions, les ombres s'allongeaient. Nous passâmes dans un corridor en pierre très sombre qui ressemblait à ceux de tous les donjons que j'avais connus chez nous. Pour nous éclairer, mon serviteur empoigna un des flambeaux suspendus à la muraille. Sa flamme était bleue et froide et, en dépit de l'air que nous déplacions en marchant, elle ne vacillait point. C'était une lueur plus bleue encore que le clair de lune : je contemplai mes mains, on aurait dit celles d'un cadavre, et la coupe d'argent que je suivais luisait comme un saint Graal.

Le flambeau s'arrêta devant une porte qu'ouvrit la main de mon serviteur. À l'intérieur, je découvris une scène nocturne : une immense salle remplie d'Elfes en train de festoyer, au son de musiques variées, avec au centre des acrobates en pleine activité – une scène comme j'en avais vu d'innombrables sur Terre, à cette différence près qu'ici certains courtisans avaient des ailes ou des cornes, certains acrobates des pieds de chèvre ; et que tout était brillamment illuminé par la froide lumière bleue des flambeaux, ce qui donnait à l'ensemble une apparence marine, comme si le banquet se déroulait au fond de l'océan. Sur la table haute, et sur elle seule, brûlaient de vraies chandelles de cire – à la périphérie, toutefois, leur lueur dorée rencontrant le bleu des flambeaux virait au vert pommelé, si bien qu'on avait l'impression que les convives qui s'y trouvaient assis soupaient au milieu d'un berceau de verdure. J'observai le tableau, fasciné, et m'efforçai de ne pas me laisser rebuter par les changements auxquels cette ambiance glauque soumettait les visages et les vêtements, en me disant que ce n'était après tout qu'un jeu de lumière et rien d'autre. Jamais auparavant je ne m'étais rendu compte à quel point la lumière du soleil et du feu réchauffe nos yeux de son éclat, parant les malades eux-mêmes d'une saine rougeur et dorant la peau des amants à l'instar de celle des dieux.

À la table haute, une dame tout à fait extravagante se leva : ses cheveux étaient séparés en nattes ornées de joyaux et de clochettes muettes, sa robe était de brocart éclatant, dont je ne parvenais pas à discerner la véritable couleur sous cet éclairage changeant, alternant de curieuse façon des parties bouffantes et des crevés. Je vis que c'était ma reine. Elle me fit signe d'approcher et j'obéis, passant non pas derrière les bancs des dîneurs, comme l'eût fait un humble serviteur, mais en plein milieu de la salle, devant les ménestrels et les jongleurs, afin d'aller m'agenouiller devant elle sur la haute estrade.

Bien entendu, tous les regards étaient braqués vers moi, le nouveau venu. Je n'étais pas vêtu comme il convenait pour un banquet, mais l'élégante simplicité de ma mise n'en était pas moins fort heureusement choisie : elle dénotait une modestie bien venue chez le ménestrel de la reine, une grâce arrogante chez son prince consort. Restait à voir lequel de ces deux rôles elle déciderait de me faire jouer.

« Lève-toi », me dit-elle avec bonté. J'obéis, mais restai où j'étais. Le siège à sa droite était occupé par une autre ravissante personne, tandis qu'à sa gauche était assis le chasseur aux cheveux d'ébène rencontré dans les bois.

« Bonsoir, Thomas », me dit-il assez courtoisement ; mais l'expression que je lus sur le visage de l'elfe assis à sa gauche me fit savoir qu'il était offensant d'utiliser ainsi mon nom. Je fis semblant de ne pas m'en apercevoir et inclinai gracieusement la tête pour le saluer.

Le chasseur leva un de ses sourcils cramoisis en direction de la reine. « Est-ce donc un petit animal muet, ma sœur ?

— En vérité, répondit-elle, ses paroles ne sont que pour moi seule – pourtant il n'est point muet.

— Laissez-moi deviner une fois, proposa Chasseur. Un instrument ?

— Le vent ne saurait faire ce qui est au pouvoir de dix hommes.

— Laissez-moi deviner deux fois : un joueur de flûte ?

— Arbre sans voix, épée sans lame.

— Laissez-moi deviner trois fois : un joueur de harpe.

— Trois fois ont suffi ! lança la reine et les convives qui l'entouraient applaudirent. Mais vous n'avez deviné que la moitié.

— Néanmoins, riposta Chasseur, il s'agit certainement d'un joueur de harpe réputé, car en matière de musique votre discernement ne saurait être surpassé. »

Ses mains croisées étaient posées sur la table. Lentement il les ouvrit et à mesure qu'elles s'écartaient, l'espace entre elles fut rempli par une petite harpe et bientôt il tenait l'instrument à deux mains.

C'était une harpe en bois blanc, incurvé en col de cygne, en haut de laquelle était sculptée une blanche colombe. Les cordes d'argent paraissaient frissonner d'elles-mêmes sous la lumière vacillante. Les doigts me démangeaient de l'essayer. Le seigneur de la chasse me la tendit.

« Très cher frère, intervint la reine avec cette courtoisie exagérée que j'ai entendue dans bien d'autres cours, êtes-vous donc déjà en train de faire des cadeaux à mon joueur de harpe ? Quelle générosité ! Mais il n'a encore rien fait pour les mériter. » Le ton de sa voix était une mise en garde et il me tira brutalement hors du présent, avec ses cadeaux princiers et ses compliments, pour me précipiter dans ces histoires que j'ai si souvent chantées où qui accepte les cadeaux des fées se trouve lié au donateur pour son plus grand malheur.

La reine m'épargna la nécessité de réfléchir davantage en saisissant la harpe. « Ravissante », dit-elle en l'examinant. Au même instant, de blanc l'instrument devint noir comme l'ébène, la colombe se transforma en un nœud compliqué rehaussé d'argent. « C'est très volontiers que je vais vous faire entendre mon joueur de harpe. »

Je fus tout heureux de recevoir la harpe de ses mains. L'elfe noir souriait à la reine avec bonhomie. Feignant de ne pas le remarquer, je fis courir mes doigts sur les cordes. Elles étaient parfaitement accordées et le son léger trancha l'air comme un acier de Damas. J'avais craint qu'il ne me fallût un certain temps pour m'habituer à une nouvelle harpe en ces lieux, craint d'être obligé de m'exercer pour acquérir le toucher nécessaire, pour pénétrer les subtilités de ses accords et du ton qui glisse le long des cordes quand on joue, mais je savais que celle-ci était faite pour mes mains et sonnerait juste sous mes doigts dès l'instant où je m'en servirais. Avec un tel instrument, je ne ferais honte ni à ma maîtresse ni à moi-même devant cette assemblée.

« Joue-nous un air », demanda la reine, comme l'avaient fait avant elle tous les grands seigneurs que j'avais pu connaître.

Seuls les convives de la table où elle était assise me prêtaient la moindre attention ; les autres dîneurs avaient repris leurs festivités. Pour m'imposer à eux, j'aurais pu me lancer dans un air de danse ou un chant de bataille ; mais cette lumière qui évoquait les profondeurs marines me mit autre chose en tête. Au fil des ans, je me suis aperçu qu'il y a dans les instincts d'un joueur de harpe une parcelle de vérité ; il me semble parfois que c'est la musique qui d'elle-même me fait savoir que son heure est venue. Décidant donc de l'écouter, je fis résonner les premières notes de la chanson « Ys engloutie ».

Elle raconte, on le sait, qu'en Petite Bretagne la princesse trahit son peuple à la demande de son amant ; elle ouvre à ce dernier les portes de la ville qui donnent sur la mer et bientôt, pour la punir, la mer vient noyer le royaume de son père. Le morceau est fort long ; je me contentai pour cette fois de jouer la complainte du pays disparu à tout jamais sous les flots. C'est un passage tendre et triste qui permet à l'interprète de briller ; si l'on veut en tirer tout l'effet voulu, il faut tenir les notes un tout petit peu plus longtemps que ne le laisserait supposer le rythme, de même qu'une personne racontant ses malheurs fait une pause douloureuse avant de les révéler… jusqu'au moment où son chagrin déborde et se déverse tout à coup comme un raz de marée submergeant la terre ferme. La complainte se conclut sur un gémissement perçant et passionné, lorsque les dernières notes graves de la cité se perdent sous les cris des goélands, tandis qu'une corde, dans les basses, répète obstinément le lent rugissement des vagues jusqu'au moment où il ne reste plus d'autre son.

En entendant les premières notes, la table de la reine écouta poliment ; mais très vite, les convives se laissèrent entraîner par le flot musical. Je jouai doucement pour eux, sentant avec plaisir l'attention générale se mobiliser dans mon dos, comme une grande bête chaude s'apprêtant à bondir. Je me mis à jouer plus fort, pour la salle entière… et bientôt tout l'auditoire était subjugué.

Je connais ce silence démesuré aussi bien que l'air que je respire et l'eau que je bois. Que ce soit à l'auberge du village ou dans la salle d'honneur du château, il est toujours le même. Son pouvoir vint se glisser dans mes mains, dans les cordes de la harpe et jusque dans les échos que renvoyaient les murs tout autour de nous. Il s'enfla comme la mer autour d'Ys jusqu'au moment où je précipitai la catastrophe en lâchant la dernière vague meurtrière.

Le silence se prolongea bien au-delà du dernier écho de cette ultime note.

Je restai sans bouger, les mains inertes sur la harpe. Cette immobilité, je ne serais pas le premier à la rompre : c'est la plus belle récompense du ménestrel.

Un bruit tout à fait inattendu vint y mettre fin : une voix d'homme qui rugissait : « À boire ! À boire ! La soif rouge m'assaille ! »

Surpris, je levai les yeux vers la reine. Elle me fit un petit signe, les lèvres comprimées, comme pour dire : Tiens-toi tranquille. Tu comprendras plus tard. Derrière moi, la salle entière réclamait à boire à cor et à cris, comme si la musique au lieu de les entraîner au fond de l'océan, les avait transportés dans un désert. Pour la première fois depuis mon arrivée, j'eus franchement peur : il n'y avait aucune gaieté dans ces cris, rien d'autre que la souffrance désespérée de ceux qui meurent de soif. La reine elle-même porta sa coupe à ses lèvres et but une longue gorgée avant de me dire : « Voilà qui était fort bien ! Et maintenant, soupe avec nous, ménestrel. »

Elle m'indiqua un siège vide à quelque distance du sien. Donc, devant la cour, je ne serais que son ménestrel – mais son ménestrel favori, assis à sa propre table, sinon à sa droite. Je pris place entre deux courtisans qui firent comme si je n'étais pas là, mais c'était une indifférence pleine de respect, l'indifférence de personnes qui ont assez de jugeote pour ne pas saisir un morceau de charbon lorsqu'il rougeoie encore, car j'étais toujours embrasé par ma musique. Je veillai à ne rien toucher des mets et des boissons servis aux elfes, me contentant des nourritures terrestres qu'on vint poser devant moi : des raisins de Smyrne, si mes souvenirs sont bons, et du fromage de Hollande; puis des gâteaux gallois et des figues espagnoles.

Une fois que tout le monde fut désaltéré, le silence s'abattit de nouveau sur la salle. Je me demandai si l'on me prierait de jouer encore. Je me demandai aussi si je serais autorisé à emporter la harpe dans mes appartements, ou bien si elle se transformerait en feuilles mortes ou en os de poulet dès que j'aurais quitté les lieux. Étant moi-même tenu de me taire, j'écoutai les conversations tout autour de moi :

« Il a dit qu'elle en avait assez de lui, mais ce genre de créature n'en a jamais assez… – Je me le fais faire pour le grand Bal… Évidemment, la dernière fois que j'étais là-bas, ce magicien y était aussi… Elle a fait son temps et lui ne le sait même pas… Le véritable clair de lune diffuse plus dénergie que les chandelles… »

Je contemplai cet océan de merveilles et j'étais seul. Je ne pouvais parler à personne et personne n'avait quoi que ce fût de familier à me dire : il n'existait entre ce peuple et moi aucun lien, ni par le sang ni par la culture. Il n'y avait pas jusqu'au simple lien du pain et du vin qui ne nous fût refusé. Toutes ces beautés, ces têtes chargées de bois, ces épaules porteuses d'ailes, baignées dans leur océan de lumière bleue… Je me dis : Dieu me vienne en aide, sept années de ce régime et nous n'en sommes qu'au premier soir… Je m'efforçai de penser à Meg et à Gavin, mais la lumière bleue s'interposait entre moi et l'image que j'avais du feu dans leur âtre, elle brouillait celle du soleil éclairant la colline. Pour la première fois depuis que j'étais monté sur le cheval magique, je songeai à Elspeth. Il me sembla la voir telle que je l'avais vue lors de notre première rencontre ; comme ceux d'un homme qui se noie, mes souvenirs des instants que nous avions partagés défilaient dans mon esprit, criants de vie, clarifiés par la distance des belles légendes, des chansons. Il était étrange que son image fût si vivante dans mon esprit, tranchant sur les lumières irréelles du Pays des Elfes. Comme elle aurait aimé être avec moi en ce moment ! Elle qui avait tant envie de lointains voyages et de spectacles extraordinaires, elle qui mettait du lait devant la porte pour le Petit Peuple… En aurait-elle eu des choses à dire sur cette gourgandine aux cheveux verts, vêtue de toiles d'araignée, assise à ma gauche ! Je souris dans ma barbe, regrettant qu'Elspeth ne fût point à mes côtés – puis aussitôt, effrayé, j'interrompis regret et sourire. Au cœur même de l'enchantement, tout était possible. J'avais choisi mon sort de mon plein gré ; tout ce que j'avais été, tout ce que j'avais fait m'avait amené jusqu'à cette rencontre galante sur le versant de la colline avec cette reine immortelle qui n'était pas de notre monde. Mais Elspeth, que savait-elle de toutes ces choses ? J'étais tenu de passer sept années à l'écart des hommes, et d'une certaine façon je le méritais. Quoi que la reine pût dire, je savais que j'étais à la fois trop et pas tout à fait assez bon pour le monde des mortels. Elspeth était… avec Meg et Gavin, elle incarnait ce qu'il y a de bon et de vrai dans tout le genre humain. Elle n'avait rien à faire ici. Penser à eux risquait de les mettre en danger ; je résolus donc de les chasser de mon esprit. Qu'elle pleure en moi un amoureux perdu et qu'elle en trouve un autre. Désormais, j'avais pour amante la Reine des Elfes.

Comme si elle avait surpris mes pensées, la dame à ma gauche s'adressa à la reine : « Ma sœur, votre joueur de harpe est bien las.

— C'est vrai, répondit la reine, il n'est pas habitué à nos heures. » Cette remarque fit rire aux éclats la table haute, mais je ne compris pas pourquoi. « Tu t'es fort bien comporté, reprit-elle à mon intention, et à présent tu vas te reposer. Suis donc Ermine que voici. »

Ermine était une jeune elfette qui portait une petite cape d'hermine et pas grand-chose d'autre ! Malgré ses fourrures, elle remplissait l'office de servante. Elle m'escorta hors de la salle et j'emportai la harpe avec moi. Ermine était petite et ronde, le teint blanc éclatant, l'œil polisson – exactement le genre de soubrette à qui un ménestrel parvient toujours à dérober un baiser à force de taquineries. Pourtant, je la contemplai sans émoi. Pourquoi boire de la bière quand on a du vin à sa disposition ?

Mais c'est là une mauvaise excuse. La vérité, c'était que la jolie créature ne m'inspirait aucune espèce de désir. D'ailleurs, m'en eût-elle inspiré, qu'aurais-je pu faire – lui faire comprendre mon admiration par gestes, comme un pauvre péquenot à la foire, muet de timidité ? Les poètes assurent que « chez les ménestrels, c'est la langue qui prime » et chez les amoureux aussi, rien ne la vaut.

En revanche, il n'y avait, bien entendu, aucune raison pour qu'Ermine se retînt de parler, tandis que nous suivions une fois de plus un véritable labyrinthe de corridors : « Eh bien, toi ! On peut dire que tu les as gâtés ! Les voilà en proie à la soif rouge, et pas qu'un peu. Vous avez vraiment quelque chose de spécial, vous autres mortels.

Est-ce qu'on vous l'enseigne ou bien est-ce que c'est de naissance ? À mon avis, c'est de naissance ; vous avez ça dans le sang, si on peut dire, ha, ha, ha ! Tu t'es donné un mal fou à jouer de la harpe, pas étonnant que tu sois fatigué, pauvre garçon. Moi aussi, je suis vannée : cette fête dure depuis des jours entiers. Oh, oui, je connais le temps des mortels, je ne suis pas comme d'aucunes dont je pourrais citer le nom, des qui s'habillent en plumes de paon et qui ne voient le soleil que si elles restent dehors trop tard les Nuits de Grand Bal... À moi aussi, ça me fait un bien fou, je peux te le dire : ce n'est toujours pas moi que tu verras en proie à la soif et hurlant pour avoir à boire, comme un enfant volé par les fées... Enfin, nous avons tous un prix à payer : je me fais vieille, bientôt je vais peut-être devoir me transformer en pierre pour un certain temps, ou bien en arbre, un bel arbre dans une forêt où je recevrai un tout petit peu de soleil... » J'étais en effet terriblement las, comme si j'avais passé des journées entières à banqueter au lieu de quelques heures. Après la façon dont je venais de briller devant la cour des Elfes, je ne m'étais pas attendu à m'entendre traiter comme un chien favori, mais de toute façon, j'étais trop épuisé pour comprendre ce qu'elle racontait. Elle ne dit pas un mot de notre destination. Lorsque je constatai qu'il s'agissait de la chambre à coucher de la reine, je fus étonné qu'Ermine eût laissé passer l'occasion de faire ses commentaires sur les prouesses des êtres humains dans les alcôves. Mais elle ne prononça pas un mot à ce sujet en m'indiquant le lit de la reine avant de me laisser. Peut-être les amants mortels de la souveraine étaient-ils une aberration dont nul ne devait parler, ou bien peut-être y en avait-il treize à la douzaine.

Je posai ma harpe à côté du lit et parvins à ôter mes souliers et mes chausses avant de m'enfoncer dans le profond duvet et de m'endormir d'un sommeil sans rêve.

La clarté de l'aurore me réveilla. La reine, vêtue d'une simple chemise blanche, ses cheveux dénoués tombant en cascade d'or jusqu'à sa taille, ouvrait ses rideaux pour la laisser entrer. Tandis que je me relevais sur un coude, elle se retourna pour me sourire, aussi rayonnante que si elle n'avait pas passé toute la nuit à festoyer.

« Eh bien ! s'écria-t-elle gaiement. Tu as dormi fort longtemps. » Je lui rendis son sourire, à demi assoupi.

« Thomas..., gourmanda-t-elle voyant que je restais silencieux. Thomas... » Elle éclata de rire. « Thomas, en voilà des manières ! Réponds-moi ! »

J'avais oublié qu'il y avait une personne au moins à qui j'étais libre de parler. Dans tout le pays, elle seule avait le droit d'entendre le son de ma voix. « Oui, dis-je tout enroué avant de tousser pour m'éclaircir la gorge. Qu'y a-t-il ? »

Elle fit une pirouette, aussi vive qu'une jeune fille après son premier bal. « Notre festin t'a-t-il plu ?

— Il était... splendide. Arrêtez, vous me donnez le vertige. Venez donc au lit, vous devez être épuisée. »

Elle se remit à rire. Jamais je ne lui aurais parlé ainsi si je n'avais, Dieu sait pourquoi, été sûr que cela lui plairait ; sa joie juvénile me disait quel ton adopter. « Cher enfant. Les festins sont des occasions de plaisir – ils ne me fatiguent pas le moins du monde. » Elle vint s'asseoir au bord du lit, étirant ses bras nus comme une chatte. « Mais il faut te nourrir cela fait des jours que tu n'as rien mangé, tu vas devenir maigre comme un coucou…

— Des jours, dites-vous ? Et mon repas d'hier au soir ?

— Hier au soir… ? Oh – tu veux parler du festin. C'était il y a déjà un certain temps. Je ne sais plus très bien. Il m'est impossible de ne pas perdre le fil, ici. Cela dit, tu serais étonné d'apprendre combien de ton temps de mortel tu as passé dans la salle du banquet. » Alors, si je comprenais bien, plusieurs jours avaient passé comme une seule nuit ? Je songeai à sa promesse de m'octroyer sept pleines années au Pays des Elfes – même si je n'étais plus à présent si désireux de l'obliger à me tenir parole. Mais elle continua : « J'ai fait de mon mieux pour que tu puisses vivre ici selon ton propre temps. Mais tu ne peux pas t'attendre à t'accoutumer d'un seul coup. En tout cas, je me suis arrangée pour que ce soit toujours le matin dans ta chambre quand tu te réveilleras – cela devrait te faire plaisir, non ? »

J'étais mort de faim. Elle apporta un plateau chargé de victuailles dont les origines terrestres étaient soigneusement indiquées, comme toujours. Mais j'eus toutes les peines du monde à manger, distrait par son joyeux babil et par toutes les attentions qu'elle ne pouvait apparemment s'empêcher de me prodiguer. Elle semblait voleter autour de moi comme un colibri ; tantôt ses doigts étaient dans mes cheveux, tantôt ils délaçaient ma chemise, ou bien ils ramassaient des raisins pour me donner la becquée, ou ils me caressaient le dos. Je devais être charmant à voir à la fin, vautré sur le lit, presque entièrement déshabillé, entouré de petits morceaux de fruits et de gâteau qu'elle me fourrait dans la bouche avec ses mains, ses lèvres… Quand je la pris enfin, elle geignit et cria comme une mortelle, me broyant entre ses bras comme pour expulser de mon corps jusqu'au dernier souffle de vie. Après quoi, ce furent des pêches que nous pressâmes entre nos mains et j'eus fort à faire ensuite pour la débarrasser de leur jus à coups de langue. Puis je finis le vin, je ramassai le pain par terre, où nous l'avions jeté, et je le mangeai à son tour. Elle était étendue sur le dos, ses cheveux humides bouclant tout autour de son visage en ravissantes petites vrilles, me regardant faire avec un sourire on ne peut plus satisfait. Jusqu'à présent, elle n'avait rien dit de mon morceau de bravoure à la harpe. Peut-être cela fait-il si longtemps que j'ai joué qu'elle a déjà tout oublié, me dis-je amèrement. Mais il n'en était rien.

« Et maintenant, joue-moi quelque chose, Thomas », dit-elle paresseusement.

La harpe noire était toujours là, au chevet du lit, où je l'avais déposée la veille au soir avant de m'endormir. Elle était toujours parfaitement accordée. Entre la reine et la harpe, mes sentiments envers la gent féerique prirent un tour plus favorable.

Je m'assis au bord du lit et jouai quelques airs très simples. La reine s'étira et sourit. « Tu veux sans doute savoir pourquoi ta musique leur a fait un tel effet, hier au soir ? » me dit-elle.

Maintenant que j'y repensais, je voulais surtout savoir ce que l'on avait versé dans leurs coupes. Les anciens récits du Pays des Elfes ne concernent pas tous des amoureux ; certains sont fort sinistres. Toutefois, il me sembla plus judicieux de ne rien dire.

« Comme tu l'auras sans doute deviné d'après certaines chansons et ta propre expérience, commença-t-elle d'un ton sentencieux, toujours allongée nue sur le dos, les mortels et leur monde sont pour nous pleins de charme, même si nous les méprisons aussi. En vérité, pas un elfe ne saurait vivre sans se rendre dans le Monde du Milieu, que ce soit deux fois l'an pour nos grandes Nuits de Bal, lorsque la lune du solstice nous y attire comme les vagues de la mer ; ou plus souvent encore, dans le cas des lutins et des farfadets qui ont une telle prédilection pour la vie à la ferme et pour l'âtre des hommes qu'on les voit rarement par ici, dans leur propre pays. Les humains eux-mêmes sont... » Elle s'étira derechef. « Il y a en vous une chaleur – un éclat délicieux qui ressemble au soleil, à la flamme... qui nous réchauffe. Quand tu joues de la harpe, Thomas, la chaleur émane de toi avec un rayonnement intense – non, ce n'est pas ça : ce n'est pas de la chaleur, c'est... c'est... c'est comme de l'or. Comme l'air le plus doux. C'est le soleil, Thomas. Le soleil de la vie qui brûle d'un éclat doré à son zénith, et le soleil en fusion qui s'abîme dans la terre, aussi rouge que le sang qui s'échappe de vos corps quand vous mourez... Dis-moi : as-tu peur de la mort ? »

Sa voix était hachée par la passion, sa respiration entrecoupée. Elle était irrésistible. Je la saisis dans mes bras et l'embrassai profondément. « Non, lui répondis-je tout vibrant de vie. Pas maintenant.

— Parle-moi de la mort, dit la reine. Le cœur qui s'arrête de battre, le souffle qui s'interrompt, le froid et l'obscurité.

— Belle dame, dis-je. Je ne sais rien. Il n'appartient à aucun homme de connaître sa propre mort. » À présent, nos corps frémissaient à l'unisson. Je parlais à tort et à travers, comme toujours en pareil cas.

« Quand la mienne viendra, vous avez tout loisir d'y assister et de voir par vous-même.

— Mais tu seras peut-être vieux et laid à ce moment-là, dit-elle. Est-ce que cela te fait peur ?

— Oui, répondis-je. Non… »

J'étais au bout de ma passion, mais elle assouvit sur moi la sienne et je ne pus que m'en délecter.

Dès qu'elle fut satisfaite, elle bondit presque hors du lit pour se mettre à faire les cent pas dans la pièce, telle une tigresse aux yeux verts. « Va dans ta chambre, me lança-t-elle en me regardant par-dessus son épaule, sans plaisir et sans colère. J'ai du travail. »

Ayant enfilé une partie de mon costume, j'empoignai la harpe et sortis sur le palier. En sorte que je ne sus jamais ce que buvaient les Elfes quand ils étaient en proie à la soif rouge. Je songeai au fleuve sombre et profond que nous avions traversé à cheval et qui constituait la limite entre nos deux contrées, ainsi qu'à l'interdiction formelle faite aux mortels de manger et de boire chez les elfes. Et je songeai aussi aux fontaines et aux rivières éclatantes et limpides du Pays des Elfes, qui m'étaient refusées à tout jamais.

Je restai tout seul au milieu du vestibule devant la porte de sa chambre. Rien ne me paraissait familier ; je ne savais vers où diriger mes pas. Des murs que j'avais vus gris étaient maintenant blancs et il y avait des portes là où se trouvaient naguère des murs. C'était à croire que le château entier avait changé de forme durant mon sommeil.

Quelques Elfes passèrent. Ils me jetèrent de brefs regards, mais sans rien dire, et moi, je ne pouvais leur parler. Je serrai fermement la harpe contre moi, comme un talisman.

« Messire. »

Je regardai autour de moi sans voir quiconque. On tira doucement sur la harpe. « Puis-je la porter pour vous, messire ? »

Je reconnus la voix de mon serviteur invisible. Je serrai l'instrument encore plus fort et secouai la tête sans mot dire.

« Dans ce cas suivez-moi. » Une grosse clef de laiton apparut à peu près à la hauteur de mon genou, comme si elle sortait des plis d'un vêtement (était-ce quelqu'un de plus petit que moi qui la laissait pendre à son côté ?). Je la suivis à travers le dédale de corridors jusqu'à ce que nous eussions regagné ma chambre bleu et blanc qui donnait sur le jardin.

C'était toujours le milieu de la matinée.

Je bus le jus d'un pichet, cette fois il s'agissait d'oranges – une véritable fortune pressée pour moi ! – puis je m'assis sur un banc contre le mur du jardin et regardai la lumière se faire plus intense, je sentis son éclat chaud et doré sur ma peau jusqu'à ce qu'elle fût aussi brûlante et vive qu'en plein midi. L'eau du bassin étincelait, éblouissante. Mais aucun soleil ne s'y reflétait.

Quand je me fus suffisamment prélassé ainsi, je regagnai la fraîcheur de ma chambre. Tous les superbes habits étaient encore étalés là où je les avais vus, mais je n'avais gardé que ma chemise sur moi tant j'avais chaud et je ne voyais aucune raison de me couvrir davantage. Je préférai m'emparer d'un des étranges instruments. C'était une espèce de luth, avec un long manche grêle et trois cordes seulement, reliées à d'énormes chevilles d'ébène. Je fis glisser mes doigts le long du manche ; les cordes résonnèrent et quand je les pinçai, elles émirent un son cassant, mais doux, car la caisse de résonance en peau tendue, qui pouvait aussi faire office de tambour, était fort peu profonde. Je m'en amusai quelque temps, mais sans grande satisfaction ; il semblait avoir été fait pour une autre musique que celle que je connaissais. Pourtant, il ne paraissait pas appartenir au monde féerique ; je n'avais rien vu de tel dans la salle d'honneur hier au soir. Sans lui ressembler le moins du monde, il me faisait plutôt penser au petit rebec que le ménestrel du seigneur de Courcy avait rapporté de Terre sainte. Nous nous étions chamaillés fort plaisamment, tous les deux, afin de savoir s'il se rappelait vraiment comment on l'accordait.

Plusieurs heures s'écoulèrent sans doute, bien que mon jardin fût toujours baigné par le soleil de midi. Je tirais quelques sons fort agréables d'une espèce de psaltérion mécanique actionné par des touches d'ivoire reliées à des marteaux, un pour chaque triple corde – mais cela demandait du temps et j'avais en tête une idée que je voulais creuser pour une nouvelle mélodie.

J'en revins donc à ma harpe neuve, qui était de fort loin le plus bel instrument de tous, et je m'assis dans le jardin pour égrener sur ses cordes les premières notes d'un air inédit.

Mon désarroi fût grand lorsque je m'aperçus qu'il s'agissait tout simplement de la vieille chanson « Une tombe sans repos », jouée sur un rythme différent, comme pour fournir un air de danse, si vous voulez ! Je travaillai un peu sur les variations, mais c'était peine perdue – jamais on ne persuadera quiconque de danser sur cet air-là, si ornementée que soit la mélodie. Je renonçai à m'escrimer plus longtemps et me contentai de chanter la chanson :

Je ferai pour mon fidèle amour
Tout ce qui se peut demander.
Sur sa tombe j'irai pleurer
Pendant un an et un jour.

Après six mois au tombeau,
Le défunt vint à parler :
Qui donc ici vient me pleurer
Et me prive de repos ?

À peine avais-je fait entendre un couplet ou deux que je sentis une ombre glacée s'abattre sur moi. Pourtant, il faisait toujours plein midi et je séjournais dans un pays sans ombres. Je poursuivis :

C'est moi qui te veille, doux ami, Moi qui hante ta froide couche.

Je ne veux qu'un baiser de ta bouche, C'est le seul désir de ma vie.

Au-dessus de ma tête, un battement d'ailes fendant l'air. Face à moi, sur le rebord de marbre du bassin, la blanche colombe aperçue dans les bois était venue se poser.

Elle était tout à fait ravissante lorsqu'elle décorait ainsi un jardin visiblement conçu pour les jolis oiseaux.

Elle fixa sur moi un œil d'ambre limpide, mais je ne vis pas pourquoi je devrais interrompre mon chant :

Mes pieds sont enfouis dans la terre,
L'herbe me couvre de sa chape
Et chacun des pleurs qui t'échappe
S'enfonce et vient mouiller mon suaire.

Là-bas, dans ce bosquet, ma douce,
Où nous nous promenions naguère,
La plus belle des fleurs éphémères
N'a pas même laissé une pousse.

Tandis que la colombe me contemplait, il se passa quelque chose d'affreux. Son œil parut soudain se couvrir d'un voile sombre, mais ce voile déborda et de l'œil du bel oiseau je vis couler des gouttes cramoisies qui éclaboussaient la margelle du bassin comme une pluie et souillaient le fin duvet de son jabot.

Quand nous reverrons-nous, m'amour,
Quand nous reverrons-nous tous deux ?
Quand les feuilles tombées du chêne ombreux
Reverdiront pour toujours.

La colombe pleurait des larmes de sang.

Mes mains s'immobilisèrent sur la harpe. Pourquoi ? demandai-je silencieusement. Pauvre esprit, quel malheur t'accable donc ?

Car la colombe avait un récit à conter, cela, j'en étais sûr.

Qu'avaient dit, déjà, la reine et le chasseur dans les bois ? Pauvre colombe sans voix. Cet oiseau est un des miens. Le temps qui lui est imparti est presque écoulé.

Dans cette chaleur qui n'était pas celle du soleil, un frisson me secoua. L'oiseau avait-il été jadis un mortel ? Peut-être avait-il été pour la reine ce que j'étais à présent et n'avait-il pas respecté la condition qu'elle lui avait imposée.

« Messire. »

Derrière moi un plat de victuailles suspendu dans les airs indiquait la présence de mon domestique invisible. Peut-être à cause de l'oiseau, je m'imaginai soudain sous les traits d'une oie que l'on gave pour l'emmener au marché. Mais ce n'était pas la faute de mon serviteur. Avec un soupir, je pris le plat et découvris sous un linge des fruits, de la viande et des petits pains étonnamment frais. Peut-être chez nous, était-ce l'heure du souper. Peut-être les gens s'attablaient-ils à la fin d'une longue journée de travail, riant et plaisantant ; parlant de ce qui venait d'être fait ce jour-là sous les feux du soleil et de ce qui restait à faire quand il se lèverait pour une nouvelle journée. La colombe était toujours perchée sur le bord du bassin. Les larmes ne coulaient plus de ses yeux ; elles avaient séché sur les plumes de son jabot comme les croûtes de blessures minuscules. Je rompis un des petits pains ; à l'intérieur, il était tendre et blanc comme un nuage. Impulsivement, j'éparpillai quelques miettes de sa croûte sur le sol, entre le bassin et moi-même.

L'oiseau descendit d'un coup d'aile. Il ébouriffa le beau panache de sa queue et se mit à picorer.

Pourtant, il ne paraissait pas avaler les miettes ; il faisait plutôt penser à un convive bien élevé qui a déjà dîné ailleurs et tente de donner le change.

Ma curiosité fut piquée et je commençai à m'énerver, à la façon d'un malade ou d'un jeune garçon retenu trop longtemps dans la salle d'études. Qu'accepterait-elle donc de manger, cette colombe ? Je lui jetai tour à tour un peu de fruits, un peu de viande et même quelques gouttes de vin. Celui-ci parut l'intéresser. Peut-être même en but-elle un tout petit peu ; c'était difficile à dire.

Je sentis qu'on cherchait à m'enlever le plat des mains. « Messire, lança mon serviteur, si vous devez gaspiller votre repas, je serai certain que vous n'en voulez plus. »

À cet instant, le timbre de contralto s'affirma sans équivoque comme une voix de femme : c'était le ton familier d'une nourrice. Je me cramponnai au plat avec entêtement et la voix reprit son timbre neutre :

« Fort bien. Vous n'aurez qu'à le poser par terre quand vous aurez fini. »

La blanche colombe s'était envolée jusqu'à la gouttière au bord du toit qui surplombait le jardin. Je lui adressai un signe de tête amical et elle gonfla ses plumes.

Elle resta sur son perchoir tandis que je finissais mon repas. Peut-être ensuite aurais-je tenté, par mes cajoleries, de la faire redescendre, mais on frappa à la porte de ce que je dois, j'imagine, appeler mes appartements. Comme je ne pouvais pas vraiment répondre, j'attendis de voir ce que mon serviteur allait faire.

J'entendis la porte s'ouvrir, quelques propos furent échangés à voix basse, puis une voix lança d'un ton de mépris : « Tiens, tiens ! Voilà donc où tu te caches, toi. L'endroit te convient fort bien, vile créature.

— Oui, monseigneur », répondit humblement mon domestique, comme un enfant que l'on vient de gronder.

L'échange me déplut souverainement ; je distinguais trop de cruauté dans la voix de l'arrivant, trop d'humilité dans celle de mon serviteur.

Je bondis sur mes pieds en entendant soudain un claquement de cuir. Me mordant l'intérieur de la joue pour m'empêcher de m'écrier : « Arrêtez ! », je me ruai dans l'autre pièce.

Le grand Elfe au regard de biche s'y trouvait, l'air aussi innocent qu'une aurore en train de poindre. Derrière lui, je vis la dame au lierre et la minuscule fillette à la voix de gond mal huilé. Tous trois étaient vêtus de velours vert et bottés jusqu'à la cuisse.

Le grand garçon m'adressa un sourire désarmant.

« Joueur de harpe ! Nous allons chasser par cette belle matinée. Veux-tu venir avec nous ? »

Une cravache en cuir pendait de sa main. Il n'y avait, bien sûr, aucune trace de mon serviteur et je ne pouvais pas demander ce qui venait de se passer, ni invoquer d'un ton outragé le respect dû à mon « personnel ».

« Oui, viens donc faire un tour à cheval », renchérit la dame, drapée aujourd'hui dans du lierre vivant, car des feuilles de ce végétal étaient cousues avec du fil d'or dans le bas de sa cape.

« Si tu sais monter, grinça le gond.

— Joueur de harpe a chevauché derrière notre reine, lui rappela doucement le garçon. Inutile de dire que nous lui trouverons un coursier à sa mesure. »

Les trois Elfes me paraissaient plutôt amicaux ; d'ailleurs, oseraient-ils me faire courir le moindre danger, sachant à qui j'appartenais ? Curieux d'apprendre à mieux connaître la cour et le Pays des Elfes je fis un signe d'assentiment et partis me changer. A mon grand soulagement, mes visiteurs m'attendirent dans la pièce voisine.

J'avais déjà remarqué les hautes bottes préparées pour moi ; je trouvai en outre un costume de velours vert certainement prévu pour la chasse. Il m'allait à la perfection.

« Ah ! s'écrièrent les Elfes en me voyant reparaître. Excellent ! Viens ! »

La vaste cour retentissait du bruit de nombreux sabots. Les montures des Elfes étaient des plus variées, les superbes pur-sang côtoyant, pour ceux de moindre taille, de curieuses petites mules, des chèvres et même des créatures à cornes et triple queue dont je n'avais seulement jamais rêvé. Mon trio restait à mes côtés et tira soudain du grouillement animal une jument baie à mon intention. Je ne suis pas un cavalier émérite, n'ayant que rarement les moyens de me payer une monture, mais cette bête paraissait bel et bien désireuse de montrer avec quelle compétence elle se laissait chevaucher. Dieu seul sait quelles étaient ses origines, descendante directe de Pégase ou balayette à vaisselle enchantée, mais elle n'en était pas moins chaude et vivante entre mes genoux, me donnant l'impression qu'il existait entre nous des liens de parenté, au milieu de ces êtres qui nous étaient totalement étrangers. Je m'aperçus que, dans un moment de sentimentalité, je l'avais baptisée Mollie.

Œil-de-biche avait enfourché un gris pommelé de haute stature, Dame Lierre un palefroi blanc et Gond Rouillé une bestiole fort sympathique, sorte de grosse chèvre aux cornes tordues, qui marchait l'amble. Toutes les têtes se dressèrent lorsque l'appel d'un cor de chasse fendit les airs. Sa musique se répercuta contre les murs du château pour se diffuser parmi les collines, nous incitant à la suivre.

Ce que nous fîmes. « Allons-y, Joueur de harpe ! » lança joyeusement Œil-de-biche et je me cramponnai des mains et des genoux, tandis que ma jument s'élançait avec ses congénères, franchissant la grille du château pour enfiler un pont qui paraissait n'être fait que d'air.

Autour de moi chevauchaient les habitants du Pays des Elfes, grands et petits, cornus, feuillus, déchaînés, tout de vert vêtus, galopant à flanc de colline comme une tapisserie prise de folie. En tête se forma un fer de lance de coursiers particulièrement rapides derrière lesquels le restant d'entre nous se déployait en éventail.

Je me demandai ce que nous chassions. Rien peut-être : je remarquai que personne ou presque ne portait d'arme, en dehors de quelques Elfes qui tenaient de longues lances d'argent. En revanche, chacun poussait des cris perçants et fonçait droit devant lui. Je n'émis pas le moindre son, mais je savourai pleinement le plaisir éprouvé à fendre les airs à vive allure. Nous virâmes le long du versant et galopâmes en travers de la pente, sans plus d'effort que des oiseaux en vol. Les cors retentissaient sans trêve. C'était comme le rêve de liberté qu'aurait pu faire un enfant. Je riais de sentir Mollie bondir sous moi et de faire ainsi partie de la folle chevauchée des Elfes.

Nous commençâmes à descendre la pente, ne modérant qu'à peine notre allure. Les ombres des collines se refermèrent autour de nous et nous nous retrouvâmes bientôt dans la forêt.

Une fois au milieu des arbres, les chevaux se dispersèrent dans toutes les directions. Les cavaliers n'étaient plus que des éclairs verts contre la lumière pommelée. J'entendais leurs appels tandis qu'ils poursuivaient leur course échevelée, mais Mollie resta peu à peu à la traîne jusqu'au moment où nous fûmes seuls dans les bois, elle et moi.

Je lui lâchai la bride, car elle paraissait savoir ce qu'elle voulait. Sous les arbres, elle cheminait sans se presser.

Nous débouchâmes enfin dans une clairière. J'entendis de l'eau : une source jaillissait du sol à gros bouillons, au milieu d'un petit bassin autour duquel quelqu'un avait édifié un muret de pierre. La clairière était tapissée de mousse piquée de fleurs minuscules. Arrivé dans ce lieu avenant, je mis pied à terre et laissai Mollie se désaltérer.

Je vis vaguement luire un objet sur le rebord en pierre du muret. C'était un vieux gobelet en terre cuite dont le vernis profond brillait là où il ne disparaissait pas sous une croûte de boue séchée. Histoire de faire quelque chose, je le plongeai dans l'eau pour le nettoyer et le ramenai empli à ras bord d'eau fraîche et limpide. J'aurais bien aimé en boire, mais je m'abstins.

Un bruit étrange me surprit alors, car si un son est capable de mobiliser tous les sens d'un homme, celui-ci y parvint sans aucun doute. J'ai souvent essayé de reproduire dans un morceau de harpe l'impression qu'il me fit, mais sans succès. C'était un son perçant mais doux, aussi froid et clair que du cristal ou que l'eau elle-même ; il était si délicieux que j'en frissonnai jusqu'aux tréfonds de mon être.

Un homme se tenait à l'extrémité de la clairière, de l'autre côté de la source. Je sus aussitôt qu'il s'agissait d'un homme et non d'un Elfe, bien qu'il fût d'une taille inhabituellement élevée et que son visage, surmontant ses larges épaules, fût d'une beauté rare sous la barbe fournie qui lui tombait jusqu'à la poitrine.

« Qui appelle ? » demanda-t-il d'une voix profonde, aussi pénétrante qu'avait pu l'être le son cristallin.

Je secouai la tête pour lui indiquer que je ne pouvais lui répondre.

Mollie poussa un petit hennissement et courut se frotter contre lui. Il lui caressa les naseaux.

« Ces bois regorgent d'enchantements, me dit-il de façon assez superflue – mais il le dit par gentillesse, comme pour excuser mon mutisme. Avez-vous besoin de moi, mon garçon ? »

Je secouai la tête derechef.

« Je vous crois », dit-il et il y avait dans sa voix un accent qui me donna envie de pleurer – comme si personne, jamais, ne m'avait cru auparavant, ou ne me l'avait dit aussi sincèrement que cet homme-là.

« Vous êtes un barde, à ce que je pense, et donc tenu de dire le vrai. Parfois, ce n'est que dans le silence que l'on obtient la vérité. » Il s'étira et secoua ses bras de guerrier, avec un petit sourire. « Moi, je ne suis point un barde.

Parfois, le silence me pèse, mon garçon, mais cela est bien ainsi. »

Dieu sait pourquoi, son sourire empreint de patience était plus poignant que des larmes. J'aurais voulu le soulager si je l'avais pu. Impuissant, je lui tendis le gobelet plein d'eau. « Pas encore, dit-il en m'adressant cette fois un véritable sourire. Attendons que le besoin soit vraiment pressant. Alors je boirai, et bien volontiers. »

Je reposai le récipient sur le bord du muret.

« Et pourtant, vous avez appelé. Vous n'êtes pas encore complètement des leurs, même si vous portez la livrée de la reine. » Je baissai les yeux pour contempler mes habits de velours vert et mes bottes de cuir souple. Je voulais expliquer qu'aucun de nous deux ne pouvait venir en aide à l'autre.

« Et maintenant dites-moi seulement ceci, reprit-il gravement. Quand viendra l'heure de l'ultime chevauchée, dans quel camp serez-vous ? Monterez-vous parmi l'armée des fées ou bien à mes côtés, la chanson aux lèvres ? »

Je traversai la clairière pour le rejoindre et m'agenouillai devant lui. Je pris sa main et la pressai contre mes lèvres, car je n'avais point besoin de mots pour me reconnaître son féal. Sa main était forte et tiède.

Il effleura ma tête penchée. « C'est bien. Va maintenant, mon frère ; et dis à ta dame que le Roi attend toujours. Que la fortune t'accompagne en chemin. » Mollie fit entendre un petit murmure de déception. Il disparut. Le gobelet dansait, vide, à la surface de l'eau.

Je m'appuyai un instant contre ma monture, étreignant son cou chaud dont le pelage me grattait, inspirant sa réconfortante odeur de cheval. Sur la terre, j'ai connu des seigneurs, des rois, des hommes qui passaient pour grands, mais à côté de lui ils n'étaient que des enfants, ou plutôt que des jouets dont s'amusent les enfants. Et pourtant, loin de paraître moins humain qu'eux, il le paraissait plus ; il n'y avait pas dans toute sa personne la moindre souillure de féerie. Chez lui, tout ce qu'il y a de meilleur en nous – l'amour, la foi, le courage, la patience, la générosité – brillait puissamment, mais il avait consumé toutes les passions inférieures dans des feux que je n'osais même pas imaginer. Je fixai son image au fond de mon cœur comme une braise ardente brûlant du feu de la loyauté, parmi les sortilèges et les couleurs indécis du Pays des Elfes.

Puis je remontai sur Mollie, ma jument baie, et nous sortîmes lentement de la clairière qui ne tarda pas à être de nouveau engloutie au milieu des arbres. J'étais, bien entendu, complètement perdu, mais pour une fois, c'était à quelqu'un d'autre de résoudre le problème : à Mollie, ou bien à la reine, ou à ceux qui m'avaient invité à aller chasser.

Ce fut sur eux que je tombai, Œil-de-biche, Dame Lierre et Gond Rouillé, assis avec une poignée de leurs compagnons sur un cercle de souches, en train de vider des flacons d'argent, tandis que leurs montures broutaient l'herbe autour d'eux.

« Ah ! » Ils poussèrent un soupir extasié en me voyant arriver, sans paraître étonnés de me voir.

« Joueur de harpe ! La chasse est passée. Viens t'asseoir avec nous. »

Je mis pied à terre, sans me faire prier. À côté de l'image du Roi, qui s'était imprimée dans mon esprit; tous ces Elfes paraissaient fragiles, insubstantiels. Sans doute le sentirent-ils eux aussi : ils se penchaient vers moi comme si j'étais un feu en plein hiver. Je me rappelai ce que la reine avait dit de notre éclat doré de mortels et je fus bien près d'avoir pitié d'eux.

« Tu as soif ? » Œil-de-biche m'offrit sa gourde. Je constatai que les autres regardaient avec intérêt pour voir si je mordrais à l'appât. Sans doute savait-il que je refuserais; je crois qu'il ne pouvait résister à l'envie de s'amuser de mon état humain, comme lorsqu'il m'avait demandé mon nom le jour de mon arrivée.

« Allons..., intervint Dame Lierre en repoussant la gourde d'une main languide. Joueur de harpe ne veut pas de ta sotte boisson. Il est le fils d'un moine et d'une célèbre princesse, et il est beaucoup trop malin pour toi.

— Comment sais-tu de qui il est le fils ?

— La reine me l'a dit.

— Oh, quelle menteuse !

— Ça suffit ! » Une femme aux cheveux verts, dont les doigts ressemblaient aux racines d'un arbre, les interrompit. « La journée est bien trop belle pour les défis de ce genre. Dansons plutôt.

— Les chevaux vont nous gêner.

— Renvoyons-les à l'écurie. Nous pouvons rentrer à pied; de toute façon la chasse est finie.

— A-t-on pris le moindre gibier ?

— Oui, mais il a fallu le relâcher.

— Ne rentrons pas au château, partons dans les montagnes. »

Puis, me lançant un regard moqueur, quelqu'un s'écria : « Allons donc chercher un ravi des fées.

— Ah, non, insista la femme aux racines, dansons. Je parie que le joueur de harpe saura vous faire danser.

— Sans sa harpe ? » demanda Œil-de-biche sournoisement.

Parfaitement, sans ma harpe, me dis-je, en grimpant sur une souche ; puis j'ouvris la bouche et chantai :

Ivre depuis que j'ai vu ton minois,
Ivre depuis que je t'ai rencontrée,
Ivre depuis que j'ai vu ton minois,
Et le diable m'emporte si j'ai pu t'oublier.

C'était un vieil air de danse de ma jeunesse que j'ai souvent entendu jouer au violon ou à la harpe. Mais quand j'étais petit, on n'avait pas toujours de violoneux ou de joueur de harpe sous la main, si bien que les gens chantaient eux-mêmes les airs, plaquant dessus toutes les piètres rimes qui leur passaient par la tête. La musique de danse n'est pas ce qu'il y a de plus facile à chanter ; elle est le plus souvent rapide et bien rythmée et il faut savoir respirer afin de ne pas casser le rythme.

Oh, qui est là près de moi qui tire les couvertures
Qui est là près de moi qui tire les couvertures
Qui est là près de moi qui tire les couvertures
Personne, si ce n'est Conla…

Les Elfes agitaient la tête; ils eurent tôt fait de saisir le rythme, tous autant qu'ils étaient. Puis, étranges et rustiques, ressemblant qui à un arbre grêle, qui à un petit buisson, qui à un rocher ou à une fleur, ils se mirent à danser autour de moi. Je ne connaissais aucun des pas qu'ils exécutaient, mais ils collaient au rythme de la musique, aux inflexions et aux ornements de ma voix, au pouls qui battait obstinément dans le chanteur et sa chanson.

Leezie Wright, il faut la voir,
Son jupon d'un ourlet a grand besoin,
Le vieux Gil Brenton quand il faisait noir
L'a embrassée dans un coin!

Tandis que les Elfes s'ébattaient autour de moi, je revoyais un Noël de mon enfance : un petit bal impromptu s'était organisé dans la maison de mes parents et une robuste vieille femme, juchée sur une table, enchaînait des couplets concernant toutes les personnes présentes.

Harry est propret, Harry est coquet,
Ah, mon Dieu le charmant garçon,
Quand il s'agit d'embrasser, et de caresser,
Nul ne peut lui donner de leçon.

En fermant les yeux, je les revoyais tous, Harry et Gil et Leezie, et la jolie Susan, je voyais jusqu'aux gouttes de sueur qui emperlaient leurs visages et jusqu'à la couleur des rubans qui ornaient leurs cheveux. J'étais pourtant bien petit à cette époque; une fois lassé de gambader autour des danseurs, je m'étais tapi sous la table et j'avais écouté la vieille chanter. Tous ses couplets me revenaient à présent ; les jeux de mots grivois que j'avais été trop jeune pour comprendre, ainsi que les absurdités qu'elle adaptait à la musique quand les mots venaient à lui manquer. En grandissant j'étais devenu chanteur à mon tour, un chanteur bien différent, faisant désormais de la musique pour des danseurs eux aussi différents, dans une contrée irréelle ; mais d'une certaine façon, j'étais aussi devenu cette femme. La musique me remettait toute la scène en mémoire, si puissamment que je croyais presque sentir la sève des branches de pin, la vapeur du vin chaud parfumée de thym et de romarin, la tanaisie et la lavande écrasées sous les pieds des danseurs…

Puis j'ouvris les yeux au monde verdoyant du Pays des Elfes, aux créatures fantastiques qui tapaient du pied et se balançaient sur une musique mortelle. Et là, parmi elles, j'aperçus la tête noire du noble chasseur qui n'avait pas été des nôtres auparavant.

Comme une bulle de savon qui vient d'éclater, ma vision du bal de Noël s'évanouit. Le chasseur me regarda et tous les autres s'estompèrent.

Ils pâlirent comme des fantômes, comme un souvenir affaibli : ils perdirent leur relief alors que le chasseur en acquérait davantage. On l'eût dit découpé dans l'air ; ses sourcils et ses lèvres rouges flamboyaient. Il me lança : « Eh bien, Thomas ? »

Pour la première fois, je sentis l'attrait de mon nom. Peut-être cela faisait-il trop longtemps que j'étais au Pays des Elfes, si bien que leurs mœurs s'infiltraient sous ma peau. Peut-être m'étais-je tellement déshabitué d'entendre prononcer mon véritable nom que je crus entendre l'appel d'un ami. Toujours est-il que j'écoutai. Et lorsqu'il me dit, comme la reine avant lui : « Viens, Thomas ! », je le suivis hors de la clairière, le long d'un petit sentier à travers bois qui menait à un ruisseau.

Chasseur s'assit sur un roc et lança des cailloux dans l'eau. « Il était une fois un chevalier, dit-il. Il épousa une dame aussi belle qu'intelligente et au bout de quelque temps ils eurent un enfant et vécurent très heureux. Tout aurait été pour le mieux si la mère de la dame n'avait pas été une femme jalouse qui n'acceptait pas de voir sa fille heureuse auprès de quelqu'un d'autre qu'elle-même. Cette méchante monnaya les services d'une bande de gredins qui s'en furent attaquer le chevalier chez lui et le tuèrent ainsi que son enfant. La mère pensait qu'ainsi sa fille reviendrait vivre chez elle. Mais l'infortunée ensevelit ses morts, durant cette même nuit si noire, puis elle fit quelque chose de très étrange. Elle coupa son opulente chevelure brune, revêtit un costume de son mari et marcha pendant de longues journées afin de gagner la cour du roi. Arrivée là, au lieu d'implorer justice, la veuve du chevalier offrit ses services au souverain, devenant un de ses gentilshommes. Et au fil des ans, la femme travestie s'acquitta si bien de sa tâche qu'elle fut élevée au rang de chambellan. Bien, et maintenant, résous-moi donc l'énigme, Thomas : qu'est devenu le chevalier ? »

Et sur ces mots, H jeta une dernière pierre dans le ruisseau où elle coula avec un plouf irrévocable.

Il est mort et enterré, me dis-je, sachant que ce ne pouvait être la réponse à sa devinette. Néanmoins, je ramassai à mon tour un caillou et le lançai dans l'eau. Pour mon plus grand plaisir (et mon soulagement), il fit au moins autant de bruit que la pierre de mon compagnon. Que m'importait l'énigme de Chasseur ? Je n'étais pas un Elfe, moi ; les jeux auxquels il lui plaisait de jouer avec la reine et sa cour n'étaient point de mon fait.

La question avait été posée, cependant ; le trou avait été ouvert dans le tissu des événements. Or un trou, une déchirure, un accroc dans quoi que ce soit a quelque chose qui déplaît profondément aux personnes de caractère. On a aussitôt envie de combler, de réparer, de refermer. J'ai entendu dire à des Elfes que la plus grande force des êtres humains, et leur plus grande faiblesse aussi, est leur curiosité qui est chez eux la mère de l'invention. Les Elfes sont de piètres menteurs ; ce ne sont même pas de très bons conteurs, en tout cas selon nos critères : la plupart de leurs contes manquent d'imagination, car, ayant à leur disposition le riche matériau du Pays des Elfes, ils n'en ont guère besoin.

Chasseur se remit debout, en faisant tomber les feuilles collées au velours vert de son costume, et il siffla doucement entre ses doigts. Ma Mollie vint me rejoindre en trottant à travers les arbres ; je l'enfourchai et partis au galop.

Bien sûr, j'avais tout loisir de planter là Chasseur et son défi ; et j'en avais bien l'intention. Même si je trouvais la réponse, il m'était interdit de la dire ; il faudrait que je la chante – ce qui serait ridicule !

Mais si par chance, au cours de mes aventures, je tombai sur la solution de son énigme… ma foi, il serait intéressant de la connaître. Car c'était une étrange histoire qu'il m'avait narrée.

Mollie me ramena au château. Fort heureusement, la grille était ouverte, ce qui m'évita de mettre la jument baie à l'épreuve pour voir si elle était capable de bondir par-dessus les murailles comme le coursier de la reine.

Dès que j'eus mis pied à terre, un Elfe vint me dire que la reine m'attendait dans la tour. Je la trouvai dans une haute chambre ronde qu'illuminait le soleil du Pays des Elfes. Elle était assise devant une tapisserie, tendue sur un métier, paraissant s'affairer à cette tâche éminemment domestique – jusqu'au moment où je m'aperçus qu'elle était occupée à tirer sur les fils d'un ouvrage tissé si serré qu'il était impossible de dire ce qu'il adviendrait si un fil venait à être rompu : peut-être verrait-on alors un pan entier se défaire, ou bien tous les dessins d'une même couleur, ou peut-être aussi cet unique fil resterait-il rompu à la surface de la tapisserie. Il n'y avait pas moyen de savoir quelle avait pu être l'image originelle – si toutefois il y en avait eu une – tant les fils étaient emmêlés et embrouillés. La reine, toutefois, prenait un vif plaisir à sa tâche ; c'était, semblait-il, une sorte de jeu, ou bien de savoir-faire.

Un Elfe nain jouait du luth pour la distraire. Je trouvai sa musique plutôt quelconque ; encore un de ces airs féeriques dépourvus de ligne mélodique.

La reine leva vers moi son visage, réclamant un baiser, vivante incarnation de la parfaite femme au foyer. « Tu es allé à la chasse, Thomas ? »

Comme toujours, il me fallut un moment pour me rappeler que j'avais maintenant le droit de parler.

« Oui, si l'on peut dire. Je n'ai même pas pu découvrir ce que nous chassions. En revanche j'ai rencontré le Roi Qui

Attend ; et je peux vous dire que Chasseur n'a que mon nom à la bouche.

— Ah ! » Elle parut réfléchir un instant. Elle toucha mon poignet, en écoutant, puis elle fit une grimace. « Prends garde à lui. Il ne peut te nuire, mais il peut te prendre au piège de ta propre sottise.

— Chasseur ? Mais pourquoi voudrait-il faire une chose pareille ? Vous m'avez dit qu'il ne se souciait guère des mortels. »

Elle se détourna et fit signe au joueur de luth de quitter la pièce. « Tu es à moi, donc tu l'intéresses. Je crains de ne pouvoir empêcher cela. Il est possible – elle soupira en tirant sur un nouveau fil – qu'il s'ennuie. Cela lui arrive parfois. »

Je l'embrassai une seconde fois. « Vous ne vous ennuyez jamais, vous.

— Non, tu y pourvois, dit-elle d'un ton satisfait en me rendant mes baisers.

— Vous, je suis ravi de vous distraire ; mais Chasseur, jamais. Reine du Pays des Elfes… pourquoi ne pas me révéler le nom de Chasseur ? Voilà qui m'amuserait.

— Oh, non, Thomas, cela ne se peut, jamais un être humain ne doit être capable de nommer un seigneur du Pays des Elfes. »

Je m'arrachai à l'ivresse de sa peau pour me renverser d'un air de défi contre le mur de pierre, chaud sous mes doigts.

« Dans ce cas, jamais un être humain ne doit être capable de donner du plaisir à la Reine des Elfes. » Elle arracha un autre fil. « Voilà qui suffit », dit-elle d'une voix glaciale. Sur la tapisserie, toute une aiguillée de fil bleu se défit.

« Tu n'as aucune envie de connaître le nom de Chasseur. Viens ici, Thomas.

— Je suis impuissant, répondis-je, sentant la rugosité du mur derrière moi. Je suis tout seul ici.

— Tu m'as, moi. Viens.

— Je me sens seul, lui dis-je en restant où j'étais. Seul et dépassé. J'ai un serviteur que je ne peux pas voir et un ennemi auquel je n'ai pas le droit d'adresser la parole.

— Moi, je suis ici, insista-t-elle. Que veux-tu de plus ?

— Rien… si je pouvais vous avoir toujours. » Je le dis une première fois, d'un ton maussade, puis, empli d'émerveillement : « Si je pouvais vous avoir toujours. » C'était tellement simple que j'aurais dû m'en apercevoir plus tôt.

« Viens ici », répéta-t-elle, cette fois-ci avec tant de chaleur et de grâce que je fus attiré jusqu'à elle. La Reine des Elfes me serra dans ses bras et m'embrassa, la joue, les cheveux, le front. « Viens me trouver, toujours. Voici ma bague. » Elle passa à mon doigt une pierre verte. « Quand tu auras besoin de moi, tu n'as qu'à souffler dessus et je t'enverrai aussitôt chercher. »

Je la remerciai en silence, lui baisai les mains un millier de fois, exhalai ma gratitude contre sa peau parfumée.

« Je sais que tu te sens seul. Je sais que ta situation est pénible ici. Thomas, mon Thomas… »

Serré dans ses bras, drapé dans ses cheveux, je la crus. Je l'embrassai jusqu'au moment où je fus incapable de m'arrêter ; et à l'instant suprême, je me sentis, pendant cette brève seconde, parfaitement compris, corps et âme.

Et je pleurai, comme cela arrive aux hommes, en sentant ce moment m'échapper.

Ce soir-là, je jouai de nouveau de la harpe, à l'occasion d'un banquet moins somptueux. Le chasseur était placé assez loin de la reine; et, bien qu'il me regardât souvent, il ne dit rien. Je songeai à peine à son énigme; je sentais la bague de la reine brûler à mon doigt, me prodiguant à tout moment un petit pincement d'attirance, une promesse qui ne demandait qu'à être tenue. Je contemplai ma belle maîtresse, resplendissant au milieu de la brillante compagnie, sachant que bientôt elle m'appartiendrait encore une fois. Quand j'eus salué tout le monde en m'inclinant bien bas et remporté ma harpe dans ma chambre, où je la rangeai, je soufflai sur la pierre verte de ma bague. À peine l'avais-je fait qu'un Elfe à l'air grave était à ma porte. Je le suivis le long des couloirs du château, qui changeaient sans cesse, jusqu'à la chambre à coucher de la reine où ma dame déjà m'attendait, la robe dégrafée.

« Tu vois ? me dit-elle. Me voici, Thomas. »

Le matin, je me réveillai dans mes propres appartements, me sentant si dispos que de nombreuses heures avaient dû s'écouler. Peut-être avais-je dormi toute une journée de temps terrestre, ou même deux. Je me levai et déjeunai, puis je me baignai dans le bassin aux nénuphars. Mon serviteur me tendit une épaisse serviette. Une fois séché, je gagnai ma salle de musique qui me servait aussi de garde-robe. À l'exception du velours vert de rigueur pour la chasse, n'importe qui, me semblait-il, pouvait porter n'importe quoi à n'importe quel moment de la journée – du fait que le temps était un facteur tellement interchangeable et insaisissable. J'examinai avec satisfaction l'infinité de vêtements que j'avais à ma disposition. Étrangement, quelle que fût la couleur qu'on leur prêtât au premier regard – et il y en avait de tous les tons, cuivrés, grenat, bleu ciel, gris – sous une lumière différente, ils viraient tous au vert, comme s'il y avait dans leur tissage, en plus de la chaîne et de la trame, un troisième élément.

Ce jour-là, je choisis toute une tenue en superbe brocart, soie chatoyante et lin de la plus grande finesse. Je me vêtis avec soin : chemise, tunique, houppelande, bonnet, ceinture, et jusqu'aux souliers brodés. Rien ne manquait à ma vaniteuse splendeur. Puis je soufflai sur ma bague et retournai auprès de la reine afin de lui permettre de me déshabiller.

Elle était toujours disponible quand j'avais envie d'elle. Seul dans mes appartements, j'appris à nager sans l'aide de personne dans mon bassin; j'appris à jouer de nouveaux instruments et je composai de nouvelles chansons à chanter à la reine et à ses invités lors de leurs festins, de leurs imprévisibles matinées sur la pelouse, de leurs soirées dans les innombrables jardins du château. Mais quand j'étais las de ma solitude, fatigué des attentions de mon serviteur invisible et des conversations à sens unique des Elfes, j'embuai de mon souffle la pierre verte de ma bague et trouvai le chemin de la présence royale. Ma douce dame était dans son lit, dans sa tour, assise dans le jardin; elle se promenait sous les arbres du verger. Ses bras m'étaient toujours ouverts, son corps toujours mûr comme un beau fruit, riche comme une épice.

Bientôt pas un jour ne s'écoula sans que j'en passasse une partie en sa compagnie; et aucun jardin, aucune musique, aucun des étranges spectacles du Pays des Elfes ne me plaisait davantage que la voix de ma reine, sa peau, son contact. Ma harpe gisait inutile, je ne composais plus ; pourquoi s'échiner à faire des chansons, quand on peut prendre dans ses bras pleins de vie la maîtresse de toutes les chansons ?

Un jour, nous nous trouvions dans l'herbe haute sous les arbres, au-dessous du vallon où les amoureux d'antan déambulaient tout à leur contentement béat. Nous étions restés à l'ombre des grands arbres, nous tenant par la main, contemplant en silence, jusqu'à n'en plus pouvoir, leurs gracieuses silhouettes, puis nous nous étions réfugiés dans l'herbe haute afin d'y rechercher notre propre jouissance.

« Les morts viennent-ils ici pour y être enfin heureux ? demandai-je à la reine, tout débordant de vie.

— Non, répondit-elle en écartant de mon visage mes cheveux qui commençaient à être vraiment longs, tu me parles là du paradis, Thomas. Je t'ai déjà montré la route qui mène là-bas.

— Foin de votre irrévérence, m'écriai-je, la soupçonnant de badiner sur un sujet qui ne souffrait aucun badinage. Quand donc l'avez-vous fait ?

— Dans cet autre verger : ne te rappelles-tu pas le chemin plein d'épines que tu as jugé infranchissable pour tout le monde ?

— Oh, voyons – est-ce à dire que si j'avais pris ce chemin, j'aurais fini : par arriver au ciel parmi les saints bienheureux ?

— Non pas toi, gloussa-t-elle, pas toi. » Je la tarabustai jusqu'à lui donner le fou rire, l'incitant à ajouter. « Cela dit, rares sont les hommes à qui l'on offre de leur vivant un choix aussi clair.

— Mais ces gens, insistai-je, ici dans le vallon – ne sont-ils pas tous morts de malemort dans le Monde du Milieu ?

— Oui. Il y a bien longtemps. » Cette fois, elle me tira les cheveux, les enroulant autour de ses doigts.

« C'est assez de questions maintenant, Thomas. Les morts ne viennent pas ici pour y être heureux – s'ils y viennent, c'est pour une tout autre raison.

— Quelle raison ? demandai-je, le souffle court, m'efforçant de lui résister juste assez longtemps pour apprendre quelque chose.

— Ce n'est pas pour vivre – aurais-tu envie de passer ici ton éternité ?

— Je ne dirais pas non, lui murmurai-je à l'oreille.

— Tais-toi, dit-elle sévèrement. Tu te trompes. Car alors ce serait différent pour toi. Notre pays est néfaste pour les âmes humaines qui aspirent au repos. À moins d'être dans le même cas que le Roi dans les Bois qui n'a jamais poussé sur terre son dernier soupir... mais même lui a dû le payer. Oh, certes, parfois les morts se frayent un chemin jusqu'à nous, mais ce qu'ils cherchent, ce n'est jamais le bonheur tel que tu l'entends. Et le prix qu'ils paient, tu ne voudrais pas le payer. » Elle rit, en me faisant rouler sur elle. « Pourtant, ils offrent un bien charmant spectacle, ces délicieux amoureux du vallon. Ce sont des créatures échappées des chansons, des belles chansons d'amour et de hasard, qui font pleurer jusqu'aux guerriers. Peut-être un jour irons-nous grossir leur nombre, toi et moi... Cela te plairait-il, Thomas, d'être toi-même une chanson ?

D'entendre raconter un soir, dans la salle des banquets, que tu as aimé la reine du beau Pays des Elfes pendant sept longues années, puis que tu es enfin retourné dans le Monde du Milieu, métamorphosé ?

— J'y retournerai donc ? soufflai-je. Et je serai métamorphosé ?

— Oh, tu l'es déjà, répondit-elle distraitement. Et tu le seras encore plus avant d'avoir fait ton temps.

— Je vais vous dire, moi, ce que dira la chanson, lançai-je pour la taquiner en chassant de mon esprit toute pensée de ma patrie. Elle racontera que Thomas le Rimeur est retourné sur Terre et que la Reine des Elfes a soupiré après lui et dépéri dans son château, jusqu'à être finalement obligée... »

Son doigt contre mes lèvres me fit taire. Ses yeux étaient devenus d'un bleu profond. « Quel vaniteux tu fais, Thomas. Tous mes autres amants mortels ne sont plus que vent sur la colline, poussière dans le vallon. Tu voudrais être l'unique exception, ensorceler les sorciers.

— Bien sûr, répondis-je. Et pourquoi n'y parviendrais-je point ?

— Mortel présomptueux. » Elle me caressa, le rire au fond de ses yeux radoucis. « Pour t'apprendre, je te transformerai en noisetier, afin que tu finisses tes sept années en te rendant utile.

— Si ma dame pense que c'est ainsi que je la servirai le mieux. Si elle est sûre, tout à fait sûre... mais alors, je serai sûrement le seul noisetier musicien du monde ?

— Non, murmura-t-elle, pas du tout... » Là s'interrompit notre conversation.

Peut-être était-ce l'anneau de la reine qui me protégeait, ou peut-être quelque phénomène s'était-il opéré pour remédier à son ennui ; toujours est-il que le seigneur de la chasse avait pour le moment quitté la cour. La reine n'en parla point, mais j'eus l'imprudence de tourner cette absence en plaisanterie.

« Quelqu'un a dû découvrir le nom de Chasseur, m'écriai-je, pour l'attirer loin de vous. Peut-être une jolie nymphe l'a-t-elle mis sous clef quelque part. »

La reine me souffleta, d'une main légère, mais néanmoins cuisante. Nous étions nus dans son lit, où nous nous trouvions depuis plusieurs heures, sans manifester la moindre envie d'en sortir. « Cesse donc de parler de noms », m'ordonna-t-elle.

Au même instant, j'eus la vision, très nette, d'Elspeth, telle qu'elle était le jour où nous nous étions querellés sur le nom que l'on devait donner aux Bonnes Gens. Ce souvenir me parcourut douloureusement le corps : sa voix, ses cheveux, l'arrondi de sa joue et ses mains, vives comme l'éclair... Combien de temps s'était-il écoulé depuis que je l'avais vue ainsi, ou depuis que j'avais pensé à elle, sans aller chercher plus loin ?

Impossible de compter les jours. Un nombre suffisant s'étaient écoulés pour que mes cheveux descendissent à présent plus bas que mes épaules. Mais la reine et tous ceux qui m'entouraient ne changeaient jamais. Ils étaient jeunes et beaux, chacun à sa façon... moi seul étais voué à la mortalité et au changement. Avant eux je me flétrirai, je m'amoindrirai, je mourrai. Pour la première fois, cette pensée me terrifia.

« Belle dame. » Je saisis dans les miennes ses mains fraîches et sèches. « Regardez-moi. »

Ses yeux, aussi verts que les feuilles de la forêt, étaient satisfaits de ce qu'ils voyaient. « Je regarde, Thomas.

— Belle dame, suis-je encore l'homme que vous avez embrassé sous l'Arbre d'Eildon ? Ou bien les sept années consument-elles ma beauté, si bien que vous finirez par me rejeter pour cela ?

— Jamais. » Elle me baisa les yeux. « Tu es beau, toujours aussi beau, et tu le resteras pendant bien des années à venir. Selon ma volonté, au Pays des Elfes tu ne vieilliras pas. »

Je frissonnai sous ses mains. Même dans ce domaine, mon corps se pliait à ses caprices. J'apprenais à aimer la sensation d'enchantement qu'elle promenait toujours autour d'elle ; le sachant, elle se donnait à présent moins de mal pour me la cacher.

« Ne redoute pas de perdre ta beauté, Thomas, tant que tu me serviras ici. »

Je lui baisai les mains. « Je ne souhaite être beau que pour votre plaisir, chère dame.

— Oui, souffla-t-elle satisfaite. Tout est bien ainsi.

— Et si je vous déplais, susurrai-je en frôlant ses lèvres des miennes, me donnerez-vous une forme répugnante, ou bien me ferez-vous devenir vieux en un instant ?

— Je le pourrais. Tu connais les chansons, n'est-ce pas ? Mais tu me plais, Thomas. Tu me plais même beaucoup... »

Nous nous unîmes alors, puis je m'écartai d'elle, épuisé. Mais la reine ne voulait pas encore me laisser dormir. Elle me caressa les cheveux, m'effleura le visage de ses doigts agiles comme des papillons.

« Dis-moi : quand as-tu découvert que ta beauté attirait les femmes ? »

Je ne pus réprimer un sourire à ce souvenir. « Oh... je l'ai découvert très jeune. Quand nous avons tous commencé à nous intéresser aux filles – mes amis se plaignaient toujours, mais moi je n'avais jamais de problème.

— Mmm... et tu en as profité pleinement ?

— Mmm.

— On dirait un chat devant un bol de crème. Qui fut la première ? »

Allongé sur le dos, les yeux fermés, je lui parlai de Meg la Brune, la fille de cuisine; puis de Lizzie à la laiterie, et de la fille du colporteur d'Inveralloch. Toutes connues à l'époque où j'étais trop jeune pour leur accorder autre chose qu'un coup de rein et un soupir... Cela faisait des années que je n'avais plus repensé à elles, mais soudain leurs visages me revinrent très clairement, ainsi que leurs paroles et leurs coquetteries, et les miennes.

La pièce était plongée dans la pénombre et j'avais la gorge sèche. Des chandelles allumées entouraient le lit; la peau de la reine luisait d'un éclat crémeux.

« Continue, dit-elle.

— Comment, encore ?

— Oh – tu es fatigué, bien sûr ? Pauvre Thomas, il faut manger. »

Des raisins de Bordeaux et des pâtés de Cornouailles, suivis d'autres baisers, puis la reine s'arracha à mon étreinte. « Non, non, dit-elle enjouée, mais intraitable.

Raconte-moi encore un de tes amours d'antan et ensuite tu pourras y revenir. »

J'étais furieux de la façon dont elle se jouait de mes passions, mais je savais bien que ma colère ne pouvait rien contre elle. « Bon, qui alors ?

— Le dernier. Celle à qui tu pensais quand tu as craint de devenir vieux.

— C'était vous.

— Absolument pas. Tu sais bien de qui je veux parler.

— Ah, oui. Une gamine – une fille de ferme. Ce n'était personne, à vrai dire ; c'était la dernière, comme vous l'avez noté. Mais l'avant-dernière, par exemple, ça, c'était un vrai trésor… »

Et au lieu d'Elspeth, je lui dépeignis Lilias Drummond sous toutes les coutures : la courbe de ses lèvres, son grain de beauté dans le cou, tous les secrets que nous avions partagés, ce que j'avais pensé de toute l'affaire, des choses que Lilly elle-même ignorait.

« Mais tu as perdu cette dame. Quel dommage. Parce que ton rang était trop bas – que penseraient-ils de toi à présent, tous ses parents, et du lieu où tu te trouves ?

— Ils m'envieraient, dis-je. Ils seraient verts de jalousie. Lilly a épousé un comte, mais moi, je suis le consort d'une reine. »

Il existe des femmes qui aiment à s'entendre comparer (en leur faveur évidemment) à vos autres conquêtes, et il y en a même qui sont tout émoustillées d'entendre raconter vos exploits d'antan. La Reine des Elfes, toutefois, cherchait à sonder mon humanité qu'elle suivait comme un filon d'argent enfoui sous une colline.

Je n'essayai même pas de repousser ses questions ; je ne pense pas que cela m'eût été possible et comme son plaisir était aussi le mien, elles n'avaient rien pour me déplaire.

Elle reprit : « Et as-tu couché avec un homme ?

— Une fois. » Elle me pressa d'en dire davantage.

« Quand j'étais très jeune, très curieux et très impressionnable. Cela ne m'a pas plu : j'ai eu l'impression qu'on profitait de moi.

— Comment était-ce ? »

Je lui expliquai. À ma grande surprise, le seul fait d'en parler m'excita ; peut-être était-ce l'impression qu'elle absorbait mon expérience comme de l'eau : mes récits paraissaient alimenter chez elle la même source asséchée que l'usage de mon corps.

Je cessai de m'écouter. Je m'endormis en parlant et peut-être continuai-je à pérorer dans mon sommeil. Quand je m'éveillai, il faisait nuit noire. La reine avait disparu. Les draps étaient froids, à l'exception de la partie toute froissée dans laquelle je m'étais emberlificoté. J'avais la bouche sèche, la gorge à vif d'avoir tant parlé. Je tendis la main pour saisir la coupe qui se trouvait toujours à côté du lit. En la soulevant, je sentis ma main étrangement légère.

La bague de la reine n'était plus à mon doigt.

Je suffoquai, en proie à un désir éperdu de lumière. Comme mon ancien maître, le joueur de harpe aveugle, je tâtai mes propres mains, mais elles étaient aussi nues que celles d'un pauvre hère. Je palpai ensuite mon corps de la tête aux pieds – peut-être l'anneau était-il tombé – puis je cherchai à tâtons entre les draps de soie, guettant dans les épaisses ténèbres le tintement du métal tombant sur le sol. Les draps glissants étaient froids et vides. Mon cœur battait à tout rompre et j'étais tout seul.

La bague avait sûrement glissé de mon doigt pendant mon sommeil, elle était tombée à terre sans que je m'en aperçusse. Je sortis du lit et m'agenouillai sur les dalles, fouillant des deux mains chaque pouce de marbre glacé. Autour de la couche, il n'y avait rien, rien, rien.

Je me relevai, nu dans l'obscurité. Ce n'était, à coup sûr, qu'une plaisanterie, une mise à l'épreuve.

Peut-être n'avais-je plus besoin de la bague; il me suffisait désormais de l'appeler pour que la reine vint me retrouver. « Belle dame », lançai-je tout haut. Ma voix sonnait de façon bien ténue dans la pièce sombre et silencieuse. « Belle dame ? »

Je retins mon souffle. Il n'y avait pas un bruit, pas même celui du vent.

« Belle dame ! »

Elle ne vint point; elle n'était pas là. Je refermai violemment la main autour d'une volute superbement polie de la tête du lit. Je n'aurais pas dû crier de cette voix rauque et impuissante. C'était la voix d'un enfant, un enfant perdu et seul.

Je n'étais pas un enfant. J'arrachai les draps du lit, les jetai par terre, les secouai, écoutant de toutes mes oreilles afin d'entendre le son que j'étais sûr à présent de ne plus jamais entendre. La pièce froide, les ténèbres insondables ne me renvoyaient pas les bruits désirés; le chuintement de la soie et ma respiration entrecoupée m'étaient insupportables. Dans l'obscurité je partis en trébuchant vers la porte, me cognant les tibias contre un obstacle qui n'avait jamais été à cet endroit auparavant. Je suivis le mur à tâtons, trouvai enfin la poignée de la porte – une tête de satyre en bronze, fondue par des nains dans les montagnes —, tirai vers moi le lourd battant et sortis dans le vestibule.

Par une haute fenêtre, je vis scintiller les étoiles du ciel féerique, projetant tout le long du couloir l'ombre des colonnes. Les murs étaient en pierre grise, le sol orné d'argent. Il n'y avait personne. J'entendis un bruit rauque, douloureux ; c'était moi qui l'avais produit. Je retins ma respiration un instant, pour me prouver que j'en étais capable.

Mon corps entier tremblait. Je baissai les bras, pressai mes mains contre le mur derrière moi. Elle allait sûrement venir me retrouver à présent.

« Ils sont partis, dit une voix tout près de moi. Tous. C'est la nuit du Grand Bal. »

Il n'y avait personne à l'endroit d'où venait la voix. Je ne savais que trop de qui il s'agissait.

Comme un sot, je remis de l'ordre dans mes cheveux, les rejetant en arrière des deux mains. J'étais entièrement nu et je frissonnais à présent, transi par le contact du mur et du sol.

« On nous a abandonnés, déclara mon serviteur. Ils n'ont pas voulu m'emmener, moi non plus. Venez, messire, vous devriez vous étendre. »

Vous devriez vous étendre. Mais je m'étais étendu, pour me relever spolié. Je n'avais rien fait d'autre que de m'étendre depuis mon arrivée au Pays des Elfes, et où cela m'avait-il mené ? Rejeté comme un gobelet vide, une coupe asséchée. Seule l'habitude de me taire m'empêcha de traiter à haute voix ma maîtresse de tous les noms. Qu'une femme me prenne et abuse ainsi de moi… non, pas une femme, d'ailleurs, un démon. Une sorcière, une reine dans les veines de qui coulait le sang trop riche des enchantements, qui provoquait tout en exauçant, qui satisfaisait par d'éternels changements…

Oh, je devrais bien m'étendre, me dis-je en riant, puis le rire se transforma dans ma poitrine en une espèce de marteau qui se mit à frapper à travers ma gorge, m'enfonçant dans le sol. J'entendis mes propres cris, sentis mes poumons déchirés. Je me roulai en boule, cramponné à tout ce que je possédais, c'est-à-dire moi-même, attendant que la crise voulût bien passer.

« Oh, messire, s'écria mon serviteur avec inquiétude, arrêtez, je vous en prie. S'il vous plaît, ne pleurez pas. » J'aurais voulu cesser, mais les sanglots étaient comme ces récits interminables où il est question de monnaies magiques auxquelles tout adhère. Chanteur que j'étais, j'avais les poumons développés. C'était une souffrance. « Je vous en prie, messire, ne pleurez pas… »

Je sentis une petite main sur mon épaule, chaude et moite. Ce contact m'arracha à mes pleurs – je bondis sur mes pieds, lançant les mains en avant pour le repousser.

« Excusez-moi ! cria mon serviteur d'une voix stridente, essoufflée, désormais aussi bouleversé que moi. C'est bien – je ne le ferai plus – je suis désolé. S'il vous plaît, ne m'en veuillez pas… »

Ses supplications me touchèrent comme rien ne l'avait pu faire jusque-là. C'était la voix terrifiée que j'avais déjà entendue le jour où les Elfes étaient venus me chercher dans mes appartements. Moi qui avais servi à mes heures – voilà que j'emplissais de terreur mon propre serviteur, l'infortunée créature que les Elfes eux-mêmes avaient abandonnée, moi qui avais servi et qui savais ce que c'était que d'avoir peur... Je levai mes deux mains dans un geste d'apaisement, puis j'inclinai la tête pour indiquer que tout allait bien. Ma respiration était encore entrecoupée de spasmes. Mon estomac était douloureux et je tremblais de froid.

« Venez, messire », me dit mon serviteur d'un ton résigné. Mais dans sa détresse, mon guide invisible s'en fut sans me montrer le moindre objet à suivre. J'attendis, aussi muet et patient qu'un bœuf, et il finit par revenir armé d'une chandelle.

« Nous avons ordre de ne pas gaspiller le feu, me confia-t-il, mais ce soir, personne ne s'en apercevra. »

La lumière dorée projetait des ombres grotesques le long des couloirs. Je m'efforçai de garder les yeux fixés sur la flamme, sans prendre garde aux ombres ni aux dessins qu'elles formaient.

Mes appartements aussi étaient plongés dans l'obscurité. La chandelle était un réconfort. Je passai d'abord dans ma garde-robe où je pris un long peignoir de laine pour me couvrir. J'avais soif, mais le pichet était vide.

« Il n'y a rien, messire, me dit mon serviteur, alors que je me demandais s'il était encore à mes côtés. Demain, tout rentrera dans l'ordre. »

Dans le ciel, au-dessus du jardin, les étoiles étaient aussi grosses que des jouets, mais très pâles, dépourvues de cette clarté nette et tranchante qu'ont les nôtres. Je pris le seul objet qui me semblait vraiment mien, ma harpe, et jouai là dans le jardin, sous ces étoiles floues, dans l'air nocturne du Pays des Elfes, tiède et parfumé.

Et comme il m'était interdit de parler, je chantai mon défi.

Oh, ce qui est plus blanc que le lait, dites-le-moi
Et ce qui est plus doux que la soie, dites-le-moi.
Ce qui sonne plus fort que le cor, dites-le-moi
Ce qui perce plus cruellement que l'épine, dites-le-moi.

Comme si je préparais un sortilège, je chantai toutes les énigmes, l'une après l'autre, sans obtenir de réponse : je défiai les étoiles féeriques, ne donnant rien puisque je n'obtenais rien en retour.

Pouvez-vous me labourer un arpent de terre
Entre l'eau salée et la grève du bord de mer ?
Oh, où t'en vas-tu ? dit Miller à Moser.
Qui est là, qui est là, à la fenêtre de ma chambre,
Qui vient déranger mon long repos nocturne ?

Mes chants accueillirent l'aube : une aube grise et maussade, privée de couleurs et de soleil.

Ce jour-là, la reine ne m'envoya point chercher. Désormais, j'étais habitué à l'avoir quand j'en avais envie ; et j'avais eu de plus en plus souvent envie d'elle depuis que j'avais la bague. Le temps passé hors de sa compagnie avait été consacré à manger, à dormir, à me reposer. À présent, je tentai de m'habituer à rester seul, mais c'était un état pour lequel je n'avais guère de goût. Les fleurs fabuleuses de mon jardin n'étaient que des plantes, les instruments des voix sans paroles. J'étais las de mes propres chants, de ma propre compagnie. Auprès d'elle, je pouvais parler ; et quand nous ne parlions pas, ce que nous faisions était encore plus doux pour le réconfort de l'âme et du corps.

Je n'avais aucun moyen de me défendre, personne à qui demander. Le besoin d'elle brûlait dans mon sang et il m'était impossible de rester tranquille. Ma main s'égarait sans cesse jusqu'au doigt qui avait porté l'anneau ; ma reine, qui n'avait été qu'à un souffle de distance, était à présent aussi lointaine que la lune. Je sortis dans les couloirs, mais leur disposition mouvante me laissa désorienté et je craignis de me perdre. Elle pouvait m'envoyer demander à tout moment ; si quelqu'un venait me chercher, il fallait qu'on pût me trouver aisément.

J'arpentai mes appartements comme une bête en cage, attendant, l'attendant. Les Elfes étaient de retour ; je les entendais dans les couloirs. Personne ne vint me voir. Je mangeai quand on m'apporta des victuailles, sans même savoir comment passait le temps. Je restai éveillé toute la journée, toute la nuit et tout le jour suivant – mais s'agissait-il vraiment de journées, avec la lumière qui augmentait et diminuait autour de moi, indépendamment du passage des heures. Quand j'avais sommeil, je nageais dans le bassin, car si j'étais endormi quand elle voudrait me voir, je risquais de manquer à son appel.

Impuissant dans mon agitation, je me mis à fouiller mes appartements à la recherche de la bague. Si je la retrouvais, j'obtiendrais ce dont j'avais besoin. Peut-être s'était-elle amusée à l'y dissimuler dans le but de me la faire chercher et trouver. Je rôdai de pièce en pièce, scrutant les tiroirs de marqueterie, retournant tous mes vêtements, vidant mes poches, passant la main le long des étagères, fourgonnant parmi tous mes instruments. Mais la bague de la reine demeura introuvable.

Je ne tenais pas en place, pas plus assis que debout. Ma harpe me paraissait trop lourde ; les sons que j'en tirais étaient discordants, stridents, intolérables. Le peignoir que je portais m'irritait la peau. Il m'écorchait, me gênait aux entournures, me pesait. Je tirai d'autres habits de l'amas désordonné que j'avais jeté par terre : une chemise à col ouvert et amples manches, en soie crème sauf quand la lumière lui donnait un éclat vert pâle… Je ne l'avais jamais remarquée auparavant, non plus qu'un autre vêtement assorti, une culotte vague ; quand la soie légère effleurait ma peau comme une plume, j'avais l'impression de porter un costume fait de vent et d'eau.

J'étais collé contre le mur, le visage appuyé contre la fraîcheur du plâtre lorsqu'on frappa enfin à ma porte. Mon cœur se mit à battre ; je sentais déjà le sang bondir à travers mes veines. Dans mes amples habits de soie, je me sentais étrangement vulnérable ; il me semblait qu'en parcourant les couloirs à la suite du serviteur qui m'escortait auprès de ma maîtresse, j'étais devenu l'amant nu de la Reine des Elfes.

Assise dans sa chambre, elle lisait un livre. J'ignorais qu'elle sût lire. Debout à la porte, j'attendis. Elle me tendit la main ; je m'approchai et m'agenouillant y déposai un baiser.

Elle posa la main sur ma tête. « Thomas. Je t'ai manqué ? »

Sa voix me perça comme une volée de flèches. J'avais oublié sa douceur pénétrante. Je laissai échapper un petit cri étouffé, comme si je venais vraiment d'être atteint. « Oui ; beaucoup. Vous le savez bien.

— J'ai eu à faire », répondit-elle.

J'avais l'impression que je me noyais et que seule sa main pouvait me sauver. « Je vous aime, m'écriai-je en pressant cette main contre ma joue. Je vous en prie, ne soyez pas si cruelle. J'ai besoin de vous.

— Allons. » Elle me caressa la tête, la serrant contre elle. « Allons, c'est fini.

— Sans vous, je suis perdu.

— Eh oui, dit-elle. Je le sais. Mais toi, tu ne le savais pas, me semble-t-il. À présent, tu l'as compris, n'est-ce pas ?

— À présent, je le sais, dis-je en cherchant de mes lèvres ses épaules, son cou, son visage. Allez-vous me rendre ma bague, maintenant, douce amie ?

— Oh que non, Thomas. Cette bague est à moi et je la garde ; elle ne t'a été que brièvement prêtée. » Je bondis sur mes pieds, me dressant d'un air menaçant au-dessus de sa beauté précise et délicate.

« Allez au diable ! Vous êtes aussi fausse que le verre… ! » lançai-je en levant un poing pour la frapper.

La Reine des Elfes leva vers moi deux yeux rieurs.

« Ah, tu ferais cela, Thomas ? Vraiment ? »

Ma main retomba le long de ma cuisse. « Oui, dis-je d'une voix froide, sourde. Si cela pouvait m'empêcher de…

— Eh bien, tu ne le peux pas et tu le sais fort bien. Alors viens donc auprès de moi, Thomas, viens te perdre au-dedans de moi. » Voyant que j'hésitais, elle ajouta : « Tu ne peux rien faire d'autre ; tu le sais, te dis-je. Cela n'a rien de répréhensible et te donnera beaucoup de plaisir. »

Elle m'ouvrit ses bras et je m'y blottis. J'y éprouvai un réconfort qui allait au-delà de ce que peut ressentir un enfant niché contre sa mère, car que sait un enfant du chagrin ou de la faim qui peuvent torturer un homme ? « Je vous aime, lui redis-je.

— Oui, dit-elle, oui, c'est fini à présent. »

Et maintenant, en effet, le monde était devenu tout simple : sa présence était ma joie, son absence ma souffrance. Mais ce n'était pas fini. Je n'avais plus de contrôle sur la fréquence de nos retrouvailles ; peut-être promettrait-elle de m'envoyer chercher, puis oublierait-elle, ou bien peut-être me garderait-elle auprès d'elle plusieurs jours de suite.

J'adorais être à ses côtés, tout simplement, observer sa façon de bouger, entendre sa voix. Quelquefois, elle m'autorisait à rester pendant qu'elle travaillait, qu'elle s'entretenait avec son peuple ; tantôt, je gardais le silence, et tantôt je leur jouais des airs de harpe. Parfois, nous faisions l'amour dans nos endroits de prédilection et il arrivait alors qu'elle me fît de nouvelles révélations sur le Pays des Elfes ; d'autres fois son plaisir était de m'entendre parler de moi et des miens. Il y avait un certain rire qu'elle gardait pour moi seul, quand nous étions en tête à tête.

Mais certains jours, je n'étais pas convoqué. Je faisais les cent pas dans ma chambre, brûlant de fièvre à ces moments-là, même les vêtements de soie étaient trop lourds pour moi. Je nageai dans le bassin, je travaillais ma musique – mais j'avais toujours l'oreille dressée dans l'espoir d'entendre frapper à la porte.

La bague ornée de la pierre verte était de nouveau à son doigt. Je tentai de tourner en plaisanterie mon envie de la reprendre, de la lui arracher par jeu ; mais lorsque je devins trop brutal, elle se fâcha et j'eus peur de m'aliéner son affection. Je connaissais bien ses humeurs désormais. Je comprenais très clairement quand je lui plaisais et quand je lui déplaisais. Dans le premier cas, nous étions heureux, tous les deux, et elle me voyait plus souvent.

Lorsqu'elle était en proie à la mélancolie ou à la nervosité, je devais choisir mes paroles avec soin. Quand elle se sentait à son aise, je pouvais dire à peu près n'importe quoi. Je la grondais, la taquinais, manifestais des exigences ; une fois, j'allai même jusqu'à lui demander son nom.

« Appelle-moi donc Maggie. » Elle sourit et s'étira à la manière d'un chat, comme je l'avais souvent vu faire. « Appelle-moi Lillie – appelle-moi du nom de celle de tes maîtresses que tu voudras. »

Je sentais courir en moi un frisson très particulier en entendant les détails intimes de mon passé sur ses lèvres, mais il n'était pas tout à fait déplaisant.

« Non, insistai-je hardiment, cela ne fera pas du tout l'affaire. Au pays d'où je viens, nous avons tous un nom. Ici, personne n'a de véritable nom : chacun paraît être connu par sa caractéristique la plus saillante. C'est à croire que ma mère m'a baptisé “Mortel” ou “Joueur de harpe”.

— Eh oui, s'esclaffa la reine, et toi tu appelles mes sujets Gond ou Orteils-de-bois. Ici, c'est parfaitement poli, Thomas. Nous ne pratiquons guère le baptême, vois-tu. Comment m'appelles-tu, moi, sans savoir mon nom ?

— Belle dame, répondis-je. La reine. Ce n'est pas très romantique.

— Ma foi, ce ne serait pas non plus très romantique si tu connaissais mon vrai nom, riposta-t-elle. Ce serait même fort laid – pour moi, chère âme ; toi, tu adorerais. Tu es peut-être le héros de cette histoire que tu vis, mais tu n'es pas le genre de héros qui dupe les gens pour leur soutirer des secrets entre les draps. » Elle fit entendre ce rire qui n'était que pour moi. « Et songe un peu à la triste figure que tu ferais dans les chansons ! "L'amant trompeur de la Reine des Elfes".

— En tout cas, ce serait une nouveauté. Dans les histoires, c'est toujours la femme qui parvient à arracher par la ruse ses secrets à son amant, jamais l'homme à sa maîtresse.

— C'est uniquement parce que les gens ne croient pas que les mortelles ont des secrets qui vaillent la peine d'être percés à jour. Est-ce vrai, Thomas ? En ont-elles ?

— Pas d'aussi beaux que les vôtres. »

Quand je l'appelais de mes cris, c'était toujours un son sauvage et inarticulé.

Chasseur reparut.

Dans la salle des banquets, lorsque je jouais de la harpe, que je chantais, que je mangeais en écoutant les autres, ses yeux ne me quittaient pas. Devant lui, je me sentais nu, comme si mon silence même suffisait à proclamer ce que la reine était pour moi. Bien que je n'aie jamais été du genre à poser des questions directes lorsqu'il est possible d'aller au fond des choses de façon détournée, au bout de quelque temps j'aurais été heureux de marcher sur lui et d'exiger de savoir ce qu'il me voulait dans ce monde-ci ou n'importe quel autre. Meg avait raison : les Elfes ne sont pas comme nous. En comparaison, il n'y a pas jusqu'à un gitan étameur qui ne vous fasse l'effet d'un frère bien-aimé.

Chasseur me regardait, mais sans jamais rien dire. Et parce que cela me mettait mal à l'aise, parce que je ne savais pas où il voulait vraiment en venir, mes pensées s'envolèrent vers ce conte qu'il m'avait narré, l'histoire du chevalier et de sa veuve promue chambellan. Qu'est devenu le chevalier ?

Son énigme, je m'en souciai comme d'une guigne. Je n'étais pas venu au Pays des Elfes pour y résoudre des énigmes, les siennes ou celles d'un autre.

Du moins le croyais-je.

Ils eurent un enfant et vécurent très heureux. Mais la mère de la dame était une femme jalouse. La fille ensevelit ses morts durant cette même nuit si noire, puis fit quelque chose de très étrange.

Au cours de ces journées lugubres pendant lesquelles je restais dans ma chambre, attendant un appel qui ne venait jamais, ou bien errais sans trêve parmi les collines qui environnaient le château, dans l'espoir d'éteindre mon désir par une débauche d'activité physique, recherchant parfois la compagnie spectrale des amoureux défunts plus heureux que moi, les mots de Chasseur me revenaient souvent. Au lieu de réclamer justice, elle offrit ses services.

Elle fut élevée au rang de chambellan. Il était une fois un chevalier. Il épousa une dame aussi belle qu'intelligente…

Impossible de me sortir ce récit de l'esprit. Il était à la fois beau et tragique ; et en plus, il n'avait pas de fin. Peut-être était-ce simplement pour cela.

Ou bien peut-être était-ce quelque chose de pire, la magie de la volonté féerique. J'avais déjà été ensorcelé une fois, lorsque j'avais baisé les lèvres de la reine sous l'Arbre d'Eildon, bien qu'elle m'eût averti que mon corps entier suivrait. Un homme averti en valant deux, j'aurais dû me méfier cette fois-là, si elle ne m'avait pas si complètement ébloui ; car je connaissais les contes tels que « Le faucon bleu ». Je l'avais raconté moi-même : c'était l'histoire du malheureux prince qui allait à la chasse et rapportait au château la plume d'un faucon bleu ; aussitôt l'épouse de son père lui jetait un sort, en disant : « Que cette plume te soit une croix et t'ensorcelle : dorénavant tu auras en permanence un soulier trempé et un rhume de cerveau tant que tu ne m'auras pas rapporté l'oiseau à qui appartient cette plume. » Et le voilà obligé de supporter toutes sortes d'épreuves et de mystères jusqu'à ce qu'il ait obéi. Le plus étrange, c'est que, même alors, je ne parvenais pas à m'imaginer que j'étais moi aussi le héros d'un récit. Étais-je victime d'un sort analogue jeté par Chasseur, ou bien étais-je simplement dévoré par l'ennui, si bien que je ne tenais pas en place.

J'aurais dû demander à la reine. Mais quand j'étais avec elle, tout cela paraissait avoir si peu d'importance.

Tout aurait été pour le mieux si la mère n'avait pas monnayé les services d'une bande de gredins… Quand j'étais seul, je ne pensais plus qu'à ce conte.

Qu'est devenu le chevalier ?

Comment diable – ou plutôt comment elfe – le saurais-je ?

Puisque cette histoire m'obsédait, je décidai de m'en amuser. Peut-être en tirerais-je pour le moins la première moitié d'une ballade fondée sur le triste récit de jalousie et de meurtre. Certaines images me touchaient : la jeune femme obligée d'ensevelir son époux et son enfant assassinés, seule dans la nuit; son long et épuisant périple jusqu'à la cour du roi… Harpe en main, je me mis à taquiner les paroles et la mélodie.

Cette dernière vint vite, désolée, mais pressante. Puis je me rappelai une autre histoire que j'avais entendue un jour, une histoire vraie, dont les héros étaient des soldats qui avaient dû utiliser leurs épées pour enterrer leurs camarades.

Pour creuser la tombe, ils ne lui laissèrent
Que l'épée rougie qui avait tué son enfant,
Pour l'envelopper, ils ne lui laissèrent
Point d'autre suaire que son drap sanglant.

C'était sinistre, mais cela faisait l'affaire. Et maintenant, il fallait que la souffrance morale suivît la souffrance physique.

Elle l'ensevelit, sans l'aide de personne,
Elle l'ensevelit, sans fleurs ni couronnes…

Quand elle vit la terre couvrir ses deux amours,
Ne pensez-vous pas qu'elle eut le cœur brisé ?
Quand elle tourna le dos et partit pour toujours,
Ne pensez-vous pas qu'elle eut l'âme navrée ?

Pour la première fois depuis bien des jours, je me sentais en paix dans mon jardin. Je vais terminer cette chanson, me dis-je avec une amère satisfaction, puis je la jouerai à messire Chasseur dans la salle d'honneur, devant la cour des Elfes au grand complet – il verra un peu ce qu'un authentique ménestrel sait en faire, de ses énigmes !

Je me demandai quelle serait la meilleure manière de commencer. Il y avait, bien sûr, les formules habituelles : Il était une fois une dame jeune et belle… il était une fois un brave chevalier… Oyez, bonne gens, l'étrange histoire… Non, tout cela ne valait rien. Il me fallait de l'inédit. Mon début devait être aussi puissant que les couplets que j'avais déjà écrits, mais en même temps aussi doux que le meurtre était affreux.

Son bien-aimé lui fit faire une charmille,
Croulant sous les lys et les potentilles,
Où ils passaient le plus clair du jour
À se divertir aux jeux de l'amour.

Oui, ce n'était pas mal. Une charmille, deux amants bientôt séparés… Mais il manquait quelque chose. La distance était trop grande, on avait l'impression d'un tableau contemplé depuis la pièce voisine. Ce n'était point ainsi que composait un ménestrel digne de ce nom. Le récit que j'avais entendu des lèvres de Chasseur m'avait paru plus véridique. Je voulais bien être pendu si je supportais de me laisser surpasser ainsi dans l'art de conter une histoire ! La tâche serait-elle trop ardue pour moi ? me demandai-je non sans inquiétude. Avais-je donc déjà composé toutes les bonnes chansons que je portais en germe dans mon cerveau ? Peut-être n'étais-je pas capable de faire mieux…

Inutile de dire qu'une ballade est plus difficile qu'un simple récit. Non pas que j'aie jamais eu le moindre mal à trouver des rimes ; elles me viennent plutôt trop facilement et je cours souvent le risque de gâcher mon travail par des vers de mirliton. Non, ce n'était pas sur la rime que je peinais. Ce qu'il me fallait, c'était un moyen de resserrer le fil du récit afin d'attirer l'auditeur plus près…

Quand je le trouvai enfin, j'éclatai de rire.

Mon bien-aimé m'a fait faire une charmille
Croulant sous les lys et les potentilles,
Il n'existe point de plus bel abri
Que celui que mon tendre amour m'a bâti.

C'était d'une telle simplicité : j'aurais dû savoir, lorsque, dans mon dépit, j'avais commencé à me comparer à Chasseur, que la solution n'était pas loin. Chaque fois que je me trouve particulièrement nul, je fais une authentique trouvaille dans l'instant qui suit.

J'allais m'accrocher aux pensées de la dame, me loger dans son cœur, ressentir ce qu'elle éprouvait :

De ma mère la haine mortelle a causé nos malheurs,
Elle a lâché sur nous ses chiens au plus noir de la nuit,
Ils ont saccagé ma charmille et occis mon seigneur,
Car devant eux mes gens terrifiés avaient fui.

Après tout, c'était son histoire à elle, car le pauvre seigneur mourait dès le début.

Ils ont juré que je serais épargnée,
Mais dans mes bras ils ont tué mon enfant,
Pour l'ensevelir ils ne m'ont rien laissé
Hormis son drap déchiré et sanglant.

Je chantai ces couplets plusieurs fois, jusqu'à ce que je fusse certain de me rappeler ce que j'avais d'ores et déjà écrit. À d'innombrables reprises, je jouai l'air sur ma harpe en le modifiant légèrement. Je devins plus aventureux, essayant d'ajouter divers ornements.

« Messire. » Mon serviteur était arrivé derrière moi. « Je vous apporte une collation. »

Je secouai la tête ; impossible de m'arrêter en ce moment.

Je coupai mes cheveux, changeai mes vêtements...

parements... ornements... garnements...
Non :

Je changeai mes habits...

non, ça faisait moine...

Je changeai d'apparence aussi bien que de nom,
Je coupai mes cheveux et cherchai le renom...

Non, non, non. Je recommençai depuis le début ; quelquefois, si l'on chante ce que l'on a déjà fait, le vers suivant vient de lui-même.

Quand je tournai le dos et partis pour toujours,
Ne pensez-vous pas que j'eus l'âme navrée ?
Je coupai mes cheveux et je changeai mon nom,
Je quittai je ne sais quoi pour je ne sais quoi d'autre...

Je n'avais même pas entendu la colombe arriver. Mais en levant les yeux, agacé, parce que je venais de faire une fausse note, je la vis posée au bord du bassin. Elle me regardait, cela ne faisait aucun doute.

« *Mon bien-aimé m'a fait faire une charmille,* recommençai-je, *croulant sous les lys et les potentilles...* »

Tandis que je continuais à chanter, l'oiseau versait ses larmes terribles.

Si ma musique ne te plaît pas, me dis-je dépité, va donc t'asseoir au bord d'un autre bassin. Mais je continuai ma chanson.

Changé de nom,
Quitté ma maison,
Cherché le renom...

« Messire, insista la voix neutre de mon serviteur, avec un calme exaspérant, il faut manger. »

Je me retournai furieux vers le plateau suspendu dans les airs et levai la main pour le repousser – mais je ne réussis qu'à m'entailler le pouce avec la lame d'un couteau à fruit.

Je soufflai entre mes dents – enrageant de ne pas être libre d'envoyer mon serviteur à tous les diables pour sa négligence – et je secouai violemment la main pour faire passer la douleur. Quelques gouttes de sang giclèrent sur le sol.

Je comprimai mon pouce pour l'empêcher de saigner, surpris de constater que mon serviteur ne s'était pas aussitôt précipité pour me bombarder d'excuses et de pansements. La colombe avait cessé de pleurer. Elle sauta gauchement de la margelle du bassin, en étendant les ailes pour maintenir son équilibre, s'avança de sa démarche disgracieuse jusqu'à l'une des gouttes de sang – tombée de ma main – et courba la tête.

Ainsi, voilà de quoi elle se nourrissait.

Je me levai, écœuré et même un peu effrayé, afin de la chasser. Dire que je lui avais joué de l'excellente musique, à ce volatile, et par deux fois.

« Non, messire ! Arrêtez ! »

Le cri de mon serviteur ne troubla même pas l'oiseau. Moi, en revanche, je me figeai de surprise. Jamais mon serviteur n'avait tenté de m'empêcher de faire quoi que ce fût, ni de me donner des ordres.

Soudain, la colombe se mit à parler.

« Maudit soit ce jour… Eléonore… »

C'était la voix d'un homme et d'un homme originaire de mon pays. « Éléonore… maudit soit ce jour. »

Je dus faire appel à toute ma force d'âme pour me retenir de lui parler. Ma main, oubliée, retomba le long de mon flanc. La colombe se remit en marche sur ses pattes torses, se rapprochant de moi. Immobile, je la regardai avancer. Arrivée à mes pieds, elle courba de nouveau la tête et humecta son bec dans le sang qui coulait goutte à goutte de mon pouce.

« Éléonore, Éléonore, mon amour. »

Je compris enfin. Comme les fantômes des gens de l'ancien temps, la colombe avait besoin de mon sang pour parler. Je poussai sur l'entaille afin de la rouvrir et de faire tomber encore quelques gouttes sur le sol. La colombe les but.

Mais ses seules paroles furent des lamentations. Me tournant vers le plateau, je pris le couteau. J'avais besoin de préserver mes doigts pour jouer de la harpe, si bien que je préférai entailler légèrement la veine de mon bras, comme le font les chirurgiens pour une saignée. Un filet écarlate dégoulina sur les carreaux de la cour et la colombe put boire à satiété.

« Les jours me sont comptés, commença-t-elle plaintivement. Je ne parviens, pas à leur faire voir ni à leur faire entendre – Eléonore, mon amour, joie de mon cœur – c'est pour toi que j'ai quitté le chemin du paradis, pour toi que j'ai franchi le fleuve de sang, pour toi que j'ai endossé cette forme et que je perdrai bientôt mon âme ; pour toi, pour toi, pour toi, toi, toi, toouuit... »

Sa voix était redevenue un roucoulement.

Je laissai couler un autre filet de sang, mais je pensais déjà connaître l'histoire.

« Ses larmes sur ma tombe, elles m'étaient insupportables ; mon esprit à peine assassiné brûlait de pitié et du désir de me venger… Vengeance… Vengeance… sa mère doit mourir, mourir. Mon Éléonore doit vivre, vivre, doit retrouver sa jeunesse et sa féminité… »

Il était une fois un chevalier. Il épousa une dame aussi belle qu'intelligente… et ils vécurent très heureux.

Je coupai mes cheveux et je changeai de nom,
Je n'étais plus la belle Éléonore mais…

Ainsi, c'étaient là les énigmes de Chasseur. Qu'est devenu le chevalier, en effet ? Le chevalier, tu l'as pourchassé à travers les bois féeriques sur un grand cheval noir, espèce de canaille hypocrite !

Je m'ouvris une troisième fois le bras, mais n'étant pas chirurgien, je craignais de perdre trop de sang à la fois.

« Ils ne veulent rien voir, rien entendre… Sur terre, je puis pleurer, mais pas parler… Je suis mort, Éléonore, mort, perdu, je ne puis t'aider, mort et perdu à tout jamais, il ne me reste plus de temps…

— Si, il vous reste du temps ! » C'était la voix de mon serviteur, que la nervosité rendait grêle et l'affection féroce. « Vous ne comprenez pas. Il faut retourner dans le Monde du Milieu, où les années passent lentement. Ainsi, vous aurez davantage de temps. »

Mais à quoi lui servirait-il d'avoir tout son temps, s'il ne pouvait parler ? Pauvre colombe sans voix… Vous ririez à vous en rendre malade, si vous l'aviez vue…

Je lui prêterai la voix de Thomas...

Je la lui prêterais bien volontiers, mais désormais je n'avais plus de voix que pour chanter.

Je pouvais lui faire la chanson. Rien d'autre. Mais si, Dieu sait comment, le roi d'Éléonore venait à l'entendre et à connaître ainsi la vérité – une fois la mère jalouse démasquée et justice faite – le chevalier pourrait reposer en paix, ayant rompu son sortilège.

Ne pouvant lui expliquer tout cela, je repris ma harpe et jouai le nouvel air afin d'exprimer ma volonté.

« Oui, dit mon serviteur d'une voix entrecoupée. Repartez à présent – et Thomas finira votre chanson. On trouvera un moyen. Il ne faut pas désespérer. »

Thomas ? Mon serviteur m'apparaissait soudain comme un être nouveau, compatissant et sûr de lui. Et, bien entendu, il connaissait mon nom ; la reine avait dû le lui dire, ou peut-être Chasseur. Aucune importance ; dans cette affaire, nous ne faisions qu'un, d'où que lui vinssent ses ordres.

Je connaissais à présent la réponse à l'énigme de Chasseur. Mais elle soulevait de nouvelles questions. Lorsque nous l'avions rencontré dans la forêt, Chasseur avait clairement laissé transparaître ses sentiments à l'égard de la colombe. Il voulait voir le chevalier échouer dans sa quête, afin que son âme fût emprisonnée à tout jamais dans le corps de la colombe, légitime gibier pour ses propres flèches. Chacun sait que les Elfes ont pour distraction de chasser les âmes humaines qui ne trouvent pas le repos : de même que certains fantômes reviennent sur terre tourmenter les vivants, les Elfes, quant à eux, tourmentent les fantômes. Peut-être la distraction leur paraissait-elle encore plus savoureuse pratiquée sur leur propre terrain.

Donc : l'esprit du chevalier défunt avait trouvé le chemin du Pays des Elfes, conclu un certain marché avec une puissance résidant en ces lieux, obtenu de l'aide pour se venger. Il y avait fort à gager que ce n'était pas le chevalier qui avait choisi de prendre la forme d'une muette colombe – ou alors il y avait été incité par la ruse. On lui avait octroyé un certain temps durant lequel il devait tenter de redresser le tort subi par lui-même et sa dame. S'il échouait dans cette entreprise, il n'aurait pas droit au repos éternel, mais deviendrait au contraire la proie des Elfes. Quant à savoir ce qu'il adviendrait de son âme si Chasseur tuait la colombe, je préférais n'y point penser.

Mais alors, pourquoi l'Elfe noir m'avait-il lancé sur le chemin de cette énigme ? Chasseur savait sûrement que j'aurais envie d'aider le chevalier. En sorte que tous mes actes auraient pour but de contrecarrer son projet. Peut-être trouverait-il, tout simplement, plaisant de me regarder courir à l'échec ? À moins… à moins qu'il ignorât que la colombe avait su retrouver ma trace. Car sans elle, jamais je n'aurais pu démêler l'affaire si aisément et promptement.

Si l'intention de Chasseur était de m'irriter, ou seulement de détourner un peu mes pensées de la reine, il avait réussi. Mais savait-il que j'avais tout deviné ? Mon serviteur le lui révélerait peut-être mais mon serviteur était des nôtres, il penchait du côté des mortels.

Il était des nôtres… cela dit, que pouvais-je faire d'autre que d'écouter et de composer ? Je n'étais pas un magicien, moi, ni un Elfe puissant. Il me fallait du temps – du temps pour réfléchir, pour finir la chanson d'Eléonore. Je me demandai si elle était jolie, cette mystérieuse Éléonore.

« Le roi l'aime, dit soudain la colombe. Le roi aime la fine fleur de ses serviteurs. J'ai mon nid devant la fenêtre de celle que j'aime. Elle pleure la nuit. Éléonore, le temps manque... »

Puis l'oiseau pencha la tête sur le côté, exactement comme une colombe ordinaire, et s'envola.

Je me mis lentement debout, quelque peu affaibli par la saignée. Ma main tremblait lorsque je pris une coupe de cidre des mains de mon serviteur et la vidai sans reprendre haleine. Mon bras n'était pas beau à voir, souillé de sang séché, percé de petites entailles en plusieurs endroits, car je n'avais pas toujours su toucher la veine. Je le rinçai dans le bassin dont l'eau froide figea le peu de sang qui coulait encore.

J'avais eu l'intention de reprendre ma chanson, mais soudain je me sentis las, si las que j'avais peine à bouger. Ayant mis ma harpe en lieu sûr, je me dévêtis pour me mettre au lit.

À cet instant, la reine me fit mander.

Drapé dans un long peignoir, je suivis son serviteur à travers les couloirs. Nous arrivâmes dans son boudoir, mi-chambre, mi-jardin, où les roses et les volubilis, le chèvrefeuille et le jasmin tapissaient les murs et formaient un dais vivant et parfumé. La reine s'y trouvait mollement allongée, vêtue – mais si peu ! – d'une robe de soie diaphane sous laquelle on distinguait sans mal les courbes de son corps et jusqu'à la texture de sa peau. Elle m'ouvrit les bras et je fondis sur elle avec cette féroce explosion de passion qui s'empare parfois d'un homme juste avant qu'il ne cède à l'épuisement.

Ses caresses et mes émotions chassèrent du peu de cervelle qui me restait toute pensée ayant trait à la colombe. Je m'endormis toujours cramponné à ma maîtresse.

Je m'éveillai en sentant la reine me caresser le bras, à l'intérieur, là où la peau est le plus sensible. Ses doigts effleuraient les croûtes de mes blessures.

« Thomas, dit-elle sévère mais douce, je n'aime point ceci. As-tu été malade, mon garçon ? Un de mes Elfes t'a-t-il fait du mal ? Ou bien dois-je croire que tu as nourri des fantômes, Thomas ? »

Je ne savais que lui répondre. Mais ses mains continuaient à me caresser et il me semblait que pour le moment, elle n'exigeait pas de réponse.

Le pauvre fantôme du chevalier me paraissait si loin à cet instant. Il était bien difficile de penser à lui alors que j'étais entièrement captivé par la fragrance et la douceur satinée de ce corps luisant qui me tenait prisonnier.

Et pourtant, n'étais-je pas au cœur même du Pays des Elfes. Si quelqu'un pouvait nous aider, c'était bien la reine. Dans les bois, elle avait paru considérer la colombe avec bienveillance – ou bien cherchait-elle uniquement à contrarier Chasseur ? S'il en était ainsi, et si Chasseur le savait, elle se fâcherait peut-être de m'entendre plaider la cause de l'oiseau. Rien que pour cela, j'avais une bonne raison de me taire. Perdre, ne fût-ce qu'un instant, ses mains si bonnes, si délicieuses me paraissait désormais insupportable. Si Chasseur cherchait à semer la discorde entre nous…

Je pris les mains en question et me les passai sur tout le corps, soupirant d'entendre soupirer la Reine des Elfes. La lutte était engagée entre Chasseur et moi ; la Reine ne devait pas y mettre son joli nez, si cela se pouvait éviter. Je m'occupai plutôt de mettre le mien là où j'avais envie et cette sensation à la fois étrange et familière me fit frissonner.

« Je vous aime », répétai-je à d'innombrables reprises, jusqu'à ce que ces mots ne fussent plus qu'un autre exemple de sensualité qui ne signifiait rien pour mon âme et tout pour mon corps. Et elle aussi me disait des mots, mais jamais qu'elle m'aimait, jamais. Je la suppliai et mes sanglots étaient comme une rose du plaisir, chargés d'épines. Il n'y avait plus en moi une once d'amour-propre ; jamais je n'ai aimé une femme davantage. Mais il faut dire qu'elle n'était pas une femme.

Elle me secouait pour m'arracher à ma léthargie béate, en s'écriant durement « Thomas ! Il faut me dire à qui tu as donné ton sang !

— Je ne sais…, balbutiai-je, je ne puis…

— Vraiment ? » Elle était furieuse, les lèvres serrées. « C'est donc ainsi que tu m'aimes ? »

Je soutins son regard. Ses yeux étaient bleus et glacés. « Vous savez bien que cela n'a rien à voir », répondis-je doucement.

Elle se mit à pleurer. Jamais je ne l'avais vue verser des larmes. « Comment peux-tu ? Comment peux-tu dire tout ce que tu viens de dire, et puis après... »

Sans rudesse, je lui fis baisser les mains qui cachaient son visage. Elle avait les yeux secs. « N'essaie pas de me tromper, dit-elle. Ne joue pas un double jeu avec moi. J'ai droit à ton entière allégeance. C'est moi que tu es tenu de servir, moi et personne d'autre – l'oublierais-tu, Rimeur ?

— Non, madame.

— Je te reçois dans mon lit, je te prodigue tous les conforts, toutes les aises – crois-tu donc que je te veuille du mal ? » Sa voix était devenue suppliante. « Ton sort tout entier est entre mes mains, c'est par mon entremise que tu pourras retourner chez toi – si tu ne peux pas me faire confiance, à qui te fieras-tu ? »

C'était vrai. Tout ce qu'elle disait était vrai. Mais le Roi Qui Attend – si je songeais à lui à présent, ce n'était pas parce qu'il pouvait me venir en aide, mais parce qu'il m'avait appelé frère. Lui et moi, et la colombe bien sûr, pauvre assassiné issu de la même race que nous. Je comptais sur la reine, en effet, et sur nulle autre. Mais elle n'en était pas pour autant une de nous.

J'avais le nom de Chasseur sur le bout de la langue. J'avais envie de rejeter toute la faute sur lui, de permettre à la reine de régler l'affaire à sa guise, de les laisser s'entrebattre tous les deux, selon leurs termes surnaturels. Il n'empêchait que c'était moi que l'on avait défié, pas elle.

Je me rappelai qu'elle avait dit dans les bois : « Cet oiseau est un des miens. » Était-ce donc avec la reine que le chevalier avait conclu un marché ? Était-ce ma douce amie qui avait imposé au malheureux la forme d'une colombe ? Peut-être n'avait-elle pas voulu être cruelle. J'étais bien placé pour savoir qu'elle ne voyait pas toujours les choses comme aurait pu les voir un mortel. Les règles de la magie étaient strictes. Même si c'était elle qui l'avait soumis au sortilège, il ne lui était pas nécessairement possible de le rompre.

« Eh bien, Thomas ? »

Je n'eus aucun mal à me tirer d'affaire : les ruses des mortels que la reine avait apprises, moi, je les connaissais depuis que j'étais né. Me recroquevillant piteusement, je m'insinuai à tâtons entre ses bras.

« Je vous fais confiance, dis-je dans un sanglot. J'ai besoin de vous. Ne soyez pas fâchée contre moi, je vous en prie, je ne peux pas le supporter.

— Allons..., commença la reine radoucie, allons... seulement, il ne faut pas me mentir, cher amour. C'est pour ton bien, sais-tu. Je t'assure que je ne suis pas fâchée...

— Comment pouvez-vous dire... – à présent, je pleurais presque – comment pouvez-vous demander si je vous aime, si j'ai confiance en vous ? Voulez-vous voir mon cœur coupé en deux sur un plat ? Chaque minute que je ne passe pas en votre compagnie est une minute de détresse ! Jamais je n'ai connu cela auparavant – pour personne, jamais. Je vous confie des secrets que je n'avais jamais confiés à personne – que voulez-vous de plus ? »

Tout ce que je disais était vrai. Mais si j'avais été totalement sincère à ce moment-là, jamais je ne l'aurais reconnu.

Qu'elle le sût ou que son sens féerique de l'humour fût tout bonnement titillé, par les mélodrames que les humains affectionnent tant, la reine fit alors quelque chose d'épouvantable : elle se mit à pouffer de me voir si malheureux. Je frémis ; lorsqu'elle découvrit mon visage que j'avais caché dans mes mains, je riais moi aussi. Nous nous roulâmes sur l'énorme couche, terrassés par un accès d'irrépressible hilarité.

Elle fut la première à se ressaisir. « Fort bien, lança-t-elle avec un large sourire derrière sa tignasse en bataille, laissons tout cela. Je ne sais pas ce que tu fabriques, mais ne recommence pas. De toute façon, je finirai par le savoir. »

Bien sûr. Mais que pouvais-je faire d'autre que chanter ? « Belle dame, lui dis-je, douce dame – comment pouvez-vous croire que je ferais quoi que ce soit qui pourrait m'éloigner de vous ? »

Et en effet, ce jour-là, je ne la quittai pas d'un pas, ni la nuit qui suivit – un jour et une nuit du Pays des Elfes. Car lorsque je regagnai ma chambre et son éternel milieu de matinée, les blessures que j'avais au bras étaient cicatrisées ; seuls quelques petits points blancs indiquaient le passage du couteau dans ma chair.

Je me remis au travail. La mélodie de ma chanson me plaisait autant qu'avant, ce qui est toujours bon signe.

Je coupai mes cheveux et je changeai de nom,
La belle Éléonore devint le doux Edmond,
Je partis à la cour pour y servir mon roi,
Je fus la fine fleur des vassaux de son choix.

Puis Chasseur vint me voir.

Il arriva au bras du jeune Elfe aux yeux de biche qui avait déjà su trouver une fois auparavant le chemin de mes appartements et ils se tenaient on ne peut plus mal. Quand je quittai le jardin pour aller les rejoindre dans ma chambre, Chasseur fit mine d'envoyer une taloche à son compagnon : « Pinson, attends-moi dehors. Il n'y a pas moyen de te clore le bec. »

Le garçon esquiva le coup, léger comme l'air. « Fi donc, Flamme, comment peux-tu penser que je vais te laisser ici avec cette créature ?

— Thomas va me protéger, voyons. » Selon sa bonne habitude, Chasseur se faisait un plaisir de prononcer mon nom. Cela dit, si le terme « cette créature » ne s'appliquait pas à moi, de qui était-il question ? De mon pauvre serviteur ? « Allez, dépêche-toi de filer – mais attends-moi à proximité. Il vaut mieux être deux par ici. »

Dès qu'Œil-de-biche se fut éclipsé à pas lents, une main invisible claqua la porte derrière lui. Je souris : ce n'était pas le grand amour entre lui et mon serviteur.

« Alors, Thomas, demanda Chasseur en s'asseyant dans un de mes fauteuils, sans attendre d'y être convié, et en appuyant ses bottes sur un fauteuil voisin pour faire bonne mesure, où en es-tu avec mon énigme ? »

Furieux, je m'efforçai néanmoins de cacher mes sentiments, de peur que la colère ne m'incitât à parler malgré moi, et je secouai la tête.

« Tu n'y penses déjà plus ? s'enquit-il nonchalamment. Tu t'es laissé distraire par d'autres occupations ? » Je savais qu'il ne pouvait me faire de mal. La reine ne le permettrait pas. « Hein, Thomas ? » Il me faisait irrésistiblement songer à un odieux maître tourmentant un de ses élèves. Personne ne l'avait invité à venir : je n'étais pas un petit garçon et je n'allais pas me laisser asticoter jusque dans ma chambre. Mais la poignée de la porte me brûla lorsque j'y portai la main. « Pas encore, dit Chasseur sans se démonter. N'as-tu pas envie de savoir où je suis allé ? »

Un globe de verre apparut entre ses mains. C'était l'objet le plus parfait que j'eusse jamais vu. Malgré moi, je m'approchai pour le contempler.

On pouvait y voir une image : ce n'était rien d'autre qu'un joujou magique illuminé. Mais alors même que je regardai, la minuscule image se mit à bouger. J'avais l'impression de me trouver tout en haut d'une montagne, observant les affaires des hommes avec le regard d'un aigle. Le tableau avait pour protagoniste un jeune homme, si jeune que l'on voyait encore sur son visage le velouté de l'enfance ; il se tenait dans une roseraie serrant entre ses mains un calice d'or. Ses cheveux châtains lui descendaient presque aux épaules et ses habits bien coupés laissaient admirer sur toute leur longueur ses jambes fines. Soudain, il leva la tête comme s'il venait d'entendre quelque chose – le regard fixé droit vers le globe, en sorte que j'eus un instant l'impression que ses grands yeux gris rencontraient les miens. Puis un homme en costume de chasse apparut. Fort richement vêtu, il était accompagné d'une suite nombreuse, mais le désordre qui régnait parmi ses gens laissait deviner que la chasse venait de prendre fin. Le jouvenceau lui offrit la coupe qu'il vida aussitôt. Le chasseur toutefois était agité ; il s'adressait au jeune homme de façon très volubile, lui décrivant quelque chose à grand renfort de gestes-peut-être une proie qui lui avait échappé ; un oiseau, me sembla-t-il. Pourtant s'il s'agissait d'une chasse au faucon, il était étonnant que ces rapaces eussent déjà été remis en cage. Parfois, l'homme soulignait ses propos en tapotant l'épaule de son interlocuteur un peu trop souvent, à mon gré, mais je veux bien croire que mon regard était indûment critique. Le jouvenceau, cependant, ne le quitta pas des yeux un seul instant, fixant sur son visage son regard gris limpide.

Le seigneur et sa suite se retirèrent enfin, laissant le jeune homme à nouveau seul dans le jardin. Il resta un moment à les regarder disparaître ; puis il entra à l'intérieur de ce qui semblait être un château et remit la coupe à un serviteur avant de gravir un escalier pour gagner une petite chambre où il commença à se dévêtir.

Sous les habits d'homme se cachait un corps de femme et il me parut inconvenant d'aller l'espionner alors qu'elle avait choisi de s'isoler. Oui, Éléonore, la bien-aimée du chevalier, était belle ; et, oui, elle aimait le roi.

Ému jusqu'au plus profond de mon être, révulsé de voir Chasseur violer ainsi son intimité, je me détournai. Mais le long bras du seigneur féerique jaillit aussitôt ; sa main se referma autour de mon poignet et il voulut me mettre son globe sous le nez. « Que dis-tu de cette chair fraîche ? Ou bien ne t'intéresses-tu plus désormais aux femmes de ton espèce ? »

Ivre de rage, je lui arrachai le globe des mains, refermant les doigts sur cette image obscène, et je le lançai de toutes mes forces à travers la pièce.

Il fit, en volant en éclats, un fracas inaccoutumé.

« Eh bien, Thomas. » Les doigts de Chasseur broyaient toujours mon poignet et il commença à m'attirer vers lui.

Je le poussai violemment, si bien que son siège se renversa l'entraînant dans sa chute. Il se remit debout, furibond, ses sourcils rouges hérissés comme le pelage d'un chat en colère.

« Non ! »

Chasseur parut se figer en pleine attaque, les bras levés, en équilibre sur la pointe des pieds. Puis je me rendis compte qu'il était en train de lutter contre une force invisible : mon serviteur. Le seigneur des Elfes rassembla ses forces et catapulta le malheureux à l'autre bout de la pièce – je pus suivre sa trajectoire en voyant chaises et tables voler sur son passage et en entendant le bruit sourd de son corps s'écrasant contre le mur près des éclats de verre.

« Quelle outrecuidance ! hurla Chasseur tourné vers le mur. Comment oses-tu poser la main sur moi, espèce de monstre hideux, défiguré. » Il se tourna vers moi. « Eh oui, cher oiseau chanteur, voilà toute l'histoire : le beau et la bête. Tu sers la reine, c'est possible, mais sais-tu seulement que tu es, pour ta part, servi par une créature sur laquelle personne, au Pays des Elfes, ne supporte de poser les yeux ? »

C'était bien le cadet de mes soucis. Je me frayai un chemin au milieu du mobilier renversé jusqu'au mur désespérément vide et cherchai à tâtons mon serviteur, soucieux de lui offrir mon aide ou mon réconfort.

« C'est touchant », lança Chasseur d'un ton glacial, furieux d'être privé de la scène escomptée. J'étais assez proche de mon serviteur pour entendre sa respiration rauque, entrecoupée, la respiration de quelqu'un qui s'efforce de refouler ses larmes. Je sentis la toile rêche d'une manche et me rappelai de quelle façon j'avais, dans ma nudité, fui le contact du malheureux dans le vestibule, la nuit où j'avais perdu l'anneau de la reine, si bien que, malgré mes frissons, je persévérai. « Sais-tu ce que tu cherches à étreindre, Thomas ? Veux-tu que je te montre ?

— Non ! hurla mon serviteur, d'une voix suraiguë de fille. Monseigneur, vous avez promis !

— J'ai promis. » Ayant recouvré son sang-froid et le contrôle de la situation, Chasseur jubilait méchamment. « De tous les habitants du Pays des Elfes, tu es le seul que personne ne peut regarder en face. » Le pauvre infortuné semblait pourtant tout à fait normal sous mes doigts qui s'étaient refermés sur de petites épaules tombantes. Je tentai de l'aider à se relever.

« Toi, qui étais naguère d'une telle beauté... »

Les frêles épaules étaient à présent secouées de sanglots. Mon serviteur se tenait rigide, sans me suivre, mais sans me résister non plus.

« J'ai promis, reprit Chasseur, et je tiendrai ma promesse – tant que tu ne me trahiras pas. Autrement, le ravissant Thomas te verra sous ta véritable forme... »

Sanglotant bruyamment comme un enfant, mon serviteur s'arracha à mon étreinte et s'enfuit.

« Eh bien, Thomas, me demanda Chasseur. Qu'est devenu le chevalier ? »

Je lui aurais dit ma façon de penser, si je l'avais pu... Les choses étant ce qu'elles étaient, je lui tournai le dos et sortis d'un pas lent et délibéré dans mon jardin.

Dès que j'eus entendu la porte se refermer derrière lui, je regagnai la chambre. Je relevai les meubles et ramassai les éclats de verre. Ils étaient troubles, comme une eau sale. Puis je retournai dans le jardin cueillir des iris et de grandes fleurs jaunes que je plaçai dans un pichet sur la table, à l'intention de mon serviteur.

Cette nuit-là, je fis un rêve et c'était le premier dont je gardai le souvenir au Pays des Elfes. La belle Éléonore traversait les toits d'ardoise du château, argentés au clair de lune, munie d'une fronde avec laquelle elle expédiait des éclats de verre trouble en direction de la colombe. Dans le rêve, la colombe, c'était moi – en voyant un morceau de verre en forme de flèche voler vers moi, je poussai un cri et m'assis en sursaut dans mon lit.

Pour une fois, ma chambre était baignée par la clarté des étoiles. Sur la table les fleurs bougeaient, manipulées par des mains invisibles qui les réagençaient dans le pichet.

« Oh ! » Mon serviteur poussa un petit cri en me voyant éveillé. Je roulai sur le côté, le cœur battant encore la chamade sous l'effet du rêve. Maintenant que j'y repensais, le tableau était charmant : le clair de lune du Monde du Milieu éclairant les contours du morceau de verre, argentant les ardoises du toit et la chemise blanche d'Éléonore… Mais le rêve avait été terrible. Je fus long à me rendormir. Si bien que je sentis parfaitement la main discrète qui repoussa doucement et prudemment mes cheveux de mes yeux ; les doigts légers comme des plumes qui me caressèrent la tête jusqu'au moment où je sombrai enfin dans le sommeil.

Chasseur n'ayant pas été raconter sa visite à la reine, ce fut à moi qu'échut ce plaisir. Dès qu'elle m'envoya chercher, je m'agenouillai solennellement à ses pieds.

« Eh bien voyons, Rimeur ? s'étonna-t-elle, amusée. Que t'arrive-t-il ?

Belle dame, dis-je de mon ton le plus courtois, un de vos gens a frappé mon serviteur sans raison.

— C'est Chasseur, s'écria-t-elle sans hésiter. Je lui interdirai l'entrée de tes appartements, Thomas, n'aie crainte.

— Mais mon serviteur...

— C'est une affaire entre Chasseur et ton serviteur. Ne t'en mêle pas. »

Je me mordis les lèvres de contrariété. Si j'insistais davantage, je risquais fort de vendre la mèche. « Tes serviteurs sont aussi les miens, figure-toi, reprit-elle avec bonté. En dernier ressort, ce n'est pas à toi qu'il incombe de veiller sur eux. » Puis, elle éclata de rire.

« Oh, mon cher Thomas. Tu parais si soucieux. Cela te va à ravir de défendre les opprimés. On jurerait un jeune seigneur – je veux bien croire que tu as vu le rôle fort bien tenu. » Elle ne cherchait pas à me faire de la peine et, en effet, elle disait vrai.

Je persévérai néanmoins, espérant, peut-être, découvrir une petite partie de la vérité qui se cachait derrière les mystérieuses déclarations du seigneur des Elfes. « Chasseur s'est montré cruel, belle dame. Il a dit que mon serviteur avait été naguère d'une grande beauté, mais qu'il est à présent si hideux que personne ne supporte de le voir.

— Je lui interdirai l'entrée de tes appartements, répéta-t-elle d'un ton ferme. Ne t'inquiète pas. »

Je compris à sa voix que le débat était clos. Je saisis donc sa blanche main, puissante et gracile, et la baisai.

« Que te voulait Chasseur ? demanda-t-elle après réflexion.

— M'empoisonner la vie. Est-il jaloux ? » Là. J'avais fini par le dire.

« Pas de la façon dont tu crois. » La Reine des Elfes m'attira sur son sein. « Chasseur n'est pas un mortel. Il n'a pas d'âme – ou plutôt si, il en a une, mais elle est liée à son nom. Elle mourra avec lui. » Cela sonnait de façon brutale, même venant d'elle. Du coup, moi aussi, je me sentis en veine de brutalité.

« Que fait-il quand la soif rouge le prend ? demandai-je en lui baisant rudement les lèvres.

— Figure-toi que ce n'est pas ce qu'il fait qui te regarde, Thomas, mais ce qu'il a fait, si tu le savais.

— Si vous me le demandez, je le tuerai pour vous plaire. » Mes lèvres brûlantes ne quittaient pas son cou.

« Tu mourrais en essayant. Je ne suis pas encore prête à te perdre, mon doux Thomas… Ne cherche donc pas à jouer les héros, mon Rimeur, ma beauté. Tous mes héros sont morts : le brillant Oisian, le tendre Manannan…

— J'irai les rejoindre en enfer, lui murmurai-je à l'oreille, grisé par la seule pensée d'un tel péril.

— Non, il n'en est pas question – ou alors, c'est qu'il n'y a point de justice au firmament. Tu dois emprunter une tout autre route. »

Elle dit ces mots avec tant de certitude que je m'arrêtai, mon corps toujours pressé contre le sien et vêtu de pied en cap, tandis que je m'efforçais de trouver une brèche dans ses riches parures. « Qu'entendez-vous par emprunter ? demandai-je d'une voix creuse.

— Moi, je sais, vois-tu. » Hors d'haleine, elle me força à baisser la tête pour l'embrasser. « Plus tu me dis de choses, plus j'en sais-pour moi ton passé devient ton avenir...

— Je ne comprends pas...

— Tu n'en as pas besoin... »

Je la repoussai contre ses coussins. « Assez ! Assez de toutes ces énigmes ! »

Ses yeux étaient immenses, d'un jaune étrange et affreux. « Veux-tu connaître l'heure de ta mort, Rimeur ?

— Je...

— Bientôt, je la connaîtrai. Sous peu. Il est important que je la connaisse, afin d'être présente quand la camarde te surprendra.

— Arrêtez... » Ces mots me faisaient si peur que c'en était presque risible, comme quand les enfants se racontent des histoires de fantômes.

« Je serai à tes côtés, Thomas. »

J'avais horriblement froid. La reine sauvage fondit sur moi et baisa mes lèvres glacées, aspirant ma peur de la mort comme un nectar. C'était son droit, le prix que je devais payer pour l'avoir défiée.

C'était affreux. Je me dis : Peut-être les Elfes font-ils l'amour de cette façon, en se soutirant mutuellement des sentiments autres que le désir : la peur, le froid, la colère, le désespoir... Je n'avais pas envie d'elle, mais je n'avais pas non plus envie qu'elle s'arrêtât.

Ce qu'elle me dit alors me revient parfois aujourd'hui, en rêve. Elle ne se tut que lorsqu'elle me vit allongé là, toujours entièrement habillé, exsangue et épuisé. Son visage était empourpré de plaisir intense, ses yeux brillaient. « Thomas, dit-elle, je meurs de soif… »

Elle me caressa jusqu'à ce qu'elle fût parvenue à éveiller mon désir, puis je lui fis l'amour comme un homme peut le faire à une femme. En la voyant étendue là dans sa parfaite innocence, ses cheveux d'or autour dc son visage rose, je l'aimais tant que je me sentis mort de soif, moi aussi. « Mon cœur, dis-je en lui caressant les cheveux. Ma bien-aimée…

— Oh, Thomas. » Elle me serra contre elle de toutes ses forces. « Que ferai-je quand tu seras parti ?

— Nous avons le temps, répondis-je pour la consoler. Plusieurs années, encore. »

Mais son silence me dit assez qu'il n'en était rien.

« Partez avec moi, m'écriai-je en plein délire. Venez vivre avec moi – épousez-moi – soyez ma femme… »

Elle ouvrit tout grands les bras. Au milieu chatoyait un arc-en-ciel. Elle le drapa autour de nous ; les couleurs se mirent à tournoyer, m'éblouissant.

« "Épousez-moi, lança sa voix acide depuis le centre de l'arc-en-ciel, soyez à moi…" »

Perdu dans les couleurs, j'étais totalement désorienté, je ne voyais plus mes mains, je ne sentais plus mes membres.

« Je ne crois pas, reprit sa voix aimablement, ressentir ce qu'éprouve une de tes mortelles quand un homme la demande en mariage. Il vaut mieux y mettre fin. » L'arc-en-ciel se résorba entre ses bras.

« Personne ne m'a jamais demandé ma main, dit-elle. Quel curieux garçon tu fais, Joueur de harpe.

— Moi, je n'ai jamais demandé la main de quiconque auparavant, dis-je sèchement. Il fallait au moins la Reine des Elfes pour que j'en arrive là, j'imagine. Quel dommage que vous ayez repoussé mon offre : je parie que vous avez une dot magnifique. »

À mon incommensurable surprise, la Reine des Elfes demanda : « Qu'est-ce donc qu'une dot ? »

Je le lui expliquai.

Je rêvai encore une fois d'Éléonore, de la colombe et du roi. Peut-être la Reine des Elfes avait-elle interdit à Chasseur l'accès de ma chambre, mais son énigme s'y trouvait déjà. Je rêvai que j'avais terminé ma ballade. Dieu sait comment, Éléonore l'avait apprise et elle se trouvait toute seule le soir, une harpe sur les genoux, en train de la chanter. La harpe était entre mes mains, car j'étais Éléonore, avec ses petits doigts menus et son corps svelte – je sentais ses larmes couler le long de mes joues. Je m'éveillai pour les essuyer.

Cette triste Éléonore qui hantait mes rêves... y avait-il moyen de lui faire apprendre ma chanson ? Et ensuite, la chanterait-elle au roi ? J'en doutais : si elle avait voulu laisser découvrir son identité, il y avait bien des façons d'y parvenir ; elle n'avait pas besoin de la mienne. C'était la colombe qui voulait se venger et du même coup libérer son épouse. La colombe, qui était capable de passer si aisément d'un monde à l'autre, apporterait mes couplets à Éléonore – si je réussissais à lui donner la parole.

Mon serviteur s'était de nouveau retranché derrière son habituelle déférence. J'aurais aimé lui faire savoir, d'une façon quelconque, que j'avais imploré la reine en sa faveur, que je n'étais pas aveugle aux services qu'il me rendait… j'avais essayé de le lui dire avec mes fleurs, mais avaient-elles vraiment servi à quelque chose ? Je commençais à savoir, sans qu'il eût besoin de me parler, quand mon serviteur était à proximité : d'une manière indéfinissable, sa seule présence troublait l'air ambiant. Désormais, je faisais des efforts pour être particulièrement doux quand il était là. Chaque fois que j'étais assis dans le jardin, à jouer de la harpe ou à chanter, je le sentais rôder à l'arrière-plan, surtout quand je travaillais à la chanson d'Éléonore. L'atmosphère paraissait brusquement chargée d'anxiété et d'espoir. C'est un phénomène qui stimule le musicien lorsqu'il se trouve devant un public, mais qui le met à la torture quand il travaille seul dans son coin à peaufiner une œuvre ; néanmoins, je ne le chassai pas.

J'ai si bien servi mon roi et seigneur
Qu'il a fait de moi son chambellan,
Il m'a chéri comme son enfant,
Car de ses gens j'étais la fine fleur.

Mais seule la nuit, je chante ma douleur,
Assise en ce lieu, triste à mourir,
Et je maudis le jour où j'ai dû devenir
De tous les gens du roi la fine fleur.

Enfin, je la tenais, cette chanson ; je l'avais menée aussi loin qu'elle voulait bien aller. Tous les faits s'y trouvaient : la mère jalouse et son cruel méfait ; le chevalier enseveli et la métamorphose d'Éléonore; les faveurs dont le roi la comblait et ses larmes nocturnes. Il était temps de rappeler la colombe.

Je jouai « La tombe sans repos » et l'oiseau arriva dans un bruissement d'ailes. Je donnai au pauvre spectre un peu de mon sang et il se mit à parler : « Ils me chassent. À travers bois. Tantôt je suis ici, tantôt je suis là, tantôt j'ai disparu. Bientôt le roi entendra parler de moi et me suivra. Écoute, écoute, écoouute… » Et ses paroles redevinrent un roucoulement, mais j'en avais entendu assez. Ménageant mon sang, je restai assis à jouer pour lui la chanson entière, ajoutant deux derniers couplets improvisés :

Notre roi est parti à la chasse
Seul, sans aucun de ses vassaux,
Il poursuit sans fin le bel oiseau
Que son blanc plumage cuirasse.

Il le chasse pendant des heures,
À travers bois l'entend gémir :
Maudit soit le jour où elle a dû devenir
De tous les gens du roi la fine fleur.

Certes, il y avait encore beaucoup à faire, mais du moins avais-je mis en couplets la solution de l'énigme. Maintenant, il ne me restait plus qu'à conclure l'histoire de façon conforme à mon récit. Car nous étions animés par le même désir, le chevalier-colombe et moi; lui était prêt à se faire pourchasser à travers la forêt jusqu'à ce que le roi l'eût rattrapé, et moi à lui donner une chanson à chanter et une voix pour le faire.

Bien sûr, j'aurais préféré chanter moi-même devant le roi, mais il était beaucoup plus aisé d'obtenir une voix pour la colombe que de me retransporter, avant l'heure, dans le monde des hommes. (Sans compter que le roi que j'avais vu dans le globe de Chasseur n'était pas connu de moi. Ou bien les années qui s'étaient écoulées sur la terre étaient plus nombreuses que je ne le pensais, ou notre monde comportait d'autres ouvertures vers le Pays des Elfes.) Mon devoir à moi était de vaincre Chasseur : de résoudre son énigme et de délivrer l'âme du chevalier de ses maléfices.

Si j'avais bien deviné, c'était dans la salle des banquets que je parviendrais à remplir ces deux conditions. Il n'y aurait rien de déplacé à ce que le joueur de harpe de la reine vînt chanter en ce lieu et ainsi Chasseur recevrait sa réponse devant tout le monde… et quant à moi mon triomphe serait double lorsque je lui subtiliserais la colombe sous le nez, pour ainsi dire, en trouvant dans la salle même le sang nécessaire pour la libérer !

Je veux parler, bien sûr, du liquide avec lequel les convives étanchaient leur épouvantable soif rouge. Si ce n'était pas du sang humain, c'était une autre substance qui nourrissait leur désir mortel ; dans ce cas, ne pouvait-elle pas aussi bien faire l'affaire d'un fantôme ? Il me semblait que si. Je la quémanderais si je le pouvais, ou je la volerais, s'il le fallait ; je devais obtenir de quoi faire boire suffisamment l'oiseau et le renvoyer dans le Monde du Milieu la gorge pleine de ma chanson.

Mon amour m'a fait faire une charmille...

Tandis que je chantais, la colombe resta de marbre. Cette fois, ses yeux étaient secs. Je chantai une fois, deux fois, dix fois. J'aurais voulu pouvoir lui expliquer ce qui avait de l'importance : ne pas négliger de répéter ce qui doit être répété, ne pas respirer juste avant de chanter la dernière ligne. Je le lui enseignai par mon exemple.

Mon serviteur m'apporta du vin. Je chantai toute la chanson une dernière fois. La colombe agita les ailes, inclina la tête, sauta de la margelle du bassin et y remonta aussitôt. Je me coupai le bras et la regardai boire sa voix, avant de l'écouter chanter.

J'eus le dos parcouru de frissons. Ce n'était pas une voix humaine, mais ce n'était pas non plus la voix d'un oiseau. On aurait dit qu'une flûte avait soudain pris vie et acquis la parole en plus de la musique. Ce ne fut que lorsqu'elle eût fait entendre la chanson de bout en bout que la colombe se mit à pleurer : peut-être n'en croyait-elle pas ses oreilles, elle non plus, en entendant les sons qui sortaient de sa gorge.

On dit parfois qu'un homme sait quand son heure est venue. Cela se peut, ou alors j'avais tout simplement les nerfs trop tendus pour me tenir tranquille. Toujours est-il que je n'attendis point d'être appelé dans la salle d'honneur. Je choisis dans ma garde-robe les soies et les brocarts les plus somptueux qu'elle contenait. Puis, vêtu comme le prince des Ménestrels, je serrai ma harpe dans mes bras et m'avançai sur le pas de ma porte. Derrière moi, le jardin était baigné d'un bleu lavande ardent par le soleil couchant. Mon serviteur connaissait le chemin de la grande salle, cela j'en étais sûr, et il savait aussi pourquoi je m'y rendais.

Je suivis un flambeau bleu à travers les sombres corridors. Mon serviteur, nerveux, bavardait comme une pie, ce qui ne lui ressemblait guère, et le flambeau tressautait à chaque mot : « Je ne sais pas si c'est le bon moment ou non, messire ; on ne nous a pas fait appeler. Bien sûr, des banquets, il y en a tout le temps ; s'il faut attendre, nous attendrons. Ils finiront bien par arriver. Je dois dire que vous êtes très à votre avantage – ce style vous sied à ravir. Cela dit, j'espère que vous n'aurez pas trop chaud. Ah, mon Dieu, il n'y a personne – est-ce donc déjà Nuit de Bal, si vite revenue ? »

— Non, ce n'était pas Nuit de Bal. Il y avait des Elfes dans la salle : ceux qui avaient des ailes folâtraient parmi les solives du plafond. On aurait dit des ornements, là-haut, entre les poutres peintes. Deux d'entre eux se laissèrent doucement glisser jusqu'à nous. Leurs ailes diaphanes luisaient comme de l'argent à la lumière des flambeaux.

« Le Rimeur. Le Rimeur de la reine.

— Il est venu chanter. Faire de la musique.

— Joue-nous quelque chose, Joueur de harpe. » Un troisième larron descendit se poser à côté de moi. Il était grand, le crâne couvert de cheveux lilas torsadés.

Je secouai la tête. Ce soir, je n'avais qu'une chanson à leur interpréter.

On murmura du côté des solives. Les ombres se déplaçaient sur le sol, passant sur nos corps et nos visages levés. Les Elfes ailés, flambeau au poing, tournoyaient autour du plafond. Leurs paresseux battements d'ailes ne faisaient même pas trembler la lumière qui brûlait dans de mystérieux globes bleus. Le murmure des Elfes se changea en psalmodie qui descendait et remontait en même temps que leur vol rapprochait et éloignait de nous les flambeaux qu'ils tenaient à la main. Leurs visages étaient graves et paisibles tandis qu'ils exécutaient cette danse où s'entremêlaient leurs voix, leurs ailes et leurs flambeaux.

Bientôt des serviteurs commencèrent à dresser les tables. Parmi eux je vis soudain Ermine, mais je ne donnai aucun signe de reconnaissance, pas plus à elle qu'à quiconque. Eux me regardaient, cependant, sachant que je n'aurais pas dû me trouver là.

Ils drapèrent les tables de lin et de guirlandes avant d'y poser des plats d'or et d'argent, ainsi que des candélabres. Leur danse était, à sa façon, aussi réussie que celle des Elfes ailés au-dessus d'eux.

Je m'avançai au centre de la salle tandis que les membres de la cour entraient par petits groupes. Je me tenais droit, la harpe entre les bras, sans bouger d'un pouce tandis qu'ils passaient devant moi, l'air curieux, mais point surpris. La nouvelle de ma venue s'était déjà répandue.

Géants ou nains, palpables ou fantomatiques, graves ou hilares, chacun trouva place aux tables disposées le long des murs. Les derniers à entrer furent les convives de la table haute, les Elfes dignes et élégants qui appartenaient au proche entourage de la reine, ceux qui l'appelaient « ma sœur », sans lui être pour autant apparentés. Ce soir, Chasseur était vêtu d'un costume rouge parfaitement assorti à la couleur de ses lèvres et de ses sourcils et contre ses habits ses cheveux paraissaient aussi noirs que la nuit. À son bras, la reine, parée de brocart d'or qui gardait tout son éclat même à la lumière bleue des flambeaux, brillait comme notre soleil.

Je ne détournai pas les yeux. Imperturbable, je les regardai s'avancer jusqu'à l'estrade. La reine aimait à dire que j'étais une beauté, mais devant ses compagnons les Elfes, je me faisais l'effet d'un rustre cul-terreux ; mes riches habits eux-mêmes paraissaient clinquants et vulgaires.

Aucun autre amuseur ne parut. J'étais la seule distraction de la soirée. J'attendis, en silence, pendant que chacun s'asseyait, buvait et commençait à déguster ce qui se trouvait devant lui. Je sentais les regards braqués sur moi depuis les quatre coins de la salle. Pour les convives d'un festin, tous ces gens étaient étrangement discrets.

Chasseur avait l'air enchanté. Mon regard croisa le sien une fois, deux fois, une troisième, et y lut un complet ravissement – ainsi que l'énigme. J'eus le plus grand mal à me retenir de hurler la réponse sans plus tarder.

La reine ne me prêtait aucune attention. C'était sans importance. En public, elle pouvait bien agir comme elle le voulait.

Mon corps peu à peu se fatigua de rester ainsi planté au milieu de la salle. J'aime autant ne pas penser au nombre d'heures mortelles qui durent s'écouler pendant que les Elfes mangeaient et buvaient à satiété. Mais un bon ménestrel doit savoir choisir son moment. Le mien survint à la fin du premier service. On commençait à emporter les plats. À présent, les Elfes étaient suffisamment rassasiés pour m'écouter attentivement. Je pris un tabouret, y posai un pied afin de pouvoir appuyer ma harpe sur ma cuisse et commençai.

Dès que la première note s'éleva de mon instrument, l'assistance entière se tut : ce soir, je n'aurais pas besoin de séduire mon auditoire. Je mobilisai la pleine puissance de ma voix et laissai les premiers accents de ma chanson s'envoler, riches et plaintifs, à travers la salle.

Mon amour m'a fait faire une charmille
Croulant sous les lys et les potentilles
Il n'existe point de plus bel abri
Que celui que mon tendre amour m'a bâti.

Me concentrant tout entier sur la musique, je résistai à l'envie de voir comment Chasseur prenait la chose. Au lieu de cela, je m'attachai à narrer l'histoire d'Éléonore, la déployant devant la cour des Elfes dans toute sa richesse et sa clarté. D'ordinaire, quand je présente une nouvelle chanson, j'ai très peur. Devant un auditoire, il arrive parfois qu'elle me paraisse très sotte, j'ai l'impression que tous ses défauts prêtent le flanc à Dieu sait quelles critiques. J'ai appris à ne pas tenir compte de cette angoisse, mais ce soir-là elle ne m'effleura même pas. Ma chanson n'avait pas pour but de distraire ni de susciter l'admiration, et je ne craignais rien.

Le roi se figea de stupeur,
Il interrogea la colombe :
Pourquoi faut-il que tes pleurs tombent
Au seul nom de mon serviteur ?

De sa mère la haine mortelle a causé leurs malheurs,
Elle a lâché sur eux ses chiens au plus noir de la nuit,
Ils ont saccagé sa charmille et occis son seigneur,
Car devant eux ses gens terrifiés avaient fui.

Et l'oiseau répéta au roi toute l'histoire d'Éléonore jusqu'au couplet :

Elle coupa ses cheveux et changea de nom,
La belle Éléonore devint le doux Edmond,
Elle partit à la cour pour y servir son roi,
Et fut la fine fleur des vassaux de son choix.

La chanson formait un cercle parfait, s'achevant là où elle avait commencé. C'est un artifice qui plaît énormément au peuple magique, je le sais. J'en restai donc là ; j'avais porté l'histoire d'Éléonore aussi loin que je le pouvais. Sa fin dépendrait de ce qui allait se passer.

En jouant les dernières notes, je me sentis l'esprit léger comme une bulle. Le poids de mon amour pour la reine pesait toujours sur moi, mais le sortilège de Chasseur était désormais rompu. Presque joyeux, je levai les yeux vers la cour des Elfes.

Ils entendirent la fin sans un bruit, puis toujours dans le plus complet silence, ils burent, tous autant qu'ils étaient, vidant à longues gorgées les pichets qui m'étaient interdits.

Chasseur fut le premier à parler. Il leva son gobelet d'or dans ma direction et lança : « Bravo, Thomas, tu as trouvé la solution. » Puis il retourna le gobelet. Le liquide rouge se répandit, éclaboussant le sol sous ses pieds.

Aussitôt, la Reine des Elfes se dressa, visiblement courroucée. « Mon frère, s'écria-t-elle, voilà qui est mal agir. »

Chasseur la regarda, un coin de ses lèvres rouges relevé en un sourire moqueur. « C'est possible, ma sœur, riposta-t-il, mais néanmoins c'est fait. » Et il ajouta à mon intention : « Thomas, tu as résolu mon énigme et tu peux donc demander une faveur. Ne serait-ce que pour cette exquise chanson, je suis prêt à t'accorder un don, amplement mérité et qui ne t'engagera absolument à rien. »

Mais moi, je n'avais d'yeux que pour la reine, ma maîtresse. Ce soir, sa beauté était aussi froide et pure que le marbre. Je la contemplai et pour la première fois, je fis entendre dans cette salle ma voix parlée.

« Belle dame », commençai-je. Je m'adressai exclusivement à elle : telle était la condition qui m'avait été imposée et que j'étais tenu de respecter. « Je ne veux accepter aucun don du seigneur aux flèches d'argent. Mais pour les services que je vous ai rendus, je vous en demande un.

— Mortel, répondit-elle majestueusement, ne le demande pas.

— Je vous en prie, insistai-je. Il le faut. Vous êtes libre de dire non, si je vous ai déplu en quoi que ce soit, mais je vous supplie de ne pas me refuser le pichet placé à votre droite et le breuvage qu'il contient. »

La reine sourit. Pour moi, son visage était un vrai printemps. « Je te l'accorde volontiers », dit-elle en soulevant le récipient d'or. Je m'avançai pour le recevoir.

Mais ce fut Chasseur qui le prit des mains de la reine. « Rimeur, dit-il, tu as fort mal choisi. Ceci n'est point la réponse que tu cherches. »

Et il retourna le pichet, souillant le sol d'un nouveau flot de liquide.

Tout autour de moi, les Elfes qui festoyaient dans la salle poussèrent des exclamations étouffées. Le liquide s'écoulait lentement vers mes pieds. Seule la reine resta imperturbable, froide et majestueuse, mais son visage était devenu blanc, ses yeux très sombres.

« Mon frère, dit-elle une seconde fois, voilà qui est mal agir.

— C'est possible, répéta-t-il, mais néanmoins c'est fait. Le gobelet, c'était pour la promesse que vous m'avez faite dans les bois, en me disant que je serais libre de chasser la colombe quand elle aurait échoué dans sa quête. Et le pichet c'était pour cette harpe que vous m'avez enlevée avant de la transformer pour en faire don à votre Rimeur.

— Thomas. » La reine se pencha en avant, baissant les yeux vers moi. Jamais elle n'avait prononcé devant tous ses sujets mon nom qu'elle avait tant de plaisir à utiliser. « Thomas, je t'ai accordé ce que tu voulais. Il est temps que tu nous quittes.

— Belle dame, protestai-je, le moment n'est pas encore venu.

— Thomas, le moment auquel nul ne peut se soustraire est presque arrivé.

— Belle dame, je préfère rester.

— Thomas, pour l'amour que je te porte, tourne les talons et sors. »

Dans le froid glacial du danger, je sentis sourdre en moi une ardente chaleur. Loin d'ordonner, elle me suppliait en des termes si doux que j'aurais été prêt à payer une fortune pour les entendre sur ses lèvres. Mais pour la colombe, pour les liens qui m'unissaient au Roi dans la Forêt, je devais lui résister.

« Belle dame, pour l'amour que je vous porte, moi, c'est impossible. »

Lentement elle se redressa et lentement se détourna. Puis elle leva sa propre coupe. Je vis luire l'éclair blanc de son poignet lorsqu'elle la retourna, renversant son contenu sur le sol.

« Maintenant, mon frère, dit-elle à Chasseur, votre défi est relevé, la réponse est donnée, les protagonistes sont connus. Commencez. Mais si vous échouez, sachez que mon courroux sera terrible.

— Dans ce cas, j'ai déjà triomphé », sourit Chasseur – et à sa place s'éleva une langue de flamme qui se mit à parler avec sa voix : « C'est vous qui avez choisi les protagonistes, ma sœur, et ce sont vos propres paroles qui les ont condamnés. La fin de votre règne a été marqué par un… intérêt anormal pour les mortels et leurs affaires. Une fascination, peut-être, qui est une véritable faiblesse. Ils ne jouent pas le jeu selon nos règles ; ils ne sont même pas capables de reconnaître de quel jeu il s'agit. Cela, vous le savez, mais savez-vous aussi qu'ils ont des règles à eux ? Je ne vous mets au défi qu'avec la plus grande humilité, afin de vous montrer qu'au bout du compte, ces mortels finiront forcément par vous trahir. »

Subjugué, je gardai les yeux fixés sur la flamme haute comme un homme qui ne brûlait que de l'air, dardant des lueurs orange, rouges et bleues à chaque mot que prononçait Chasseur.

« Nous ne sommes pas des enfants pour qu'on nous fasse la leçon », dit la reine. Ses cheveux s'étaient dénoués et tombaient autour d'elle comme un manteau d'or, agités par une brise que personne d'autre ne sentait. « Dites ce que vous avez à dire.

— Je ne vous jette qu'un seul défi dans ce cas : accordez à Thomas le don qui lui revient de droit. » Vous rappelez-vous les paris épiques de votre enfance – les « je te parie que t'es pas chiche de sauter de cette fenêtre-là » ou « je te parie que t'es pas chiche de franchir le ravin en marchant sur le vieux tronc d'arbre qui est tombé en travers » ? Vous rappelez-vous comme votre cœur battait, car vous pensiez, dur comme fer, que vous alliez mourir, mourir pour de vrai cette fois, mais il fallait quand même y aller parce que vous ne pouviez pas passer pour une poule mouillée ? Ah, ces Elfes étaient de grands enfants – mais pas davantage, j'imagine, que nos propres chevaliers quand ils se jettent le gant, ou que nos rois qui se déclarent la guerre pour satisfaire leur honneur et leur fierté.

« Thomas », me dit la reine. Elle était calme à présent, tout à fait maîtresse d'elle-même, et lucide comme le sont souvent les gens en cas de crise ou quand ils jouent aux échecs. « Peux-tu préciser ton véritable désir ? »

Cette question me désarçonna. Mon véritable désir... C'était l'amour, son amour à elle, et c'était aussi une musique plus belle et vraie que toutes les autres, c'était de retourner chez moi et d'être de nouveau en pleine possession de mes moyens, et c'était encore bien d'autres choses.

Devenir le maître suprême du pays, riche et adulé… être un ménestrel à l'immortel renom, un créateur légendaire dont les chansons se perpétueraient à tout jamais. La voix de la reine annonçait que tout était possible : je me trouvais à la cour du Pays des Elfes et elle avait juré de m'accorder ce que je demanderais.

Dieu que j'allais avoir l'air bête quand je dirais ce que je voulais. Je n'étais ici que pour aider le chevalier assassiné ; le reste, soit je l'obtiendrais par mon propre mérite, soit je ne l'aurais jamais.

« Je désire donner une voix à la blanche colombe, dis-je, tout comme vous avez donné sa forme à l'esprit du chevalier.

— Dans ce cas, pourquoi ne me l'as-tu pas demandé tout d'abord, au lieu de me réclamer le pichet ?

— J'avais peur que vous refusiez, expliquai-je. Le pichet me paraissait être une requête fort modeste. » C'était un demi-mensonge. À vrai dire, je m'étais bien gardé de lui réclamer une voix pour la colombe, parce que la chose lui était peut-être impossible à accorder, du fait du sortilège qui frappait le chevalier. Je ne connais guère les coutumes du Pays des Elfes, mais je sais que si un roi mortel promet et ne tient pas sa promesse, c'est un bien grave manquement, même si ce n'est pas du tout sa faute. C'était justement ce que j'avais espéré éviter, ce que Chasseur m'avait forcé à demander.

« Le fantôme ne parlera que si un autre de la race humaine lui consent un grand sacrifice, déclara la Reine des Elfes. Tu sais qu'il doit se nourrir de sang humain, et en grande quantité, plus que n'en peut donner un seul homme s'il tient à rester en vie. Ce n'est qu'alors que ton récit pourra être révélé tel que tu l'as mis en couplets, ce n'est qu'alors que ta chanson sera chantée. »

Je déglutis. Mes doigts, crispés sur la harpe, étaient glacés. Je n'étais pas prêt à mourir pour le chevalier, sa dame et ma chanson. Mais le défi m'avait été lancé à moi, tout autant qu'à la reine ; je m'étais attiré ce péril, en refusant par trois fois d'écouter les mises en garde de mon amante. Et pourtant, au fond de moi, je ne me croyais pas vraiment en danger de mort ; l'histoire ne pouvait se terminer ainsi. Pour le moment, il n'y avait point encore de fatalité.

Je fermai les yeux pour réfléchir, effaçant de ma pensée la cour, l'or, la flamme, le beau et le grotesque, les lumières. La reine m'offrait un choix. Était-ce par sens de l'honneur, ou bien me punissait-elle d'avoir provoqué ce défi ? Je me dis, avec un pincement de souffrance : Non, la reine a ses humeurs, mais elle est toujours juste. Le défi venait à l'origine de Chasseur, tout était sa faute à lui. Elle doit le savoir. Elle règne sur tout le Pays des Elfes. Elle connaît sûrement toutes les finesses du jeu.

Et moi j'avais été choisi comme protagoniste. Chasseur m'avait choisi à cause de ma faiblesse, la reine à cause de ma force. Je ne devais pas lui faire défaut : or ma mort lui ferait défaut, puisqu'alors elle perdrait. Et elle ne devait pas non plus perdre la colombe.

Mieux valait perdre la colombe que me perdre moi, cependant. Mais, en dernier ressort, mieux valait ne verser aucun sang. Chanter la chanson telle que je l'avais composée… Oh, j'étais capable d'imaginer bien d'autres fins, mais toutes trop fantaisistes et qui ne serviraient pas tout à fait nos desseins, me semblait-il. La colombe avait déjà commencé à se faire remarquer du roi d'Éléonore, afin de l'inciter à la poursuivre ; bientôt, très bientôt, il lui faudrait une voix pour chanter son histoire. La colombe devait avoir une voix…

« Ma sœur, lança la flamme, votre chanteur se tait.

— Il se rappelle les conditions qui lui ont été imposées, déclara ma reine, et le prix de son silence au Pays des Elfes. Il ne se tait pas, il est prudent. » Comme un violent coup de poing, la mémoire me revint. Derrière mes yeux fermés, la scène qui avait eu lieu dans les bois se déroulait et je regrettai de ne pas avoir, moi aussi, une coupe à renverser pour conjurer l'autre promesse que la reine avait faite alors.

Elle venait de m'indiquer ce que je devais faire. Mais c'était à moi de parler. Soit, je parlerais et je m'efforcerais de ne pas songer à ce qu'il m'en coûterait. Pour mon propre honneur et pour celui de la reine ; parce que le hasard, la sottise et Chasseur nous avaient mis dans notre présente situation et que je ne devais pas maintenant faire défaut à la reine. Je défaillis presque de soulagement en me disant que j'avais échappé à la mort, mais en même temps j'étais glacé car je savais à quoi il me fallait renoncer. Tant pis : si cette chanson devait être mon dernier exploit de ménestrel, du moins serait-il grandiose.

« Belle dame », dis-je, m'apprêtant à discourir dans le style le plus noble de ma propre contrée. Et paré de mes somptueux brocarts, debout au milieu de l'étincelante cour des Elfes, je me sentais pour une fois l'âme d'un véritable prince : je n'étais plus un serviteur, mais l'émissaire de mes semblables. « Il serait fort dommage qu'une dame aussi belle que vous perdît ne fût-ce qu'une partie de ce qu'elle désire, qu'une souveraine aussi puissante dût compromettre sa volonté. Choisissons donc une autre voie, afin que la colombe puisse parler et mener à bien sa quête, tandis que j'aurais quand même, quant à moi, la vie sauve. Ai-je votre gracieuse permission de citer vos propres paroles, telles que vous les avez prononcées dans le bois où le seigneur que voici s'est cru si fort offensé ? »

J'entendis des rires. Mon langage n'était pas celui de la cour des Elfes ; c'était celui de nos cours à nous et je le maîtrisais assez bien pour amuser mes auditeurs. Un lent sourire illumina le visage de la reine.

« Tu l'as.

— Dans ce cas, faites que la colombe n'ait pas besoin du sacrifice d'un vivant pour retrouver sa voix morte, faites plutôt qu'elle reçoive de moi le don librement consenti de ma voix. »

La Reine des Elfes ouvrit tout grands les bras et fit entendre un rire triomphant. « Ainsi parle la langue qui ne peut mentir ! »

Chasseur, ayant repris sa forme d'elfe, se tenait à nouveau devant nous, le sourcil froncé, l'air renfrogné et perplexe. « Ma sœur, pourquoi riez-vous ? Un compromis ne saurait guère passer pour une victoire. »

Elle continua à s'esclaffer. « C'est vrai, mon frère, vous n'avez point perdu. Je vous ai cédé, dans cette affaire, la voix du Rimeur, et je m'humilie devant vos artifices et vos sortilèges. » Pourtant ma maîtresse, dressée devant lui, grande, fière et visiblement divertie, paraissait tout sauf humiliée. « Je ris à l'idée du don que le Rimeur vient de s'assurer par son geste ; et c'est vous qui l'y avez aidé.

« "La langue qui ne peut mentir" ? répéta Chasseur avec un sourire moqueur. Je ne sais pas s'il vous en remerciera. »

Je n'eus pas l'occasion de profiter du fait que j'avais encore ma voix pour demander de quoi ils parlaient. Ma maîtresse appela la colombe qui traversa la grande salle à tire-d'aile pour venir se poser sur le col de ma harpe, là où Chasseur avait naguère, à l'occasion d'un autre banquet, justement fixé un ornement en forme de colombe.

« Ami, dis-je à l'oiseau, n'oublie pas mes paroles, autrement notre voix devient inutile.

— Ami, répondit-il et mon cœur se serra en entendant la voix qui était à présent la sienne, tu peux compter sur moi. »

Je dus me mordre les lèvres pour conserver ma dignité. Tout s'était passé trop vite, je n'étais pas encore prêt.

La reine ne me pria pas de rester pour jouer de la harpe. Je lui fis un profond salut, mais négligeai d'en adresser un à Chasseur, puis je tournai les talons et sortis de la salle à l'aveuglette – sans presser le pas, cependant, la tête haute.

Tous les couloirs se ressemblaient ; à mes yeux, ils étaient à la fois tous différents et tous semblables. Je finis par m'asseoir contre un mur. Il n'y avait personne en vue. Je pris ma harpe et jouai. Ses accents étaient doux. J'ouvris la bouche, il en sortit un son de ferraille traînée sur des graviers.

Après ma crise de larmes, je me sentis beaucoup plus calme. J'étais affreusement las et la faim commençait à me tenailler. Combien de temps étais-je resté dans la salle des banquets ? Combien de temps avait duré le défi ?

Je me relevai, ramassai ma harpe et me remis en marche. Certains endroits me paraissaient familiers je croyais reconnaître une tapisserie, une fenêtre en encorbellement… une fois, je crus même avoir trouvé la chambre de la reine, mais quand je tirai vers moi la poignée de la porte, en forme de nymphe, je vis un appartement tout à fait différent. Je continuai à errer. À présent, la lumière était celle d'un milieu de matinée. Quand j'entendis le mélodieux babil de la fontaine, je sus que j'avais retrouvé le chemin de ma chambre.

Une fois chez moi, la porte fermée, je me sentis en sécurité pour la première fois depuis le banquet ; recru de fatigue, mais enfin arrivé à bon port.

Je déposai la harpe d'ébène dans la salle de musique et m'assis sur une pile de coussins, trop épuisé pour retirer ne fût-ce qu'un ou deux de mes vêtements de brocart. Quand mon serviteur m'apporta du fromage et des pommes, je les acceptai avec reconnaissance. Il ne dit pas un mot et j'en fus bien content.

Je dus m'assoupir quelques instants. Quand je m'éveillai, l'après-midi projetait ses ombres allongées à travers le jardin et Chasseur était debout à mes pieds.

« Je m'en vais, annonça-t-il sans préambule, je pars pour un assez long voyage. » Il portait une vaste cape, noire comme du jais, exactement de la même teinte que ses cheveux. « Je suis venu régler mes dettes. » Je me mis gauchement debout, prêt à défendre tout ce qui pourrait en avoir besoin.

Mais Chasseur fit un geste de la main comme pour écarter mon agressivité. « Une dette artistique, Rimeur. Je ne puis laisser au monde une chanson inachevée ; j'en serais tout honteux. Écoute donc : Quand il entendit le récit de la colombe, le roi sentit son cœur se gonfler de pitié, mais aussi d'ivresse. Il regagna son château au galop et arrêta son cheval écumant dans la cour d'honneur. Lorsque le doux Edmond, son chambellan, parut, lui apportant une coupe de vin, le roi le hissa jusqu'à lui et baisa sur la bouche cette fine fleur de ses serviteurs. Tous les courtisans en restèrent stupéfaits. Mais bientôt la vérité éclata au grand jour et Éléonore fut aisément persuadée de reprendre son identité de femme et d'avouer que son dévouement envers le roi était fondé sur un sentiment autre que la seule loyauté. Le roi et elle s'engagèrent leur foi le jour même où la mère meurtrière montait sur le bûcher pour y expier son cruel forfait. »

Chasseur rejeta ses cheveux en arrière d'un mouvement de tête et se détourna. « Et maintenant, continua-t-il d'une voix douce et déplaisante, venons-en à mon autre dette. Approche, mon enfant. »

Mon serviteur n'avait aucune raison d'obéir. Mais le bruit d'une clef tintant contre la table m'indiqua pourtant qu'il obtempérait.

« Vous n'avez pas le droit, dit-il d'une petite voix haletante. Ma conduite ne vous a fait aucun tort.

— Comment le sais-tu ? » gronda Chasseur – il gronda véritablement, comme un animal. Je commençai à me rapprocher à mon tour. « Non, Thomas, lança-t-il sans se retourner. Tu vas te faire mal. » Je m'arrêtai, mais restai prêt à bondir.

« Thomas, dit mon serviteur avec le courage des désespérés, va-t'en, je t'en prie.

— Thomas va rester pour te protéger », répondit Chasseur. Sa voix affreusement rauque m'effrayait plus que tout. « C'est sa nouvelle vocation de s'occuper des autres. Il s'occupera de toi…

— Monseigneur, je vous en prie…

— Tu connaissais l'histoire de la colombe et le moyen de la faire parler. Peu m'importe que tu l'aies révélé, cela m'a plutôt rendu service. Mais tu as commis une grave erreur en me laissant voir qui tu aimais désormais…

— Sortez ! » C'était le sifflement d'un être terrifié, acculé, et il s'adressait autant à moi qu'à Chasseur. Je fis un pas en avant.

« Si seulement tu étais resté enfant. » J'avais envie de frapper Chasseur, ne fût-ce que pour faire taire cette voix atroce – mais toute magie mise à part, il était trop fort pour que je pusse espérer en venir à bout.

« Tu avais un charme irrésistible à cet âge. J'ai essayé de t'y maintenir, mais je ne sais pas m'y prendre. Et c'était une sottise, ensuite, que de t'accepter dans mon lit pendant les quelques années qu'a duré ta beauté – j'aurais dû savoir que tu te retournerais contre moi. La laideur te guettait comme les autres…

— Vous auriez pu demander l'aide de la reine… » La voix de mon serviteur était presque étouffée par les sanglots. « Je vous ai supplié…

— Quand tu en as été là, la reine ne voulait rien savoir de ton vilain nez. C'est par pitié que nous t'avons caché ici... Et vois donc comme tu nous en remercies. Eh bien, maintenant je règle ma dette. »

Chasseur leva les deux bras, envoyant voltiger derrière lui sa cape aussi noire que la nuit. Ses mains se tordirent comme s'il faisait des nœuds dans l'air. J'attendis encore un instant, pour voir s'il allait se livrer à de nouvelles violences – mais soudain je n'eus plus besoin d'intervenir.

Je vis apparaître, parfaitement visible, la hideuse créature dont aucun elfe ne pouvait souffrir l'aspect : c'était une femme, une mortelle d'une cinquantaine d'années, qui avait trahi Chasseur en prenant de l'âge. Elle n'était pas belle à voir : elle avait le cheveu terne, ses seins pendaient sous ses haillons, sa peau avait perdu toute souplesse. Aucun des ravages exercés par les maladies ne paraissait l'avoir atteinte mais le poids de la défaite se lisait dans ses épaules voûtées et ses yeux tristes.

Je la contemplai, figé par l'horreur – dire qu'ils avaient fait endurer un tel supplice à une simple mortelle ! Et moi qui n'avais rien su, qui avais accepté tous ses services sans même me douter... Je la vis lever les yeux vers moi – et je compris, avec une fraction de seconde de retard, comment elle interprétait l'horreur que reflétait mon visage.

Poussant un affreux cri de désespoir, elle s'enfuit hors de la pièce. Je la suivis jusqu'à la porte et m'immobilisai. Si j'avais encore eu ma voix, je m'en serais servi, en dépit de tous les sortilèges, pour la rappeler et tenter de lui expliquer... Mais c'était inutile ! Ma colère se retourna contre Chasseur. Muet comme je l'étais, je ne pouvais lui lancer au visage toutes les insultes qu'il méritait, mais j'éprouvais un besoin de faire mal comme je n'en avais jamais éprouvé de ma vie.

Je lui enfonçai mon poing dans le ventre – et ma main fut aussitôt environnée de flammes. « Ha, ha, ha ! » Il fit entendre une parodie de rire. « Comment vas-tu jouer à présent, Joueur de harpe ? Quelle voix te restera-t-il ? »

Mais la flamme – à l'instar de tous les artifices du Pays des Elfes – ne dégageait aucune chaleur. En voyant ainsi cet être maléfique capable de changer de forme à volonté, alors qu'il n'avait pas su conserver sa jeunesse à la pauvre servante, je sentis ma haine décupler. Avec obstination, je le frappai de l'autre main, dans l'espoir de trouver là, au milieu des flammes, un noyau qui serait Chasseur.

Le feu était tout autour de moi – je m'y étais plongé, Dieu sait comment, et pourtant je ne sentais rien. « Tu cherches mon nom, Rimeur ? Si je te le dis maintenant, comment le répéteras-tu ? »

Je faisais de grands moulinets dans les flammes, comme un épouvantail secoué par le vent ; je savais qu'il était ridicule d'espérer que ma seule rage parviendrait, d'une façon ou d'une autre, à lui nuire. Je sentais une odeur de brûlé, mais j'avais les membres frais et intacts.

« Veux-tu conclure un marché ? Que me donneras-tu en échange de mon nom, en échange de l'occasion de me faire du mal ? Sept années de plus au Pays des Elfes, à mon service ? Sept ans sous la forme d'un poisson dans les flots, alors que je serai, moi, un martin-pêcheur ? Sept ans sous la forme d'un oiseau dans les bois, alors que je serai, moi, un faucon ? Combien ce mot vaut-il à tes yeux, Rimeur ? »

Il devait être fou pour s'imaginer que j'allais conclure un marché avec lui. La rage que j'éprouvais est un sentiment si transitoire, à côté de sept années de la vie d'un homme.

« Pourquoi n'es-tu pas reconnaissant, Rimeur ? C'est moi qui t'ai rendu tes couplets, ce n'est pas ta reine. Elle te mangerait tout cru, si elle le pouvait, et ne laisserait pas le plus petit osselet à Celui-qui-n'a-pas-de-nom… »

Je ne sais trop comment, je parvins à m'extirper du brasier qu'était devenu Chasseur. Il continua à brûler un court instant ; puis il s'éteignit. Chasseur avait quitté la pièce.

J'étais transi de froid. Je m'aperçus que j'étais nu. Il y avait des cendres sur le sol – mes vêtements s'étaient entièrement consumés sur mon dos. Les flammes avaient été réelles, mais la protection de la reine l'était aussi.

Malgré le froid, je nageai dans mon bassin jusqu'à en avoir la peau parcourue de picotements.

Quand je m'éveillai de nouveau, c'était le milieu de la matinée. Ermine faisait des bruits de vaisselle. Jamais mon serviteur ne m'avait éveillé ainsi.

Pourtant Ermine était loin d'être aussi exubérante qu'à l'ordinaire. « C'est merveilleux ce que tu as fait, Rimeur, dit-elle en me servant mon petit déjeuner. Nous ne savions pas que les mortels pouvaient jouer ainsi. La reine et Flamme se livrent leurs escarmouches depuis bien avant ta naissance – mais je dois dire qu'elle a su choisir en t'accordant ses faveurs. » Auparavant, quand c'était moi qui veillais à tenir ma langue, mon silence ne m'avait guère gêné, mais maintenant, j'étais malheureux comme les pierres de me sentir incapable de poser la seule question dont j'aurais voulu connaître la réponse : qu'était devenue la femme qui m'avait servi jusqu'à présent ?

« N'aie pas l'air si triste, reprit Ermine, s'efforçant de me réconforter, la reine n'a pas perdu grand-chose dans cette affaire, je t'assure. Ta voix te sera rendue quand tu auras fait ton temps parmi nous, et toujours aussi belle, c'est promis. Les choses auraient pu être pire – si elle avait perdu la colombe, ou si elle t'avait entièrement perdu, toi, Flamme serait comme un coq en pâte à présent, n'est-ce pas là votre façon de dire, à vous autres ? Et si elle s'est montrée un peu trop entichée de toi, ma foi, on ne sait jamais avec elle, pas vrai ? Peut-être était-ce seulement pour jouer le jeu, tout le monde le savait. » Ce qui n'était pas vraiment une consolation.

Je constatai que je n'avais pas envie de jouer de la harpe. La perte de ma voix était encore trop cuisante pour que j'eusse envie d'avoir recours à des demi-mesures sous la forme d'autres sons. Je parvins à me dire : « Allons, Thomas, que diable, voilà que tu boudes comme un marmot, alors qu'on te traite en héros ; voilà que tu te lamentes comme si tu avais laissé toutes tes forces sur le champ de bataille, alors que tu en es sorti vainqueur. Je songeai à la colombe, opérant sa magie dans le monde des hommes en y chantant ma chanson. Debout dans mon jardin, je contemplai le bassin où l'oiseau avait pour la première fois versé ses larmes de sang. Pourquoi de sang ? Pourquoi des larmes de sang ? Quel marché l'esprit du chevalier assassiné avait-il donc conclu avec la Reine des Elfes – et pourquoi lui avait-elle accordé à la fois autant et si peu ?

Le temps, me dis-je avec lassitude, le temps. Chasseur était venu me trouver pour terminer l'histoire. Bientôt, il faudrait que j'achève la chanson en prévision du jour où je retournerais parmi les miens – car elle était trop belle pour ne pas la garder. Mais quand viendrait ce jour ? Il m'était impossible de compter les nuits, les repas ; je ne pouvais même pas me fier aux Nuits de Bal pour déterminer combien de temps mortel s'était écoulé, car j'en avais manqué quelques-unes et je savais par ailleurs que certaines avaient eu lieu plus de deux fois par an. Combien d'années encore devrais-je passer au service de la reine ? Pourquoi ne m'avait-on pas rendu ma voix dès que le chevalier avait enfin trouvé le repos éternel ? Et qu'était-ce que « la langue qui ne peut mentir » ?

J'aurais dû poser toutes ces questions avant, alors que j'étais encore en mesure de le faire. Que de choses n'aurais-je pas dû demander à la reine : concernant le temps écoulé, le Pays des Elfes, mon serviteur, ou plutôt ma servante, et me concernant moi. Sur le moment, allongé auprès d'elle dans sa charmille ou bien occupé à composer des chansons dans mon jardin, rien de tout cela ne m'avait paru important.

Soudain je vis Ermine, qui arrivait dans mon dos, se refléter dans le bassin. « Il faut que tu te changes, dit-elle en indiquant mon brocart dépenaillé. Ces vêtements-là ne sont plus bons à rien. »

À présent, tous les habits que je découvrais dans ma garde-robe étaient d'un vert franc, à la fois élégants et simples. J'en enfilai quelques-uns et j'eus l'impression d'avoir revêtu une livrée aux couleurs de quelque noble maison : c'était la livrée du Pays des Elfes. Je m'apprêtai à emporter ma harpe avec moi, quand Ermine m'en dissuada ; je sus aussitôt où elle m'emmenait.

La charmille de la reine était vide. Les roses et le chèvrefeuille exhalaient dans la solitude leur suave parfum. Je m'avançai pour m'asseoir au milieu des fleurs – mais je m'arrêtai aussitôt, car je m'étais trompé : la charmille était occupée.

Une femme dormait au milieu des fleurs, une femme aux longs cheveux châtains, très simplement vêtue de lin vert. Je restai longtemps à la regarder.

Elle avait la bouche entrouverte, les doigts repliés contre la joue comme un petit enfant. Son visage ridé était parfaitement immobile, mais sa poitrine se soulevait et retombait très doucement.

Cette femme m'aimait-elle ? Chasseur avait-il dit vrai ? Je me remémorai la façon dont elle m'avait touché dans le vestibule, dont elle m'avait réconforté dans mon cauchemar – ainsi que tous les petits services si discrets que j'avais acceptés aveuglément parce que les efforts qu'ils coûtaient étaient aussi invisibles que la personne qui les rendait.

M'agenouillant, je lui baisai la joue. Ses paupières se soulevèrent et elle posa sur moi un regard embrumé, comme si je faisais partie de quelque rêve qu'elle avait peine à se rappeler. Toujours comme un petit enfant, elle me tendit les bras et je la serrai contre ma poitrine en la berçant doucement.

Quand je la reposai parmi les roses, elle me dévisagea, les yeux pleins de larmes. « Thomas, murmura-t-elle, je ne pensais pas que tu viendrais. »

Je restai sans rien dire, les yeux baissés vers elle.

« Je l'aimais, continua-t-elle d'un ton rêveur, comme pour elle-même. Il ne voulait pas me faire de mal. Ils sont comme ça, c'est tout. Ils l'ont toujours été. Quand on m'a amenée ici, toute petite, j'étais son enfant chérie ; et plus tard, il m'a vraiment aimée pendant quelque temps. Mais ce n'est pas ma faute si j'ai vieilli et ce n'est pas la sienne s'il est comme il est, n'est-ce pas ? »

Je secouai la tête.

« Peut-être que les choses se passent différemment dans le monde des hommes. »

Oui, aurais-je voulu dire, oui, très différemment mais aussi, non, absolument pas. C'est tout à fait la même chose dans le monde des hommes. Je lui pris la main et la baisai. Je sentis son autre main dans mes cheveux. « Tu lui ressembles, dit-elle, par certains côtés…

— Ah, non ! » Mais aucun son ne sortit de ma bouche.

« Je suis vraiment très laide, Thomas ? »

Avec les lèvres, je formai le mot non.

« Je savais bien, pourtant, que tu ne voudrais pas de moi, dit-elle de sa voix douce et rêveuse. Si je l'avais encore, lui, je ne voudrais pas de toi… »

Pouvait-elle retrouver sa beauté ? Je connaissais toutes les histoires de transformations magiques : l'Ourse blanche, le mariage de Gauvain, Cupidon et Psyché… Je me penchai pour déposer sur ses lèvres un long baiser, tiède et doux, sans aucune passion. Ses yeux se refermèrent. Un petit sourire éclairait son visage ; elle se rendormit et ne se réveilla plus. Je la laissai dans la charmille : une femme d'un âge avancé, au physique ingrat, aux longs cheveux grisonnants, endormie parmi les roses.

J'accomplis jusqu'à leur terme mes sept années de service au Pays des Elfes, jouant de la harpe pour distraire la cour et couchant dans le lit de la reine. Peu après le défi, elle m'envoya chercher. Elle m'ouvrit elle-même sa porte, sans dire un mot, et resta muette toute la nuit, se refusant ce qui m'était refusé. Elle savait être très bonne quand elle le voulait. Pendant toutes les années restantes, pas un son ne sortit de ma gorge.

Après le départ de Chasseur, les Elfes me rendirent certains honneurs ; ils me traitaient avec toute la bonté dont ils étaient capables, voire parfois avec respect. En même temps, ils parlaient plus librement en ma présence, comme si j'étais un chien couché à leurs pieds. Plongé dans mon éternel silence, j'écoutai converser les Elfes, j'entendis leurs énigmes et leurs poèmes, leurs querelles et leurs conciliabules, leurs jeux et leurs badinages amoureux. Je connaissais à présent l'énigme de la Coupe du Roi ; mais grâce à tous les fragments qui tombaient de leurs lèvres, je parvins, je pense, à reconstituer bien plus de choses qu'ils ne l'auraient voulu ; notamment certains secrets de cet autre monde et de son fonctionnement, tout un savoir qui ne convenait pas à un homme vivant parmi ses semblables. Je sais qui est le Roi maintenant, et quelle fut son ultime bataille, et si je tisse cette vérité dans la trame de mes chansons, qui me croira ?

En présence de la reine, j'appris la patience et l'art de maîtriser ma colère. Maintenant que j'avais perdu jusqu'à l'illusion que mes paroles étaient des armes susceptibles d'être tournées contre elle, j'appris ce qu'il en coûtait d'être soumis aux choix d'autrui et de n'en avoir aucun soi-même. C'était elle qui choisissait d'ouvrir et de clore les sujets qu'elle abordait ; j'appris ainsi que ma servante avait été un de ces enfants que les Elfes volent aux mortels et qu'elle avait été élevée par Chasseur ; je sus aussi que depuis le départ de ce dernier, on « prenait soin » d'elle ; où et comment, je ne pus le découvrir et j'étais trop fier pour le demander par gestes. J'appris enfin que la colombe avait réussi dans sa quête et qu'elle était redevenue une âme fibre attendant le jugement dernier, j'appris qu'il était advenu d'Éléonore tout ce que m'avait confié Chasseur. Mais qui donc était son roi, où vivait-il, cela je ne le sus jamais.

Mes nuits avec la reine m'étaient d'une grande consolation, mais la douceur de son corps, si exquise fût-elle, ne pouvait compenser la perte de nos conversations. C'était de sa compagnie que j'avais été avide, je le savais à présent, autant que des plaisirs de la chair. Privé de véritables liens spirituels, je me contentai de ce que pouvaient m'apporter nos liens physiques. Ce faisant, j'appris à connaître toutes les humeurs, tous les besoins de ma maîtresse, comme un moine connaît son alphabet. Auprès d'elle, j'étais en mesure de m'égarer dans un complexe enchevêtrement de désir et d'assouvissement, aussi labyrinthique et bien construit qu'une belle musique. D'ailleurs, elle se montrait douce envers moi, presque aimante, pour me remercier du sacrifice que j'avais accepté, du jeu si habilement mené à bien ; elle ne m'était cruelle que quand nous le voulions bien.

Ma chevelure, à présent très longue, tombait en masse lourde et sombre. La reine adorait la sentir drapée tout autour de nous comme un rideau.

« Mon corbeau, disait-elle alors, en levant la main pour la faire onduler comme une étoffe, mes ténèbres, mon enfant de soie, mon fleuve nocturne. » Récitant, comme le font tous les amants, une litanie de noms charmants.

Je touchai son visage, ses cheveux, ses lèvres, laissant mes mains parler pour moi. Sur son corps, celles-ci acquirent un autre sens, plus approfondi, allant bien au-delà du simple toucher quotidien qui nous apprend si un objet est chaud ou froid, lisse ou rugueux. Son corps avait un millier de textures différentes dont chacune avait quelque chose à me dire.

« Thomas… » Elle me prit les mains et les baisa, chacun des dix doigts, les deux paumes et même les cals dus à la pratique de la harpe. Je me glissai en elle comme dans une rivière et me frayai à travers la lumière et les ténèbres un chemin jusqu'au lieu où nous pûmes reposer tous les deux.

Au bout d'un moment, la reine parvint à se soustraire à mon étreinte, laissant la sueur glacer ma peau au contact de l'air.

« Viens, Thomas, me dit-elle, lève-toi. »

Je me séchai avec le drap de soie, revêtis les habits verts que nous avions posés sur un siège. Elle me prit la main et m'entraîna jusqu'à la porte de sa chambre, mais quand elle l'ouvrit, je vis de l'autre côté un ravissant jardin, un verger dont les saisons ne cessaient de changer sous mon regard…

« Oh, m'écriai-je, oh, non.

— Le voyage est fini, me dit la reine en me prenant les deux mains et en me contemplant de ses yeux sombres. La boucle est bouclée. »

Je tombai à deux genoux dans la douce herbe printanière et baisai les mains de ma belle maîtresse. J'eus le plus grand mal à la regarder et à voir ainsi tout ce que j'allais perdre. Mais j'avais fait mon temps et il me fallait à présent retourner dans le monde des hommes, comme j'en avais toujours eu l'intention. Je n'étais pas chez moi au Pays des Elfes, sa reine et son peuple n'étaient pas les miens.

« Belle dame…, commençai-je, mais ce fut pour m'interrompre aussitôt en constatant que j'avais retrouvé ma voix.

— Oh, Thomas, soupira tristement la reine. Tu m'as tenu parole, à moi d'en faire autant envers toi à présent. Tâche de ne pas m'oublier dès que tes pieds auront foulé le sol du Monde du Milieu ; n'oublie ni moi ni mon royaume. Je garderai ton souvenir.

— Belle dame, lui dis-je, vous êtes et serez toujours ma musique. »

Mais la Reine des Elfes eut un petit sourire triste.

« C'est ce que tu dis maintenant. Mais bientôt ta véritable vie reprendra ses droits et nos sept années passeront comme un songe rêvé sur la colline d'Eildon. Car, une fois que tu auras regagné le monde des mortels, tu n'es pas homme à languir et dépérir de n'être plus au beau Pays des Elfes. Avant de te laisser partir, cependant, je veux te récompenser Thomas. »

J'avais déjà imaginé cet instant et je savais maintenant ce que je désirais. « Douce reine, lui dis-je, je ne veux qu'un seul bienfait, c'est que vous me permettiez d'emmener avec moi la pauvre mortelle qui m'a servi dans votre royaume. »

Mais la reine secoua la tête : « Ah, non, Thomas, c'est tout à fait impossible.

— Belle dame, je veillerai sur elle, dis-je avec insistance. Je m'arrangerai pour qu'elle ne soit pas seule sur la terre, pour qu'elle n'ait ni faim ni froid…

— Thomas, cher rimeur de mon cœur, me répondit-elle avec compassion, cette femme ne peut quitter le Pays de Féerie, même si tu me le demandes le plus joliment du monde. Depuis l'enfance, elle a consommé la nourriture du Pays des Elfes. Elle ne peut donc pas retourner parmi vous. » Voyant que je la contemplai avec chagrin, elle ajouta : « Mais elle mérite d'être récompensée pour les services qu'elle m'a rendus. Depuis quelques années, elle est en proie à un sommeil peuplé de doux rêves. Quand elle en sortira enfin, ce sera pour mener une vie d'aise, entourée de soins attentionnés, jusqu'à la fin de ses jours.

— Merci, dis-je, je ne demande rien de plus.

— Tu emporteras néanmoins mon cadeau d'adieu. »

Je sursautai quand la reine cueillit une pomme sur un arbre tout proche. « Ne crains rien, dit-elle, tu l'as gagné. Par ces sept années de silence, ta langue a appris à connaître la vérité, la vérité suprême. Maintenant prends ce fruit et mange-le, tu connaîtras ainsi la langue qui ne peut mentir. »

Je pris le fruit. Son capiteux parfum de vin et d'œillets, corsé d'un soupçon de la verdure des matinées d'été, grisa si bien mes sens que j'avais du mal à former mes mots. Je m'efforçai néanmoins de plaisanter : « “La langue qui ne peut mentir” ? Ne pensez-vous pas qu'elle risque d'être un peu encombrante pour quelqu'un qui chercherait à vivre de commerce ? En tous lieux, je vais être haï des princes et des marchands, sans parler des femmes affublées d'affreux chapeaux. »

La reine tenta de réprimer un sourire. « Tu es libre de refuser si tu veux, Thomas. Mais tu auras gaspillé sept années de silence, car c'est dans ce but que je t'ai imposé de n'adresser la parole à nul autre que moi, afin que tes paroles se chargent d'une grande puissance au Pays des Elfes. Et pour te récompenser du noble sacrifice que tu as consenti au chevalier assassiné, ce don de véracité est désormais décuplé. »

Je continuai à contempler le fruit dans ma main. Jamais on n'aurait pu le confondre avec une pomme de notre monde.

« Pensais-tu donc retourner chez toi tel qu'en toi-même ? Toi qui as chevauché le coursier magique, traversé le fleuve mortel, toi qui t'es reposé à l'aube dans le Verger de la Nuit des Temps, tandis que la Reine des Elfes peignait tes cheveux ? Toi qui as écouté pendant sept ans ce qui se dit aux conseils de notre cour ?

— Non, répondis-je, je ne suis plus celui que j'étais.

— Moi, cependant, je suis toujours la même. » D'une main, elle repoussa ses cheveux d'un geste machinal, comme si elle n'avait pas eu l'intention de me faire cette confidence. « Je suis toujours celle que j'ai été et que je serai à tout jamais, rien ne peut me changer. Je reste immuable. Mais toi, tu changeras toujours, même en connaissant comme moi l'avenir. C'est dans ta nature, alors que ce n'est pas dans la mienne. »

Je fis un pas en arrière, m'éloignant de sa triste beauté, et je dis enfin ce que je n'avais jamais osé dire auparavant : « Est-ce pour cela que vous ne pouvez m'aimer ? Parce que cela vous changerait ? »

Elle me dévisagea gravement. « Cela ne change rien, Thomas, rien du tout. »

Je la contemplai fixement, me demandant si je devais oser comprendre ces mots comme je le désirais.

« Et maintenant, fais donc ce que je te dis et mange ce fruit », lança-t-elle soudain d'un ton sec.

Je plongcai les dents dans cette chair blanche et croquante. Je ne me souviens pas d'avoir mâché ni avalé ; mon seul souvenir est d'avoir été englouti dans le parfum et la texture de cette pomme. Mais quand je l'eus fini, le trognon qui me restait était minuscule.

« Il ne s'est rien passé, dis-je pour dire quelque chose.

— C'est ce que tu crois, répondit-elle aussitôt, mais tu verras bientôt que tu te trompes. » Et elle s'éloigna parmi les arbres. En la suivant, je découvris son cheval blanc et ma Mollie qui broutaient d'un air satisfait sous les branches.

Nous les enfourchâmes côte à côte et traversâmes ensemble la plaine aride pour descendre dans la grotte au cœur de laquelle coule le fleuve mortel. Debout au bord de ce fleuve se tenait un homme. Il contemplait les ondes et ne se retourna que lorsque nous fûmes presque à sa hauteur.

Je ne l'avais pas reconnu car ses épaules voûtées reflétaient un profond découragement, tandis qu'il contemplait le fleuve. Il se redressa en nous apercevant, cependant, et je l'identifiai.

« Salut, Reine des Elfes, lança-t-il.

— Salut, Roi Futur.

— Homme de la terre, me dit le roi, Je suis content de te voir franchir la limite. Quand tu poseras de nouveau le pied dans le Monde du Milieu, salue tout le monde de ma part, le soleil et la lune et la feuille sur l'arbre. Souviens-toi de moi, Rimeur, car nous nous reverrons.

— Frère, lui dis-je, je m'en souviendrai. »

Nous le laissâmes au bord du fleuve qu'il ne pouvait plus franchir, le fleuve mortel qui murmurait ses récits de chaleur et de très anciennes batailles. Et maintenant, j'entendais les chansons de chacune d'entre elles, toutes les chansons jamais chantées par les hommes et les femmes de ma patrie ; je les entendis, les compris et les oubliai au cours de ce voyage ponctué par les jours, les années et les battements de cœur.

Tandis que nous commencions notre ascension hors de la caverne, un courant d'air glacé parcourut le sombre tunnel, avançant vers nous. J'eus le souffle coupé lorsque son odeur, que je ne m'attendais pas à retrouver si familière, vint frapper mes sens.

C'était l'odeur de la terre.

TROISIÈME PARTIE

Meg

On lui a donné un habit de fin tissu, Une paire de souliers en velours vert,
Et tant que la septième année ne fut pas révolue,
Sur terre on ne revit plus Thomas le Sincère.
Chanson traditionnelle
(*Child Ballad* n° 37)

J'AIME PAS LAISSER DEVINER que j'ai plus l'oreille aussi fine que jadis, mais n'empêche que c'est vrai. Cela dit, y a bien d'autres moyens de se tenir au fait de ce qui se passe, et ces moyens-là, je les connais, croyez-moi. En voyant sursauter notre vieux chien près du feu, méfiant mais pas inquiet, j'ai compris qu'un ami était à la porte juste avant que l'arrivant se mette à frapper assez fort pour que je l'entende. Aussi vite que j'ai pu, j'ai essuyé mes mains pleines de farine et je suis allée ôter la barre qui fermait la porte. Il y a eu des malandrins de par chez nous, ces temps derniers, si bien qu'on n'est jamais trop prudent.

Ensuite, j'ai tiré le verrou et j'ai vu devant moi quelqu'un que je pensais pas revoir un jour : notre Tom, Thomas le Rimeur, vêtu de velours vert comme un prince, se tenait à ma porte, plus gaillard que jamais. J'en ai eu les larmes aux yeux, vieille godiche que je suis.

« Tom, que j'ai dit, oh, Tom, on croyait tous que t'étais mort ! »

Sans un mot, il m'a ouvert ses bras. J'avais oublié qu'il était si grand ! Contre ma joue, le velours vert dégageait un parfum de plantes que j'aurais pas su nommer. Et dessous se trouvait un corps bien chaud, bien vivant et un cœur qui battait la chamade.

J'ai fini par m'écarter, mais lui a continué de me tenir à bout de bras et de me dévorer des yeux. Et moi, je peux vous dire que j'étais pas en reste : il avait l'air curieusement ébloui, ou pour mieux dire détaché du monde, malgré son riche costume. Et puis Thomas, cette vivante source de fausses nouvelles et de mauvaises excuses, avait pas prononcé un mot depuis son arrivée. Il se contentait de me tenir et de m'inspecter sous toutes les coutures, comme si j'étais une petite mioche qu'on vient d'habiller pour aller à l'église, ou un splendide récipient destiné à un roi. Sachant pertinemment que j'avais le visage blanc de farine, les cheveux en bataille et sur le dos un sarrau reprisé dans tous les coins, je me suis demandé pourquoi.

« Meg, qu'il a fini par lancer tout à trac, que vous donc êtes belle !

— Ah, je te reconnais bien là ! Tu disparais dans les collines sans un mot d'adieu, pendant des années, et tu crois qu'il te suffira de quelques flatteries pour rentrer dans mes bonnes grâces. »

Mais il a continué de me dévisager d'un air ravi, comme s'il contemplait une des merveilles du monde.

« Oh, ça, faut dire que je suis d'une beauté rare, que j'ai plaisanté dans l'espoir de lui ôter un peu de cet air étrange et avide que je lisais sur son visage. Peut-être que je devrais me poudrer encore un peu plus le bout du nez. C'est-y donc la mode aujourd'hui ? »

Mais ces mots ont paru le décontenancer, le pauvre petit. « Allons », que j'ai repris, un peu radoucie. Il était plus atteint qu'aurait pu le laisser croire son aspect cossu et bien nourri. « Ce que j'en disais, c'était pour te taquiner… » Vous imaginez un peu, notre Rimeur à court de réponses effrontées ! « La vérité c'est que je suis en train de faire mon pain, aujourd'hui. C'est que du pain d'avoine… »

J'ai commencé à craindre de pas pouvoir m'arrêter de babiller. Il était si étrangement silencieux, si hébété, si affamé. Pour la première fois, je me suis demandé si j'avais pas affaire à un esprit, à un envoyé de l'Ennemi. Voilà qui expliquerait bien des choses. Il avait pas dit où il était parti – il avait pour ainsi dire pas ouvert la bouche. Et on aurait cru, je m'en apercevais à présent, qu'il était pas simplement en excellente santé, mais qu'il avait absolument pas changé, à croire que le souvenir que j'avais gardé de notre jeune Thomas avait soudain ressurgi des collines. Pourtant à nos pieds, mon vieux Tray agitait faiblement la queue. Or les chiens fuient les esprits, c'est connu. Sans compter qu'on avait du sorbier au-dessus de la porte pour conjurer les apparitions de ce genre. Non, Tom était parfaitement humain – du reste, j'avais senti son cœur battre contre ma joue, pas vrai ? Mais il avait vécu de curieuses aventures et accompli un voyage plus pénible qu'il y paraissait.

Ma foi, il nous en ferait le récit un jour ou l'autre, à sa convenance. Si bien que j'ai décidé de m'adresser à lui comme au premier venu. Dieu seul savait d'où il revenait, château ou colline, pour me voir et il me verrait telle que j'étais.

« On mangera de l'avoine pure et si tu veux bien, tu peux m'aider à pétrir la pâte, t'arrives juste à point nommé. Mais pas avec ces beaux habits – ceux-là, faut les plier et les ranger. »

Il a baissé les yeux, comme s'il remarquait pour la première fois le luxe de sa mise. « Oh, dit-il, oui, je crois que vous avez raison. »

Il s'était toujours soucié du côté matériel des choses, pourtant ; il savait ce que coûtait le velours. (Moi, de ma vie j'en avais jamais vu autant sur une seule personne !) Alors, tout bas, je me suis dit : Tout doux, tout doux, on finira bien par découvrir où le bât blesse. Si bien que j'ai continué à papoter.

« J'ai gardé certains de tes anciens effets, vois-tu, dans le coffre en chêne. Tu vas peut-être en rire, mais j'aurais pas supporté de m'en séparer d'un seul coup... Ta cape bleue est partie, malheureusement. Ce dernier Noël, je l'ai donnée à Bran le Mendiant, vu que les temps étaient bien durs...

— Et pourquoi en rirais-je ? qu'il s'est écrié. Je n'avais pas dit quand je reviendrais, si je ne m'abuse ? Je veux bien... je veux bien croire que ça fait un bon moment que je suis parti. »

Ça m'a fait froid dans le dos, de l'entendre dire une chose pareille. « Ça fait sept années accomplies, mon petit cœur, que j'ai répondu, sept années que t'es parti te promener dans les Monts d'Eildon et que t'es jamais revenu ; sept longues années presque jour pour jour.

— Sept années accomplies, qu'il a répété. Vous ne voulez pas dire sept jours ? Ou sept semaines ? Elle m'a dit qu'elle me tiendrait parole, mais elle ne comprend pas vraiment notre temps... J'espérais qu'il s'était peut-être écoulé moins de sept ans.

— Qui a dit ça ? » Je voulais pas le questionner, mais je me suis sentie tenue de le faire : « Tom, mon enfant, où que t'étais donc ? »

Il s'est levé en lissant du pouce son velours vert, puis il a tourné vers moi deux yeux où j'ai vu luire un peu de cet éclat si dur d'antan. « Ah, Meg, où donc disparaissent les gens, d'ordinaire, pendant sept années ? »

Ça c'était le Thomas que je me rappelais, trop fier pour dire ce qui avait besoin d'être dit, toujours prêt à se cacher derrière un voile de paroles. J'en suis venue à me demander s'il était pas en train de me jouer la comédie du malheureux victime d'un sortilège afin de me cacher Dieu seul sait quelle vérité moins reluisante.

« Ah, dis donc, mon garçon ! » que je me suis écriée. Mais aussitôt, j'ai regretté de pas pouvoir ravaler ces mots, parce qu'y avait pas la moindre lueur de rire sur son visage.

« Non, qu'il a dit, non, je ne plaisante pas. Regardez-moi bien. »

Alors je l'ai regardé, appuyé contre ma table à l'autre bout de la pièce. « Je vois que t'as les cheveux qui ont joliment poussé, que je lui ai lancé vertement, parce qu'avec le Rimeur fallait jamais le laisser prendre ses grands airs.

Cesse donc de tripoter cette farine, Thomas, et viens donc ici, où je pourrai te voir clairement. »

Il est venu se planter devant moi, là où la lumière de la fenêtre tombait en plein sur son visage. Y avait pas à s'y tromper, mais j'ai quand même levé la main pour tâter sa peau souple du bout des doigts. « À te voir, on jurerait qu'y a pas plus de sept jours. »

Il a immobilisé ma main dans la sienne. « Ah. Vous le voyez. C'est donc vrai. Je veux bien croire que j'en suis content. Il n'y avait pas moyen de savoir, là-bas, ce qui était vrai et ce qui ne l'était pas – à supposer qu'il y ait eu quoi que ce soit de vrai. » Il s'est brusquement détourné, intimidé par mon regard qui le quittait pas, et il a commencé à rôder à travers la pièce, s'arrêtant pour toucher les objets les plus ordinaires : une cuiller, la table, un brin de paille. « Elle a dit que bientôt tout m'apparaîtrait comme un rêve, mais je me suis dit : Comment serait-ce possible, alors que j'ai vécu chacun de ces moments ? Mais en revenant par ici, en humant l'odeur des feuilles mortes sur la colline, en vous voyant avec vos mains usées et la table dans les fissures de laquelle la farine s'est incrustée… tout le reste me paraît irréel en effet, à croire que ce n'est jamais arrivé – ou plutôt non, à croire que ça n'aurait jamais dû arriver.

— C'est peut-être vrai que ç'aurait jamais dû arriver », que j'ai dit. Il avait toujours eu l'esprit vif et prompt à imaginer. Je savais pas ce qui s'était passé, mais en tout cas le Rimeur possédait à présent au fond de lui les rudiments d'une sagesse de poète.

« Mais ce qui est fait est fait. Allez, viens t'asseoir. Je suis sûre que tu mangerais bien un morceau. »

Ça l'a fait rire que je dise ça, mais je vois vraiment pas pourquoi. Il s'est assis, puis aussitôt il a fait mine de se relever. « Je ferais peut-être mieux d'ôter d'abord ces habits ridicules.

— Ils sont très beaux, ces habits, que je l'ai grondé, et ils te vont à merveille. Pourquoi tu les gardes pas juste le temps de les faire voir à Gavin pour sur que les yeux vont lui sortir de la tête, à mon vieux bonhomme !

— Oh, Dieu du ciel, s'écria Tom avec un soupir de soulagement. Alors, il n'est pas mort ? J'ai cru comme vous n'en parliez pas – j'ai eu peur qu'il ne fût peut-être…

— Faut croire que la bonne Sainte Vierge t'a mis deux billes en bois à la place des yeux ! que j'ai dit tout en sortant pour lui du fromage, des gâteaux d'orge et des pommes. Enfin, voilà son bâton, qui te les crève, les yeux, et puis un petit bout de panier auquel il travaille, parce que moi, je suis pas assez habile. Et puis voilà un de ses souliers boueux qu'aurait besoin d'être rapetassé… »

Mais alors même que je disais ces mots, je me suis demandé : Est-ce que ce serait vraiment différent s'il était plus là ? Est-ce que j'aurais pas gardé son vieux bâton. Et est-ce que j'aurais eu le cœur de me débarrasser du panier ?

J'ai posé le plat assez rudement. Bien sûr que j'aurais eu le cœur. Les choses existent en ce bas monde pour être utiles aux gens, par pour leur servir de froids souvenirs. Tout serait différent si Gavin était plus là. Peut-être bien, même, que Thomas aurait trouvé une maison vide en revenant…

« Meg, qu'il a dit, pardonnez-moi. Bien sûr que ce serait différent.

— Te pardonner quoi ? » que j'ai aboyé, injustement hargneuse. Je suis pas un vieux ronchon mal embouché comme Gavin, mais j'ai pas l'habitude qu'on lise dans mes pensées. « Et si tu manges pas ce que je t'ai servi, tu t'en repentiras, mon gars. »

Docilement, il s'est mis en devoir de couper la pomme. Mais il l'a débitée en fines tranches, comme si elle l'intéressait pas vraiment.

Il a dû entendre Gavin descendre la colline avant moi. Il s'est carré sur son siège, il a épousseté ses genoux et il a même plus fait semblant de manger. Gavin sifflait « Marions-nous vite », une vieille chanson de Tom. Quand il a ouvert la porte, sans doute qu'il a pas vu Thomas tout de suite, parce que ses yeux étaient pas encore habitués à la pénombre de l'intérieur. « Maggie, qu'il m'a lancé aussitôt, mon vieux bonhomme, je croyais que tu devais prendre bien soin de barricader la porte quand tu te trouvais toute seule chez nous.

— Pour sûr. » Je sentais les yeux du Rimeur fixés sur nous. « Mais j'ai de la compagnie.

— Ah bon ? » Gavin s'est tourné dans la direction que je lui indiquais du menton et il est resté figé net. Puis il a dit d'une voix douce, comme s'il cherchait à approcher une créature sauvage dans les collines.

« Thomas, mon gars, c'est-y bien toi ?

— Moi et personne d'autre. » Thomas est resté assis immobile, à croire qu'il avait peur de bouger. Faut dire qu'il a toujours pris Gavin trop au sérieux. Mon bonhomme s'est avancé un peu plus près.

« Tudieu, qu'il a dit une fois son regard accoutumé à la mauvaise lumière, oùsque t'as eu ces beaux habits ?

— Au Pays des Elfes », Tom a répondu distraitement – puis il s'est arrêté net, comme quelqu'un qui a laissé échapper une chose qu'il voulait pas dire.

J'ai vu Gavin reculer, un peu blessé. « Dis donc, qu'il a dit sévère, t'as aucune raison de me répondre sur ce ton. » Il est resté là, silencieux, patient, peiné, avec ce calme que j'aime tant chez lui, même si y en a qui prennent ça pour de la sottise.

Thomas, lui, savait à quoi s'en tenir. « Je sais. Pardonnez-moi, Gavin. » Il a pas essayé de se défendre. Moi, j'ai tenu ma langue ; valait mieux les laisser se débrouiller, tous les deux.

« Ma foi, a repris Gavin d'un ton bourru, peu importent tes habits. Pour tout ce que je sais, peut-être bien qu'ils viennent du Pays des Elfes, en effet, à voir comme ils te font beau. Mais ça fait belle lurette que tu nous as quittés – tu dois avoir bien des choses à nous raconter. Figure-toi que nous, on a cru…

— Oui, a coupé Thomas très tendu, je sais ce que vous avez cru. Meg me l'a dit. Pour ça aussi, je vous demande pardon. S'il y avait eu moyen de vous prévenir, je l'aurais fait.

— Sapristi, en tout cas, le poids des ans t'a épargné. »

Gavin était encore un peu vexé de voir Thomas se défiler devant ses questions. C'est pas tous les jours qu'on voit quelqu'un revenir d'entre les morts ; on pourrait croire qu'il serait assez courtois pour vous conter ses aventures en détail. Gavin a suspendu sa cape pour l'aérer, puis il s'est assis devant l'âtre afin de se chauffer les mains.

« Merci », a répondu Thomas d'un ton guindé. Il a grignoté un morceau de pomme.

« C'était une femme, je parie ? a hasardé Gavin d'un air dégagé, la voix rauque de réprobation.

— Oui, c'était une femme.

— Une belle femme, alors ?

— Très belle.

— Et riche ?

— En effet.

— Pourquoi que tu l'as quittée dans ce cas ?

— J'avais envie de rentrer à la maison, a dit Tom doucement.

— À la maison ? a répété Gavin en se grattant la caboche. C'était donc la femme de quelqu'un d'autre ?

— J'ai gagné le droit, a repris Tom du ton de quelqu'un qui ne sait plus trop quoi dire. Il a fallu que je gagne le droit de revenir auprès de vous. »

Mais mon Gavin, une fois qu'il s'est mis une idée dans le crâne, y a guère moyen de l'en déloger. Si je mettais pas tout de suite le holà, il continuerait à interroger Tom au sujet de ses drôlesses jusqu'au jour du jugement dernier. « Gavin, que j'ai lancé, laisse-le donc tranquille, ce petit. » Puis, j'ai ajouté :

« Tom, je pense que t'as envie de te changer. Sors donc là derrière. » J'ai tiré quelques-uns de ses anciens effets du coffre en chêne et je les lui ai fourrés dans les bras avant de le pousser dehors.

Gavin est resté assis, les yeux fixés sur la porte par laquelle il avait disparu. « Ça alors, qu'il a dit, ça alors ! »

J'ai parlé bas et vite, pour pas risquer d'être entendue du Rimeur. « Je sais bien que c'est pas pour te plaire, mon cœur, mais tâche de lui laisser un peu de temps. Tu le connais aussi bien que moi, Thomas – les paroles, c'est pour ainsi dire son boire et son manger. Il suffit d'attendre et on l'entendra, son histoire.

— C'est pas l'histoire qui m'intéresse, a déclaré Gavin d'une voix triste, moi je veux savoir où il était pendant tout ce temps.

— Gavin, que j'ai répondu en lui prenant la main comme si la mienne pouvait lui donner un peu de confiance, il dit qu'il était au Pays des Elfes.

— Ah bon, à toi aussi, il t'a dit ça ? » J'ai opiné.

« Mais enfin, c'est pas…

— Mais si. Ça pourrait l'être.

— Alors la dame… » a soufflé Gavin. Tout à coup, il s'est levé. On entendait des chevaux galoper à flanc de colline. Mon cœur a bondi dans ma poitrine ; c'était sûrement des bandits. Tout l'été, y avait eu dans la région des hommes qui avaient pas assez de terres et qui cherchaient à se vider les poches les uns aux autres ; quand ils avaient besoin de provisions, ils faisaient pas la fine bouche sur le moyen de les obtenir. Bon, j'avais laissé la plupart des poules en liberté fallait se donner du mal pour ramasser les œufs, mais au moins, comme ça, je gardais mes poules – et des moutons, on en avait plus qu'assez, si ces drôles avaient pas trop faim.

Arrivés à la porte, on a vu une troupe d'hommes armés qui descendaient vers notre ferme. Thomas était déjà là, toujours vêtu de son velours vert, et il les attendait, seul et sans armes.

« Thomas, que j'ai lancé, la gorge étrangement serrée, rentre dans la maison, et plus vite que ça. C'est des hommes sans foi ni loi, ceux-là – qu'ils prennent ce qu'ils veulent et qu'ils s'en aillent. Viens vite !

— Barricadez la porte, a dit Thomas sans se retourner, et attendez-moi au-dedans. »

Mais on est restés à la porte, tous les deux, la main de Gavin crispée sur son lourd bâton.

Le chef de la bande est venu s'arrêter devant le Rimeur. C'était un grand gaillard à barbe noire, d'une quarantaine d'années, qui se trouvait à la tête d'une dizaine d'hommes, pas plus, mais tous bien armés.

« Qu'est-ce donc ? qu'il a crié. Un prince des collines, ou bien un héraut, ou serait-ce un poète ?

— Les trois à la fois, a rétorqué aimablement notre ménestrel, et encore bien d'autres choses. » Il avait pas bougé, mais tout à coup on aurait dit que sa voix sortait du corps d'un homme beaucoup plus fort que lui. « Malheur à toi, Blackwell, tes rapines ne t'apporteront jamais la prospérité et tu mourras avant de voir Carlisle. Et ton petit garçon, assis pour l'heure sur les genoux de sa nourrice, est le chef de toute ta famille : car seuls ses fils porteront ton nom. »

Le visage du cavalier est devenu blême. Si c'était vraiment là le grand Blackwell, il faisait peine à voir.

« Hors d'ici, maudit sorcier ! Et détourne de moi tes mauvais présages.

— Fais tourner bride à ton cheval et disparais, a répondu Thomas. Jamais plus on ne reverra ton visage de ce côté-ci des eaux de la Tweed. Ainsi parle la langue qui ne peut mentir. »

Le bandit a levé sa main gantée de cuir et toute la horde, faisant volte-face, s'est mise à gravir la colline. Le Rimeur est resté à les regarder jusqu'à ce qu'ils aient disparu à notre vue.

« Mon Dieu, que c'est facile, qu'il nous a dit d'un ton guilleret. Vrai, c'est un jeu d'enfant. » Mais son visage était blanc, ses mains tremblaient. Il a repoussé d'un geste le bras que je lui tendais pour le soutenir.

« Ça va très bien, qu'il a repris. S'il faut que je tremble, autant que ce soit maintenant que devant eux. »

Comme tous les gens qui viennent d'avoir une peur bleue, il était à présent surexcité et ne tenait pas en place, faisant les cent pas dans la cour qu'il venait de défendre sans autres armes que ses mots.

Gavin, désormais dévoré de curiosité – les miracles, il adore ça ! – s'est écrié :

« Pourquoi que tu nous as pas dit que t'avais le don de double vue ?

— Parce que je n'en savais rien, a dit Tom que le soulagement rendait allègre. J'ai reconnu Blackwell, voyez-vous, pour l'avoir aperçu une fois quand il était venu à Roxburgh essayer de conclure un marché. Quel tranche-montagne !

— Mais tout le reste… ?

— Oh, c'était vrai, tout ça. Il est en route pour Carlisle où il doit retrouver quelqu'un ; mais le cheval qui le porte tombera et le jettera bas avant qu'il n'y arrive.

— Mais comment tu sais… ? »

Thomas nous a regardés, l'air aussi innocent que l'enfant qui vient de naître. « Je le sais, voilà tout.

— "Ainsi parle la langue qui ne peut mentir", que j'ai dit, répétant ses mots. Dis donc ! Ça va être gai de t'avoir à demeure. T'as l'intention de rester longtemps, dis-moi ?

— Je… n'en sais rien.

— T'es le bienvenu, a dit Gavin. Et pas seulement parce que tu m'as évité la perte de quelques brebis. » Tom lui a adressé un large sourire. « Merci. De toute façon je l'aurais fait, rien que pour voir sa tête !

— Rentrez tout de suite, que je les ai grondés, il fait plus froid que vous croyez. Et toi, veux-tu bien changer de vêtements – rien qu'à te regarder, je suis sûre que je vais renverser quelque chose ! »

Thomas s'est empressé d'obéir. Son vieux costume de toile brune et grise tissée à la maison avait l'air piteusement défraîchi, mais il le portait comme si c'était une seconde peau : ses muscles se sont légèrement détendus et il a paru perdre un peu de son éclat. Moi, en tout cas, j'en ai été soulagée. J'ai plié soigneusement les habits de velours et je les ai rangés tout au fond de notre grand coffre.

Gavin a inventé toute une fable comme quoi il était obligé de rester à la maison pour remettre la main sur un vieux seau à goudron et le réparer pendant que Tod, le fils de nos voisins, s'occuperait du troupeau.

Mais Thomas était guère bavard. Il a roulé ses manches et pétri la pâte à pain, tout en me questionnant poliment sur les affaires locales. Il a été surpris d'apprendre qu'y avait des brigands dans le coin le traité avec les Anglais avait été rompu et les soldats du comte, qui auraient dû normalement protéger nos collines, étaient partis, à ce qu'on avait cru comprendre, guerroyer pour le compte du roi. L'ignorance totale dans laquelle se trouvait Tom a fait autant pour me convaincre qu'il venait bien de passer sept années là où il disait les avoir passées qu'aurait pu le faire un déluge de mots : impossible d'imaginer le Rimeur vivant parmi nous sans suivre de près les affaires des grands de ce monde.

Chaque regard, chaque geste laissait voir qu'il savourait tout ce qui l'entourait. J'en finissais pas de me demander oùsqu'il avait pu aller, troublée de le voir trouver si étrange ce qui aurait dû lui être familier. Et que dire des histoires qu'il aurait pu raconter sur ce qu'il avait vu ! Je mourais d'envie de l'entendre parler de ces choses curieuses, tout comme lui paraissait soupirer après notre vie de tous les jours ; mais en même temps, c'était une bonne occasion de redécouvrir ma maison, mon univers à travers ses yeux, puisqu'il revenait à peine d'un pays où on dit que le soleil se lève ni se. couche jamais. C'était ce qu'on appelle faire du neuf avec de l'ancien.

Tandis qu'on travaillait le pain, tous les deux, il m'a dit : « Que c'est bon ! » en reniflant la chaude odeur qui commençait déjà à monter de la pâte qu'il pétrissait à pleines mains. « Vous ne pouvez pas savoir combien c'est bon – de fabriquer quelque chose, quelque chose de palpable, avec un vrai feu qui brûle et des gens réels à mes côtés… » Il a ri. « Je ne me rappelle même plus la dernière fois que je me suis sali les mains ! »

De temps en temps, quand il oubliait, il commençait à fredonner tout bas une bribe de chanson. On s'immobilisait, Gavin et moi, en se disant : Tiens, c'est peut-être bien la musique du Pays des Elfes mais le plus souvent, c'était un air qu'on connaissait. Et dès qu'il voyait qu'on l'écoutait, il s'arrêtait de chanter. Même mon Gavin s'en est rendu compte et il a tenu sa langue. Une fois, quand même, y a eu une nouvelle chanson : il s'agissait d'une fille qui se déguisait en serviteur, le tout sur un air étrange. Quand Tom s'est interrompu, Gavin a demandé :

« C'était quoi, celle-là, mon gars ?

— Une chanson que j'ai écrite, qu'il a répondu sans autre précision.

— Elle est ravissante, que j'ai dit. C'est une nouveauté ?

— Je ne sais pas. Elle est assez nouvelle. C'est la dernière que j'ai chantée dans la… » Il s'est arrêté net et s'est mis à donner des coups de poing dans la miche qu'il travaillait comme si c'était la figure d'un traître.

« Dans la quoi ? » a insisté Gavin. Quand il voyait quelqu'un en proie à des émotions fortes, ça le rendait nerveux.

« Dans la salle. Là où j'étais. »

Ce qu'il aimait pas, le Rimeur, c'étaient les questions. Je commençais à me faire là-dessus certaines réflexions et je peux vous dire qu'elles avaient rien d'agréable.

Gavin a voulu changer de sujet : « Figure-toi qu'y a ton ami le gitan qu'est venu. Il est passé deux ou trois fois demander de tes nouvelles – il voulait pas croire qu'on savait pas où que t'étais parti. Tu vas rire, mais il a même menacé de nous envoyer les soldats, en disant qu'on s'était débarrassé de toi ! » Thomas a souri. « Et quand il a vu que ça nous faisait ni chaud, ni froid, il nous a proposé une bague d'argent pour qu'on lui dise où que t'étais, ou même simplement pour qu'on te fasse parvenir un message. » Gavin s'est tourné vers moi. « On l'a toujours dans un coin cette bague, non ?

— Bevis a voulu à toute force nous la laisser, y a rien eu à faire, que j'ai expliqué. Il a dit qu'il reviendrait demander de tes nouvelles au printemps suivant. Mais ça fait bien, quoi, trois ans de ça ? Quatre ?

— Quatre, a dit Gavin. C'était l'hiver où Billie Crauder s'est cassé la jambe.

— Et il est jamais revenu. »

Je me suis essuyé les mains et je suis allée fourgonner dans la cachette qu'on a dans notre cheminée, une petite ouverture ménagée de guingois dans la pierre, et j'ai fini par en sortir un petit paquet enveloppé dans de la toile.

L'argent s'était terni avec le temps. « Par tous les feux de l'enfer, s'est écrié Thomas dès qu'il a eu la bague en main. Cet anneau ornait la main de Lilias Drummond. Elle l'a donné à Bevis malheureuse, malade, enceinte de son quatrième enfant, persuadée qu'Errol ne l'aimait pas, que sa famille m'avait fait tuer… » Il a levé la tête brusquement, le teint gris, la main crispée autour de la bague. « Elle est morte. »

Je lui ai ouvert les doigts de force pour reprendre l'anneau et je l'ai fourré prestement dans la poche de mon tablier. « T'es sûr ? que j'ai demandé pour l'obliger à parler, dans son chagrin.

— Évidemment que je suis sûr. Elle est morte en couches. En mettant au monde une fille. Que le diable emporte Bevis !

— Il en savait rien, que j'ai dit, la première étonnée de m'entendre défendre le gitan. Il voulait l'aider.

— En tout cas, maintenant il sait. Pas étonnant qu'il ne soit pas revenu ; ce n'était plus la peine, puisque Lilias était morte. Pourquoi ne vous a-t-il pas crus quand vous lui avez dit que j'avais disparu ? qu'il a ajouté brusquement.

— C'était à cause de la harpe, que j'ai avoué. Il a vu ta harpe chez nous, la première fois qu'il est venu. Il a cru que ça voulait dire que t'étais dans le coin. Et puis la deuxième fois, en voyant qu'elle était toujours là et qu'on voulait pas la vendre…

— Note bien que je lui ai pourtant dit qu'elle était vendue ! a grogné Gavin. Mais il a pas voulu me croire sur parole, ce pendard…

— C'est parce que t'es honnête, que j'ai dit, il a vu que tu mentais. Oui, Tom, elle est ici. Je l'ai gardée pour toi, soigneusement enveloppée, rapport au froid et à l'humidité. »

Depuis des années, j'imaginais Tom en train de se moquer de moi : c'était vraiment sot de garder une harpe dont personne savait jouer, uniquement histoire de l'avoir chez nous. Mais sur son visage, j'ai rien vu d'autre qu'une expression d'envie maladive.

« Je vas aller la chercher si tu veux, que j'ai dit mine de rien pour essayer de lutter contre ce désir féroce. Pour le moment, faut laisser lever la pâte à pain.

— Vous voulez bien, Meg ? s'est écrié Thomas en faisant un effort pour se maîtriser. S'il vous plaît, ça me ferait plaisir. »

Je suis montée là-haut dans le grenier, oùsqu'on range nos affaires, et dans la poche de mon tablier, je sentais la bague de Lilias Drummond qui cognait contre mon genou. Tom a tendu les bras pour attraper la harpe comme si c'était un petit enfant ; et c'est qu'ensuite qu'il m'a aidée à redescendre de l'échelle. Avec beaucoup de précautions, il a dégagé l'instrument des couches de toile cirée qui le cachaient, en les rabattant vers lui comme des pétales de rose. Il a tenu la harpe un instant sur ses genoux, les yeux fermés, savourant la familiarité de son poids et de sa forme. Puis il a levé les mains et il s'est mis à jouer. Les sons qu'il en a tirés étaient horribles, vu que les cordes étaient détendues, cassantes et plus du tout accordées. Thomas a bondi sur ses pieds, tenant la harpe à bout de bras, les poings serrés jusqu'à en avoir les phalanges toutes blanches, à croire qu'elle venait de l'attaquer et risquait à tout moment de remettre ça.

« Elle joue faux ! qu'il s'est écrié, furieux. Ce satané instrument est faux comme un jeton !

T'as donc plus ta clef sur toi pour y remédier ? » a demandé Gavin toujours plein de bon sens. Les yeux du Rimeur étincelaient. « Bien sûr que non ! Ça fait des années que je n'en ai pas eu besoin ! »

Ça m'a crevé le cœur de le voir maudire la harpe qu'il aimait tant. J'avais envie de lui sonner les cloches, mais je suis restée coite ; il finirait par apprendre.

Il a brandi l'instrument au-dessus de sa tête, faute de meilleure cible sur laquelle épancher sa colère. J'ai tendu une main pour empêcher Gavin de s'en mêler.

Tout à coup Thomas a tourné la tête, contemplant les collines au loin, à travers la fenêtre. « Pas maintenant, qu'il a dit, pourquoi maintenant ? » On est restés figés, Gavin et moi. Il nous a regardés. « Ça vous plaît, non ? Ou bien n'entendez-vous pas ? qu'il a demandé, la voix toujours teintée de colère.

— Quoi donc ? Non, on entend rien.

— Les cors du Pays des Elfes. Les chasseurs galopent derrière je ne sais quelle proie. » Il a penché la tête, écoutant intensément. « Une âme infortunée, probablement. » À ce moment-là, j'ai entendu, moi aussi : c'était le bruit du vent dans la bruyère, à ce qu'il m'a semblé. « Bien sûr, ce n'est pas vraiment de la musique. Et certainement pas comparable à la mienne, qu'il a ajouté d'un air satisfait, mais absent, l'oreille toujours tendue.

— Tom, mon petit, que j'ai dit en me levant pour repousser les cheveux de son visage bouleversé, voilà que t'es ébloui. Donne-moi ta harpe, maintenant, et tiens-toi tranquille. »

Il a secoué la tête. « Vous n'y pouvez rien. »

Gavin a pris son air rude, « Je vas barricader la porte. Ils te prendront pas une deuxième fois.

— Vous ne comprenez pas… tout est encore avec moi. Je suis parti, mais cette fois c'est si différent… Oh, Meg – il a pris mon visage entre ses deux mains, mais ça m'étonnerait beaucoup qu'il m'ait vraiment vue – Meg, j'avais une fontaine et un jardin plein de fleurs… et de si beaux vêtements et des chevaux et des cristaux et des lumières comme vous n'en avez jamais vu…

— C'est fini tout ça. » Je lui ai serré les mains à les broyer. « C'est fini à présent. Reste avec nous.

— Meg, qu'il a demandé, Gavin, cela ne vous dérange vraiment pas si je reste ici quelque temps ? »

Gavin m'a regardée. Des larmes me piquaient les yeux, comme si j'étais qu'une gamine bien niaise. Ça ressemblait si peu à Thomas de quémander quelque chose de cet air de chien battu – ça m'a fait comprendre que je reverrais jamais plus le Rimeur qui avait quitté notre maison sept années plus tôt. Ça voulait rien dire de continuer à le traiter comme s'il était toujours le même. Et de le voir ainsi, sans défense, ça m'a touchée. Là où jadis je devais trancher, et trancher net, dans le filet qu'il avait disposé tout autour de lui-même pour se protéger, fallait y aller avec beaucoup de douceur, maintenant qu'y avait plus rien.

« J'ai toujours voulu que tu restes avec nous », que j'ai dit – et j'ai été heureuse de voir que celui qui savait dire que la vérité savait aussi la reconnaître quand il l'entendait.

Après le souper, Thomas est resté une bonne heure ou plus à accorder sa harpe, avec acharnement. Ça faisait mal à entendre et il a pas réussi à l'accorder assez bien pour en jouer. On s'est sentis soulagés quand il a enfin empoigné ses couvertures pour aller se coucher à l'endroit habituel, devant le feu.

Quand on a été blottis bien douillettement dans notre lit, Gavin m'a chuchoté : « Tu crois qu'il est fou ? »

Je lui ai allongé un coup de pied tellement j'étais colère. « Et à quoi que tu crois que ça servira de penser un chose pareille, que j'ai craché.

— À rien, j'imagine, espèce de mégère.

— Non, à rien du tout, Messire Gavin la Grande-gueule. Enfin, t'es quand même assez futé pour te rendre compte qu'il fait pas exprès de nous mentir.

— Ça non, jamais il irait chercher une fable pareille, s'il voulait nous tromper, il est trop fier. Mais alors c'est vrai ? Il est allé au Pays des Elfes ?

— Que Dieu bénisse tes cinq sens, du diable si je le sais ! Demande-lui donc ! » Tout à fait épuisée par ces deux benêts, je me suis pelotonnée dans mon coin et endormie.

J'ai jamais fait remarquer à Gavin que le visage de Thomas avait pas pris une ride. Ça m'étonnerait beaucoup qu'il s'en soit aperçu tout seul.

Le lendemain matin, Thomas avait l'air plus humain : les cheveux tout emmêlés, les yeux sales dans les coins et besoin de se raser. J'étais pas levée depuis bien longtemps quand il est descendu à la rivière d'un pas incertain pour en remonter tout frissonnant.

« Il y a encore des gelées blanches dans l'herbe, qu'il a dit en se séchant la tête avec un linge. C'est superbe. Pourquoi fait-il donc si diablement froid ici ?

— C'est qu'il gèle, a répondu Gavin toujours avare de ses paroles.

— Oh. » Thomas a cligné des yeux. « Oui, bien sûr. Écoutez, je voulais vous demander pardon à tous les deux pour hier ; j'ai été si…

— Hier, que j'ai lancé en posant devant lui un bol de bouillie d'avoine, t'as déjà demandé pardon plus souvent que tu l'avais jamais fait de ta vie. Si tu remets ça, tu vas te prendre ta bouillie en pleine figure.

— Je vous deman… Bon, d'accord. » Il a mangé sa bouillie.

« J'ai presque trente ans, qu'il a dit soudain en touchant le fond du bol. C'est bizarre, non ?

— Très, que j'ai dit sèchement. Et comment que tu fais pour garder ce teint de jouvenceau ?

— C'est un sortilè… Ah, peste ! Il faut que j'arrête de parler ainsi.

— Je vais t'arrêter, moi. Y a qu'à plus te questionner.

— Ce n'est pas la peine, qu'il a répondu maussade. Vous n'allez pas vous mettre à changer, vous aussi. » Il a frissonné encore une fois ; décidément, il était plus habitué à nos climats et on était encore qu'en automne. J'ai rajouté un peu de tourbe sur le feu ; faudrait voir à lui trouver des vêtements chauds.

Lui, il croyait avoir été au Pays des Elfes, même s'il avait cessé de nous en parler. Je savais pas si c'était vrai, mais en tout cas, il était rudement changé. Pour ma part, j'étais encline à le croire, simplement je préférais pas songer au genre de services qu'il avait pu rendre là-bas. Mais Gavin, lui, il acceptait moins facilement tous les changements dans le caractère de Thomas – c'était tout juste s'il avait pas plus de mal à s'en accommoder que le Rimeur lui-même. Faut dire aussi que Tom, il avait eu sept ans pour s'y habituer. Tandis que Gavin, il aime bien comprendre les choses une bonne fois et puis faut plus que ça change. Alors, il pouvait pas s'empêcher de se demander si tout ça, c'était pas une invention du Rimeur, pour cacher un mauvais coup, comme il nous en avait raconté dans le temps. Et si Tom était revenu avec la langue aussi bien pendue qu'il l'avait eue auparavant, c'est peut-être ce que j'aurais cru, moi aussi.

Mon Gavin est un brave homme, mais quelquefois il est un peu rude. Si bien qu'il s'acharnait sur Thomas comme un enfant sur la croûte d'un bobo ; il savait bien qu'il fallait pas, que ça ferait mal, mais il pouvait pas s'en empêcher – peut-être bien qu'il espérait découvrir quelque chose d'intéressant sous la croûte. Remarquez, j'aurais pu le faire taire en lui criant dessus ; mais au fil des ans, j'ai appris que j'arriverais jamais à tout maîtriser autour de moi et surtout, j'ai appris qu'il y a des choses qu'il faut laisser se résoudre d'elles-mêmes. Ça lui faisait mal, voyez, de se dire que Tom pouvait encore essayer de nous en conter.

Il faisait une journée sinistre et on sentait déjà l'hiver dans l'air. Ce matin-là, on était restés à l'intérieur tous les trois, Gavin devant le métier à tisser, Thomas occupé à si bien tourmenter sa pauvre harpe que j'avais qu'une envie, c'était qu'il arrête. Tout à coup, Gavin a mené sa navette jusqu'au bout, puis il s'est levé.

« Viens, mon garçon. On a encore le temps d'aller jusqu'au Coq d'Argent et d'en revenir avant la tombée du jour. Un petit coup à boire et un peu de compagnie me feraient pas de mal. »

Deux à trois fois l'an, ça le prenait comme ça, mon Gavin, de s'en aller courir les tavernes. C'était sans doute pas plus mal. Mais voilà Tom qui répond tout doucement, au point que j'ai eu peine à l'entendre :

« Je vais rester ici.

— Il en est pas question ! braille Gavin sur un ton de gaieté forcée. T'as donc pas envie de voir tout ce qu'y a de nouveau par ici.

— Non.

— Ça alors ! Pourquoi pas ?

— Oh, n'insistez pas, Gavin ? Pourquoi ne pouvez-vous pas me laisser tranquille ? » Gavin a repoussé le verrou avec force. « Parce que t'es un homme et non un de ces fichus braillards d'enfants laissés par les fées en échange de celui qu'elles ont volé. Alors conduis-toi en homme. » Mais avec son regard triste et sa longue chevelure, le Rimeur ressemblait davantage à un Elfe qu'à un homme.

Il a tourné les yeux vers Gavin qui se tenait à la porte, aussi large que haut. « Je suis un voyant, qu'il a dit. Quelle espèce d'homme est-ce là ?

— Une excellente espèce. » Gavin avait pas l'intention de mettre de l'eau dans son vin. « T'es un homme qu'en sait un peu plus long que les autres.

— Ah bon ? Et voilà tout ? s'est écrié Thomas exalté, un peu comme le gamin qu'on avait vu arriver chez nous la première fois. Demandez-moi donc ce qui va arriver. N'importe quoi. Je vous répondrai la vérité.

— Je veux pas savoir ce qui va se passer. Je veux savoir où t'as été et avec qui et pourquoi. »

Cette fois, on y était : depuis son retour, c'était la première fois qu'un de nous deux l'avait mis au pied du mur. Et rien qu'à voir la façon dont ses mains se crispaient, j'ai su qu'on allait avoir notre réponse.

— J'étais avec la Reine des Elfes, Gavin. Pendant sept années, à cause d'un baiser qu'elle m'avait pris. Elle m'a fait monter en croupe derrière elle et m'a emmené Sous la Butte où je l'ai servie sept ans, au lit et à table. Elle m'a imposé le service et le silence jusqu'au moment où elle m'a enfin libéré, en m'octroyant le don de dire toujours la vérité. Et c'est ainsi que vous me voyez à présent.

— Fort bien. » Gavin respirait à grand bruit par le nez. « Et si je te traite de menteur ? »

Thomas a levé une main, comme si on le frappait. Mais il s'est obligé à répondre clairement : « Ma foi, je n'y peux rien.

— Tu peux me raconter ce qui t'est vraiment arrivé, garçon. »

Thomas a respiré à fond. « Bien. Parfait. J'étais avec la – avec la Reine de – des Elfes – j'étais… » Il s'est détourné violemment. « Ce qui m'est vraiment arrivé, je vous l'ai dit ! Je ne peux rien faire d'autre ; je ne peux pas mentir, même si j'en ai envie. Ne croyez-vous pas qu'il serait plus facile pour moi de vous inventer Dieu sait quel conte que vous goberiez beaucoup plus facilement que la vérité ? Ecoutez-moi – regardez-moi – vieux crétin, il n'y a en moi rien d'autre que la vérité ! »

Gavin est resté à le regarder sans sourciller. « Alors comme ça, je suis un vieux crétin ?

— Non. » Thomas a baissé la tête. « Je vous demande pardon, Gavin, vous n'êtes pas un vieux crétin. Bien sûr que non.

— Mais je croyais que tu disais jamais que la vérité ?

— Je – j'ai pensé que vous étiez un vieux… » Les épaules de Thomas se sont mises à trembler, mais quant à savoir s'il pleurait ou s'il riait, j'aurais pas pu le dire, et je sais pas si lui-même aurait pu.

« J'ai quand même le droit de penser ce que je veux, j'espère !

— Je voulais simplement tirer certaines choses au clair », a dit mon vieux bonhomme gentiment. Il s'est approché du Rimeur et il a posé une de ses mains rugueuses sur son épaule. « T'es un homme, Thomas, ça c'est sûr. T'es même un homme qui vient de piquer une rogne. Bois donc un coup. »

Ils ont débouché le meilleur whiskey, ces deux gredins.

Thomas a bu une longue rasade. « Je ne sais si cela va m'aider ou non, qu'il a dit. Peut-être qu'il faut que j'aie un coup dans le nez pour pouvoir mentir.

— Tu peux mentir quand tu veux, que j'ai riposté en raclant la table pour en faire tomber la farine. Il suffit de t'en donner la peine.

— On verra. J'ai peut-être tout simplement besoin de reprendre l'habitude. »

Mais il l'a pas reprise, cette habitude, ni ce jour-là, ni le lendemain non plus. On aurait dit que chaque question le prenait par surprise ; et s'il se surveillait pas, il répondait à toutes, depuis « Où donc que j'ai mis mon tricot ? » jusqu'à « Tu crois qu'il va pleuvoir ? ». Et il tombait toujours juste, figurez-vous.

On l'a gardé là avec nous pendant plusieurs jours, refaisant connaissance avec lui, pendant que lui refaisait connaissance avec le monde qui l'entourait. Il avait oublié les choses les plus incongrues : comment se vêtir quand il faisait froid, où je rangeais le bois pour le feu, comment appeler le chien et comment retirer la marmite du feu sans se brûler la main. Mais il avait appris, en revanche, à devenir un compagnon reposant, et même à écouter les autres, si bien que je me suis surprise à lui confier des choses que j'aurais jamais rêvé de lui confier auparavant ; à part ça, il imitait le chant des oiseaux à s'y tromper, il était capable de prédire le temps et de dénicher des champignons dans les bois.

Lentement, patiemment, il réapprenait aussi à se servir de sa harpe d'antan. Il continuait à jurer doucement entre ses dents, mais sous les imprécations, on discernait l'affection. Il a recommencé à jouer pour nous, quelquefois, quand on restait à travailler à la maison – des airs qu'on connaissait bien entremêlés d'autres très étranges, au point que j'ai fini par me demander s'il savait lui-même lesquels étaient mortels et lesquels venaient du Pays des Fées. Bien sûr, pour lui, tout ça c'était de la musique.

Il nous a jamais demandé de nouvelles d'Elspeth – on aurait dit qu'il se savait pas encore prêt à affronter la réalité de ce triste abandon, qu'il avait besoin de prendre ses repères d'abord – et de toute façon, comme la plupart des hommes vis-à-vis des femmes auxquelles ils ont fait du mal sans même y songer, c'était un sujet qui le rendait parfaitement couard. Moi, je savais qu'elle finirait par venir, comme l'hiver féroce, comme les nuées d'orage qui roulaient vers nous à travers les collines, noires comme de l'encre.

Par un jour d'automne nuageux, le Rimeur est parti tout seul courir les collines. Bien sûr, il était parfois sorti se promener avec moi et il avait aidé Gavin à s'occuper des moutons – mais je peux vous dire que j'en menais pas large en le voyant partir tout seul comme ça, après ce qui s'était passé dans les Monts d'Eildon sept ans plus tôt. J'ai profité de ce qu'il regardait pas pour fourrer dans sa poche un brin de sorbier lié avec de la laine rouge ; c'est un charme très puissant contre toutes les espèces de fées. Je me suis dit qu'à présent, il pouvait plus rien lui arriver de mauvais ; il connaissait la terre comme jamais auparavant et on l'avait attaché à nous aussi étroitement qu'on osait.

J'étais en train de compter des fils de chaîne pour le grand métier à tisser quand une main familière frappant à ma porte m'a annoncé que j'avais de la compagnie. Elspeth savait qu'il fallait cogner fort pour que j'entende.

Le vent des collines avait rougi son visage gercé ; elle avait dû parcourir plus d'une lieue pour arriver jusque chez nous, mais ça n'avait rien de rare pour elle. Elle m'avait apporté deux œufs de cane en cadeau, mais j'ai vu qu'elle avait aussi son tricot et qu'elle espérait bien passer la matinée entière à jaser, selon une de nos bonnes habitudes.

« Entre vite te mettre à l'abri du froid et assieds-toi », que je lui ai dit, en prenant sa cape et en courant lui chercher du thé, sans négliger de jeter un regard à la ronde pour voir si y avait des traces de la présence de Tom. Je savais pas quand il rentrerait. Fallait pas que je montre trop de hâte à la mettre à la porte, sans quoi elle se douterait qu'y avait du louche :

« Je pensais vous donner un coup de main pendant que j'étais là, qu'elle a dit, mais empeigner ce métier, c'est une chose que je n'ai jamais su faire – je finis toujours par m'embrouiller dans mes comptes.

— Aucune importance, que j'ai répondu. Ça peut attendre ; dis-moi donc plutôt comment tu te portes. »

Elle s'est laissée tomber sur la banquette et elle a sorti son tricot d'un air résolu. « On ne peut plus mal, merci. Comme toujours. Ils ne savent pas encore que je suis partie – mais quand ils s'en apercevront, on le saura sûrement, parce qu'à mon avis, même d'ici, on entendra les hurlements de rage.

— Vaut peut-être mieux que tu traînes pas, dans ce cas…, que j'ai dit mollement.

— Je traînerai si ça me plaît. Qu'ils braillent donc ! Peut-être qu'ils feront peur aux brigands. »

Je me suis efforcée de la voir du même œil que Thomas, c'est-à-dire avec sept années de plus. Son visage avait perdu la rondeur de l'adolescence : Elspeth était une belle femme, mais guère épaisse. Sa peau tannée par la vie au grand air était tendue sur ses hautes pommettes et son menton était étroit et pointu. Ses mains paraissaient éternellement gercées, même l'été. Ses yeux, toujours trop expressifs, risquaient encore de lui jouer des tours, mais sa bouche était bien souvent qu'une ligne trop serrée. Avec l'âge, son opulente toison fauve avait foncé et désormais, elle la portait toujours attachée.

« Pourquoi qu'ils ont besoin de toi ? que j'ai demandé.

— Aujourd'hui, c'est pour remuer l'eau de la teinture. C'est une odeur qui me soulève le cœur.

— Elle plaît à personne…

— Non, mais c'est toujours sur moi que ça tombe ! Et si j'ai le malheur de protester, on me dit que j'ai bien de la chance d'avoir un toit sur ma tête…

— Elspeth… » Je me suis penchée pour poser la main sur son poignet décharné, afin de faire taire le cliquetis haineux de ses aiguilles. « Pourquoi tu rentres pas chez ton frère ? Tu y serais au moins traitée avec respect.

— Non, je ne veux pas être charge de Iain et de sa marmaille. Je vous l'ai déjà dit il y a quatre ans, quand je me suis mariée.

— Tu étais bien plus utile à Iain que tu l'es à la famille de Jack, là-haut sur la Crête.

— Je leur donne… – elle s'est interrompue pour rompre son fil d'un coup de dent – … ce qu'ils méritent. »

Il m'a semblé que le moment était venu de dire ce que je pensais depuis longtemps, mais que j'avais encore jamais osé dire à cette femme si fière et si seule : « Ça t'amuse, pas vrai, de les faire enrager même si tu dois en pâtir, toi-même – c'est pas bien, et tu le sais parfaitement. Tu gaspilles ta vie par pur orgueil…

— Et que puis-je en faire, sinon la gaspiller ? qu'elle m'a demandé gentiment. Ce bas monde est un endroit bien ennuyeux où chacun de nous doit peiner. Pensez-vous que je devrais m'enfuir accrochée aux basques des soldats ? »

Je me suis renversée contre le dossier de mon siège. « Si c'est ça que tu veux, je suis bien sûre qu'y aura pas moyen de t'en empêcher.

— Chère Meg ! » Elle m'a adressé un de ses sourires froids et secs ; ses lèvres souriaient, mais pas ses yeux. « Je sais très bien ce que signifie ce petit reniflement. Il est redouté dans tout le pays. Je suis sûre que je le mérite – et là, le sourire a enfin gagné ses yeux – mais ne me grondez pas, je vous en prie. Dites-moi plutôt comment se porte Gavin ; racontez-moi une histoire. Parlez-moi de tout et de rien !

— Mais je peux garder mes conseils, c'est ça ? Fort bien. Figure-toi qu'on commence à se dire qu'il est temps pour nous de vendre la harpe de Thomas. »

Elle s'est raidie. « Non. Vous ne pouvez pas faire une chose pareille.

— Pourquoi pas ? » Brusquement, je me suis sentie comme possédée du démon. « Voilà sept ans qu'il est parti ; ou bien il est mort, ou bien il reviendra plus jamais.

— Mais si vous vous trompiez – s'il revenait, il voudrait sûrement la retrouver.

— Si par miracle il revient, ce sera pas pour revoir sa harpe.

— Mais enfin, elle n'est pas à vous.

— Elle est à qui, alors ? que j'ai soupiré. Et puis, tu crois pas qu'elle devrait servir ? Ça peut pas être bon pour elle de rester là, inutile, alors qu'elle a réchauffé par sa beauté tant de nos soirées glaciales… »

Un bref instant, j'ai cru qu'elle allait craquer. J'aurais bien voulu ; ça m'aurait permis de la prendre dans mes bras et de la laisser pleurer tout son saoul. J'ai vu le souvenir de ces soirées se refléter sur son visage, avant de s'éteindre comme un feu qu'on a pas alimenté. « Je sais, qu'elle a dit, les yeux baissés vers ses mains oisives. Je sais bien. Ça ne rime à rien de la garder. Vous avez tout à fait le droit de faire ce qui vous plaît, bien sûr. »

À ce moment-là, j'ai été à deux doigts de tout lui révéler, juste histoire de nourrir la flamme – mais la vérité, c'est que j'ai eu peur. Thomas, il nous avait pas encore soufflé mot au sujet d'Elspeth, voyez et ni lui ni elle avaient grand-chose en commun avec la paire de jeunots qui s'étaient aimés à leur façon, sept ans plus tôt. Y avait pas moyen de savoir comment ils se comporteraient, tous les deux.

En tout cas, je me suis promis de dire au Rimeur qu'elle était passée me voir. Il était temps qu'il affronte un peu cette réalité-là.

« J'ai fait un rêve, il y a cinq nuits, qu'elle a repris sans me regarder. Je l'ai vu descendre la colline vers votre maison, vêtu de vert, sans harpe ni baluchon. Je ne l'ai vu que de dos, mais c'était bien lui.

— Tu devrais pas songer à des choses pareilles, que j'ai dit en me sentant soudain vieille et inutile. Ma chère petite, que j'ai ajouté du fond du cœur, je voudrais te voir heureuse. »

Elle m'a dévisagée froidement. « J'ai été heureuse. » La porte de la maison s'est ouverte à la volée, poussée par une rafale de vent glacée. On a sursauté, toutes les deux, parce que j'aurais juré que je l'avais soigneusement verrouillée derrière Elspeth.

« Meg ! a lancé une voix du dehors. Meg, regardez ce que j'ai trouvé ! »

Thomas s'est encadré dans le chambranle de la porte, tenant délicatement entre ses deux mains un nid en parfait état. Dedans, y avait deux œufs bleus, ce qui est bien étrange à l'automne.

En apercevant Elspeth, il a déposé avec précaution le nid sur la table.

Elle était restée assise, totalement immobile, les mains crispées sur son tricot. « Te voilà revenu, qu'elle a dit.

— Oui.

— Personne ne m'a rien dit. »

Et malgré ça, elle m'a même pas regardée. C'était comme si j'étais devenue un fantôme dans ma propre maison : on aurait dit que le monde existait que parce qu'ils s'y trouvaient tous les deux, sans se quitter des yeux, exactement comme ils l'avaient fait ce fameux soir, sept ans auparavant, le soir où il s'étaient regardés et aimés. Mais maintenant, le monde comptait sept années de plus, sept années d'amertume.

« Personne ne savait. Ça ne fait pas longtemps que je suis de retour.

— Tu as l'intention de rester longtemps ?

— Je ne sais pas encore.

— Tu as bonne mine, qu'elle a dit. On voit que les voyages te réussissent. »

Il a souri chaleureusement, pour lui faire savoir qu'elle ne croyait pas si bien dire. « Si seulement tu savais jusqu'où je suis allé…

— Ça ne me regarde pas. »

Aussitôt il s'est tu, posant sur elle un long regard scrutateur. Mais je jurerais pas qu'il avait toujours sa seconde vue, parce que dans le cœur d'un amoureux, un passé et un futur qui ont jamais existé sont quelquefois plus clairs que le présent qui existe.

« Elspeth, qu'il lui a dit, j'ai quelque chose à te dire. »

Elle a attendu. Moi aussi.

« Tu avais raison. » Il a ri de nouveau, d'un air un peu penaud. « Il y a des merveilles. Moi, je pensais simplement qu'il devrait y en avoir, mais toi, tu le savais, alors c'est toi qui avais raison. Au Pays des Elfes… » Sa voix a pris les accents rêveurs du poète :

« Au Pays des Elfes, il y a un puits, un vieux puits où l'eau jaillit au milieu d'une verte forêt. Sur la margelle de ce puits se trouve un gobelet. Pas un oiseau ne chante, dans ces bois, sauf…

— Tais-toi, qu'elle a lancé sans bouger. Je n'ai pas envie d'entendre tes contes en ce moment.

— Bon, très bien, qu'il a répondu avec une docilité inaccoutumée. Une autre fois, alors. Mais j'ai tant de choses à te dire…

— Qu'est-ce qui te fait croire que j'ai envie de les entendre, qu'elle a repris en ramassant son ouvrage. Je suis une femme mariée, Thomas, je n'ai plus le temps d'écouter tes fariboles, à présent. »

Il l'a regardée, soudain livide. Maintenant qu'il était voué à dire la vérité, il paraissait avoir oublié que ses semblables, autour de lui, pouvaient plier la vérité à leurs caprices. « Quand ça ? Pourquoi ?

— Ça fait des années. Une femme doit se marier, Thomas. Jack voulait bien de moi et ses petits mioches, privés de leur mère, avaient besoin qu'on s'occupe d'eux.

— Oui, je comprends », qu'il a dit sans rien comprendre du tout. Son bon sens devait lui dire que quelque chose clochait, mais il avait perdu la faculté de distinguer entre les apparences et la réalité.

« Mais laisse-moi donc te dire où j'étais, pendant ces sept années. Je te dois bien ça, pour le moins.

— Je le sais où tu étais. C'est écrit sur ton visage de jeune homme, sur tes mains si douces qui n'ont pas travaillé fût-ce un jour sur sept.

— On pourrait croire que tu t'es entretenue avec Gavin, qu'il a dit, pince-sans rire. Ce n'est pas du tout ça, Elspeth, je te le jure. J'étais au Pays des Elfes.

— Où tu mangeais du pain blanc et du miel. Où tu dormais dans un somptueux lit de plumes.

— Elspeth, tu ne m'écoutes donc pas ? Je m'y trouvais vraiment – ensorcelé.

— Tiens, c'est nouveau, ça, qu'elle a craché moqueuse, en tout cas pour toi. »

C'était étrange de le voir si désireux de lui causer du Pays des Elfes à la petite, alors qu'il s'était tellement fait prier pour nous en parler, à nous deux Gavin. « Écoute-moi, je t'en prie. Cela fait si longtemps que j'attends – de toutes les personnes que je connaissais, je pensais que tu serais la première à me croire. Je pensais que tu comprendrais.

— Ce que je comprends, qu'elle a dit, c'est que tu es parti sans un mot et que maintenant tu crois qu'il suffira de quelques belles paroles pour arranger les choses. Tu te comportes comme si c'était hier et si rien n'avait changé. Tu ne t'es donc jamais dit que nous pourrions nous lasser de tes mensonges. »

Il a fait entendre un rire étranglé. « Mes mensonges ? Mais je suis incapable de te mentir à présent. Encore un cadeau rapporté du Pays des Elfes.

— Un cadeau pour moi ou pour toi ? Je ne trouve pas ça merveilleux comme cadeau. Tu aurais été mieux loti avec un coffre rempli d'or ou une paire de bottes de sept lieues. Cela fait si longtemps que tu es parti que tu t'imagines que nous autres, gens simples, nous ne comprendrons rien à rien. Mais ne t'inquiète donc pas, Thomas, si tu as vraiment envie de vider ton sac, je suis tout à fait capable de comprendre un récit un peu plus complexe.

— Que veux-tu donc entendre ? Que je suis allé à Jérusalem et que j'ai partagé le harem de Soliman ? Que je suis allé me promener dans les Monts d'Eildon et qu'une dame fort riche sur un cheval blanc paré de clochettes d'argent m'a promis tous les trésors de la terre si je la suivais sans tarder, en oubliant tous ceux qui m'étaient chers ? Que je suis parti sans mes affaires, sans ma harpe, sans la fille que je disais aimer, cédant à Dieu sait quelle lubie de poète dément ? Si c'est d'un tel homme que tu as gardé le souvenir au fond de ton cœur pendant tant d'années, je ne m'étonne plus de t'entendre me parler ainsi, à présent. »

Le visage d'Elspeth était blême, avec deux taches écarlates sur les joues.

« Oh, non, qu'il a dit en la regardant. Bien sûr. Tu me croyais mort. Et me voici, gaillard et entier, si bien que tu es fort déçue, j'imagine ? »

Elle est restée pétrifiée, à croire que si elle bougeait elle allait tomber en poussière ou bien l'écraser, lui, sous sa rage. « J'aimerais, ne serait-ce qu'une fois, qu'elle a répondu, entendre la vérité de tes lèvres. » Il s'est incliné devant elle, bien bas et avec grâce.

« Si tu le souhaites. Elle ne te plaira pas, mais tu vas l'entendre. »

Son corps a paru se détendre pour laisser échapper des mots qu'il n'avait aucune peine à prononcer.

« Voici sept années exactement, j'étais étendu sur la colline verdoyante, lorsqu'une dame s'est approchée de moi sur un cheval blanc orné de clochettes d'argent. Le son de ces clochettes déjà m'avait ensorcelé, mais c'est le baiser qu'elle m'a donné qui a parachevé le sortilège. J'ai eu le choix, c'est certain : elle m'a mis au défi de l'embrasser et si j'avais refusé… mais l'homme que j'étais alors n'a pas décliné cette offre. Je lui ai donc baisé les lèvres, sous l'Arbre d'Eildon, et j'ai fait plus encore.

« Cette dame était la Reine des Elfes. Elle m'a pris en croupe derrière elle et nous avons filé, plus rapides que le vent, laissant derrière nous toutes les terres où vivent les hommes. Puis nous avons franchi à gué le fleuve du sang de la terre et traversé une contrée où rien ne pousse, avant de suivre la route blanche qui mène au Pays des Elfes. Comme dans un rêve, je me souvenais de toi, et de Gavin et Meg, et même du roi et de sa cour – mais vous étiez tous réels et moi, j'étais lié à mon rêve, voué à servir la reine pour sept ans. Pendant tout ce temps-là, donc, j'ai joué de la harpe dans les salles du Palais des Elfes, j'ai porté les habits qu'on m'avait fournis et j'ai tenu compagnie aux fées. Pendant tout ce temps-là aussi, je n'ai parlé à personne hormis à la reine et je n'ai mangé que de la nourriture mortelle. Et à la fin de mes sept années, ayant terminé mon service, je suis revenu sur Terre. Voici moins de sept jours, je me suis présenté à la porte de cette chaumière, car où porter mes pas, sinon ici ? »

Les larmes roulaient le long des joues d'Elspeth, mais elle n'y prenait pas garde, même si elle reniflait et étouffait ses sanglots en écoutant. « Quel piètre menteur tu fais, Thomas. N'est-ce pas là le genre de conte que nous rêvons tous de narrer ? Un jour quelqu'un viendra sur un cheval blanc, orné de rubans et de clochettes, pour nous emporter dans un palais d'or vivre d'amour et d'eau fraîche ? C'est un rêve que nous faisons tous, Thomas – mais toi, évidemment on est venu te chercher ! Quand il est question de toi, le joueur de harpe, le rimeur, le beau garçon à la figure avenante et à la parole facile, force nous est de croire que tout cela est vrai. »

Il avait regardé au loin ce point éloigné que choisissent les conteurs. Tout à coup, il l'a vue elle et il s'est tu.

« Je ne peux pas…, a-t-il commencé d'un ton hésitant. Il n'y a pas – il n'y a rien d'autre en moi. Je ne connais pas d'autre histoire. » Pour la première fois, il s'est tourné vers moi, paniqué, enfantin. « Je ne connais pas d'autre histoire, Meg ! Il n'y a rien d'autre en moi. Meg, où ai-je été, si je n'étais pas là-bas ? Que m'est-il arrivé ? »

J'ai secoué la tête.

« Elspeth… – il s'est tourné vers elle – … j'ai des récits extraordinaires – tu vas les adorer, j'étais sûr qu'ils te plairaient. Laisse-moi te parler de la clairière où marchent les vraies chansons ; de la salle aux lumières bleues, qui fait penser à un monde englouti sous la mer ; de la charmille aux fleurs vivantes ; et du fantôme du chevalier, transformé en colombe…

— Je ne veux pas de contes, Thomas. » Le visage d'Elspeth était rouge et bouffi, mais sa bouche était résolue. « Pas cette fois. Je connais ton talent. Mais cette fois, tu es allé trop loin, tu es resté parti trop longtemps. Pour le moment, tes contes me révulsent. Des contes, j'en ai à te faire, moi aussi : l'hiver sur la Crête là-haut, les enfants qui piaillent sans relâche, les échardes de bois mal dégrossi ; et le poids d'un homme tous les soirs qui t'enfonce dans le matelas parce que tu lui as engagé ta foi, que tu as accepté son pain pour remplir ton ventre, sa laine pour couvrir ton corps et son toit pour abriter ta tête…

— Je vois, a dit Thomas rembruni. Mais ce sont des difficultés qui ont déjà été résolues. Quitte-le. » Elspeth a porté la main à sa gorge ; elle a rejeté la tête en arrière et laissé fuser un rire sans joie. « Le quitter ? Pour quoi, pour qui ? Pour toi. Voyons, vas-tu le défier de ta lame acérée ? Ou bien faut-il que je l'empoisonne avec des os à moelle ?

— Aucune importance. Quitte-le. Tu as été une bonne épouse, maintenant tu as le droit de mal te conduire. Je suis sûre que le changement te plaira.

— Jack est mort. L'hiver dernier. Mais sa famille a offert de m'accueillir ; c'est fort généreux de leur part, tu dois le reconnaître. Pourquoi les quitterais-je ?

— Pour moi, qu'il a répondu. Pour t'amuser, pour te venger, pour leur jouer un bon tour, par caprice. Pour des histoires auxquelles tu ne crois pas, pour des chansons que tu as oubliées, pour des aventures que tu n'as jamais vécues.

— Pour des mensonges.

— Qu'est-ce que ça peut te faire ? » Il lui a saisi les mains qu'elle essayait de lui enlever, il les a attrapées et retenues. « Dis que ce sont des mensonges si ça te plaît, si tu te sens mieux en le disant. Je ne t'ai menti qu'une seule fois, quand j'ai dit que je n'étais pas fait pour n'aimer qu'une seule femme. À l'époque, nous avons été assez sots pour le croire, tous les deux. Maintenant, je sais que c'est faux.

— Tu sais que tu veux apaiser ta conscience, et moi je sais que tu as pitié de moi, parce que moi aussi, j'ai une histoire triste à raconter…

— Je sais que j'ai besoin de toi, qu'il a dit. J'ai besoin de me faire passer le goût du Pays des Elfes. » Et sur ces mots, il l'a embrassée avec une telle férocité que j'ai été toute gênée de les regarder faire. Quand il l'a lâchée, elle est restée là, tremblante, rougissant et pâlissant tour à tour. « Ta façon de faire la cour est un peu rude pour te gagner le cœur des filles, qu'elle a dit. Dans le temps, tu étais plus subtil, mon cher et charmant Thomas. Si ce sont là les manières que tu as apprises au Pays des Elfes, je pense que tu devrais y retourner et nous laisser tranquilles, nous autres. Au revoir, Meg, merci pour le thé.

— Elspeth, attends… »

Elle avait raison. Il s'y serait mieux pris sept ans plus tôt ; il lui aurait demandé pardon, aurait cherché à savoir ce qu'elle voulait ; il l'aurait flattée, taquinée, cajolée pour la plier à sa volonté. Qui aurait pu penser qu'aujourd'hui elle regretterait d'entendre la vérité ?

« Elspeth, je t'en prie… » Il a cherché à lui barrer le chemin de la porte.

Mais elle a dirigé droit sur lui son terrible regard et il l'a laissée passer.

Puis Gavin a franchi la porte que Thomas tenait ouverte, planté sur le seuil, le visage au vent. « Que le diable t'emporte, a grogné mon bonhomme, t'es pas un peu crétin pour laisser le froid entrer ainsi ? À quoi tu penses, mon garçon ? C'était Elspeth, non, que j'ai vue descendre la colline ? »

Thomas n'a pas bougé, cramponné au chambranle comme s'il avait peur de tomber. « Ne me posez plus de questions.

— C'est-y que tu lui as parlé, Thomas, mon gars ?

— Ne me posez plus de questions ! »

Je me suis approchée de Gavin et je l'ai serré dans mes bras, enfonçant la figure dans la cape en laine rugueuse qu'il avait tissée lui-même et qui sentait le mouton, le froid, la bruyère et Gavin.

Tom nous a regardés, mais il refusait de parler. J'ai posé de quoi manger sur la table, mais il y a même pas touché. Il est resté à regarder par la fenêtre, les deux mains crispées sur le chambranle ; et il avait pris encore une fois cet air dément de quelqu'un qui écoute intensément, à croire qu'il entendait vraiment des cors de chasse alors que c'était juste le vent soufflant à travers les bruyères.

Si jamais un homme a eu besoin d'être seul, c'était le Rimeur à ce moment précis. Alors on a même pas essayé de l'arrêter quand il est sorti de notre maison, emportant sa cape et son chagrin. Mais quand la nuit est tombée, si noire, sans qu'il ait redonné signe de vie, on a commencé à s'inquiéter et on a décidé de se mettre à sa recherche s'il était pas de retour au matin. C'est comme ça qu'au moment où perçaient les premières lueurs de l'aube, on a pris nos capes, nos bâtons, de quoi manger et on est partis vers les Monts d'Eildon. Le ciel était chargé de nuages gris comme de l'étain. La laîche emperlée de rosée et les minuscules ruisseaux cachés trempaient l'ourlet de ma robe. Mais les collines offraient un ravissant spectacle. On avançait lentement, mais sûrement, et Gavin m'aidait à franchir les passages un peu difficiles ; on a pas vu âme qui vive, ni mortel, ni fée, rien que des lapins et des chevreuils rouges, sortis grignoter l'herbe dès la première heure.

On a fini par arriver sur le versant verdoyant, sous l'Arbre d'Eildon. Quelqu'un y était venu peu de temps avant : l'herbe gardait encore les traces d'un corps étendu, imprimé sur les gelées blanches, dans l'ombre glaciale, mais y avait plus personne.

« Je connais un autre endroit », que j'ai dit, alors on a poursuivi notre route à travers les collines jusqu'au Mont Bourach. Y avait pas moyen de savoir s'il y serait, ou même s'il était encore de ce monde. Cela dit, ceux qu'ont réussi à trouver le chemin pour sortir du Pays des Fées sont pas toujours capables de trouver le chemin pour y retourner.

On a retrouvé Thomas pressé contre la paroi du mont, vers l'ouest. Il était recroquevillé sur lui-même, trempé, dégoûtant, et tout en dormant il frissonnait de tous ses membres. Quand on l'a réveillé, il a poussé un cri et au début il nous a parlé comme s'il savait pas qui on était.

Gavin a échangé la cape trempée de Tom contre la sienne qui était bien sèche et moi je lui ai donné à boire. « Ça ne sert à rien, qu'il a marmonné en claquant des dents. Je ne peux pas revenir. Je ne suis plus de votre monde à présent.

— D'où que t'es alors ? que j'ai aboyé, parce que je commençais à être transie jusqu'à la moelle et j'ai jamais pu supporter les gens qui s'apitoient sur eux-mêmes.

— J-j-je n'arrive p-p-plus à trouver le ch-chemin pour r-r-retourner là-b-b-bas – et auc-c-cune mortelle ne v-v-voudra de m-moi tel que je s-s-suis…

— Ça, c'est sûr, crotté et mouillé comme te voilà on dirait un épouvantail qu'on a oublié sous la pluie. De toute façon, il est plus que temps que t'apprennes à te débrouiller tout seul, sans femme, pendant un peu plus d'une semaine !

— Allez, viens, garçon, a dit Gavin. Y a pas moyen de réfléchir quand on a la tête trempée et le ventre vide. »

Et on est rentrés chez nous, tous les trois, cahin-caha.

Même séché et réchauffé, le soir Thomas était toujours d'humeur massacrante et y avait pas moyen de le sortir de là. « Je suis inutile, qu'il nous répondait d'un ton buté. Je suis incapable de. gagner ma vie. Je suis trop vieux pour apprendre un métier et je sais à peine à quoi ressemble une houe…

— Le meilleur joueur de harpe du pays a pas besoin de savoir à quoi ressemble une houe !

— Le meilleur joueur de harpe du pays est fou à lier ! qu'il a craché soudain furieux. Comment voulez-vous que je parle à qui que ce soit à présent ? Comment pourrais-je me présenter devant le roi ou le comte de Dunbar, après sept années d'absence, et leur expliquer où j'étais ? Ils me poseront des questions et je passerai pour un crétin. Je ne supporte pas qu'on se moque de moi, qu'il a ajouté d'un air piteux.

— Qu'on se moque ?! Alors que t'es capable de leur dire d'où viendra la prochaine attaque et quand ?

— Ah oui, je vais pouvoir prédire à chacun le moment de sa mort. Voilà qui devrait ajouter à ma popularité. »

Et ainsi de suite, encore et encore. Vous savez ce que c'est quand les gens veulent se plaindre ; on peut leur donner les meilleurs conseils du monde, c'est rien du tout à côté de leur précieux chagrin, et on peut leur proposer ce qu'on veut, c'est toujours impossible.

Pour finir, je me suis frotté les mains l'une contre l'autre. « Ma foi, Thomas, j'imagine que c'est toi qu'as raison. Vaut mieux, en effet, que tu retournes au Pays des Elfes, oùsque tu seras heureux.

— Mais je ne peux pas, qu'il a répondu boudeur. J'ai essayé…

— Tu pourrais commencer par retirer le sorbier de ta poche », que j'ai dit.

Il a tiré de son vêtement mon pauvre charme. Les brindilles et les baies desséchées étaient toutes tordues et froissées, la laine rouge effilochée. Thomas m'a regardée avec un mélange d'agacement et d'amusement.

« Je doute que ce genre de talisman ait beaucoup de poids auprès de la Reine des Elfes », qu'il a dit en fronçant à moitié les sourcils. Il l'a jeté dans le feu et l'a regardé se consumer et disparaître.

« Je crois bien que tu devrais partir quelque temps, que j'ai dit. Retourner dans le monde et voir si les choses se passent aussi mal que tu le penses. C'est vrai ce qu'on dit, que les prophètes ont pas la vie facile, mais t'es un homme qui a su faire son trou dans plus d'une cour. Sans compter que ton talent de joueur de harpe et de chanteur a pas du tout souffert pendant ton absence. Écris de nouvelles chansons et montre-toi respectueux ; qu'est-ce qu'ils peuvent vouloir de plus ? »

Tom a souri. « On verra. Ça m'éviterait du moins d'apprendre à manier la houe.

— Essaie donc, que j'ai dit. Tu pourras toujours revenir ici. Et comme ça, Elspeth aura le temps de faire le tour de la question.

— Ouais, a dit Gavin désireux de mettre son grain de sel, et toi t'auras le temps de gagner un peu d'argent : personne a envie d'épouser un mendiant.

— Mais elle ne veut pas de moi, a geint Thomas.

— Ah, te fais pas plus bête que t'es, mon garçon, que j'ai vitupéré. Personne voudrait de toi pour le moment : t'es pire qu'un chaton mal noyé qui cherche sa mère. Elspeth a déjà bien assez de ses propres ennuis. Moi, je crois que ce serait excellent que tu la sauves de la famille sur la Crête. Tu crois que tu pourrais trouver un cheval blanc quelque part ? » Il a ri, tout penaud de voir que je me rappelais les propos qu'ils avaient tenus. « Peut-être bien que oui, qu'il a dit. En tout cas, ça vaut la peine de s'échiner dans ce but.

— C'est bien vrai, a dit Gavin, Ça vaut toujours la peine.

— C'est exactement comme les histoires que tu racontes, que j'ai dit d'un air rêveur, les yeux perdus dans le feu. La princesse sur la Colline de Verre, ou bien le Cheval Noir t le fils du Roi d'Irlande… Je dirai à Elspeth que t'es parti chercher fortune.

— Uniquement si elle vous questionne, a dit Tom presque timide.

— C'est une bonne fille, cette petite, malgré ses manières de chipie, a dit mon Gavin. Il est grand temps qu'elle s'établisse et toi aussi, mon gars. »

Comme tant d'entre nous, Thomas le Rimeur connaissait la vérité sur tout sauf sur lui-même. Parmi les hommes, sa musique était toujours appréciée. Ceux à qui il disait qu'il avait séjourné au Pays des Elfes pouvaient le croire ou non, à leur guise. Après avoir fait le coup de poing à plusieurs reprises, Thomas a appris à se carrer sur son siège en souriant quand le sujet venait sur le tapis. De tout façon, personne irait s'imaginer que les rimeurs et les grands musiciens ont toute leur tête – donc un homme comme Thomas avait tout aussi bien pu être transporté au Pays des Elfes qu'ailleurs.

On a su que tout allait bien pour lui quand les gens ont commencé à raconter, même de par chez nous, dans les collines, qu'y avait un nouveau voyant dans le royaume. On disait qu'il avait prédit l'inondation de Wark et le sort du jeune Traquair. Cet été-là, les nouvelles le concernant l'ont précédé de très peu; avant la moisson, Thomas était de retour, chargé de l'or des rois et des princes. Il a pris en fief l'ancienne tour de Leirmont, juste en dehors de la ville d'Ercildàun, sur les domaines du comte de March et Dunbar. Comme son père avant lui, le jeune seigneur était fort ami du Rimeur; son château se trouvait de l'autre côté d'Ercildoun par rapport à la tour de Thomas et celui-ci devait aller y jouer de la harpe chaque fois que l'envie prenait au comte de venir y séjourner. Tout ça, on l'a appris quand Tom est venu nous voir, les mains pleines de cadeaux, le visage reflétant une assurance qu'on lui connaissait pas. Il nous a aussi montré plusieurs longueurs de soie verte, un peigne d'ivoire et un anneau où s'entrelaçaient l'or blanc, l'or rose et l'or jaune.

« Je n'ai pas de cheval blanc, qu'il a dit. Croyez-vous que tout ceci fera l'affaire.

— T'es venu la courtiser, cette petite, pas l'acheter! a gourmandé Gavin.

— Oh, je le sais bien... mais personne n'a envie d'épouser un mendiant! »

Ma foi, le premier jour, elle l'a souffleté, mais il lui a laissé le peigne. Le second jour, elle lui a jeté le peigne à la figure, mais il a réussi à la faire rire. Et le troisième jour, Elspeth est descendue de la Crête l'anneau au doigt, avec dans les bras le tissu dans lequel elle comptait tailler sa robe de mariée.

« C'est un anneau magique, qu'elle nous a expliqué. Le jour où Thomas me sera infidèle, la pierre qui l'orne deviendra noire et se fendra.

— Mais y a pas de pierre », a fait observer Gavin. Elspeth a souri.

Et Thomas, penché sur le dossier de la chaise de sa promise, a chanté :

Le lys te servira de tablier,
La jonquille de soulier,
Ta robe de chélidoine sera faite,
Et tes gants de douces violettes.
Si je veille les nuits d'hiver,
Si je vide autant de verres,
Si je m'en vais partout courtiser,
Mon pauvre cœur va se briser.
Bon vent par là, m'amie,
Et meilleur encore par ici,
Bon vent, m'amour, jusque dans tes bras,
Que je voudrais y être déjà !

Ou encore :

Oh elle ne voulait rien dire, cruelle fille,
Elle ne voulait dire ni oui, ni non,
Elle n'avait qu'une idée, jarnicoton,
Rester assise à tirer l'aiguille.

Avant la fin de l'année, Elspeth s'était remise à coudre et Thomas chantait des berceuses.

Et voilà où on en est, à présent : entre les enfants, leurs nourrices et tous les gens qui viennent de partout, quelquefois même d'aussi loin que Skye, pour interroger le Rimeur, la tour de Leirmont n'est jamais vide. On aime guère tout ce tohu-bohu, nous deux Gavin ; ce qui nous rend heureux, c'est quand les enfants montent chez nous pour jouer. Thomas dit que c'est bon pour ses marmots d'apprendre un métier utile ; et faut bien dire qu'à eux tous, les petits mignons savent faire le pain, tisser et conduire les moutons suffisamment bien pour être la fierté de n'importe quelle ferme.

Mais si les hivers doivent continuer à refroidir ici, dans les collines, peut-être bien qu'on finira par aller vivre dans cette chambre qui nous attend dans la tour, à ce que disent Tom et Elspeth, avec le feu déjà allumé et le lit de plumes déjà fait.

QUATRIÈME PARTIE

Elspeth

La vie si brève, le savoir-faire si long à acquérir,
L'assaut si rude, la conquête si ardue,
La joie terrible qui toujours transperce de désir,
Voilà ce que j'entends par Amour...
Geoffrey CHAUCER, « The Parliament of Fowls »

« ERSYLTON. *Omnibus has literas visuris vel audituris Thomas de Ercildoun filius et heres Thomae Rymour de Ercildoun salutem in Domino...* »
Charte octroyée par le fils et héritier de Thomas d'Erceldoun à la Trinity House de Soltra.

CES TEMPS-CI, RIEN OU PRESQUE ne parvient à faire rire Thomas. Mais une curieuse nouvelle vient de nous parvenir du village et je veux qu'il l'entende. Notre jeune Tam est parti rendre visite aux moines de Melrose, auprès de qui il a reçu son instruction.

Voilà un garçon qui sait lire et écrire, mais je me demande vraiment où il a été pêcher ses notions de la bienséance : pour autant que je sache, aucune des règles de la courtoisie ne l'oblige à passer ici ses journées entières, à regarder mourir son père, uniquement parce que c'est lui qui va hériter de Leirmont. Je sais que la fin est prochaine à présent, alors je veux bien croire que je me montre avare des instants que je peux passer seule avec Thomas. Jamais je n'ai été si cruellement frappée par la mort de quelqu'un, pas même par celle de mes bébés. Avec chaque jour qui passe, je vois mon époux s'affaiblir davantage, je vois disparaître l'essence de tout ce qui fait qu'il est mien, à mesure que la maladie l'oblige à se replier sur lui-même et à mobiliser toutes ses forces pour rester humain.

Son visage est mort le premier : les expressions si vives et si changeantes se sont figées dans un masque de stoïque endurance, le regard légèrement assombri, égaré vers un horizon lointain et inimaginable où la douleur n'existe pas.

Nos plus jeunes fils, Evin et Kay, me sont d'un grand réconfort, bien que leur façon de m'aider, comme ils disent, consiste surtout à lâcher des plateaux chargés de nourriture et à laisser déborder des possets – ils pensent à autre chose, voyez-vous : à la nature de la vie, à ce que diront leurs camarades, à leur genou écorché, à une fille qui leur a souri hier et qui leur sourira peut-être encore demain. Plutôt les voir ainsi que plongés dans un véritable chagrin d'adulte.

Je me dis que quand tout sera fini, je dormirai, je pleurerai, je ferai tout ce que l'on fait d'ordinaire en pareil cas. Je m'efforce d'être, le plus longtemps possible, fidèle à moi-même, ou plutôt au meilleur de moi-même, exactement comme le fait Thomas – comment pourrai-je lui offrir moins qu'il ne m'offre ? J'éprouve toujours du plaisir à me trouver en sa compagnie, rien d'autre, ne serait-ce que pour le regarder dormir, ou pour parler, sachant qu'il m'écoute.

Je préfère passer une heure avec Tom le Rimeur qu'une année avec n'importe qui d'autre. C'est le duc de Cauldshield qui a dit ces mots un jour. Moi, pour une telle heure, je donnerais bien mon espoir d'aller un jour au ciel.

J'aimerais pouvoir déloger l'unique fausse note qui résonne dans ma tête comme un vilain air de danse discordant qu'on ne parvient pas à chasser : Thomas va repartir. Il va me quitter et cette fois pour ne plus revenir. Dieu sait qu'il n'a pas envie de s'en aller. C'est un voyage qui ne promet aucun plaisir et quant à savoir ce qui l'attend au bout du chemin, Thomas le Sincère lui-même ne saurait le dire. Nous avons toujours été soulagés de constater que son don de double vue ne s'étendait pas à la mort d'un d'entre nous. Meg et Gavin eux-mêmes sont partis sans préavis ; Tom en a su assez pour se trouver auprès d'eux à la fin, mais c'est tout. Pourtant, une nuit, voilà de cela un an, il s'est tourné vers moi, dans notre lit douillet, et il m'a dit.

« Tu me verras mourir, Elspeth. Pardonne-moi, mais je m'en réjouis. »

Et pour la première fois depuis vingt ans, je l'ai traité de menteur.

Oh, Dieu sait que je l'ai tourmenté, à force de vouloir savoir. Je pensais, voyez-vous, qu'il n'y avait rien que je ne fusse capable de supporter ; je me disais que s'il savait quelque chose, je pouvais partager ce savoir… Je voulais tout partager avec lui, ses fardeaux comme ses joies, par amour et aussi pour lui prouver que j'étais aussi forte que lui, même si je n'avais pas été bénie par la Reine des Elfes – que j'avais moi aussi des forces et de solides connaissances.

Et je me suis promis que jamais je ne lui reprocherais de dire la vérité, car je savais que d'autres femmes l'auraient fait, et je voulais me montrer telle que j'avais toujours été, il le reconnaissait lui-même : une femme différente de toutes les autres.

Mais c'était comme l'histoire du mari de la femme-phoque, l'histoire où il promet de ne jamais la frapper, mais où il finit, bien sûr, par le faire – enfin ce n'était pas exactement la même chose, parce que Thomas n'a pas disparu après s'être transformé en phoque ; mais c'était quand même pareil en ce sens qu'il est impossible de tenir des serments grandiloquents dans la vie de tous les jours. Donc, au fil des ans, j'en suis venue à faire toutes ces choses que je m'étais juré de ne jamais faire, et je les ai faites non pas une mais de nombreuses fois… mais c'est là, je pense, la différence entre les contes et la vie réelle : dans les contes, rien n'est inattendu – et dans la vie réelle, les imprudences n'ont pas des résultats aussi catastrophiques, même si l'on verse tout autant de larmes.

Nous n'étions pas mariés depuis deux ans que Tom a été appelé auprès du roi à Roxburgh, et cette fois, j'y suis allée avec lui. Dieu sait qu'il m'en a coûté de laisser mon petit Tam tout seul avec sa nourrice, mais j'avais grande envie de voyager, car je venais juste de faire une fausse couche et l'hiver m'avait paru long. Il n'empêche que je me rongeais à l'idée de quitter notre enfant jusqu'au moment où Thomas s'est écrié : « Oh, cesse donc, Elspeth, tout ira très bien ! Tam ne souffrira pas le moins du monde en notre absence. »

J'ai bien failli me retourner pour lui répondre vertement, en le taxant d'indifférence, mais je me suis rappelé à temps que Thomas ne parlait pas pour ne rien dire – ou plutôt que même s'il n'avait pas mûrement réfléchi, ses paroles concernant l'avenir avaient un certain poids. Alors je me suis occupée de faire mes paquets le cœur joyeux ; j'étais certaine que l'on se moquerait de mes robes à la cour, mais je parvenais presque à m'en soucier comme d'une guigne : elles étaient faites de bonne toile, ces robes, et leurs couleurs étaient jolies... et puis mon mari était Thomas le Rimeur. Qu'ils rient donc, tous ces gens, s'ils n'avaient rien de mieux à faire.

Roxburgh n'était qu'à une journée de voyage, à dos de cheval, à travers un paysage verdoyant. Les corneilles et les mouettes suivaient les sillons de terre rouge que venait de retourner le laboureur et nous avancions en sifflant joyeusement. Ah, que j'aimais donc monter à cheval ! Notre monture n'était guère qu'un vieux cheval de bataille que nous avait prêté le comte, aussi large qu'une table de cuisine, mais je me sentais si bien sur sa croupe, les deux bras autour de la taille de Thomas, à regarder défiler le monde. Nous avons vu enfin les hautes murailles de la cité royale dresser leur grisaille devant nous, à travers les bois verdâtres, et notre coursier, aiguillonné par les coups de talon de Thomas, a pris une sorte de faux galop tout à fait dépourvu d'enthousiasme.

Sur tous les murs, on voyait des toiles peintes, ainsi que d'autres tissées en France. Les pierres elles-mêmes étaient peintes. Oh, certes, nous avions tendu des tissus dans notre tour, pour faire obstacle aux courants d'air, et les murs du château de monseigneur le comte étaient cachés par des tentures ornementées, mais celles que je voyais à présent surpassaient tout ce que j'avais pu voir jusque-là : elles représentaient des forêts et des fontaines, des dames, des saints, des prophètes et des monstres… C'était comme de passer devant d'anciennes histoires. Tandis qu'on nous conduisait jusqu'à notre chambre, j'ai saisi le bras de Thomas et chuchoté : « Tom ! Combien coûtent toutes ces toiles ?

— Très cher, m'a-t-il répondu tandis que nous passions devant une tapisserie masquant une porte.

— Regarde ! me suis-je exclamée. On voit le visage du garçon se refléter dans l'eau de la fontaine, parfaitement tissé. »

Tom a posé sa main sur la mienne pour m'entraîner loin de cette image. « Le garçon en question, a-t-il déclaré, médite sur la vanité et tu devrais bien en faire autant. »

Quel n'a pas été mon enchantement en constatant que notre chambre aussi avait sa toile peinte : une licorne en train de désempoisonner un ruisseau en y trempant sa corne, sous l'œil intéressé de toutes sortes d'animaux étranges tels que griffons, lions batailleurs et j'en passe… tandis que sur les rideaux de notre lit se reproduisait un motif de colombes et de feuilles de lierre ! Quelqu'un avait monté nos bagages. J'ai rangé nos habits dans le coffre prévu à cet effet, agréablement parfumé pour le printemps avec un baume au citron, même si l'odeur hivernale de la tanaisie, destinée à combattre les mites, s'attardait encore dans les coins.

Puis j'ai foncé sur le lit de plumes floconneux et je m'y suis jetée. « C'est de la crème ! me suis-je écriée en m'y roulant. C'est un nuage !

— Chercherais-tu à me faire perdre mon empire sur moi-même ? s'est enquis Tom en faisant tinter les anneaux auxquels les rideaux étaient accrochés.

— Comment pourrais-tu perdre quelque chose que tu n'as jamais eu ? ai-je demandé avant d'ajouter, le visage presque enfoncé sous son bras pour contempler la charmille tissée de colombes et de lierre : Tom, quand le roi te demandera comment il peut te récompenser, ne pourrais-tu pas pour une fois le prier de te céder les rideaux de ce lit ?

— Ah, non, pas de colombes, s'est écrié Tom. Ça me rend nerveux.

— Ferme les yeux. Ou alors pose-les sur quelque chose de moins... pigeonnant.

— Ton décolleté, par exemple.

— Sois sage. Alors, cette tapisserie ?

— Tu me fais penser à la femme du pêcheur... pourquoi ne pas demander le château entier pendant que tu y es ?

— Mais ce n'est qu'une jolie tenture... il en a tellement...

— Moi, j'aimerais mieux lui demander un peu de terre.

— De terre ! Mais qu'est-ce que tu en ferais – tu la labourerais ? me suis-je esclaffée.

— Petite sotte ! Quelqu'un d'autre la labourera pour moi. Et moi, je toucherai les loyers. Et je la transmettrai à Tam, ou bien je la diviserai pour doter nos filles... Nous ne pouvons pas vivre éternellement dans une tour des largesses des grands seigneurs – ou bien nous finirons par ne plus rien avoir à manger que du gibier et des tapisseries !

— Moi, je pourrais.

— J'ai l'impression que ta cervelle aussi est garnie de plumes, comme ce lit. Mais je n'ai pas l'intention de demander une terre pour le moment. Les nobles ne sont pas encore assez sûrs de moi ; ils ne savent pas à quel point je suis inoffensif. Je ne veux pas semer le désordre.

— Tu badines ? Croient-ils vraiment que tu peux constituer une menace pour eux ?

— Je suis bel et bien une menace. Je pourrais obtenir un pouvoir bien plus grand que je ne le désire. Mais comment sauraient ils que je ne le désire pas. Ce soir, je jouerai pour eux – c'est une occupation qui me donne toujours l'air humble – à moins que certains d'entre eux ne se rappellent Tristan en train de jouer de la harpe devant le roi Marc.

— Ou David devant Saül. Vas-tu leur jouer la nouvelle chanson ?

— "La dame du lac" ? Pas encore – ils croiraient que je me vante de mon voyage au Pays des Elfes.

— Pourquoi ? Elle n'a rien à voir avec le Pays des Elfes !

— Tu oublies qu'il y est question d'ondines brandissant des épées.

— Mais ce n'est pas juste ! N'importe quel rimeur…

— Bienvenue à la cour ! » a lancé Thomas en gloussant de rire.

Pour la révérence, je me suis assez bien débrouillée, à ce que je pense ; en tout cas, personne n'a ri. Je me suis efforcée de ne pas écarquiller les yeux – ou plutôt, je les ai écarquillés, mais en m'efforçant de ne pas le laisser voir. Dans la grande salle où siégeait le roi, on se bousculait autant qu'à la Foire de la Saint-Michel ; certains mangeaient, d'autres servaient, d'autres encore se donnaient en spectacle. Dans un coin, des musiciens jouaient de la vielle, mais on les entendait à peine sous le vacarme que faisaient les chiens, les bruits de vaisselle et la conversation. J'ai songé à Thomas avec dix ans de moins, s'échinant pour se signaler à l'attention du roi, et j'en ai frissonné pour lui ; la tâche avait été bien plus ingrate qu'il ne nous l'avait dit.

Le roi nous a alors adressé quelques mots de bienvenue, tandis que j'essayais de teinter mon sourire de tout le respect qui s'imposait. Puis j'ai tourné les yeux vers son épouse, la reine venue de France, assise à ses côtés. Elle n'était plus jeune, bien sûr, mais elle portait une coiffe somptueuse et son maintien était d'une rare élégance. Je reconnais que la coupe de ma robe n'avait rien à voir avec celle des dames qui l'entouraient, mais mon brocart couleur de cuivre avait bel aspect et je n'avais pas honte de me présenter devant toute cette assemblée.

Je savais que la reine avait été bonne pour Thomas ; traité en favori, il avait joué de la harpe pour elle et ses dames, dans ses appartements. Je me suis aperçue à cette occasion qu'elle était libre de choisir ses musiciens et que la prestance de mon mari l'avait peut-être aidé à se faire une place auprès d'elle.

« Venez donc ici, mon enfant », m'a-t-elle dit. Elle s'exprimait avec un si curieux accent que j'ai failli ne pas comprendre ; puis j'ai cru qu'elle s'adressait à Thomas jusqu'au moment où il m'a poussée vers elle. J'ai fait une nouvelle révérence, à tout hasard.

« Avez-vous fait bon voyage ? Les routes n'étaient point trop boueuses ? Et la chambre qu'on vous a donnée, vous plaît-elle ?

— Oui, Madame, Votre Majesté. » Grand Dieu ! Je ne savais pas du tout comment on devait s'adresser à une reine quand on lui parlait en face ! Elle n'a pas paru offensée, cependant, donc j'avais dû tomber juste – ou en tout cas pas trop loin du mot voulu.

« Et vous chantez aussi et jouez de la harpe, comme Thomas ?

— Oh non, Madame. Je suis – ma foi – je suis fille de fermier. » Chez moi, c'est quand même un état plus reluisant que musicien ambulant, mais pour la première fois je me suis dit que ce n'était peut-être pas vrai partout. « J'ai épousé Thomas au moment des moissons, pas les dernières, celle d'avant.

— Vous avez des enfants ?

— Un, Madame. (Comment diable Tom s'adressait-il à elle dans les histoires qu'il nous avait racontées ?) Nous avons un petit garçon, Majesté (oui, c'était ça !), et si Dieu le veut, nous en aurons d'autres. »

Elle se signa. Elle avait des doigts épais que ses nombreuses bagues ne faisaient rien pour affiner.

« Que Dieu lui prête force et santé. Vous avez choisi un bon mari. L'union a-t-elle été arrangée par votre père ?

— Non, Majesté. »

Pour la première fois, la reine paraissait me regarder comme si j'étais vraiment quelqu'un de nouveau et non plus un de ces innombrables visages avec qui elle avait eu cette même conversation des dizaines de fois auparavant. Cela ne me plaisait pas outre mesure : son regard avait quelque chose d'avide et de perçant, j'avais l'impression d'être scrutée, puis piquée avec la pointe d'une fine aiguille.

« Les femmes de votre région sont célèbres pour leurs tissages, a-t-elle repris.

— Certaines, oui. » Mais pas moi. La dame qui se tenait debout derrière la reine s'est penchée pour lui murmurer quelque chose à l'oreille et elle a souri.

« Vous avez choisi un bon mari, a-t-elle répété. Beaucoup vous l'envieront. Bien rares sont celles qui ont su lui dire non. »

Faute de savoir par quoi le remplacer, j'ai gardé mon sourire niais plaqué sur mon visage. J'avais envie de vomir, comme si elle venait de m'assener un coup dans le ventre – et que je n'étais pas en mesure de répondre. Elle pensait que je m'étais enfuie avec lui, ou qu'il m'avait séduite et avait donc été obligé de m'épouser ; elle s'imaginait que je n'avais ni dot, ni compétences. Comment lui parler du peigne d'ivoire et de l'anneau d'or tressé ? Je n'ai rien trouvé à dire ni à faire hormis sourire, alors j'ai continué. Je ne crois même pas qu'elle cherchait à me blesser – mais si c'était le cas, je n'avais pourtant rien fait pour le mériter !

Et puis j'ai senti Thomas tout contre moi et j'ai compris ce qu'éprouvait Tam quand il tombait et que je le ramassais : quoi qu'il ait pu se passer, devait-il se dire, maintenant tout va bien, je suis en sécurité. J'ai pris le bras de mon mari et, en dépit des mots dédaigneux et des regards furtifs qui se sont échangés, je l'ai senti chaleureux et solide auprès de moi.

« Thomas, a dit la reine, soyez encore une fois le bienvenu à notre cour. »

Il s'est incliné en la remerciant. « Je suis heureux de revoir Votre Majesté. »

Les sourcils haussés, elle a attendu qu'il en dise plus long avant de répondre. Mais il n'avait rien d'autre à ajouter. Elle a laissé échapper son souffle qu'elle retenait. « Nous avons entendu raconter toutes sortes de prodiges à votre sujet, Thomas. Vous voici pourvu de dons qui vont bien au-delà de ceux que vous possédiez, la musique et les rimes. Il paraît même que vous avez joué de la harpe au Pays des Elfes.

— D'aucuns le disent, en effet, a éludé Tom habilement.

— Et puis, je vous félicite d'avoir trouvé une si charmante épouse.

— Je remercie Votre Majesté. Elspeth n'était guère plus qu'une enfant quand j'ai fait sa connaissance. Nous avons toujours été d'excellents amis. » J'ai senti en moi un nœud, dont je ne soupçonnais même pas l'existence, se défaire et disparaître. Et la reine m'a adressé un sourire plus cordial. « Vous êtes resté trop longtemps absent, Thomas.

— Madame, si je l'avais pu je serais venu plus tôt. Je n'oublie pas la chanson d'amour combattant les affirmations mensongères de Sir Lionel quant à l'infidélité des femmes, que j'avais promis de tenir prête pour la Noël... J'espère bien que vous n'aviez pas précisé de quel Noël il s'agissait, sans quoi je suis parjure et déshonoré !

— Hélas ! s'est écriée la reine toute joyeuse. Sir Lionel est parti s'établir dans le Nord avec une riche héritière ; ses opinions sur l'amour n'ont plus aucun intérêt.

— La perte n'est pas grande, a fait remarquer Thomas. Mais quand j'aurai satisfait le roi votre époux au sujet de ses affaires, peut-être Votre Majesté m'autorisera-t-elle à lui chanter les nouvelles chansons que j'ai à lui proposer. »

Le sourire qu'elle lui a adressé paraissait émaner d'une autre personne tant il reflétait de plaisir limpide et sans complications. « Oui. Je veux les entendre. »

Je mourais de faim et j'aurais bien voulu que l'entretien se terminât afin de pouvoir aller m'asseoir parmi les convives. Sous les odeurs que dégageaient les gens et les chiens, je décelais quelques effluves de viandes et d'épices qui me mettaient l'eau à la bouche. Du coin de l'œil, je voyais une procession de plats défiler en direction des tables, chargés de toute une variété de mets hauts en couleur.

« Chers amis, nous a dit alors la reine française comme si elle lisait dans ma pensée, vous devez être bien las et aussi bien affamés. Je manque singulièrement de courtoisie en vous retenant ici à bavarder, même si je me réjouis de retrouver un vieil ami.

— Madame – et Thomas s'est incliné une fois de plus – je suis enchanté de l'entendre. »

Encore une fois, elle a paru attendre quelques mots de plus. Cette fois, elle s'est écriée : « Ah, cher Rimeur, on dirait que les années ont émoussé votre langue… ou bien est-ce votre vie au milieu des gens sédentaires, des… fermiers et des villageois, qui vous a changé ?

— Ni l'un, ni l'autre, Madame », a-t-il été obligé de répondre. Et soudain rien n'allait plus, et ma main sur son bras est devenue une véritable serre d'aigle tandis que je sentais sourdre en moi une volonté farouche de le protéger.

Toujours aussi curieuse, notre reine a repris d'un ton moitié moqueur : « Je ne puis imaginer que la cour des Elfes soit un lieu si barbare que vous y ayez appris de pareilles manières. Répondiez-vous donc aux seigneurs féeriques de la sorte ? »

Je crois sincèrement qu'elle ne songeait point à mal : c'était une femme qui n'avait guère de plomb dans la cervelle, habituée à l'indulgence et à la déférence universelles. Mais j'ai senti tout le corps de Thomas se raidir contre la vérité prête à franchir ses lèvres. Il lui faudrait un peu de temps pour apprendre de nouveau l'art de détourner les questions directes par des réponses anodines ; il se laissait encore surprendre et restait figé entre la parole et le silence.

C'est donc moi qui ai répondu pour lui : « Majesté, mon mari n'est pas tout à fait bien portant. Il a eu de la fièvre avant notre départ et je crains que le trajet ne l'ait beaucoup fatigué. » Aussitôt la reine s'est montrée fort contrite. Nous nous sommes inclinés encore une fois et quelqu'un nous a conduit jusqu'aux places qu'on nous avait réservées à une table assez éloignée de la table royale. « Reine ou pas reine, ai-je marmonné à l'oreille de Thomas, elle est idiote. » Il m'a serré la main très fort, sans répondre. Mais sur son visage s'est épanoui un sourire ravi et malicieux : j'avais proféré un excellent mensonge, digne de la cour, à ce qu'il m'a semblé.

Nous étions assis entre le secrétaire d'un seigneur, désireux de parler de chasse au loup, et un petit homme maigrelet qui ne songeait qu'à manger – il ne cessait de me regarder à la dérobée, comme s'il avait peur que je ne fusse témoin de sa voracité. Mais de mon côté, j'étais moi aussi bien trop occupée à savourer mon dîner. Nous n'avons pas eu droit à tous les plats présentés à la table des souverains, mais il y avait néanmoins beaucoup plus de viande et de safran que je n'avais l'habitude d'en voir au cours d'un même repas, fût-ce un repas de noce ou un des banquets du comte.

J'ai entendu Thomas dire au jeune secrétaire plein d'enthousiasme : « Il n'y aura pas de loups dans les monts de Lammermuirs cet automne ; il faudra aller plus loin pour vos chasses.

— Vous n'y pensez pas, a rétorqué le jeune homme. L'automne dernier ils sont arrivés par dizaines.

— Cette année, c'est différent.

— Vous paraissez bien sûr de vous. Quel est donc votre état, m'avez-vous dit, joueur de harpe ? Aimeriez-vous risquer un petit pari à ce sujet ?

— Balivernes ! ai-je lancé, m'arrachant un instant à ma tourte aux pommes, saupoudrée de cannelle. Ta femme pense que c'est une excellente idée ; j'ai toute confiance en toi, mon amour. Et vous, messire, vous viendrez à la tour de Leirmont, à Ercildoun, nous apporter une peau de loup, et nous vous offrirons – ou non – un festin pour votre peine. »

(Plus tard, dans notre chambre, Thomas a déclaré :

« Tu es sacrément rapace quand on te lâche dans le monde.

— Les nobles te paient tes prophéties, leurs laquais peuvent en faire autant, non ? Sans compter qu'il m'a plu, ce garçon. Je serais ravie de l'accueillir chez nous.

— C'est uniquement parce que tu ne connais pas encore ce genre d'homme. Je t'assure qu'ici on en voit des douzaines de son acabit. »

Mais en l'occurrence Thomas nous sous-estimait l'un et l'autre, car Duncan est devenu un de nos bons amis ; les enfants l'aiment bien et il est parvenu à convaincre Iain qu'il pouvait apprendre à lire sans se transformer instantanément en moine. Et maintenant que son seigneur et protecteur a été élevé à une position très influente, il vient chez nous pour d'autres raisons que la chasse au loup.)

Bientôt, les plats ont cessé d'arriver à profusion ; le festin semblait tirer à sa fin et, au centre de la salle, les acrobates avaient commencé leurs singeries personnellement ce n'était pas le genre de culbutes que j'avais envie de voir alors que je venais de manger, mais sans doute les courtisans avaient-ils des estomacs plus solides que le mien.

Thomas a attendu qu'un autre chanteur se soit produit, remplacé par quelques danseurs, un chien savant et des sonneurs de cloches, avant de proposer ses services – c'était par pure courtoisie qu'il évitait ainsi toute comparaison directe avec son camarade. On a fait mander sa harpe, puis il s'est assis tout seul au milieu de la salle, face au couple royal. Je l'avais vu chanter chez nous, bien sûr, et dans le château du comte, mais jamais devant une assistance si nombreuse. Je ne sais pas s'il avait peur, mais moi je tremblais.

Il a commencé par un air de harpe et bientôt un silence s'est établi dans la salle plus complet que tout ce qu'on avait pu entendre jusque-là. À mesure que la nuit tombait, on a allumé des flambeaux. Quand l'air a pris fin, un murmure a parcouru les tables : chacun y est allé de son commentaire, ceux qui se souvenaient de lui, ceux qui l'avaient vu lors de ses récents voyages, ceux qui n'avaient fait qu'entendre ce qu'on racontait de lui. J'ai trouvé qu'il ressemblait à un prince des Elfes, assis au centre de la salle, à la lumière des flambeaux, ses longues mains posées sur sa harpe, ses cheveux sur les épaules, les yeux perdus dans le vague… mais cela dit, je n'ai jamais vu de véritable prince des Elfes.

Ensuite, il a chanté un air très simple, une petite chanson campagnarde, au sujet de deux amoureux qui se retrouvent. J'ai cru comprendre que certains ménestrels ne veulent pas faire entendre des œuvrettes aussi simples dans les cours des nobles, mais Thomas, lui, l'a toujours fait. Puis, pour se mettre en valeur, il leur a chanté un extrait de sa chanson sur Tristan. À ce moment-là, je ne songeais plus qu'à me délecter de sa musique, comme toutes les personnes présentes, si bien que je n'avais plus peur du tout. Le petit bonhomme à côté de moi avait cessé de faire des boulettes avec la mie de son pain pour écouter sans bouger. La reine contemplait Thomas avec un plaisir évident.

Il avait changé d'avis en ce qui concernait « La dame du lac ».

Madame, vos paroles sont dures et sévères
Et votre cœur est un cœur de pierre,
Car avec une épée nue franchir ces eaux
Est au-dessus des forces du plus grand héros.
De la main, elle a frappé la surface des ondes,
Créant un tourbillon d'eau vagabonde :
Ah, vas-tu donc être un félon rebelle
Ou seras-tu mon chevalier fidèle ?
Dans ma main, tu as pris, dit la dame,
Cette ceinture et aussi cette lame,
Entends-tu donc être un chevalier poltron,

Perdant courage et tournant les talons ?
Dans ma main, tu as pris, sache-le donc,
Tout ce qu'il y a de beau, tout ce qu'il y a de bon,
Entends-tu donc être un chevalier peureux,
Voué à l'échec comme tous ces malheureux ?

La chanson était fort longue. L'histoire, tout le monde la connaissait, mais Thomas l'avait modifiée à son idée : désormais la fée amante du jeune roi était aussi la mère de son chevalier favori et elle prédisait son avenir à chacun : l'épouse du jeune roi deviendrait bientôt amoureuse du chevalier et causerait leur perte à tous trois. Mais les deux hommes, on le sait, ne prirent pas garde à ces prédictions. La chanson de Thomas, toutefois, s'arrêtait bien avant. Elle prenait fin, de façon très soudaine, quand la dame disait au chevalier :

Dans ta main voltigera ta lame prospère,
La feuille sur l'arbre n'est pas plus légère
Mais avant de pousser ton dernier soupir
Vers moi de nouveau tu devras accourir.

Le jeune secrétaire lui-même est resté bouche bée, sous le charme de la chanson. Quand Tom a eu fini de jouer, c'est le page du roi qui lui a apporté une coupe de vin de la table royale. En revanche, le petit homme assis à ma droite a paru fort agité.

« Était-ce vraiment sage, a-t-il dit sans que je puisse deviner s'il s'adressait à la tablée entière ou à moi en particulier, était-ce vraiment sage de leur dire des choses pareilles ?

— La musique vous a plu ? ai-je demandé pour essayer d'élucider la chose.

— Oui, bien sûr, a-t-il aboyé avec nervosité. Mais votre mari en sait plus long qu'il ne dit. »

J'étais intriguée, mais j'avais encore l'œil sur Thomas. « C'est un peu le cas de tout le monde, non ?

— Il n'est pas trop fier pour mettre à profit ce qu'il sait, ce qui en soi est déjà une marque d'orgueil. Vous me direz que ce n'est que de la musique – soit, il faut l'espérer.

— Y a-t-il du danger à faire une chanson sur une ancienne histoire d'amour ?

— Oh pas le moins du monde – ou plutôt de ce monde-ci. Mais écoutez-moi bien, madame – brusquement il a avancé vers la mienne sa petite figure pointue, il me faisait penser à un rat musqué – il y a des collines où il vaut mieux ne pas creuser de mines.

— Je crois, ai-je dit froidement, car, pour dire vrai, il commençait à me faire peur, que vous exagérez. » Thomas n'était-il pas à l'abri du mal ? Loin de lui imposer le silence, la Reine des Elfes lui avait donné le pouvoir de dire toujours la vérité.

« Peut-être, a répondu l'homme presque dans un murmure. Mais moi aussi, je les ai vus et ils ne sont pas bons. »

Jamais je n'ai parlé de lui à Thomas ; j'en avais l'intention, mais de fil en aiguille, le sujet n'a jamais été abordé. Quand Tom est revenu s'asseoir à mes côtés, le petit bonhomme s'était de nouveau absorbé dans ses boulettes de mie de pain. Il ressemblait à une feuille morte, alors que Thomas respirait la santé et la force, réjoui par les louanges et les faveurs du roi, transporté par la musique que lui dictaient son cœur et ses mains.

Le lendemain, le roi l'a envoyé chercher pour le questionner sur le sort de son ennemi, le jeune roi d'Angleterre. Je craignais un peu que la reine ne me fît quérir, moi aussi, avec une égale courtoisie – me fiant aux histoires que racontait Tom, je l'imaginais occupée à tirer l'aiguille toute la sainte journée et Dieu sait que j'avais ma part de ce genre de travaux à la maison – mais on m'a laissée tranquille. J'ai déambulé à travers les salles, pour contempler les tableaux, inventant des histoires quand je ne savais pas de quoi il était question. Il n'y a eu qu'un seul contretemps : une femme bien vêtue m'a arrêtée, en me saisissant le poignet, et m'a attirée dans l'embrasure d'une fenêtre.

« J'ai besoin d'un charme ! m'a-t-elle dit d'un ton suppliant, sans même me souhaiter le bonjour.

— Quel genre de charme ?

— Vous savez bien. Faites qu'il m'aime de nouveau comme avant. »

J'ai dû me mordre les lèvres pour ne pas éclater de rire. « Je crois que vous me prenez pour quelqu'un d'autre.

— Non, je vous connais, vous êtes la femme du Rimeur.

— En effet, je suis la femme du Rimeur, pas une sorcière de bas étage ! ai-je rétorqué d'un ton glacial. Et si vous ennuyez Thomas avec des histoires pareilles, il… ma foi, il se moquera sans doute de vous, ai-je fini en toute candeur avant de reprendre, en voyant sa mine déconfite : Passez votre chemin ; essayez donc de trouver un nouveau parfum ou de prendre un nouvel amant. »

Thomas a beaucoup ri quand je lui ai raconté la scène.

« Tu verras que nous finirons par faire de toi une sage parmi les sages ! Tu lui as donné un conseil plus valable que ceux que j'ai donnés au roi. Il n'arrêtait pas de me demander : "Que faut-il faire ?" et moi de répondre : "Je n'en sais rien." Donc, je ne deviendrai pas, après tout, le devin de la cour et je m'en réjouis fort. » Par la fenêtre percée dans l'épaisse muraille, il a regardé les collines vers l'ouest. « J'aimerais rentrer chez nous bientôt. »

J'ai pris ses mains dans les miennes. « Tout l'or du roi et toutes ses louanges ne te plaisent donc pas ?

— Non, a-t-il dit, je ne me sens pas à l'aise à la cour. »

Aussi avons-nous regagné notre chère et solide tour, laissant ceux qui avaient besoin de nous venir nous y trouver ; quand le comte de March et Dunbar séjournait sur ses terres, nous nous rendions dans son château de l'autre côté de la ville pour y faire de la musique et deviser. Je parle du jeune comte, bien sûr, et non de son père qui avait été le premier à récompenser Thomas quand il était venu chanter par ici. Le jeune March est un homme actif et joyeux qui se laisse volontiers taquiner quand je lui reproche de ne pas avoir de tapisseries.

Ce sont là d'heureux souvenirs qui fournissent la trame. de nos conversations quand nous conversons. Il en est d'autres que je n'aborde pas, celui-ci par exemple : une deuxième fois, j'ai cru avoir perdu Thomas. Le souvenir de ces instants m'est doux en comparaison de ceux que je vis à présent, ce n'est qu'une brillante pacotille d'incompréhension, un jouet dont s'amuse la mémoire, Je le garde pour moi et je crois que Thomas a fini par prendre son parti de ce qui s'est passé. Il me connaît mieux que quiconque au monde, mais il y a quand même des choses que j'ai pensées et vues où Thomas le Sincère lui-même n'a pas à mettre le nez.

C'était à l'époque de la Saint-Martin, sous la neige, du temps où Tam n'était encore qu'un petit enfant : une bande de cavaliers armés est arrivée dans notre cour. Étant donné le désordre qui régnait alors dans le pays, on était habitué à voir les voyageurs se déplacer sous la protection d'importantes escortes. J'étais occupée à coudre dans mes appartements, car en ma qualité de dame de céans, c'était à moi qu'il incombait de former mes servantes aux tâches ménagères, encore que la plupart d'entre elles eussent des doigts plus agiles que les miens ! Nous chantions en travaillant. Bets venait de terminer la chemise que je lui avais donnée à faire et voulait prendre la mienne pour la finir aussi ; au moment où elle essayait de me l'ôter des mains, nous avons entendu en bas un bruit de sabots assourdis par la neige.

Je n'ai pas levé les yeux ; il y avait de fortes chances pour que ce fût le comte de Dunbar, car j'avais entendu dire qu'il était revenu de Jedburgh où il avait été faire sa cour au roi (il adorait venir s'asseoir au coin de notre feu pour échapper à tout le remue-ménage que suscitait inévitablement son retour au château). Mais Bets a bondi sur ses pieds pour aller regarder par la fenêtre. « Oh, Madame, quelles jolies couleurs ! » s'est-elle écriée, me laissant maîtresse de ma chemise. Victoire inutile, car dès que je me suis approchée à mon tour de la fenêtre, nous avons toutes oublié nos travaux d'aiguille.

Ne les avais-je pas déjà vus, ce vert et ce jaune que l'on retrouvait sur les casaques, les bannières et le harnachement des chevaux ? Si, sûrement. Peut-être dans la grande salle des banquets de Roxburgh, où nous étions allés rendre hommage au duc et écouter les chants. Je connais les couleurs des amis qui nous visitent souvent ; mais à Roxburgh, il y en avait eu un tel déploiement qu'on se serait crus à la fête des teinturiers, et on m'avait cité tant de noms que j'avais eu le plus grand mal à ne pas tout mélanger.

« Descends vite à la cuisine, dis-je à Bets, et dis-leur de commencer à faire chauffer des boissons pour nos invités, et toi, Nan, va dire à Willie d'allumer une grande flambée dans la salle d'honneur et de faire de son mieux pour s'occuper des chevaux. Je descends les accueillir à l'instant, dès que j'aurais mis une coiffe propre. »

J'ai trouvé Thomas dans notre chambre, en train de jouer avec le petit Tam, son fils et héritier, un bambin de six ans mignon et déluré qui n'avait pas son pareil pour me soutirer des gâteaux par ses cajoleries… et pourtant même à cet âge si tendre, il montrait déjà une certaine gravité. Thomas et lui étaient en train de fabriquer un nouveau pays à l'aide de notre lit de plumes.

« Mets-le en tas, a ordonné Thomas, voilà… comme ça nous avons une belle montagne et ici, nous pouvons faire couler la rivière dans sa vallée.

— Une rivière avec de la vraie eau, Papa ?

— Comment, tu veux donc mouiller le lit ? »

J'aurais pu lui dire qu'à cette seule idée, le petit serait convulsé de rire et qu'il n'y aurait plus moyen de lui faire entendre raison. Mais j'étais occupée à ajuster mon bonnet.

« Il est de travers, a dit Thomas sans même se retourner.

— Eh bien, redresse-le. » En le voyant vautré sur le lit, les cheveux en bataille, parfaitement à l'aise, j'ai regretté l'arrivée des visiteurs et la nécessité de mettre une coiffe propre. Mais ses doigts obligeants m'ont rendu le service requis.

« Tom, ai-je demandé, qu'est-ce qui est jaune et vert ?

— Le poison, a-t-il répondu, et les serpents. Ne bouge pas.

— Non, ce n'est pas une devinette. Il y a des hommes dans la cour. Aïe !

— C'est toi qui vas mouiller le lit ! a hurlé Tam en se tortillant comme un ver.

— C'est Errol », a dit Thomas.

J'ai foudroyé mon époux du regard, pour avoir mis le petit dans cet état, mais Tom ne regardait pas son fils, ni moi non plus d'ailleurs. Il avait son regard de Seconde Vue, tourné vers l'intérieur ; son visage était tendu, les traits tirés comme s'il s'agissait de mauvaises nouvelles. Quand il Voyait, son visage était toujours aussi limpide que le cristal. Je lui ai touché la joue, elle était froide.

« Tom, ai-je dit, il faut que je descende les accueillir. »

Brusquement, il s'est retourné pour bondir sur le petit Tam. « Au secours ! Un géant ravage la contrée ! » Ensemble ils ont écrasé la montagne en se roulant dessus.

« Tom ! » Je cherchais à attirer son attention et je savais qu'il m'écoutait, même s'il faisait semblant de ne rien entendre. « Je descends trouver Errol ; toi, tu es libre de venir ou de rester ici, comme tu voudras, car je suis bien sûre que c'est toi qu'il veut voir et non pas moi. »

Il a levé un bras, comme pour m'attirer dans la mêlée. « Reste aussi. Que le comte d'Errol t'envoie chercher et se fasse annoncer, comme il appartient de le faire à un grand seigneur.

— Tom, ai-je protesté en élevant la voix pour couvrir les éclats de rire de Tam, je ne peux pas. Dans nos régions, cela passe pour un manque de courtoisie. Rappelle-toi que l'épouse du duc en personne est venue nous accueillir dans sa grande salle. Voudrais-tu que je me donne de plus grands airs qu'elle ? » Je n'étais pas très sûre, voyez-vous, de ce qu'il convenait de faire. Sept années de mariage, ce n'était pas bien long pour apprendre à être l'épouse du Rimeur, maîtresse de la demeure d'un devin.

Thomas n'avait pas l'habitude de paraître ainsi frappé par l'arrivée d'un visiteur. Si je ne l'avais pas vu faire le fou avec son fils, j'aurais même été inquiète. La venue d'Errol éveillait en lui de la crainte ou du déplaisir. Depuis qu'il était revenu de cet Autre Lieu, et même depuis notre mariage, il lui était arrivé de partir en voyage, pour se rendre à la cour ou dans un château. Et s'il y avait des dames et des princes que sa langue sincère offensait, il y en avait beaucoup plus qui comprenaient combien elle était utile, car il pouvait leur dire ce qu'ils voulaient savoir tout autant que ce qu'ils ne voulaient pas entendre.

Ils avaient donc commencé à se rendre jusqu'à notre tour d'Ercildoun, afin de consulter le Rimeur, aussi loin que sa vérité voudrait bien les entraîner. Certains repartaient contents, d'autres désolés, et d'autres encore simplement déroutés par ses réponses sibyllines. Car, disait Thomas, il répondrait à n'importe quelle question par la vérité, pourvu qu'il eût envie d'y répondre – mais il ne disait pas toujours tout ce qu'il savait. Une fois seulement un homme avait refusé de repartir. L'épisode avait été assez effrayant, car nous nous étions retrouvés assiégés par Sir John Adorn qui voulait emmener mon mari avec lui pour en faire son devin personnel. Mais Tom lui avait prédit de si grands malheurs qu'il avait d'abord été prêt à nous tuer sans plus attendre ; pour finir, il avait perdu courage, heureusement, et il s'était enfui, maudissant jusqu'aux pierres qui nous entouraient. Et le comte de Marchet Dunbar l'avait pourchassé à travers les collines, ne lui laissant que juste assez d'hommes pour faire savoir à tous ce qui arrivait aux gens qui entendaient contraindre le Rimeur à leur obéir.

Si la venue d'Errol avait représenté un pareil danger, Tom l'aurait su d'avance et me l'aurait dit. Quel que fût l'événement qu'il paraissait redouter, aucun de nous n'était directement menacé. Ce qui ne m'a pas empêchée de lui prendre la main pour le tirer hors du lit. « Tom. Descends avec moi. »

Le petit Tam a cherché à se cramponner à nous tels que nous étions, avec la couette et la courte-pointe entre nous, mais je l'ai envoyé retrouver sa nourrice et j'ai descendu l'escalier en tenant fermement son père par la main.

Bien sûr, j'aurais pu demander sans ambages à Thomas ce qu'il avait (ou il aurait pu me le dire de lui-même !). Quelques années plus tôt, je n'y aurais pas réfléchi à deux fois avant d'exiger une réponse. Mais j'avais appris à respecter les silences du Rimeur ; ce n'est pas une mince affaire, en effet, de poser des questions à un homme qui ne peut répondre que la vérité.

Notre petite salle d'honneur n'avait rien de comparable avec celles du roi ou du comte. Pour le moment, elle paraissait pleine à craquer d'hommes encore tout crottés après leur chevauchée, qui tentaient de se réchauffer grâce à la flambée et aux boissons chaudes que leur avaient offertes nos gens. Leur livrée vert et jaune paraissait étrangement printanière au cœur de l'hiver ; on avait l'impression qu'une bande de joyeux drilles fêtant le Premier Mai s'était égarée hors du temps.

Les voyageurs se sont retournés pour nous regarder entrer, avec un mélange de courtoisie et de curiosité. Je nous ai vus tels qu'ils devaient nous voir : un grand homme en pleine santé, aux cheveux sombres, dont le visage juvénile contrastait avec le poids du savoir qu'on lisait dans ses yeux ; et à ses côtés une femme rousse, au visage aigu, à la coiffe impeccablement droite – j'ai résisté à l'envie de tirer dessus pour m'en assurer. Thomas m'a regardée soudain et m'a souri, comme pour me dire qu'elle était en effet bien droite. Je me demande si tous les maris possèdent ce petit talent. Peut-être que oui, quand même, car je sais fort bien, moi qui vous parle, ce que Thomas a en tête sans le lui demander, et je n'ai pas le don de double vue.

« Soyez les bienvenus sous notre toit, ai-je dit à la cantonade, vous tous qui arrivez en paix. »

Comme le blé se séparant sous la caresse du vent, les hommes se sont écartés pour nous laisser voir celui qui se tenait le plus près de l'âtre. Je m'attendais à reconnaître le redoutable Lord Errol, mais je n'ai vu qu'un jeune garçon, aux cheveux noirs, à la belle ossature.

« Madame, a-t-il dit, je vous rends grâces de votre courtoisie. » Il avait un maintien altier, un manteau bordé de fourrure. « J'apporte à Thomas le Rimeur, devin d'Ercildoun, et à sa dame les salutations du comte d'Errol. » En l'entendant parler, je l'ai jugé plus âgé que je ne l'avais cru tout d'abord : quatorze ou quinze ans, peut-être, tout juste l'âge d'être l'envoyé d'un seigneur.

J'ai senti que Thomas, à côté de moi, restait comme pétrifié. Je lui ai jeté un bref coup d'œil à la dérobée, sans me faire remarquer, et mon cœur aussi s'est changé en pierre, car il contemplait fixement le jeune homme avec une espèce d'horreur. Personne d'autre que moi ne s'en est aperçu, car nul ne sait lire comme moi son attitude et l'expression de son visage; là où tout autre n'aurait vu qu'un homme accueillant solennellement un invité, j'avais l'impression d'entendre un cri d'alarme.

C'est donc moi qui ai remercié le garçon, permettant à Tom de garder un silence plein de dignité. Je ne savais pas si je devais être fâchée contre lui ou bel et bien effrayée, en sorte que je me suis simplement efforcée de remplir tous mes devoirs d'hôtesse. J'ai appris que l'émissaire d'Errol avait apporté du gibier fraîchement occis afin de nourrir ses gens et j'ai donné ordre de lui préparer une chambre dans notre demeure. Il a consenti à envoyer ses hommes loger au village, plutôt que de les faire dormir dans notre salle.

« Fort bien, ai-je dit une fois toutes les dispositions prises. Dans ce cas, si vous le voulez bien, donnez-vous la peine d'attendre ici, euh… messire », ai-je terminé gauchement. Messager encore inexpérimenté, il avait oublié de me donner son nom.

Remarquant mon hésitation, il a été prompt à en comprendre la raison. Il a haussé le menton, cachant son embarras sous un air hautain. « Je suis Hugh Drummond Carnegie, fils de Lord Errol. Mon père vous envoie des présents et souhaite me voir demander conseil au Rimeur.

— Vous êtes le bienvenu », ai-je répété, brusquement frappée par la conviction que je l'avais déjà vu. Pourtant, c'était impossible : dans mon idée, celui dont j'avais gardé ce vague souvenir, sans savoir de qui il s'agissait, n'était pas plus jeune que le fils d'Errol et peut-être même plus âgé. Cela me démangeait comme un bouton que l'on n'arrive pas tout à fait à atteindre. Ce n'était pas ce garçon-là, alors, mais un de ses parents ? Non, nous ne connaissions pas d'autres Errol, pas de Drummond, non plus d'ailleurs que de Carnegie.

Je ne pouvais, à cet instant précis, questionner Thomas à ce sujet. J'ai donc pris congé du jeune Errol et, empoignant fermement le bras de mon mari, je l'ai entraîné hors de la pièce. « Tu vois ! ai-je soufflé dès la porte fermée. C'est le propre fils d'Errol, venu s'abriter sous notre toit en toute loyauté ! Tu n'as rien à craindre, si noirs soient les secrets que tu caches en toi. Alors quitte donc ton air d'hermine aux abois et tâche d'être poli ce soir ! »

Thomas a redressé la tête pour me regarder de très haut. « Ai-je dit que je m'inquiétais ? S'il y avait le moindre danger, chère âme, je te le dirais. »

Je lui ai lancé un regard torve. Croyait-il que je n'étais pas capable de voir ce que j'avais sous le nez parce que je n'étais pas devin ? Mais j'ai tenu ma langue et j'ai filé à la cuisine surveiller la préparation du dîner qui, en lieu et place des modestes tourtes prévues pour notre maisonnée, venait en un clin d'œil de se transformer en festin de gibier pour une nombreuse compagnie.

Ce ne sont pas les distractions qui ont manqué au jeune Errol, à ce qu'il m'a semblé. Le soir, une fois la table dressée, notre cher fils est arrivé dans la salle avec le jeune visiteur dans son sillage, bavardant comme une pie. Tam était lancé dans une histoire concernant Toby, poney mythique qu'il hébergeait depuis des années dans les écuries de son imagination et qu'il avait chevauché par monts et par vaux. Errol prenait fort bien la chose : « Les chevaux, certes, sont plus grand que les poneys, l'ai-je entendu remarquer en passant près de moi, mais cela ne veut pas dire qu'ils sont nécessairement plus vaillants.

— Toby saute tous les obstacles que je veux, a déclaré Tam. Je lui donne toujours des pommes. Votre cheval aussi croque des pommes ? Le mien adore ça. »

Le fils d'Errol a souri dans sa barbe et aussitôt ma mémoire infidèle m'a piquée comme un moucheron. Cet air de secret amusement, je le connaissais... mais à qui donc le fils d'un comte pouvait-il me faire penser ? Je me demandais en outre si l'imagination débordante de notre fils ne risquait pas de ternir le don de son père. Des pommes, et puis quoi encore ! Tam a conduit Hugh d'Errol jusqu'à la table où j'étais assise et l'a fort correctement fait asseoir à ma droite d'un air si grave et si courtois que j'ai eu du mal à ne pas sourire en le voyant si différent de ce qu'il était d'habitude. Notre fils a servi à table avec les autres pages, tout comme l'avait fait, très certainement, le jeune Errol à la table de son père – mais il était bien étrange, en vérité, de voir d'aussi belles manières chez un fils de ménestrel et de fermiers ! Et qui lui venaient si naturellement en plus. Tam a attendu que son père soit assis avant de courir chercher le vin.

J'ai regardé Thomas avec angoisse, mais son humeur affolée semblait l'avoir quitté ; il s'est montré agréable et affable comme doit l'être un hôte digne de ce nom. La viande qu'avaient apportée les hommes d'Errol était excellente ; je me suis dit qu'il fallait en garder un peu pour l'envoyer à Meg et Gavin qui n'avaient pas souvent l'occasion de goûter pareil régal.

Quand Errol a détourné la tête, j'ai vu qu'un ruban bleu était tressé dans une mèche de ses cheveux. Sans être sûre que je faisais bien, je n'ai pu m'empêcher de l'admirer. Le garçon a rougi.

« Oui, a-t-il dit de sa voix qui grimpait encore facilement dans l'aigu. Il me vient de ma… cousine. Lady Elizabeth Drummond. Elle m'en a fait cadeau pour le voyage. »

Un nœud d'amour ! me suis-je dit. J'en avais entendu parler par les chansons, mais jamais je n'avais vu quelqu'un en porter un. Errol me paraissait bien jeune pour s'adonner à ce genre de jeux galants.

« Un jeune chevalier, a dit Thomas d'un ton suave, porte volontiers la faveur d'une dame quand il part à l'aventure. »

Puisqu'il l'avait dit, c'était forcément vrai – et d'ailleurs, le visage du garçon s'est éclairé à cette idée. Peut-être avait-il la tête farcie d'exploits chevaleresques plutôt que de jeux amoureux.

Elizabeth Drummond… me suis-je dit et aussitôt j'ai lâché sans réfléchir : « Mais je la connais ! » Allons bon, voilà que je me mettais à dire tout ce qui me passait par la tête, moi aussi, je ne valais pas mieux que Thomas. Mais c'était vrai que je la connaissais. Je l'avais rencontrée à l'abbaye de Melrose, quand nous y étions allés pour la semaine sainte ; elle s'y trouvait, fort sobrement vêtue, à l'occasion de je ne sais quel pèlerinage. C'était une jeune fille qui savait ce qu'elle voulait, tranquille et ferme, avec d'immenses yeux gris et d'épais sourcils noirs. Mais ce n'était plus une enfant. « Elle est nettement plus… » ai-je commencé avant de me mordre la langue. Nettement plus âgée que ce jeune seigneur. Pouvait-il vraiment en être amoureux.

« C'est une beauté », a-t-il affirmé en tâchant de prendre une voix caverneuse. Thomas m'a souri et j'étais capable de lire son sourire aussi facilement qu'un prêtre lit un livre : Vois-tu combien il est difficile de ravaler la vérité quand elle te crève les yeux ? Comme je ne pouvais pas quand même pas lui tirer la langue, je me suis contentée de le dévisager en plissant les yeux. Il a fait semblant de ne rien remarquer et il a déclaré tout haut, toujours de ce même ton suave : « Maître Hugh est fiancé à Lady Elizabeth. »

Notre invité l'a regardé, quelque peu étonné, et j'ai lu clairement sur son visage que pour la première fois il se rendait compte que Thomas avait vraiment un savoir spécial. « Elle vient d'hériter de terres voisines de celles que ma mère avait en dot, a-t-il expliqué. C'est cela que je suis venu vous demander…

— Je sais, a interrompu Thomas brusquement, mais pas maintenant. »

Le voilà qui s'était mis à ressembler au ciel au-dessus des montagnes ! D'un instant à l'autre, on passait du grand soleil aux nuées d'encre. Notre hôte aurait pu croire que c'était là le propre des devins ; moi, je savais fort bien qu'il n'en était rien et j'ai entrepris de relancer la conversation, laissant Tom s'arranger comme il le voudrait de sa propre grossièreté.

Cela m'a valu d'apprendre que Hugh avait cinq sœurs encore en vie, une de sa propre mère et quatre autres issues du second mariage de son père. Je ne m'étonnais plus de savoir qu'Errol voulait l'unir à Elizabeth Drummond : toute question de dot mise à part, il était temps d'assurer un héritier à son fils, sinon l'un des enfants du mari de sa fille risquait fort de s'approprier les terres de la famille.

Et Tam, de quoi hériterait-il ? J'ai regardé notre fils, de l'autre côté de la salle, plein de santé et d'intelligence, Dieu soit loué. Depuis sa naissance, j'avais perdu deux bébés, mais une fille, Megan, égayait présentement la chambre des enfants où chacun la gâtait. Du moins, je l'espérais. J'ai contemplé le fils unique d'Errol et un brusque frisson m'a parcouru. C'était un jouvenceau si petit, si délicat, avec au fond de lui un esprit brûlant de tous ses feux.

« Thomas, ai-je soudain lancé, je dois monter voir Megan. J'en ai pour un instant. »

Il a posé sa main sur la mienne. « Elle dort », a-t-il dit.

Connaît-il la destinée de nos enfants ? Peut-être ne s'est-il jamais posé la question. Quant à moi, j'ai dû la ravaler plus d'une fois ; vais-je la formuler avant qu'il ne meure ? Me répondra-t-il ?

« Tom, ai-je repris d'un ton agité, que fait donc Tam avec ce chien ? »

Il a ouvert la bouche pour répondre, puis il l'a refermée, avant de dire finalement : « Tu vois bien qu'il lui donne des restes. Il me semble que c'est son préféré… Cavil, c'est ça ?

— Caval, ai-je corrigé automatiquement. Je sais. J'ai parlé pour ne rien dire. Pardonne-moi.

— Ce n'est pas à toi de faire pardonner ma mauvaise humeur, a-t-il dit doucement.

— Tam ! » J'ai épanché mes émotions par un cri. Aussitôt, mon fils a bondi sur ses pieds pour venir me trouver. « Tu n'as pas à t'occuper des chiens quand nos invités manquent de vin. » Et j'ai fourré un gâteau dans sa petite main chaude.

À la fin du souper, les hommes d'armes d'Errol ont sollicité la permission de distraire la compagnie. Nous avions fait venir un violoneux du village, pour accompagner le festin, mais nous sommes toujours désireux d'entendre la musique des autres régions, si bien que nous avons écouté avec plaisir la chanson d'un de nos visiteurs : elle racontait comment l'homme qui vit dans la lune, étant tombé amoureux, avait chu dans l'espace. Tous les amis du chanteur l'avaient déjà entendue, mais ils ont été ravis de voir à quel point elle plaisait à nos gens. Seul mon petit Tam s'est endormi, la tête sur le ventre du chien, qui se soulevait doucement à chaque respiration. Un autre garçon a réclamé un violon sur lequel il a joué un air mélancolique. Regardant mon mari à la dérobée, j'ai vu sur son visage son expression de ménestrel – absorbé, mais l'œil vif – je pense qu'il essayait de retenir l'air. Puis un troisième gaillard s'est levé et nous a régalés d'une gigue bondissante très spectaculaire qu'il avait apprise dans le Nord. J'ai applaudi de plaisir et aussitôt, s'inclinant devant moi, il a recommencé !

Je dois dire que j'ai été surprise de voir qu'ils avaient encore la force de se distraire ainsi après une journée entière à cheval. Mais ils ont continué, pour la plus grande joie de nos servantes et serviteurs. Peut-être espéraient-ils que Tom proposerait de jouer quelque chose ? J'aurais pu leur dire qu'il n'était pas d'humeur à toucher sa harpe. D'ailleurs, j'étais prête à me lever pour marquer la fin des agapes lorsqu'un homme, enhardi par notre vin, a hélé son jeune seigneur : « Voyons, Errol ! Et votre harpe, alors, vous n'en jouez pas ? »

Tom s'est tourné avec brusquerie vers le jeune homme qui a paru affreusement mal à l'aise, et pour cause. Il s'est aussitôt ressaisi, toutefois, pour répondre à son vassal : « Ma harpe se trouve là où je l'ai laissée, chez mon père. Nous n'avons donc pas apporté assez de bagages pour t'occuper pleinement, Davey ? »

Les hommes se sont esclaffés ; à l'évidence, le jeune lord était aimé par ses compagnons et il n'avait certes pas sa langue dans sa poche, du moment qu'il n'était pas question de femmes. L'affaire en serait restée là si mon Thomas n'était intervenu : « J'ai une harpe à vous prêter. »

Le garçon lui-même a compris qu'il s'agissait d'un défi. J'ai serré les lèvres ; Tom ne perdait rien pour attendre ! Si mauvais que fussent ses rapports avec les seigneurs d'Errol, il n'avait pas à s'en venger sur ce jeune homme qui ne lui avait jamais fait de mal.

Hugh d'Errol a ouvert la bouche pour riposter, il a réfléchi un instant, puis il a dit en choisissant ses mots avec soin : « Comment pourrais-je avoir l'outrecuidance de jouer de la harpe chez vous, messire ?

— En effet, a reconnu Thomas d'un ton suave, comment ? »

Errol a relevé la tête d'un cran. Il avait beau être de petite taille, il avait une façon de vous lever le menton un peu trop haut qui lui donnait l'air de toiser les gens, alors qu'en fait il était obligé de lever les yeux vers eux. « Mais si vous m'en priez, a-t-il déclaré, je m'exécuterai volontiers.

— Fort bien, a dit Thomas avant d'ajouter assez fort pour être entendu de toute l'assistance. Vous allez pouvoir choisir entre plusieurs harpes, car chacune convient à une main différente. »

Nos gens sont partis chercher les instruments; les hommes d'Errol avaient l'air ravis, si bien que je me suis dit : Il doit jouer avec habileté, c'est certain ! Quant à moi, je ne trouvais plus rien à dire : j'avais l'impression que ma grande salle s'était transformée en lice pour un tournoi... Je me sentais soudain à peine chez moi, je ne comprenais guère où Thomas voulait en venir. Je n'étais ni effrayée ni courroucée; j'avais l'impression de m'entendre raconter une histoire. Pour me réconforter, je me dis que quoi qu'il advienne, l'affaire serait bientôt terminée et Errol aurait repris la route. Ce n'était pas un crime de plonger quelqu'un dans l'embarras – même si c'était bien près de manquer aux lois de l'hospitalité. Mais Thomas n'avait pas dans sa jeunesse été habitué comme nous à observer strictement ces lois – je voyais soudain en lui l'exilé, le vagabond qui n'avait connu que trop de salles différentes.

On a apporté les harpes. Il n'en avait demandé que deux, bien qu'il en possédât davantage. L'une était un instrument tout neuf, d'assez grande taille, dans le style nouveau… et l'autre était l'ancienne harpe de sa vie itinérante. Je me la rappelais fort bien : c'était celle qu'il possédait quand je l'avais connu et sur laquelle il avait joué à son retour du Pays des Elfes.

Sans un regard pour l'autre, Errol a choisi la vieille harpe et s'est mis à l'accorder. Il savait fort bien s'y prendre, à l'inverse de nombreux chevaliers qui ne sont capables que de jouer un air ou deux pour plaire aux dames. Lorsqu'elle a été tout à fait prête, cependant, et que le silence s'est fait dans la salle pour l'écouter, il a tendu la harpe à Thomas en disant :

« Ne voulez-vous pas nous faire l'honneur, messire ? »

Il ne manquait pas de toupet, en tout cas. Car c'est toujours celui qui joue le mieux qui passe en second. Thomas a tendu la main vers la harpe, mais uniquement pour la remettre d'aplomb ; pendant un bref instant, ils l'ont tenue tous les deux, aucun ne se décidant à la prendre ni à la lâcher. D'un air provocateur, à présent, le garçon a déclaré : « Quand j'étais petit, j'ai souvent entendu ma mère vanter votre talent de harpiste, quand vous jouiez à la cour. »

Thomas a levé le menton, les yeux baissés vers notre visiteur, lequel pour ne pas être en reste a encore haussé le sien d'un cran, et au même instant j'ai vu ce que je ne parvenais pas à me rappeler : ces deux mains sur la harpe ;

ces deux mentons dressés, ces deux nez un peu trop longs, ces regards impérieux, ils étaient identiques.

J'ai laissé échapper un bruit minuscule, puis je me suis figée.

« Jouez donc, vous », a dit Thomas.

Personne en dehors de nous trois ne se doutait du défi que représentaient ces paroles. Les hommes d'Errol étaient contents de voir leur seigneur recevoir des compliments et des honneurs. Errol s'est assis, il a serré la harpe contre lui – elle paraissait plus grande contre son corps gracile qu'entre les bras de Tom – puis il a égrené quelques notes.

À ma grande surprise, je me suis aussitôt rendu compte que l'instrument sonnait différemment sous ses mains. Il a fait entendre un autre fragment musical, lentement, comme s'il l'entendait en rêve, mais bientôt la musique a pris forme – c'était un air que je connaissais, mais que je n'avais encore jamais entendu jouer ainsi, c'était un peu comme la même scène racontée par deux hommes différents : Ys engloutie. Errol jouait avec lenteur et patience, éprouvant les résonances des murs et du plafond, titillant les auditeurs par les intervalles entre ses notes. Puis la houle a commencé à s'enfler, les cloches de la cité à sonner et il s'est mis à pincer les cordes avec une passion juvénile, amenant presque une discordance dans les ultimes cris perçants des mouettes et sonnant comme un glas le fracas des vagues sur lequel se clôt l'œuvre.

Dans le silence qui a salué la fin du morceau, il a secoué la tête pour rejeter en arrière une mèche de cheveux sombres comme si c'était son unique préoccupation. Personne n'a bougé. Le garçon a levé les yeux vers Thomas.

« Savez-vous chanter aussi ? a demandé ce dernier.

— Quelquefois », a répondu Errol.

Sa voix s'est légèrement cassée en disant cela. Ce qui ne l'a pas empêché de commencer aussitôt un nouvel air de harpe, un accompagnement allègre et bien rythmé sur lequel il s'est mis à chanter d'une voix sourde, mais fort juste :

Jeanneton est assise là-haut dans sa charmille,
Un peigne d'or orne sa chevelure,
À Carterhaugh les feuilles vertes brillent,
Que j'aimerais être dans la ramure !
Pour cueillir une rose, à peine tend-elle la main,
Entre ses doigts barbares tordant sa longue tige,
Que le jeune Tam Lin, débusqué comme un daim,
S'écrie : Belle dame, cessez, rien ne vous y oblige.

Il y a eu alors quelques remous un peu gênés parmi l'auditoire. « C'est une chanson de mauvais augure à chanter chez le Rimeur », ai-je entendu quelqu'un dire. Car nous connaissons tous la chanson de Tam Lin, le jeune chevalier sauvé par Janet de Carterhaugh, qui portait en elle l'enfant de Tam sauvé de la Reine des Elfes qui le tenait sous son charme.

Ah, qu'elle est douce cette autre contrée,
Mais c'est un séjour bien sévère,
Car au bout de sept années,
Il faut payer la dîme à l'enfer,

Sept années, me suis-je dit – et tout à coup, au lieu d'écouter l'histoire, j'ai eu l'impression de m'y trouver mêlée. Car cela faisait sept années révolues que nous étions mariés. Et au bout de sept années… J'ai eu froid, et même plus que froid. Qui était ce garçon ? On le disait fils d'Errol, mais qui était sa mère ? Une dame de quelle cour ?

Les gens qui ne regardaient pas le chanteur étaient tournés vers Thomas, car on se demandait comment il allait réagir. Il a écouté calmement, comme s'il s'agissait du tout-venant des ménestrels chantant une chanson anodine.

Belle dame, laissez d'abord passer le noir,
Et puis laissez passer aussi cet alezan,
Car pour être proche de la ville ce soir
Je monterai le beau coursier blanc ;
Ayant été sur terre le maître d'un manoir,
Je ne dois pas être traité en manant.

C'est quand je me suis aperçue que je m'étais laissé captiver par la chanson et que je ne pensais qu'à Janet et Tam Lin, croyant voir à minuit la procession des fées faisant tinter les clochettes ornant les brides de leurs chevaux, au lieu de la grande salle de ma propre demeure, que j'ai su que le garçon avait hérité du talent de son père.

Elle a d'abord laissé passer le cheval noir,
Puis elle a aussi laissé passer l'alezan ;
Et courant vite, elle a su faire choir
Le cavalier du coursier blanc.

Le son de la harpe est devenu plus riche, les accords plus profonds et plus harmonieux. Thomas s'était mis à jouer.

Ils ont continué ensemble ; le garçon chantait en jouant et Thomas l'accompagnait, les cadences graves et les harmonies aiguës de la grande harpe se fondant et s'entrelaçant avec ceux de la petite. Jamais je n'avais rien entendu de pareil et je ne pense pas l'entendre une deuxième fois.

Et puis, Thomas s'est mis à chanter à son tour.

Entre ses bras, ils laissent enfin le jouvenceau,
Nu comme au jour où il est né,
Elle l'enveloppe dans son vert manteau,
Et le jeune Tam Lin lui est gagné.

La Reine des Elfes a parlé tout là-haut,
De colère elle est toute saisie :
Ah, vous avez volé le chevalier le plus beau
De toute ma compagnie !
Si j'avais su, Tam Lin, a-t-elle ajouté,
Ce que j'ai appris la nuit dernière,
Ton cœur humain je l'aurais arraché
Et remplacé par un cœur de pierre.

La chanson était achevée, mais les harpes ont continué à résonner. Les deux instrumentistes se sont emparés de la mélodie, explorant ses notes et ses harmonies jusqu'à ce qu'elle soit presque méconnaissable et pourtant toujours présente dans son essence. Aucun des deux ne regardait l'autre ; ils n'en avaient pas besoin. À la fin, comme l'aigle qui dans son vol vertigineux se laisse emporter de plus en plus haut par les vents avant de redescendre lentement planant sur les courants d'air, ils en sont revenus à la mélodie originale, sobre et dépourvue d'ornements. Les deux harpes ont terminé à l'unisson.

Seuls ou par paires, les gens se levaient de table, se souhaitaient bonne nuit à voix presque basse, dans le silence qui avait suivi la musique, et partaient vers leur lit et leur repos comme s'ils étaient déjà en train de rêver. Alors, Errol s'est enfin tourné vers Thomas. Celui-ci, toujours assis à la table dont il avait écarté son siège, avait gardé la grande harpe sur ses genoux et il tenait les yeux baissés. Le garçon l'a regardé longtemps et fixement, ne sachant trop ce qui venait de leur arriver, ne sachant pas non plus quoi dire, abandonné pour une fois par sa faconde de jeune noble. Il a fini par s'aventurer jusqu'à nous et par tendre simplement sa harpe à Thomas.

« Non. » Thomas a paru le contempler de très loin.

« Gardez-la.

— Mais, je…

— Gardez-la. »

Thomas a posé son propre instrument par terre, n'importe comment, laissant à quelqu'un d'autre le soin de le mettre en sûreté. Il s'est levé de table en titubant comme un homme ivre ou épuisé. Mais il a découvert notre fils, Tam, qui dormait, niché contre le chien, et il l'a ramassé avec précaution. Il est resté un moment à le bercer bien serré dans ses bras, puis il l'a emporté au lit.

C'est donc moi qui ai souhaité une bonne nuit au jeune Errol. Il a été à deux doigts de me questionner au sujet de Thomas, je l'ai lu sur son visage, mais je suis heureuse qu'il n'en ait rien fait, car je ne vois pas ce que j'aurais pu lui dire. Mais du moins la magie, cette magie qui habite les véritables ménestrels, l'avait-elle quitté dans sa délicate gaucherie, avec son air d'être lui aussi ensorcelé par Thomas, je n'ai vu en lui que le fils de n'importe quelle mortelle, de n'importe quelle grande dame.

Quand Tom est entré dans notre chambre, j'ai feint de dormir. Il savait que ce n'était pas vrai, mais il est des faux-semblants que Thomas le Sincère lui-même est tenu de respecter. Je n'étais pas en colère ; peut-être le savait-il aussi. Je réfléchissais. Je comptais dans le bon sens, je recomptais en sens inverse. Sept ans auparavant, il était revenu du Pays des Elfes. Il y avait passé sept autres années et c'était deux ans avant cela que j'avais fait sa connaissance. Seize ans. Se pouvait-il que le garçon ait seize ans ? Était-ce arrivé avant ou après la visite de Tom, la première fois que je l'avais rencontré à flanc de colline ?

Pas étonnant que la venue d'Errol l'ait inquiété : l'héritier d'Errol n'était pas le fils d'Errol. Le comte avait été trompé par Thomas et par sa propre épouse. Tom savait à quoi s'en tenir sur cet adultère, même s'il avait ignoré l'existence de l'enfant. Quel genre de dame était-elle ? Était-elle petite et brune, ou bien était-ce le comte qui était brun ? La respiration de Tom était régulière à présent, il dormait. Moi, j'étais tellement agitée que j'en avais mal, mais je ne voulais pas m'étirer, ni me retourner, de peur de le réveiller.

Il ne m'avait pas été fidèle. Tous ces mois où je l'avais attendu chez Meg, un ruban dans les cheveux au cas où il arriverait un jour à l'improviste, il avait couru derrière d'autres femmes. Et puis, il était parti pour le Pays des Elfes, sept années de service, et je ne savais que trop quelle sorte de service.

Je me suis retournée brusquement pour chasser cette pensée. Thomas n'a pas bougé. Bien sûr, je savais qu'il y avait d'autres femmes. Je l'avais toujours su. D'ailleurs, c'était un peu cela qui le rendait si séduisant : de savoir que de nobles dames l'avaient pour amant, mais qu'il revenait se promener dans les collines d'Eildon avec moi. Se promener, certes, mais sans jamais se fixer. Et la reine, la reine de Tam Lin, était aussi celle de Thomas. Mais moi, je savais bien que je n'étais pas la belle Janet. Il m'avait épousée parce qu'il avait eu honte, pitié…

Dans les ténèbres de l'insomnie, tout est possible, le pire paraît le plus probable, on voit tout en noir. Il reposait là, mon Thomas, proche comme le réconfort, lointain comme l'autre rive de la mort, silencieux et perdu dans son sommeil. Je pouvais bien sûr le secouer pour l'éveiller, ou murmurer les questions : « Que s'est-il passé ? Qui est-il ? » Et Thomas, hébété de sommeil, ouvrirait les lèvres et dirait la vérité.

En silence, j'ai tendu les bras vers lui, encerclant son corps assoupi jusqu'à ce que la conscience lui revienne et que sa volonté suive, sans un mot.

Au petit déjeuner, nous avions tous les trois l'air las, Thomas, Hugh et moi. Seul Tam qui avait dormi toute la nuit et la plus grande partie de la soirée précédente, pendant le dîner, était guilleret. Nous lui avons donc laissé le soin d'alimenter la conversation et il s'en est donné à cœur joie.

« Mon Papa, il sait tout…

— Tam, chut !

— Mais si, il sait tout, c'est vrai ! Alors il ne faut lui demander que ce que tu veux vraiment savoir. Et surtout ne lui pose jamais de question si tu ne veux pas connaître la réponse. Tu as un Papa, toi aussi, ou bien est-ce qu'il est déjà mort ? »

Hugh d'Errol s'est signé pour conjurer un tel malheur. « J'en ai un, moi aussi. Je ne suis pas sûr qu'il sache tout, mais quelquefois j'en ai bien l'impression. » Courageusement, il a changé de sujet. « Vas-tu monter ton poney aujourd'hui ?

— Non, je l'ai monté hier au soir. Nous sommes allés en Arabie et nous avons capturé un singe, mais il a réussi à s'échapper. » Ah non, me suis-je dit, pitié, pas le singe. Impossible de supporter le singe aujourd'hui. Ça n'a pas manqué. « Maman, je ne pourrais pas avoir un singe ? La comtesse en a eu un…

— Tu n'es pas comtesse de Mar », ai-je rétorqué fermement. Ça ne le faisait jamais taire bien longtemps.

« Tam, a grommelé son père, si tu continues à tarauder ta mère à propos de ce singe, tu seras obligé de quitter la pièce. C'est compris ?

— Oui, mon père.

— Va jouer avec ta petite sœur. Tu peux lui raconter tout ce que tu voudras.

— Elle ne sait pas répondre.

— Comme ça, c'est encore plus facile, tu ne trouves pas ? »

J'ai adressé une grimace à Thomas. Il était d'humeur massacrante. Je lui avais dit et redit sur tous les tons de ne jamais se moquer des enfants.

Tout à coup il s'est tourné vers notre invité :

« Lord Errol est arrivé à Roxburgh. »

Décontenancé, le jeune Errol a cligné des yeux.

« Je suis en route pour aller le retrouver là-bas.

— Oui. Il est arrivé plus tôt que prévu. Son messager sera ici même cet après-midi, pour vous prier de vous hâter d'aller le rejoindre. Donc, si nous devons évoquer vos projets d'avenir, il vaut mieux le faire tout de suite.

— Tam, ai-je dit à mon fils en lui prenant la main. Viens, allons apprendre à parler à Megan. »

Timidement, Hugh d'Errol est venu frapper à la porte de mes appartements. Il avait quelques présents à me remettre avant de repartir et, si l'on se fiait aux prédictions de Thomas, le messager serait ici sous peu. J'étais assise là toute seule, en train de contempler les champs enneigés, sans le moindre ouvrage entre les mains. Errol m'a offert une pièce de lin pour me faire une robe, des gants, des aiguilles à coudre, un canif à manche de nacre. Son visage rayonnait de triomphe intérieur. Les prophéties du Rimeur concernant son avenir avaient été favorables, à ce qu'il paraissait. Il était si semblable à son père et en même temps il en était si différent : la ressemblance tantôt s'affirmait, tantôt s'estompait; jamais je n'avais vu Thomas aussi aimable que ce jeune homme, débordant de courtoisie un peu gauche. « La prochaine fois que vous verrez Elizabeth Drummond, madame, m'a dit Errol, elle sera ma femme. Et elle me donnera un fils, c'est certain. Vous viendrez au baptême ?

— Non. » C'était Thomas qui venait d'entrer dans la pièce. « Nous n'irons pas. C'est pourquoi je vous apporte dès à présent notre cadeau de baptême. » Il lui a tendu un anneau d'argent tout simple, assez petit pour une main de femme. Je ne l'avais jamais vu.

« Où as-tu… ? ai-je commencé, mais je me suis aussitôt interrompue par pure habitude.

— Rimeur, a protesté Errol, vous m'avez déjà tant donné qu'il ne me paraît…

— Il n'est pas pour vous, a répondu Thomas inexorable, il est pour votre fils. » Il a déposé l'anneau dans la main de Hugh.

J'ai respiré à fond, mais le monde est resté bien sombre. « Thomas, d'où te vient cet anneau ? »

Il m'a adressé un regard lourd de reproches. « Je l'ai eu de la main de Meg, voici sept ans. »

Et jamais mon mari n'a été plus près de me mentir qu'à cet instant-là, c'était ce qu'il pouvait faire de mieux en la matière. Devant notre invité, je n'ai pas voulu insister. Presque aussitôt le messager d'Errol est arrivé de Roxburgh.

J'ai fait servir un frugal repas à toute la compagnie avant le départ. Ils ont mangé debout, déjà tout bottés, car s'ils se hâtaient, ils pourraient atteindre leur destination avant le coucher du soleil. Je ne savais pas ce que je dirais à Thomas quand nous nous retrouverions seuls tous les deux. Que faire d'autre que de l'interroger ? Et lui, quelle ressource avait-il sinon de rester muet ? Or, c'était cela que je ne pouvais supporter. Car, à la lumière du jour, avec mon mari à mes côtés et les quatre solides murailles de notre tour autour de moi, que m'importait de savoir de qui le jeune Errol était le bâtard ? La question qui brûlait au fond de moi, me privant de ma paix intérieure, était la suivante : Pourquoi ne pas me l'avoir dit hier au soir, quand tu as tout su ? Et pourquoi essayait-il de me mentir aujourd'hui ? Jamais, au grand jamais, depuis tant d'années que je le connaissais, je n'avais rien fait qui pût l'empêcher de m'accorder à présent sa confiance dans cette affaire.

Je l'ai regardé. Oubliant de masquer ses émotions, il observait le garçon. Son visage ne reflétait plus la froideur ni une austère réserve, mais laissait apparaître clairement le désir intense et le chagrin. Mon pain s'est émietté entre mes doigts crispés.

Errol tenait la harpe de Tom entre ses bras, il avait son anneau au doigt. Au moment de l'adieu, il s'est tenu devant nous, toujours aussi peu sûr de lui. Il m'a remerciée à profusion comme il convenait, puis il a dit à Tom : « Mon père a envoyé des présents au devin, mais moi je dois offrir le mien au joueur de harpe. » Et il a détaché de sa cape une fibule d'or ornée d'un rubis pour la tendre à mon mari. « Ma mère disait qu'il y avait un sortilège dans votre musique, mais moi, je trouve qu'il y a encore bien plus que cela. »

Thomas a pris le bijou. « Merci. Les éloges d'un authentique harpiste sont aussi rares que bienvenus.

— Je porterai cette fibule sur mon cœur et je n'oublierai jamais celui qui me l'a donnée. »

Je ne suis même pas restée pour voir s'il étreignait son fils avant de le laisser partir. J'ai quitté la Tour du Rimeur, et la ville d'Ercildoun à ses pieds, pour aller courir les collines enneigées comme j'en avais l'habitude quand j'étais jeune fille, avant de m'unir à un homme par les liens du mariage. Le vent qui parcourait le vaste firmament était toujours aussi coupant, les ronces toujours tordues sur le sol en pente. Là-bas au loin, j'ai vu la colonne que formaient les hommes d'Errol, s'éloignant à cheval sur la route de Roxburgh, aussi lumineux et pâles que le printemps lointain. Et je me suis enfoncée encore plus profondément dans la nature, là où il n'y avait plus trace du genre humain. J'ai surpris les chevreuils et mes traces ont croisé celles de la belette, du lapin et du renard.

Quand je suis rentré chez nous, j'étais trempée et j'avais froid. J'avais vu des cristaux de glace servant d'écrin aux églantiers et l'eau noire des ruisseaux courant sous une pellicule argentée de givre. Mes mains étaient marbrées de bleu et de rouge, mes jupes raidies par la glace.

Thomas est venu me trouver alors que je me séchais les pieds devant le feu allumé dans ma chambre. Sans un mot, il s'est agenouillé pour m'aider. Je sentais ses mains puissantes et chaudes à travers la serviette de lin.

Les flammes crépitaient dans l'âtre. Les cheveux de mon mari m'ont effleuré le genou. « Pourquoi ne m'as-tu rien dit ? » ai-je demandé.

Peut-être a-t-il choisi de se méprendre sur le sens de ma question. « Je ne savais pas que j'avais un autre fils. Je ne l'ai su qu'en le voyant. Et toi, tu l'as su dès le dîner.

— Mais tu avais peur, même après l'avoir vu. Et lorsqu'on a sorti les harpes, tu as cherché à l'humilier…

— Non, a-t-il protesté aussitôt. Non, pas du tout. Je voulais simplement voir s'il était… jusqu'à quel point il était vraiment mon fils.

— Eh bien, tu as eu ta réponse. Cela te fait-il plaisir, Thomas ? » Voyant qu'il ne disait rien, j'ai insisté :

« M'as-tu vraiment crue assez mesquine pour ne pas vouloir que tu aimes ce petit ? »

Sa main s'est crispée sur ma jambe avant de s'immobiliser, comme un ornement serré autour de ma cheville. « Arrête, je t'en prie. » Il parlait bas, mais je l'ai entendu sans peine.

« Pourquoi ? Qu'est-ce donc que tu ne me dis pas ? » J'avais peur et cela excitait ma colère. « Que me caches-tu ? Qui veux-tu protéger ? » Je l'ai empoigné par les cheveux. « De quelle femme infidèle est-il le bâtard, ce garçon ? Dans quel lit as-tu été l'engendrer ?

— Quelle importance ? a-t-il répondu d'un ton implorant. Elle est morte.

— C'est important parce que je veux savoir, ai-je dit furieusement. T'ai-je jamais questionné auparavant ? T'ai-je jamais reproché quoi que ce soit. Jour et nuit, est-ce que je te demande quelque chose ? Thomas, je me mords la langue cent fois par jour pour me retenir de te harceler de questions inutiles et maintenant, alors que cela compte pour moi, te voici silencieux comme la pierre, muet comme un morceau de bois.

— S'agit-il d'un marchandage ? a-t-il demandé. Pour chaque centaine de questions que tu ne me poses pas, tu as le droit de poser n'importe laquelle de ton choix ? À qui devons-nous les règles de ce jeu ?

— Ce n'est pas un jeu ! me suis-je écriée. Tout est donc un jeu pour toi ? Est-ce ainsi que tu nous vois tous, comme des pions qu'il faut déplacer ?

— Non, a-t-il répondu, le bord des narines blanc de fureur. Mais j'aimerais bien que ma vie personnelle soit respectée, quand je le désire.

— Elle le sera, ai-je rétorqué. Autant que tu le désires. Tu n'as qu'à dormir tout seul et manger tout seul. Je suis malade rien que de te voir. »

À ces mots, il s'est levé et il a quitté ma chambre. Nous sommes restés deux jours entiers sans nous parler, mais ma colère ne s'est pas apaisée pour autant. Au contraire même, la liste des torts que j'avais subis n'a cessé de croître : chacune des petites offenses, chacun des ridicules contretemps qui avaient pu m'agacer ont été inclus dans le gigantesque tableau d'ensemble représentant tous les maux dont je me vengeais par mon silence. Au début, je me suis prise à regretter que Thomas n'ait pas choisi de s'absenter ; ses voyages n'étaient pas si rares et jamais le moment n'avait été aussi bien choisi ; mais ensuite, j'ai été ravie de me dire qu'il était là afin de pouvoir l'ignorer totalement, le croiser dans la maison sans même le regarder, ne pas lui demander le sel à table.

La nuit, cependant, il me manquait. Je n'aimais pas être toute seule dans le noir. À ces moments-là, je me mettais à penser à toutes sortes de choses, immanquablement déplaisantes. J'ai commencé à me demander quel était ce secret qu'il ne voulait pas me dire. La deuxième nuit, ayant enfin compris que la vérité ne pouvait être pire que ce que j'allais m'imaginer, ayant compris que le monstre sous les traits duquel je parvenais à reléguer Tom dans la journée ne pouvait être l'homme qui me serrait dans ses bras la nuit, j'ai quitté ma couche pour partir à sa recherche.

Il était assis tout seul dans ma chambre vide, avec sa harpe. Et il chantait « La belle Annie » :

Ah, que n'ai-je pour fils sept jeunes lièvres,
Afin d'être le lévrier qui les pourchasserait;
Ah, que n'ai-je pour fils sept petits rats,
Afin d'être le chat tombant au milieu d'eux...

Serrant autour de moi les pans de mon épaisse robe de chambre, j'ai poussé la porte. Thomas m'a regardée à travers les cordes de sa harpe.

« Tout à fait comme dans la ballade, a-t-il fait remarquer. Espérais-tu me trouver en train de signer des aveux ?

— Non, ai-je répondu, je n'arrivais pas à dormir.

— Je vais te laisser ta pièce, si tu le souhaites.

— Non, je ne le souhaite pas. »

La harpe a laissé échapper une espèce de soupir quand il l'a posée sur le sol. « Es-tu toujours fâchée à cause de Hugh ?

— Je ne l'ai jamais été, ai-je dit piteusement. Tu n'es qu'un sot si c'est ce que tu penses.

— Sais-tu ce qui me plaît chez toi ? a dit Thomas très doucement, presque comme s'il se parlait à lui-même. C'est que tu ne t'attends jamais à ce que je sache ce que tu penses – à ce que je profite de mon pouvoir pour le deviner.

— Je ne veux pas que tu saches ce que je pense, ai-je dit. En tout cas, pas comme ça.

— Tant mieux. Parce que je ne le sais pas. Je n'essaie même pas de savoir. Alors, montre-toi un peu généreuse, veux-tu ? Et toi non plus n'essaie pas d'avoir recours à la magie pour découvrir ce que j'ai dans le cœur.

— Je n'ai rien fait de tel ! Je voulais simplement pouvoir te demander – tu ne comprends pas.

— Je ne te comprends pas toujours, non. Mais moi, je me comprends. Et les questions, c'est ainsi que je les ressens.

— Comme si on cherchait à te jeter un sort ?

— Oui, plus ou moins. »

Je me suis assise près de lui. Nous frissonnions tous les deux ; le feu s'était éteint. Il a passé le bras autour de ma taille, sous mon peignoir.

« C'était une dame de la cour, a-t-il dit, les yeux fixés sur les braises rougeoyantes. Je n'ai jamais su qu'elle attendait un enfant de moi et on l'a fiancée à Errol juste après que nous… avons été ensemble, ce printemps-là. Elle était bien loin d'être sotte ; elle était tout à fait femme à le laisser jouir d'elle avant le mariage, dès qu'elle a eu compris ce qui lui arrivait, de façon qu'il pût croire que l'enfant était de lui.

— Elle t'aimait ? »

J'ai senti qu'il haussait les épaules tout contre moi.

« Je ne crois pas. Elle avait envie de moi. Et moi aussi, j'avais envie d'elle. C'était grisant. Mais ça l'est devenu beaucoup moins quand j'ai été obligé de m'enfuir. On commençait à jaser à notre sujet à la cour. »

Il s'était enfui, bien sûr, chez Meg et Gavin. Je ne lui ai pas demandé duquel de ses séjours chez eux il s'agissait. Je n'avais plus vraiment envie de savoir.

« Je crois qu'elle a essayé de me faire savoir que Hugh était mon fils avant sa mort, pendant que j'étais au Pays des Elfes. Elle a envoyé cet anneau par l'entremise de Bevis, fils de Nora. Il m'a semblé que le mieux était d'en faire cadeau à Hugh. »

J'ai opiné. « C'est un charmant garçon, Thomas. Je suis contente que nous sachions qui il est, même si lui n'en sait rien. Tu seras fier de lui un jour.

— Cela suffit à présent », a dit Tom froidement. Je ne me suis pas arrachée à son étreinte et pourtant j'en avais furieusement envie. « Ne t'inquiète pas. Cela m'est égal, je t'assure.

— Je ne veux pas le savoir.

— Thomas, tu n'es qu'un nigaud ! » J'ai souri dans l'obscurité et je lui ai frotté le bras, malgré sa raideur. « Il y a seize ans, tu t'es conduit comme le font tous les jeunes gens. Tu n'as déshonoré personne et tu as engendré un beau garçon. Tu ne peux pas en vouloir à ta dame d'avoir préféré élever le fils d'un comte plutôt que le bâtard d'un ménestrel ! De toute façon, il est quand même devenu un excellent joueur de harpe…

— Je voudrais ne l'avoir jamais vu, a jeté Thomas. N'avoir jamais rien su.

— Mais enfin, Thomas, au nom de Dieu, pourquoi ?

— Parce qu'il sera mort avant la fin de l'année. » J'ai senti le sang se congeler dans mes veines. « Oh, Tom, non.

— Non, a-t-il grondé. Non. Comme si cela dépendait de moi. Comme si je pouvais rattraper mes paroles. » Il a dégluti, reniflé. « Il va tomber malade et mourir, que je le prédise ou non.

— Je suis désolée, ai-je murmuré comme une enfant qui vient de renverser le seau de lait.

— Il est venu me demander si Elizabeth était féconde, si elle lui donnerait un héritier en bonne santé, afin de pouvoir l'épouser. » Les larmes ruisselaient sur ses joues. « Je lui ai dit que oui. Mais ce fils, il ne le verra pas naître. Cela, je ne le lui ai pas dit. »

J'avais posé ma question et j'avais reçu ma réponse – mais ni l'une ni l'autre n'étaient telles que je les avais crues. Elles ont eu néanmoins le mérite de permettre à Thomas de chercher le réconfort de mes bras. Il s'était efforcé de surmonter tout seul le chagrin qu'il éprouvait pour l'enfant d'une autre ; ce fardeau-là, du moins, je pouvais le lui rendre plus léger.

Thomas ne pleure pas souvent ; avec le temps, il en est venu à voir les choses avec un certain recul, ce qui est, je crois, indispensable. L'existence de Hugh et la colère que j'en avais éprouvée l'avaient pris tout à fait par surprise. Je l'ai serré très fort et il a fini par se calmer.

Il y avait encore une question que je devais absolument poser, car si la réponse devait être cruelle, le moment était particulièrement bien choisi pour la supporter. Je savais que nous ne reparlerions sans doute jamais de tout cela, et je savais aussi qu'il fallait nettoyer l'abcès, pour tous les deux, avant de laisser la blessure se cicatriser. J'ai dit doucement :

« Qui était-ce, cette dame, quand tu l'as connue ? Avant qu'elle ne devienne l'épouse d'Errol. »

Thomas était assis à mes pieds, la tête sur mes genoux. Il a levé les yeux vers moi, le visage pâle dans les ténèbres. « Tu ne l'as jamais connue. Elle est morte pendant que j'étais au Pays des Elfes. »

Il venait de pleurer le fils et maintenant, me suis-je dit, il faut aussi qu'il pleure la mère. « Dis-le-moi quand même. »

De nouveau, il a détourné les yeux vers le feu mourant. « Lilias, a-t-il dit. Elle s'appelait Lilias Drummond. »

Lilias. Je n'étais qu'une toute jeune fille à l'époque, m'amusant à taquiner ce galant noir de poil assis au coin du feu de Meg. Toutes sauf une. Elle avait nom Lilias. La seule des dames d'honneur de la reine qui avait réussi à rester éveillée pour l'amour du beau joueur de harpe à qui nulle ne pouvait rien refuser. Bien sûr que je me rappelais Lilias.

« Ne t'en fais pas, l'ai-je entendu dire. Tu sais bien que je n'ai aimé aucune autre mortelle que toi, mon miel, ma colombe, mon cœur… »

Mais la jeune fille qui avait été abandonnée pendant sept années, dans le froid, l'obscurité, le labeur et le silence, n'était pas si aisément consolée. Elle a relevé la tête au-dedans de moi, et je l'ai entourée de mes bras dans son chagrin, en me rappelant de quelle façon je m'étais torturée, tandis que les années se succédaient, avec cette seule pensée : si j'avais été une noble dame comme Lilias, une femme comme toutes celles qu'il connaissait, prête dès le commencement à lui accorder ce que voulaient tous les hommes, jamais il ne serait parti. Pendant sept années, j'avais maudit ma virginité, ma volonté de fer et le plaisir enfantin que j'avais pris à savourer l'esprit de Thomas et sa compagnie. J'aurais dû être pour lui une autre Lilias, au lieu de quoi j'avais été moi-même ; pour ma peine, je n'avais récolté que la solitude, l'abandon et Jack là-haut sur la Crête.

Je ne sais pas si j'ai parlé tout haut ou si c'est lui qui s'est laissé aller à voir dans mes pensées, mais tout à coup j'ai senti qu'il serrait contre moi son visage ruisselant en disant : « Oui, il y en a eu beaucoup, beaucoup, mais tu es la seule de toutes, ma douce, la seule… »

Et je me suis entendue gémir d'une voix que je ne connaissais pas : « Et ta Reine des Elfes ? »

Il m'a bercée, nous a bercés tous les deux. « Oh, bon Dieu, Elspeth, tu sais bien ce que tu représentes pour moi. Jamais elle ne pleure, jamais elle ne pourra avoir d'enfant… elle est comme le ridicule poney de Tam qu'il peut chevaucher éternellement, mais qui ne l'emmènera jamais nulle part. J'étais tellement seul, là-bas ; aussi seul que tu l'étais ici.

— J'étais si malheureuse, ai-je sangloté. Il n'y avait que Meg et même elle…

— C'est fini, mon amour, c'est fini. Je suis là. Je suis revenu, Elspeth. »

Il l'a redit, inlassablement, jusqu'à ce que je l'entende et le croie.

Je l'ai emmené dans mon lit et malgré les orages que nous venions de traverser, les tempêtes auxquelles nous venions d'échapper, épuisés, nous nous sommes rejoints dans l'exultation suprême, triomphant du chagrin et de la séparation.

De cette nuit nous sont nés les jumeaux. Quant à l'héritier d'Errol, fils de son malheureux fils, tout comme nos deux enfants, Kay et Iain, il se transforme avec chaque jour qui passe en un beau jouvenceau. Nous l'avons aperçu par hasard voici quelques années, à la Foire de Melrose, en train de viser les cibles : un grand garçon, tout juste sorti de l'enfance, avec d'épais sourcils noirs, une mine fort grave et une façon de hausser le menton qui lui donnait l'air de toiser le monde ; mais aussi avec un sourire fait pour briser le cœur des femmes.

Je ne questionne pas Tom sur son sort, ni sur celui d'aucun de nos enfants d'ailleurs. Même aujourd'hui où il reste si peu de temps pour lui demander quoi que ce soit, la dernière chose dont j'aie envie est de le harceler de questions. S'il tient à me faire savoir quelque chose, il me le dira ; sinon, je crois qu'il peut se fier à mon jugement, comme il l'a toujours fait. Notre Megan vient de me quitter, pleurant comme une madeleine ; elle n'y peut rien, la pauvre, elle est à l'âge où l'on sanglote pour un oui ou pour un non. Elle est venue me trouver hier, très humblement, afin de me demander si elle pouvait ordonner que les couvertures soient comptées et ravaudées pour l'hiver, que les cheminées soient ramonées et les tapisseries mises en place. Bien sûr, je suis ravie qu'elle se charge ainsi des soins du ménage. Elle sera maîtresse d'une maison d'ici quelques années à peine ; et d'une belle maison, je l'espère, car elle est fort bien dotée. Je veux croire que Iain et Kay lui obéissent pour une fois ; en tout cas, personne n'est venu me trouver en larmes. Oh, je sais bien que je devrais être avec eux ; que je suis une ménagère paresseuse et une piètre mère ces temps-ci – mais tout cela sera encore là quand Thomas n'y sera plus : les herbes, la literie, les couvertures et les enfants éplorés. Je serai à leurs côtés alors, et toujours.

Donc, pour le moment, je laisse les serviteurs et les enfants régenter la maison, tandis que je tiens dans la mienne la main amaigrie de Thomas, en causant de tout et de rien et en le laissant me répondre quand il le peut.

« Te rappelles-tu, lui dis-je tout en sachant fort bien qu'il n'oublie jamais rien, te rappelles-tu cette cape que Gavin a tissée pour Tam quand il était petit ? Et Meg lui a fait croire qu'elle rendait invisible, car elle avait été tissée à minuit avec la laine d'agneaux qui n'avaient pas été baptisés.

— C'est honteux, murmure Tom. Heureusement que nous l'avons envoyé à l'abbaye pour le faire instruire.

— T'a-t-on jamais dit que le pauvre petit avait alors passé tout un après-midi sur la colline, enveloppé dedans, attendant de voir les daims venir jusqu'à lui ? »

Le sourire n'atteignait plus ses lèvres désormais, on le reconnaissait à la façon dont la peau se lissait entre ses sourcils. « C'était donc ça ? Et moi qui ai mis les pieds dans le plat ce soir-là en entrant dans la salle où Tam s'était réfugié tout penaud pour lui dire : "Alors comme ça, tu es invisible ?"

— Je me suis demandé pourquoi il était si furieux quand tu avais dit ça.

— Moi aussi. La phrase m'avait traversé l'esprit ; je ne savais pas qu'il rêvait de voir les daims de près. »

J'ai pressé la main de Tom. « Au moins, il s'est mis en colère. Pour ça, il a toujours été parfait – Iain et Kay s'attendent toujours à ce que tu saches tout, ils ne font même plus attention.

— Megan discute, elle.

— S'il faut avoir la foi pour entrer au royaume des cieux, elle risque fort de passer l'éternité à ramasser des pelletées de charbon.

— Avec sa maman.

— Tiens donc ? Et pour quels péchés, s'il te plaît.

— Tu n'arrêtes pas d'ergoter.

— Ce n'est pas vrai... » J'ai éclaté de rire et il s'est renversé sur ses oreillers, satisfait. « En tout cas, nous n'avons pas peur de toi. Rappelle-toi ce Noël où tu as dit au pauvre Ned que sa bonne amie venait d'arriver et là-dessus la femme de son frère est entrée dans la pièce ! J'espère que tu as remarqué qu'il n'était même pas resté dîner.

— Je n'y peux rien. Ça devient de plus en plus difficile de ne pas savoir.

— Ça n'a aucune importance », ai-je dit décontenancée. Je ne voulais pas en savoir davantage, moi non plus. « En ce moment, la grande distraction du voisinage paraît être d'arriver à te faire manger, ai-je continué pour tâcher de chasser cette idée de son esprit. Elle a détrôné la chasse et les combats d'ours. La comtesse de Mar a envoyé de la confiture, le comte de Dunbar du gibier pour faire de la soupe, avec ses compliments ; et Duncan, au village, nous a fait parvenir un tonneau de bière et un peu de gelée prélevée sur les pieds de ses propres moutons.

— Bois la bière, a dit Tom, et donne la gelée au prochain vagabond dont la mine te déplaira. Ou mieux encore – mets-la de côté – fais-la chauffer et verse-la – bouillante – sur les brigands... »

Je lui ai serré le poignet, très fort, et j'ai senti le pouls battre rapidement sous mes doigts.

« Remercie-les pour moi, a-t-il repris quand il a de nouveau été en mesure de parler. Au train où vont les choses, le repas funèbre sera somptueux.

— Je n'aime pas que tu dises ça », ai-je lâché, les lèvres serrées. C'est déjà assez dur de le voir dépérir sans qu'il aille en plus faire des plaisanteries à ce sujet.

« Moi non plus, a-t-il murmuré.

— Tom, ai-je repris, tu ne crois pas… que nous pourrions demander de l'aide ?

— J'ai vu le médecin du roi en personne.

— Non, je ne parle pas de cela. Nous avons tout essayé en ce qui concerne l'aide des simples mortels. Mais il y en a d'autre sorte – Tom, on t'aimait naguère au Pays des Elfes ! On raconte tant de choses sur leurs pouvoirs de guérisseurs… »

Il m'a fait taire d'une simple pression des doigts.

« Non. Nous ferions une bien mauvaise affaire.

— Mais comment donc ! ai-je lancé d'un ton acide. Et en plus, le curé serait très contrarié. Mais si tu devais t'en porter mieux…

— Non, je ne m'en porterais pas mieux. »

Ce n'est vraiment pas amusant de discuter avec lui quand il prend les choses ainsi. Si bien que je n'ai jamais découvert s'il disait cela parce qu'il avait vu la vérité ou parce qu'il avait peur de la chercher.

J'ai respiré à fond et je suis passée à autre chose.

« Avec la confiture, la comtesse nous a envoyé une requête : celle de prendre Iain à son service. Mais moi, je trouve qu'il est encore un peu jeune, pas toi ? Et je n'entends pas me laisser soudoyer à grand renfort de douceurs.

— Tu pourrais peut-être le lui envoyer pour la Noël. Juste pour ces deux semaines-là. C'est une période où l'on est content d'avoir quelques musiciens de plus ; comme cela il pourra voir si cela lui plaît et toi, tu le récupéreras ensuite.

— Peut-être. Peut-être qu'il se trouverait bien de partir quelque part tout seul. Il me semble que Kay mûrit plus vite que lui. Pauvre Iain, il ne comprend pas pourquoi les filles ont pris tout à coup tant d'importance.

— Il comprendra… »

J'avais parlé à Thomas des présents, mais pas des gens qui ne cessaient de venir chez nous, pour lui poser de toute urgence des questions concernant leur avenir et celui du pays ; je ne lui avais pas parlé non plus des scribes qui voudraient prendre d'assaut le lit de mort du Rimeur pour noter sous sa dictée ses ultimes prophéties… D'ailleurs, le comte m'a bel et bien offert de m'envoyer ses gardes pour les tenir à distance, s'il le fallait. Comme il dit, avec sa brusquerie de soldat : « Si le Rimeur veut nous faire savoir quelque chose, il le fera. » Puis il sort son mouchoir et se mouche, fortement, en pestant contre le mauvais temps.

Mais voici que deux villageois sont venus me signaler l'étrange arrivée de deux daims blancs, espérant manifestement que le devin serait capable de faire un peu de lumière sur cet événement, mais trop bien élevés pour le demander directement. Je leur ai assuré que j'en parlerai à mon mari, et je le ferai. Car, à vrai dire, le tableau est trop joli pour le laisser perdre : une matinée tout à fait normale au village et soudain deux daims, blancs comme neige, le mâle et la daine, qui s'avancent à grands pas entre les maisons, paradant sans aucune crainte en plein milieu de la grand-rue, tandis que tous les villageois s'écartent sur leur passage, les yeux écarquillés, jusqu'au moment où les deux animaux disparaissent dans la forêt.

On croirait entendre les hallucinations d'un ivrogne et cela m'a fait rire (une fois qu'il ont été partis), ce qui n'arrive pas souvent ces temps-ci., Eux pensent qu'il s'agit d'une espèce de présage. À leurs yeux, tout fait figure de présage, aussi bien une bande de corneilles que leurs propres éternuements. J'imagine que c'est parce que je suis mariée à un devin revenu du Pays des Elfes que je suis un peu méfiante vis-à-vis des présages. J'espère que cela fera aussi rire Thomas.

J'ai posé sur un plateau le bouillon que je venais de réchauffer et je l'ai emporté à l'étage, où nous avons installé Thomas.

La porte de sa chambre était entrouverte et j'ai eu la surprise d'entendre un bruit de voix. Pourtant, personne n'a le droit d'y pénétrer sans ma permission. Ce n'était pas seulement Thomas qui délirait, comme cela lui arrive quelquefois dans sa maladie ; j'entendais aussi une voix de femme.

J'ai laissé le plateau sur le rebord de la fenêtre de l'escalier, tout en prenant l'expression d'agacement plein de dignité que j'ai eu l'occasion de peaufiner depuis vingt et un ans que je suis l'épouse du Rimeur mais une étrange fragrance est venue arrêter mes pas. Je ne l'ai pas reconnue d'abord et ensuite je n'ai pas voulu y croire : la douce brise printanière – la terre humide et l'eau qui coule en torrent, le parfum des vergers croulant sous les fleurs.

Je suis restée pétrifiée devant la porte. Cette odeur de printemps sortait de la chambre de Thomas où j'entendais des voix.

Je reconnaissais la sienne, affaiblie, mais pourtant plus forte qu'elle ne l'avait été depuis longtemps :

« Si j'étais mort, je me sentirais sans doute beaucoup mieux que je ne me sens. Si ce n'est qu'un simple rêve, vous allez vous transformer incessamment en rose ou en siège. Alors je vais profiter de vous tant que vous êtes là. J'avais oublié à quelle point vous êtes belle.

— Là. » C'était la voix douce et chaude du printemps. « Sens-tu cette caresse, Thomas ? Je ne suis pas un rêve.

— Non, c'est vrai. Vous n'ignorez pas que je suis marié à présent ?

— Je sais que vous vous êtes juré fidélité devant la congrégation. Mais la mort est sur le point de vous séparer.

— Pourquoi êtes-vous venue ? » Sa voix était rauque. « Je n'ai plus – plus de chansons…

— Ah, Thomas le Sincère, as-tu donc oublié ma promesse ? Je suis venue t'aider. »

Il a laissé entendre un de ces bruits affreux que lui arrache la souffrance.

« N'aie crainte, a-t-elle dit d'une voix si pleine de consolation que j'ai failli moi aussi me sentir apaisée. Ce sera bientôt fini. Encore quelques instants, mon cher amour…

— Aidez-moi .. .

— Oui, bientôt… »

J'ai entendu encore plusieurs de ces plaintes qu'il ne se laisse jamais aller à émettre quand je suis auprès de lui. J'ai pressé mon poing contre ma bouche.

« C'est pour bientôt, a-t-elle murmuré, très bientôt, et puis tu auras fini ton temps. L'attente et le chagrin auront pris fin et tu pourras partir le long de cette belle route que tu as choisie toi-même. Allons, chut, mon Rimeur, car ce que j'ai dit sera.

— Je ne peux pas…

— Laisse-toi aller. Je te tiens. Accroche-toi à moi là – voilà – encore un tout petit peu… »

Incapable de me contenir davantage, j'ai ouvert à toute volée la porte de la chambre.

Une femme d'une grande beauté serrait Thomas entre ses bras. Il avait les traits tirés par la souffrance, ses mains émaciées étaient tétanisées. Sa peau m'a paru sombre et flétrie dans le linceul de longs cheveux d'or; son visage torturé était pressé contre le manteau vert de la dame.

Elle a levé les yeux vers moi et elle a souri. Puis elle l'a reposé doucement sur le lit.

Ou du moins en ai-je eu l'impression. J'ai vu le creux de son autre bras et les plis de son manteau vert enveloppant une forme humaine. Et puis, ils ont disparu. Un bref instant, l'odeur de fleurs de pommier a flotté dans l'air.

Alors j'ai vu le corps de mon mari qui gisait, froid et sans vie, sur le lit.

Je l'ai contemplé fixement : il était parfait jusque dans le moindre détail, son visage cireux reflétait le calme de la mort.

Il fallait bien laisser quelque chose, voyez-vous. Je suis contente de savoir. Je n'en aurai pas moins de chagrin, mais je suis contente. Contente de savoir qu'elle est venue l'aider, comme je l'aurais fait moi-même, si j'avais pu;

venue l'aimer encore une fois, comme l'aurait fait quiconque l'avait jamais aimé auparavant.

Mon amour est à lui jusqu'à la fin de mes jours. Et peut-être nous reverrons-nous dans je ne sais quelle contrée située au-delà du fleuve de la mort. Ou bien peut-être ne me l'a-t-on prêté que pour trois fois sept ans. Je n'en sais rien.

Je crois qu'il se promène sous les fleurs d'un très ancien verger. Je crois qu'il joue de la harpe devant l'armée des Elfes.

Je crois qu'il chante.

Alors, les joueurs de harpe britannique
Ont connu les débuts de cette merveille unique
Et ils ont fait un lai de bon aloi
Auxquels ils ont donné le nom du roi.
« Orphée » est le sujet de ce lai fameux,
Aussi excellent qu'il est mélodieux.
Ainsi Messire Orphée a triomphé de ses soucis :
Que Dieu nous prête à tous longue vie.

Anonyme, vers 1300.

Je remercie :

Mary R. Hopkins qui m'a fait connaître le Rimeur.

Le professeur Robert Butman de Haverford College, dans la classe de qui j'ai écrit une pièce en un acte intitulée *The Homecoming of Thomas the Rhymer (Le Retour de Thomas le Rimeur)*. Il a eu la gentillesse de me l'expliquer. Mrs. Inez Blair Poison d'Earlston, dans le Berwichshire, qui m'a montré la Tour du Rimeur à Earlston, et Jane Yolen de Hatfield, Massachusetts (anciennement d'Édimbourg), qui a eu le courage de me conduire jusque-là.

Le chanteur Martin Carthy : c'est sur sa version de « Famous Flower of Servingmen » («La fine fleur des serviteurs», *Child* n° 106), plus complète que toutes celles qui figurent chez Child, que j'ai basé la mienne – avec son aimable autorisation.

Delia Sherman qui, loin de s'offusquer, a bien voulu m'aider à changer de place les meubles d'une maison où elle vivait.

B. J. (Joy) Chute, dont je suis l'élève : je croirai toujours entendre sa voix me demander si j'ai vraiment besoin de telle virgule à tel endroit et défendre le droit de l'auteur à voir publier son œuvre telle qu'elle a été écrite. Elle avait l'intention de lire cet ouvrage et je crois qu'il lui aurait plu.

Tous les autres amis et parents dont j'ai ou n'ai pas suivi les conseils, mais dont j'ai toujours avidement accepté le soutien.

Précisons enfin que *Thomas the Rhymer* n'aurait jamais été écrit sans mon amie Terri Windling, qui est aussi ma directrice de collection, douée d'un esprit extraordinairement créateur. Elle m'a donné pour ce livre une inspira tion et des infinités d'espace, de musique et de foi.

Ellen Kushner

Boston – New York – Boston Octobre 1986-juillet 1989

Page de recommandations
et de réclame

Amie lectrice, ami lecteur,

Vous venez de finir ce livre et vous l'avez aimé (enfin on le souhaite). Pour poursuivre l'aventure, nous ne saurions que trop vous conseiller de vous rendre sur le site de notre maison d'édition : **www.editions-actusf.fr**. Vous y retrouverez tous nos autres romans, recueils de nouvelles, guides et anthologies.

Les éditions ActuSF font partie du collectif « **Les Indés de l'Imaginaire** » avec nos camarades des éditions des Moutons électriques et des éditions Mnémos. N'hésitez pas si ce n'est pas déjà fait à aller jeter un œil à leurs magnifiques livres et à rejoindre la page Facebook des Indés.

Pour trouver de l'info tous les jours sur l'actualité de la science fiction, du fantastique et de la *fantasy*, le site **Actusf.com** est un passage obligé (parutions, interviews, chroniques, concours, fil d'actu...). Tout comme le site **Mespremièreslectures.com** l'est pour l'actualité de la littérature jeunesse et **Bepolar.fr** pour le polar.

Enfin, si vous aimez les livres numériques, la librairie en ligne **Emaginaire.com** fera votre bonheur.

Et évidemment, **nos réseaux sociaux** sont là pour échanger et partager, notamment la page Facebook des Éditions Actusf.

Merci à vous d'aimer les livres.
Nous avons la même passion...

Et que vive l'Imaginaire !

AVEC LE SOUTIEN DE

La Région
Auvergne-Rhône-Alpes

Achevé d'imprimer en avril 2021
par Smilkov – Imprimé en Bulgarie

Dépôt légal : mai 2021

Demi-frère de **Thor**, **Loki** est également son principal ennemi lors de ses aventures dans les années 1960. **Stan Lee**, **Jack Kirby** et **Larry Lieber** l'introduisent dans le numéro 85 de *Journey Into Mystery*, soit deux épisodes seulement après l'apparition du dieu du Tonnerre. Jaloux de ce dernier, Loki l'affronte régulièrement dans le but non dissimulé de régner enfin sur le royaume d'Asgard. Au cours de l'un de ses plans machiavéliques, il va même, malgré lui, déclencher la formation du célèbre groupe de super-héros, les **Avengers**. De son côté, Thor nourrit l'espoir qu'un jour son frère se rachètera. Lors du passage mémorable de **Walter Simonson** sur le titre *Thor* dans les années 1980, la personnalité de Loki s'affine. On le voit notamment s'opposer à **Surtur** aux côtés de son frère et d'**Odin**, sauvant ainsi Asgard. Mais ce coup d'éclat sert avant tout ses intérêts et, peu de temps après, en l'absence de son père, il tente de monter sur le trône. Il faut attendre les années 2010 pour que Loki passe dans le camp des "gentils". Après avoir, sous une forme féminine, manipulé **Norman Osborn** et les **Dark Avengers** afin qu'ils attaquent Asgard, Loki périt et se réincarne alors en une version adolescente. Ce nouveau dieu de la Malice rejoint bientôt le groupe des **Young Avengers** et se lie d'amitié avec ses membres, dont le couple **Hulkling** et **Wiccan**. Revenu à l'âge adulte, Loki, fidèle à lui-même, se met en quête de pouvoir absolu, qu'il s'agisse de devenir le Sorcier Suprême ou bien le président des États-Unis. Au début de la saga présentée dans ces pages, son vœu est exaucé : Loki est en effet le roi de Jotunheim, patrie des **Géants des Glaces** dont il est natif. Mais il est également devenu le dieu des Histoires, un aspect qui intéresse tout particulièrement le scénariste **Dan Watters**. Comme il l'explique en postface du premier épisode de la version originale, les histoires sont étroitement liées au concept d'ordre, dans la mesure où elles ont un rythme, une structure, tandis que Loki n'apprécie que le chaos. Et c'est de ce paradoxe que Watters et le dessinateur **Germán Peralta** tirent le récit qui suit.

LE MENTEUR (1)

Loki (2023) 1

Couverture : **DUSTIN NGUYEN**

Au temps jadis, les Vikings savaient.
Ils savaient survivre, chasser, piller et tuer.
Ils savaient mourir, chose qu'ils faisaient à foison.
Par conséquent, ils savaient aussi pleurer.
Ils savaient plier le fer de leurs épées afin de les enterrer avec leurs morts et d'honorer leur mémoire.
Et ils savaient qu'il convenait de faire la toilette d'un cadavre avant de le laisser reposer en terre. Tailler sa barbe, couper ses cheveux...
... et, surtout, lui couper les ongles...
... pour éloigner Loki.

LES VIKINGS SAVAIENT QUE, DEPUIS L'AUBE DES TEMPS, LE DIEU DE LA MALICE CONSTRUISAIT UN NAVIRE DE GUERRE POUR FAIRE LA GUERRE AUX DIEUX D'ASGARD.
OR, EN GUISE DE BOIS, IL SE SERVAIT DES ONGLES DES MORTS.
AINSI, POUR ÉPARGNER AUX LEURS DE CONNAÎTRE LE DESTIN TERRIBLE DE PARTICIPER À LA CONSTRUCTION DE NAGLFAR, LE NAVIRE MAUDIT, ILS LEUR COUPAIENT LES ONGLES AU PLUS COURT, AFIN QU'ILS SOIENT INUTILISABLES.
AUSSI, L'ŒUVRE DE LOKI S'ACCOMPLISSAIT GRÂCE AUX DÉPOUILLES QUI N'AVAIENT PAS LA CHANCE D'ÊTRE ENTERRÉES.

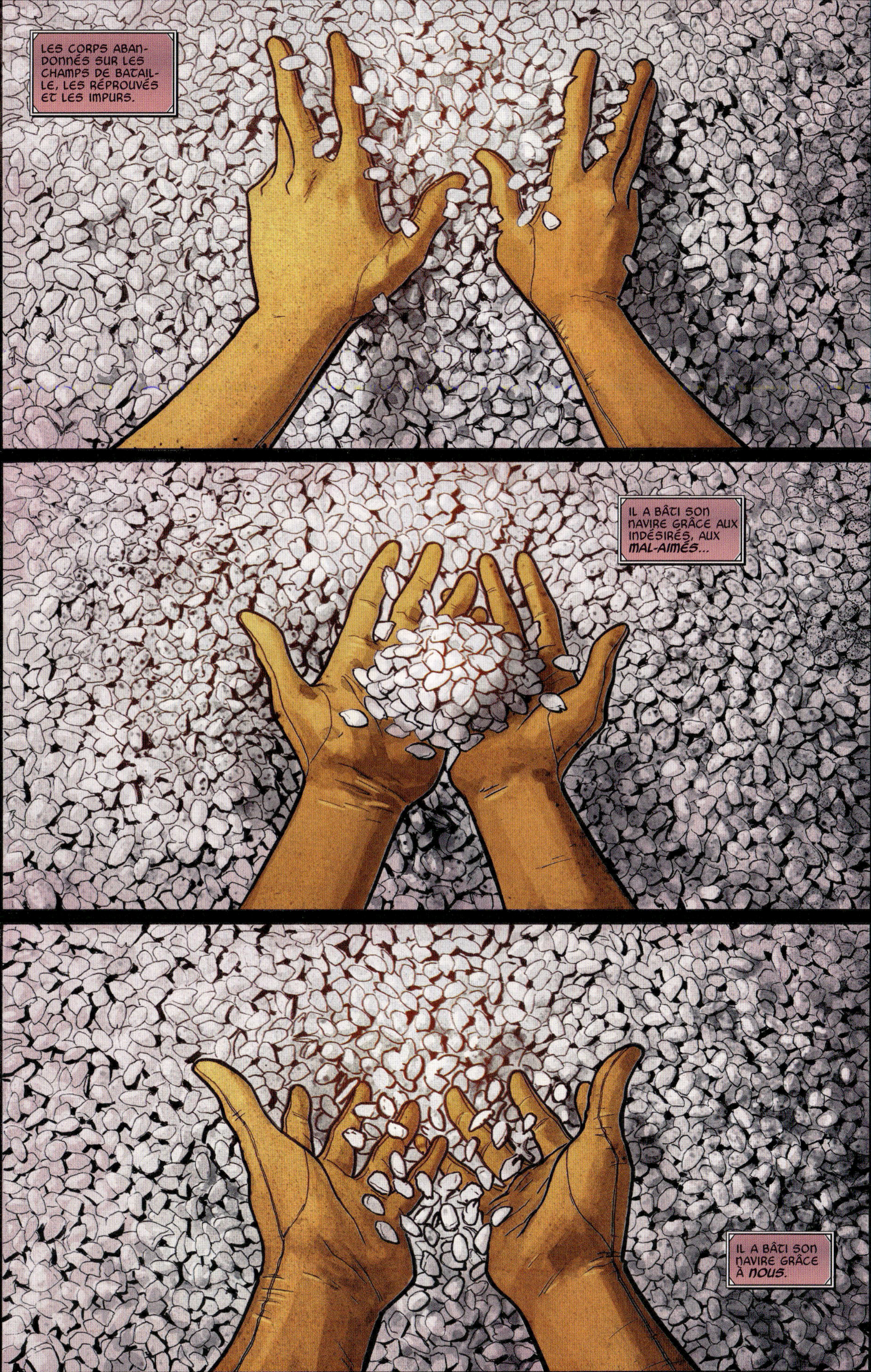
LES CORPS ABANDONNÉS SUR LES CHAMPS DE BATAILLE, LES RÉPROUVÉS ET LES IMPURS.
IL A BÂTI SON NAVIRE GRÂCE AUX INDÉSIRÉS, AUX *MAL-AIMÉS*...
IL A BÂTI SON NAVIRE GRÂCE À *NOUS*.

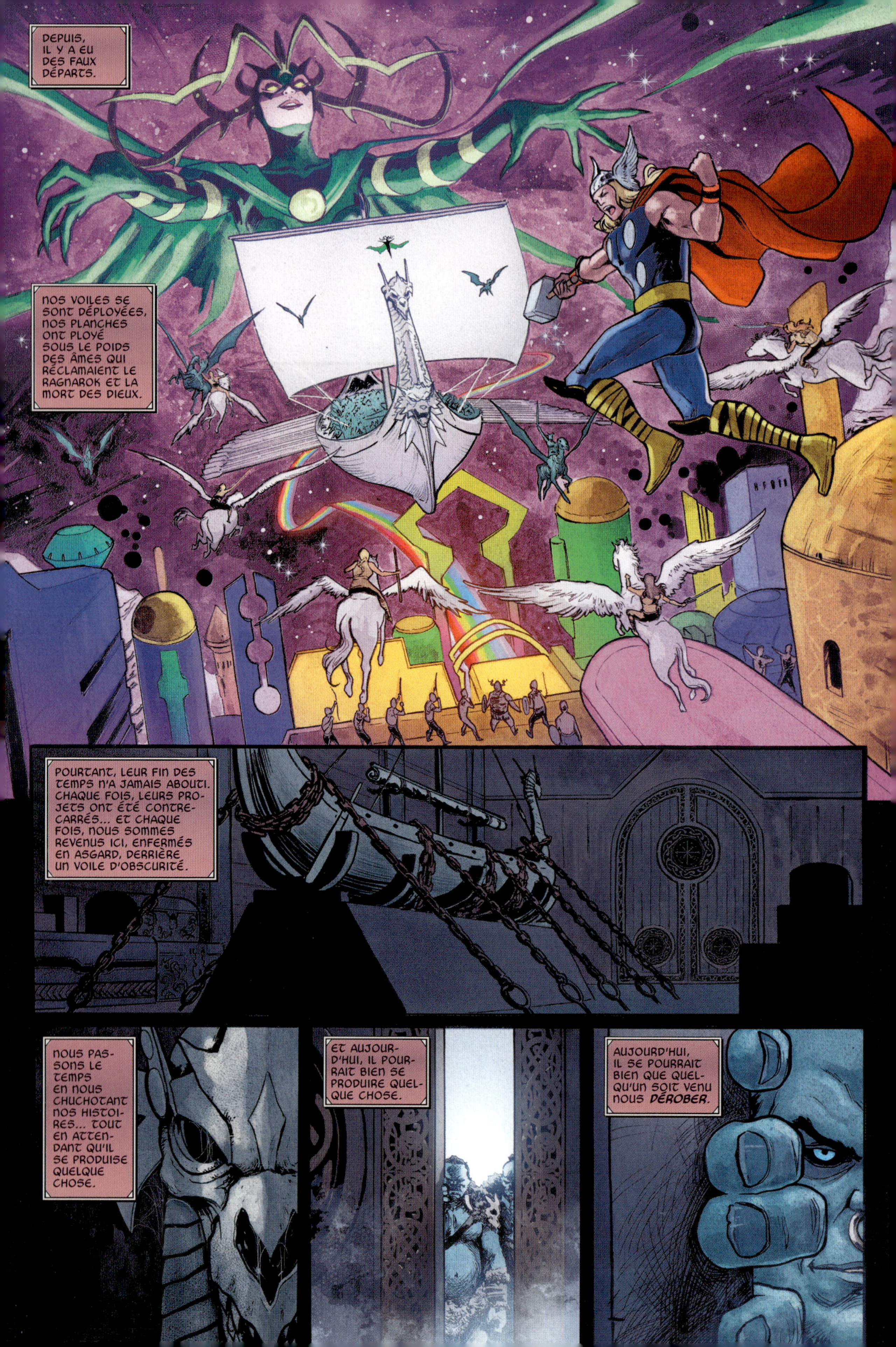
DEPUIS, IL Y A EU DES FAUX DÉPARTS.
NOS VOILES SE SONT DÉPLOYÉES, NOS PLANCHES ONT PLOYÉ SOUS LE POIDS DES ÂMES QUI RÉCLAMAIENT LE RAGNAROK ET LA MORT DES DIEUX.
POURTANT, LEUR FIN DES TEMPS N'A JAMAIS ABOUTI. CHAQUE FOIS, LEURS PROJETS ONT ÉTÉ CONTRECARRÉS... ET CHAQUE FOIS, NOUS SOMMES REVENUS ICI, ENFERMÉS EN ASGARD, DERRIÈRE UN VOILE D'OBSCURITÉ.
NOUS PASSONS LE TEMPS EN NOUS CHUCHOTANT NOS HISTOIRES... TOUT EN ATTENDANT QU'IL SE PRODUISE QUELQUE CHOSE.
ET AUJOURD'HUI, IL POURRAIT BIEN SE PRODUIRE QUELQUE CHOSE.
AUJOURD'HUI, IL SE POURRAIT BIEN QUE QUELQU'UN SOIT VENU NOUS *DÉROBER*.

LOKI, QUI N'EST PLUS LE DIEU DE LA DISCORDE.
QUI, IL Y A BIEN DES LUNES, ÉTAIT MÊME APPELÉ LE DIEU DU MAL.
AUJOURD'HUI SOUVERAIN DU ROYAUME GELÉ DE JOTUNHEIM, TERRE DES GÉANTS DES GLACES, OÙ LA GUERRE CIVILE N'EST JAMAIS BIEN LOIN.
LOKI, AUJOURD'HUI DIEU DES HISTOIRES, DE LA PARABOLE ET DES POSSIBLES, DE CE QUI ENSEIGNE À L'UNIVERS L'ORDRE ET L'EMPATHIE.
CETTE COURONNE DOIT PESER BIEN LOURD, QUELLE QUE SOIT LA TÊTE QUI LA SOUTIENT. AUSSI, CHER FRÈRE, JE PRENDS L'INITIATIVE, DE TEMPS À AUTRE, DE VEILLER SUR TOI...
... AFIN DE M'ASSURER QUE L'ÉQUILIBRE PRÉCAIRE DE TES DEVOIRS NE MENACE PAS DE SE RENVERSER, PUIS DE T'ÉCRASER.
QUE TU NE SUBISSES PAS LES AFFRES DE LA SOLITUDE QUI S'ABAT SUR LES ROIS.
PEUX-TU DONC M'EXPLIQUER POURQUOI, PLUTÔT QUE SUR TON TRÔNE, JE TE TROUVE ICI...

... EN FLORIDE ?
Miami Voice
J'AI TOUJOURS AIMÉ CETTE RÉGION, THOR.
ON Y ÉCRIT DE BELLES HISTOIRES SUR MOI.
La Bonaerense
NE ME DIS PAS QUE TU...?
En Floride, un homme tente d'échanger un alligator re...
BAH. PEU IMPORTE.
CE QUI M'IMPORTE, LOKI, C'EST QUE TU NE CONSIDÈRES PAS LES DEVOIRS D'UN ROI COMME ACQUIS.
COMBIEN DE RÉCITS RACONTENT QUE L'ORGUEIL D'UN ROI A CAUSÉ SA CHUTE ?
JE SAIS EXACTEMENT COMBIEN, THOR.
DÉTENDS-TOI.

OCCUPE-TOI DONC DE RÉGNER EN ASGARD ET LAISSE-MOI GOUVERNER MON ROYAUME À MA FAÇON.
ET JE TE FERAIS SAVOIR QUE JE ME *SUIS* ACQUITTÉ DE MON DEVOIR DE ROI. EN QUELQUE SORTE...
J'AI SIGNÉ UN *DÉCRET* EN JOTUNHEIM...
"À PARTIR DE MAINTENANT, TOUS LES CITOYENS DU ROYAUME DEVRONT APPRENDRE À *LIRE*."
BRIAN... IZ... IN ZE... KITCHEN...
JE NE SUIS PAS SÛR DE COMPRENDRE...
LEUR ROI EST LE DIEU DES HISTOIRES. IL EST TOUT À FAIT NORMAL QU'ILS PUISSENT Y ACCÉDER PAR EUX-MÊMES.
D'AUTANT QUE S'ILS NE SE RETROUVAIENT PAS POUR SE FAIRE LA GUERRE, C'ÉTAIT POUR ME DÉTRÔNER.
AU MOINS, LEUR APPRENTISSAGE LES OCCUPE...

"CERTAINS D'ENTRE EUX FONT MÊME PREUVE D'UN CERTAIN ENTHOUSIASME."
TU VOIS ? QU'EST-CE QUE JE TE DISAIS.
C'EST COMME DANS LE LIVRE.
LA MYTHOLOGIE NORDIQUE ILLUSTRÉE POUR JEUNES ENFANTS
CET AVORTON QUI SE PREND POUR NOTRE ROI... IL A BÂTI CE NAVIRE POUR TUER LES DIEUX...
... ET IL LE LAISSE À LEUR CHARGE !
NON... IL NOUS REVIENT DE DROIT. S'IL EST NOTRE ROI, CE NAVIRE APPARTIENT À JOTUNHEIM.
SI LOKI N'EN VEUT PAS... S'IL EST TROP FAIBLE POUR LE LEUR REPRENDRE...
... ALORS NOUS LE RÉCUPÉRERONS POUR LUI !
SAUF QU'ON N'A JAMAIS NAVIGUÉ, GLUT.
D'HABITUDE, ON MARCHE ET ON FRACASSE.
RUT, MON FRÈRE... N'A-T-ON PAS APPRIS À LIRE, DERNIÈREMENT ? À DÉCHIFFRER CES PETITS GRIBOUILLIS POUR LEUR DONNER UN SENS ?

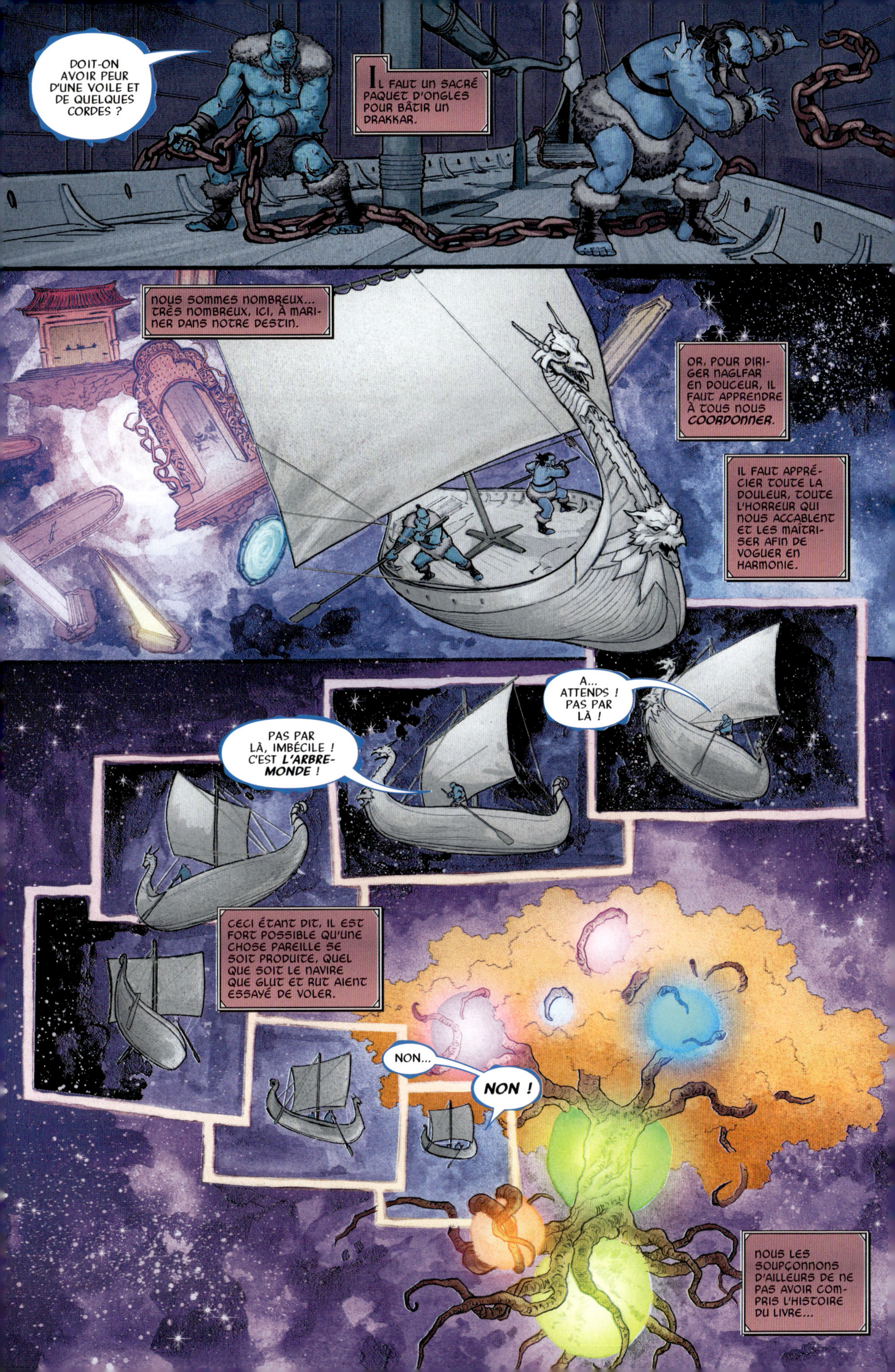
DOIT-ON AVOIR PEUR D'UNE VOILE ET DE QUELQUES CORDES ?
IL FAUT UN SACRÉ PAQUET D'ONGLES POUR BÂTIR UN DRAKKAR.
NOUS SOMMES NOMBREUX... TRÈS NOMBREUX, ICI, À MARINER DANS NOTRE DESTIN.
OR, POUR DIRIGER NAGLFAR EN DOUCEUR, IL FAUT APPRENDRE À TOUS NOUS COORDONNER.
IL FAUT APPRÉCIER TOUTE LA DOULEUR, TOUTE L'HORREUR QUI NOUS ACCABLENT ET LES MAÎTRISER AFIN DE VOGUER EN HARMONIE.
A... ATTENDS ! PAS PAR LÀ !
PAS PAR LÀ, IMBÉCILE ! C'EST L'ARBRE-MONDE !
CECI ÉTANT DIT, IL EST FORT POSSIBLE QU'UNE CHOSE PAREILLE SE SOIT PRODUITE, QUEL QUE SOIT LE NAVIRE QUE GLUT ET RUT AIENT ESSAYÉ DE VOLER.
NON...
NON !
NOUS LES SOUPÇONNONS D'AILLEURS DE NE PAS AVOIR COMPRIS L'HISTOIRE DU LIVRE...

... ET D'AVOIR SEULEMENT REGARDÉ LES *IMAGES*.
KA-KRUNCH

RUT !
GLUT...?
RUUUUUT !
YGGDRASIL, L'ARBRE-MONDE, POINT DE FUITE DES DIX ROYAUMES QUI COMPOSENT LA RÉALITÉ, SE DRESSE AU CENTRE DE L'UNIVERS.

SI UN ÉNORME BATEAU VENAIT À LE PERCUTER, LE MONDE ENTIER POURRAIT S'EN APERCEVOIR.
La Bonaerense"
PAR L'ENFER, QU'EST-CE QUE C'ÉTAIT QUE ÇA ?
OH. HM.
REGARDE.
LOKI... CE NE SERAIT PAS TON MAUDIT BATEAU ?
QUI, SAUF ERREUR DE MA PART, ÉTAIT PLACÉ SOUS LA SURVEILLANCE DE TES VEILLEURS.
Florida
ON DEVRAIT PEUT-ÊTRE...
OUI, LOKI.

LA MYTHOLOGIE NORDIQUE ILLUSTRÉE POUR JEUNES ENFANTS
LA MYTHOLOGIE NORDIQUE ILLUSTRÉE POUR JEUNES ENFANTS
OH, JE VOIS. C'EST PEUT-ÊTRE MA FAUTE, FINALEMENT.
L'IMPACT ÉTAIT PUISSANT, MAIS L'ARBRE-MONDE EST ROBUSTE. IL N'A RIEN.
JE VOIS. TANT MIEUX.
LE NAVIRE, EN REVANCHE...
AH...

"MONTRE-MOI."
LOKI. QU'Y A-T-IL ?
J'AI L'IMPRESSION QU'IL MANQUE TROIS MORCEAUX.
TROIS MORCEAUX DE BOIS FLOTTÉ DE NAGLFAR, À LA DÉRIVE, QUELQUE PART DANS L'UNIVERS.
C'EST SÛREMENT TROIS FOIS RIEN.
NON, VRAIMENT. JE SUIS À PEU PRÈS SÛR QU'IL N'Y A PAS DE SOUCI À SE FAIRE.
LOKI. EXPLIQUE-TOI.
EH BIEN...
LOKI SOUPÇONNE, COMME VOUS, PROBABLEMENT, QU'IL EST FORT IMPROBABLE QUE CES MORCEAUX DE NAGLFAR...
... IMPRÉGNÉS COMME NOUS LE SOMMES DE PLUSIEURS MILLÉNAIRES DE MALHEURS, UNIS LES UNS AUX AUTRES PAR LA MAGIE NOIRE ET TREMPÉS DANS LE SANG DES GÉANTS DES GLACES...
... NE VOYAGENT À TRAVERS LE COSMOS SANS PROVOQUER QUELQUE CATASTROPHE.

LE PREMIER A DÉJÀ ÉCHOUÉ SUR NIDAVELLIR, OÙ LES NAINS DE JADIS CONFECTIONNAIENT DE MERVEILLEUX ARTEFACTS...
... JUSQU'À CE QU'ILS MEURENT, POUR LA PLUPART, DANS D'ATROCES SOUFFRANCES, SOUS LES GRIFFES DE CEUX QUI CONVOITAIENT LE FRUIT DE LEUR SAVOIR-FAIRE.*
* VOIR CARNAGE, TOME 2.
IL REPOSE À MÊME LA TERRE, FORT D'UN POTENTIEL INSOUPÇONNÉ. PRODIGIEUX MATÉRIAU, POUR UN FORGERON... N'EST-CE PAS ?
LE DEUXIÈME EST EMPORTÉ DANS LE LOINTAIN PAR LES FLOTS COSMIQUES...
... AVANT DE DISPARAÎTRE DANS UN CONTRE-COURANT CÉLESTE.

ENFIN, LE TROISIÈME ET PLUS GROS MORCEAU, AMAS D'ÂMES SINGULIÈREMENT CRUELLES ET AMÈRES QUI SERVAIT DE RENFORT À NOTRE COQUE, EST TOMBÉ EN MIDGARD...
... SUR UN CONTINENT QUE LES VIKINGS ONT FOULÉ UN DEMI-SIÈCLE AVANT LES NAVIRES DE CHRISTOPHE COLOMB.
OÙ IL A APPELÉ CES MORTELS DONT L'ÊTRE TURGESCENT POUVAIT TROUVER SON ÉCHO EN LUI.
ROSARIO
ET IL A ÉTÉ TROUVÉ.

NAGLFAR DOIT ÊTRE RÉPARÉ.
JE M'EN OCCUPE.
FAIS VITE, LOKI... ET SOIS DISCRET.
SI CES MORCEAUX DE BOIS SONT AUSSI DANGEREUX QUE TU LE DIS...
... TU AS CONSTRUIT UNE ARME... ET TES SUJETS EN ONT PROPULSÉ DES ÉCLATS DANS DES ROYAUMES QUI NE SONT PAS LES NÔTRES.
JE SAIS, JE SAIS. ÇA POURRAIT ÊTRE INTERPRÉTÉ COMME UNE DÉCLARATION DE GUERRE, ET PATATI, ET PATATA.
JE FERAIS MIEUX DE ME METTRE EN ROUTE. LE RESTE DU VAISSEAU ME CONDUIRA AUX PIÈCES MANQUANTES.
TU COMPTES LE MANŒUVRER ?
NE DIS PAS N'IMPORTE QUOI. JE NE PEUX PAS MANŒUVRER UN NAVIRE TROUÉ.
JE VAIS SIMPLEMENT L'EMPORTER.

JOTUNHEIM.
LE ROYAUME DE LOKI.
(OÙ IL AURAIT CERTAINEMENT DÛ ÊTRE À L'ORIGINE...)
LOKI FOR PRESIDENT
OÙ EST PASSÉE CETTE MAUDITE...?
AHA !
JE RISQUE D'EN AVOIR BESOIN.
ET PRÉPARE-MOI QUELQUES SANDWICHES, DRRF. S'IL TE PLAÎT.
MON SEIGNEUR. IL Y EN A BEAUCOUP PARMI NOUS...
JE VEUX DIRE, EUH... PARMI VOS... VOS SUJETS...
... QUI, EH BIEN, SE DEMANDENT S'ILS DOIVENT SE PRÉPARER À LA GUERRE.
À LA GUERRE ?

SI LES AGISSEMENTS DE CES DEUX REBELLES NOUS ATTIRENT LES FOUDRES DES AUTRES ROYAUMES... FAUT-IL NOUS ATTENDRE À **REPOUS-SER** LEUR INVASION ?
ET **COMBIEN** DE MES DÉVOUÉS SUJETS, AU JUSTE, SE POSENT LA QUESTION ?
NE SONT-ILS PAS SUFFI-SAMMENT BRAVES POUR ME FAIRE LEURS DOLÉANCES EN PERSONNE ?
JE VOIS.

GÉANTS DE JOTUNHEIM. LES JOURS À VENIR S'ANNONCENT PÉRILLEUX.
JE NE VOUS DEMANDE QUE TROIS CHOSES.
SERIEZ-VOUS PRÊTS À VOUS BATTRE, S'IL NOUS FALLAIT PARTIR EN GUERRE ?
OUI !
ME SUIVREZ-VOUS AVEUGLÉMENT SUR LE CHAMP DE BATAILLE, PARÉS À FAIRE COULER LE SANG DÈS QUE JE VOUS EN DONNERAI L'ORDRE ?
OUI !
ENFIN, ÊTES-VOUS BIEN CONSCIENTS QUE CEUX D'ENTRE VOUS QUI ONT AIDÉ RUT ET GLUT DU CLAN FLUTIN À VOLER MON NAVIRE DE GUERRE SONT VOUÉS À MOURIR SOUS PEU DANS D'ATROCES SOUFFRANCES !
OU...
HEIN ?

C'EST DRÔLE, MAIS J'AI DU MAL À CROIRE QUE CES DEUX GÉNIES SOIENT CAPABLES D'ENTRER DANS UN COFFRE INTERDIMENSIONNEL ASGARDIEN TOUT SEULS.
ILS AURAIENT EU BESOIN DE MAGIE. D'UNE MAGIE SEMBLABLE À LA TIENNE, SKRYMIR.
JE DOUTE ÉGALEMENT QU'ILS SOIENT CAPABLES D'ÉCHAFAUDER CE PLAN EN PREMIER LIEU... ET DE TROUVER LE COURAGE DE LE MENER À BIEN...
IL LEUR AURAIT SÛREMENT FALLU LES ENCOURAGEMENTS DE LEURS SEMBLABLES.
MAIS JE SUPPOSE QUE VOUS N'ÊTES PAS ASSEZ STUPIDES POUR VOUS IMPLIQUER DANS UNE AFFAIRE PAREILLE.
VOUS AVEZ TOUS FINI LES LIVRES QUE JE VOUS AVAIS DEMANDÉ DE LIRE. VOUS SAVEZ TOUS CE QU'EST LE RAGNAROK... N'EST-CE PAS ?
NOUS AUTRES, CONSTITUANTS D'UN NAVIRE BÂTI POUR LE RAGNAROK, AVONS PRIS POUR HABITUDE D'EN DISCUTER ENTRE NOUS.

LE RAGNAROK... LA FIN DU MONDE.
LA GUERRE QUI DOIT NOUS OPPOSER AUX DIEUX. LA GUERRE QUI DOIT SONNER LE GLAS DES DIEUX.
IL S'AGIT D'UN ÉVÉNEMENT PÉRIODIQUE, QUI NOURRIT LES CYCLES DE MORT ET DE RENAISSANCE DE L'UNIVERS.
CERTAINS PARMI NOUS CROIENT QUE L'UNIVERS LUI-MÊME EST UNE MÉTAPHORE DU RAGNAROK...
... QUE TOUTES LES ÉPREUVES, LES BATAILLES ET LES GUERRES DE L'HISTOIRE NE SONT QUE LES ONDES DE CHOC DE CE CONFLIT, QUI SE RÉPERCUTENT DANS LE TEMPS ET L'ESPACE.
D'AUTRES PARMI NOUS PENSENT QUE CETTE THÉORIE EST QUELQUE PEU EXAGÉRÉE.
MAIS IL EST VRAI QUE CERTAINES RÉGIONS CONNAISSENT LEURS PROPRES CYCLES DE MORT ET DE RENAISSANCE.
NIDAVELLIR, PAR EXEMPLE.

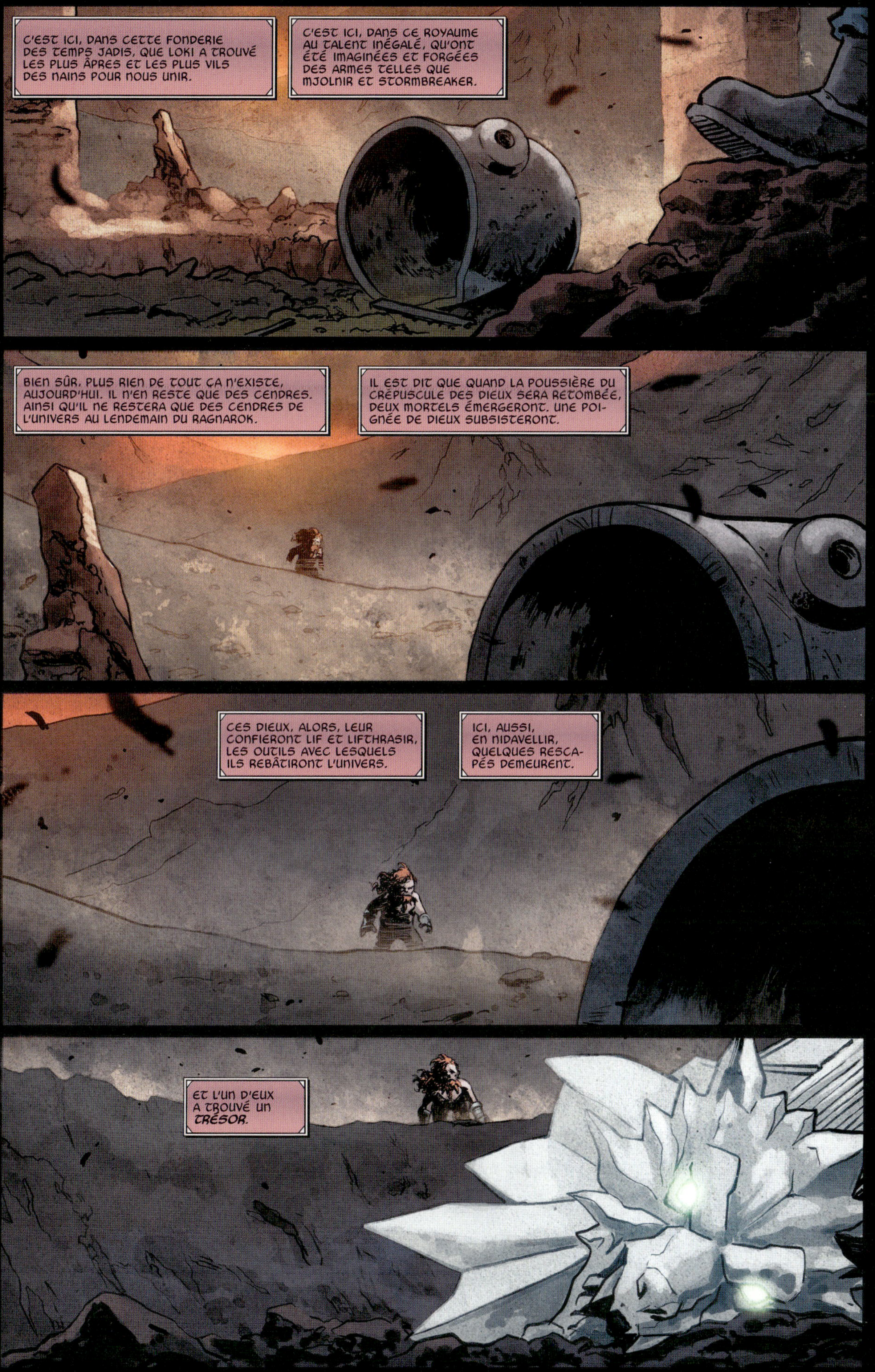
C'EST ICI, DANS CETTE FONDERIE DES TEMPS JADIS, QUE LOKI A TROUVÉ LES PLUS ÂPRES ET LES PLUS VILS DES NAINS POUR NOUS UNIR.
C'EST ICI, DANS CE ROYAUME AU TALENT INÉGALÉ, QU'ONT ÉTÉ IMAGINÉES ET FORGÉES DES ARMES TELLES QUE MJOLNIR ET STORMBREAKER.
BIEN SÛR, PLUS RIEN DE TOUT ÇA N'EXISTE, AUJOURD'HUI. IL N'EN RESTE QUE DES CENDRES. AINSI QU'IL NE RESTERA QUE DES CENDRES DE L'UNIVERS AU LENDEMAIN DU RAGNAROK.
IL EST DIT QUE QUAND LA POUSSIÈRE DU CRÉPUSCULE DES DIEUX SERA RETOMBÉE, DEUX MORTELS ÉMERGERONT. UNE POIGNÉE DE DIEUX SUBSISTERONT.
CES DIEUX, ALORS, LEUR CONFIERONT LIF ET LIFTHRASIR, LES OUTILS AVEC LESQUELS ILS REBÂTIRONT L'UNIVERS.
ICI, AUSSI, EN NIDAVELLIR, QUELQUES RESCAPÉS DEMEURENT.
ET L'UN D'EUX A TROUVÉ UN *TRÉSOR*.

ALORS... VOUS DITES QUE VOUS AVEZ ENSORCELÉ NAGLFAR POUR QUE QUICONQUE EST IMPLIQUÉ DANS SES MOUVEMENTS AVANT LE RAGNAROK MEURE DANS D'ATROCES SOUFFRANCES ?
EXACTEMENT. DÉCAPITATION, PENDAISON... ET AUTRES CHÂTIMENTS EN "ON".
QUICONQUE... SAUF MOI, BIEN SÛR. EH OUI... J'ÉTAIS DU GENRE ESPIÈGLE, À L'ÉPOQUE.
NÉANMOINS, IL Y A PEUT-ÊTRE UN MOYEN D'ÉCHAPPER À CES TERRIBLES DESTINS.
JE N'AURAI PAS LE TEMPS DE LE CHERCHER MOI-MÊME, MAIS SI LE CŒUR VOUS EN DIT, JE SUIS SÛR QUE LA BIBLIOTHÈQUE ROYALE AURA LA RÉPONSE.
"À VOTRE PLACE, JE COMMENCERAIS À UN BOUT, ET JE REMONTERAIS JUSQU'À L'AUTRE."
HA.
UNE MALÉDICTION SUR UN BATEAU. ET MOI QUI AVAIS PEUR QU'ILS NE MORDENT PAS À L'HAMEÇON.
MAINTENANT, DIRECTION... NIDAVELLIR, JE CROIS...

ALLONS CHERCHER CE PREMIER MORCEAU AVANT QU'IL NE FASSE TROP D'HISTOIRES.
NIDAVELLIR.
HM. ÇA COMMENCE MAL...

IL S'APPELLE SEMIR BARBECHAUME.
IL TRAVAILLAIT DANS LES VALLÉES, LOIN DES FORGES PRINCIPALES, ET FUT NÉGLIGÉ PAR LA FIN DE SON MONDE.
EN SON TEMPS, C'ÉTAIT UN FORGERON RESPECTABLE... MAIS LOIN D'ÊTRE SPÉCIAL.
JUSQU'À CE QU'IL TROUVE UN MORCEAU DE NOUS.
ET SI LES FORGES DE SON ROYAUME ONT REFROIDI, IL A BIENTÔT COMPRIS QU'IL N'AVAIT PAS BESOIN DE FEU POUR NOUS REMODELER...
QUE NOUS POUVIONS NOUS TRANSFORMER D'UN SIMPLE CONTACT.

IL N'A PAS MÊME EU BESOIN DE SONGER À EN FAIRE UNE ARME.
IL LUI A SUFFI DE PENSER AUX NUITS, AMÈRES AU POINT DE FAIRE TREMBLER SON FILS AIMÉ, EITIN... ET AUX RACINES DES ARBRES QUI, ÉPARGNÉES PAR LA MORT DE SON ROYAUME, EN ÉTAIENT MALGRÉ TOUT DEVENUES FLÉTRIES ET DURES À COUPER.
IL VOULAIT UNE HACHE DE BONNE QUALITÉ.
IL NE S'ATTENDAIT PAS À NOTRE BEAUTÉ, À NOTRE LÉTALITÉ.
PAS PLUS QUE LES AUTRES CLANS, QUAND ILS L'ONT TROUVÉ, NE L'ONT CRU CAPABLE DE NOUS FORGER LUI-MÊME.

Nous sommes d'une *beauté* sans pareille, vous voyez ?
Ils nous voulaient tous.
Or, Semir et son clan n'étaient pas prêts à nous céder.
Et, disons...
... qu'une chose en entraînant une autre...
... nous sommes entrés *en guerre*.
Oh. Douce-ment, voyons...

MES AMIS...NE RECONNAISSEZ-VOUS PAS LOKI, VOTRE ALLIÉ DE TOUJOURS ?
OUMPF !
VOUS NE VOULEZ VRAIMENT PAS SAVOIR POURQUOI JE...?
AH.
VOILÀ EXACTEMENT CE QUE JE SUIS VENU CHERCHER.
ÉCOUTE-MOI...
HÉLAS, LOKI FILS DE LAUFEY... IL SEMBLE QUE SEMIR SE SOIT LASSÉ D'ÉCOUTER.

QUI ES-TU, AU DEMEURANT, POUR DÉCIDER LESQUELS DE NOUS SONT MAUDITS ET LESQUELS NE LE SONT PAS ? POURQUOI TOI, NOTRE CRÉATEUR, TU Y SERAIS IMMUNISÉ ?
POURQUOI NE SERAIT-CE PAS À NOUS D'EN DÉCRÉTER ?
APRÈS TOUT, C'EST NOTRE HISTOIRE, À PRÉSENT. PAS LA TIENNE.

LE MENTEUR (2)

Loki (2023) 2

Couverture : **DUSTIN NGUYEN**

NIDAVELLIR
LE ROYAUME DES NAINS.
(DU MOINS, POUR LES QUELQUES RESCAPÉS QUI ONT ÉCHAPPÉ AUX MASSACRES.)
C'EST À PEINE SI LE PREMIER COUP EFFLEURE SA TÊTE.
LE DEUXIÈME NE TOUCHE QUE L'ÉTOFFE ET LA TERRE.

LE TROISIÈME, HÉLAS, N'EST PAS ADMINISTRÉ PAR NOTRE LAME... MAIS PAR LE FILS DE NOTRE MAÎTRE, EITIN BARBECHAUME.
APRÈS TOUT, NOUS SOMMES UN FRAGMENT DE NAGLFAR, LE NAVIRE MAUDIT, CHANGÉ EN HACHE... NOUS AURIONS DÛ NOUS DOUTER QU'IL NE SERAIT PAS SI SIMPLE D'ÉLIMINER UN MÉTAMORPHE.
MAIS VOIR NOTRE CRÉATEUR AINSI SOUFFRIR, AU MOINS, NOUS APPORTE UNE MESURE DE RÉCONFORT.

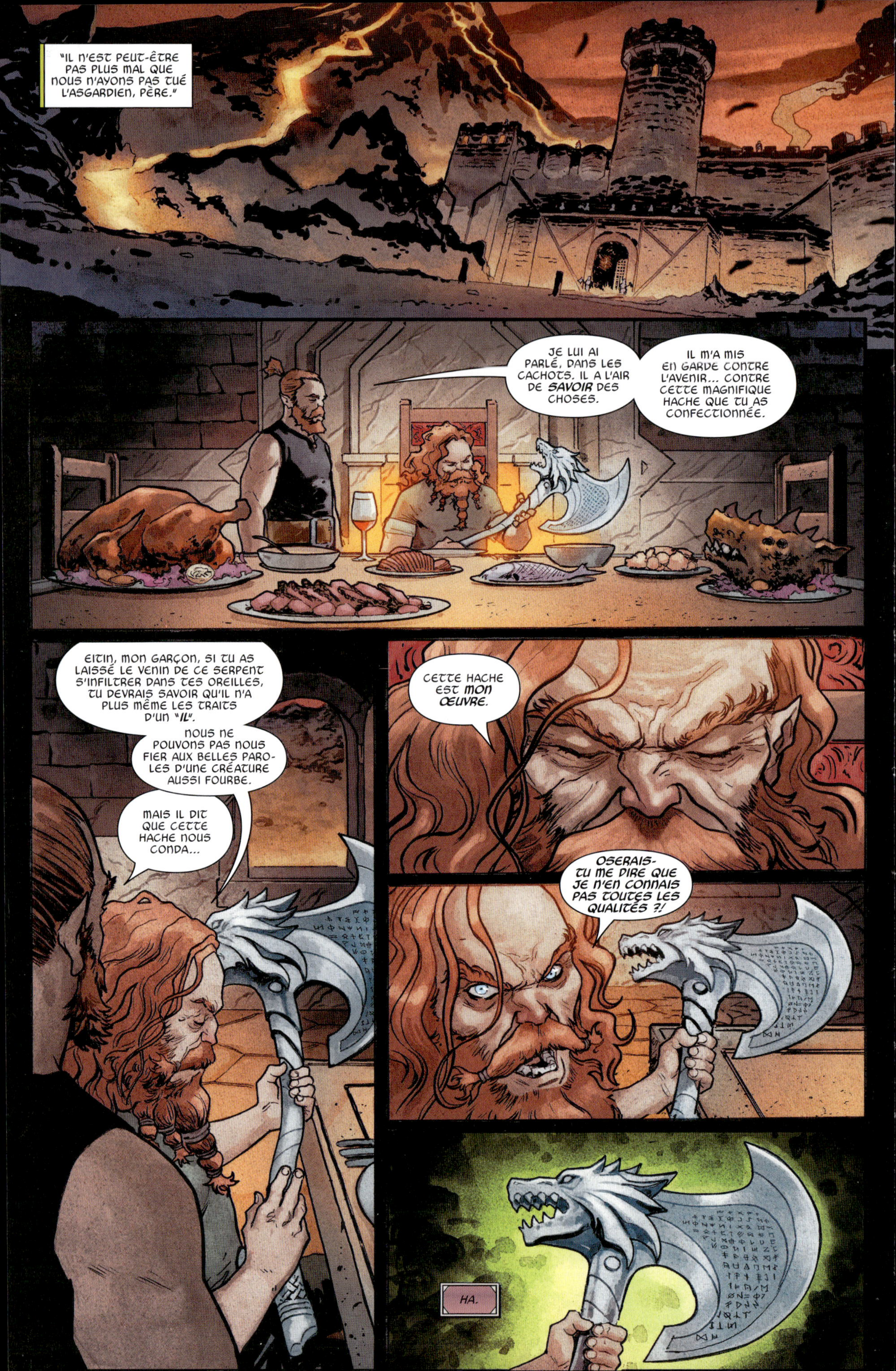
"IL N'EST PEUT-ÊTRE PAS PLUS MAL QUE NOUS N'AYONS PAS TUÉ L'ASGARDIEN, PÈRE."
JE LUI AI PARLÉ, DANS LES CACHOTS. IL A L'AIR DE SAVOIR DES CHOSES.
IL M'A MIS EN GARDE CONTRE L'AVENIR... CONTRE CETTE MAGNIFIQUE HACHE QUE TU AS CONFECTIONNÉE.
EITIN, MON GARÇON, SI TU AS LAISSÉ LE VENIN DE CE SERPENT S'INFILTRER DANS TES OREILLES, TU DEVRAIS SAVOIR QU'IL N'A PLUS MÊME LES TRAITS D'UN "IL".
NOUS NE POUVONS PAS NOUS FIER AUX BELLES PAROLES D'UNE CRÉATURE AUSSI FOURBE.
MAIS IL DIT QUE CETTE HACHE NOUS CONDA...
CETTE HACHE EST MON ŒUVRE.
OSERAIS-TU ME DIRE QUE JE N'EN CONNAIS PAS TOUTES LES QUALITÉS ?!
HA.

IL EST VRAI, POURTANT, QUE TU AS TREMPÉ CETTE HACHE DANS LE SANG DU YURI, DU CLAN DES PEAUX DE FER.
LOKI ME DIT QUE RURI, LE FRÈRE DE YURI, A SOIF DE VENGEANCE, À PRÉSENT.
YURI VOULAIT MA HACHE. IL A ESSAYÉ DE ME LA VOLER.
LOKI DIT QUE RURI A ÉTÉ CHERCHER UNE ÉPINE DE DRAGON...
"... QU'IL EST EN TRAIN DE CONFECTIONNER UNE PUISSANTE LANCE, IMPRÉGNÉE DE SANG DE SALAMANDRE ET DES FLAMMES DE L'ENFER."

L'ÉPINE DE DRAGON... SON CARTILAGE EST EXPLOSIF. C'EST UNE RESSOURCE BIEN TROP VOLATILE À TRAVAILLER.
J'AI ENVOYÉ DES ÉCLAIREURS. ILS CONFIRMENT QUE RURI A TROUVÉ LA MATIÈRE PREMIÈRE.
IL PENSE QUE SI TU AS ÉTÉ CAPABLE DE CRÉER CETTE HACHE, IL N'A PAS MOINS DE CHANCES D'Y ARRIVER.
TANT MIEUX. QU'IL EMPORTE SON CLAN AVEC LUI DANS LES FLAMMES.
TU AS AUSSI ABATTU SOLMO, DU CLAN DES ÂMES DE CHÊNE...
"LOKI PRÉTEND QUE SES SŒURS ONT EXTRAIT LA ROCHE DES STATUES DES CATACOMBES, SOUS LE CHÂTEAU DU GRIMOIRE.
"ELLES ONT L'INTENTION D'Y TAILLER UNE ÉPÉE DE PIERRE DOTÉE DE TERRIBLES QUALITÉS."

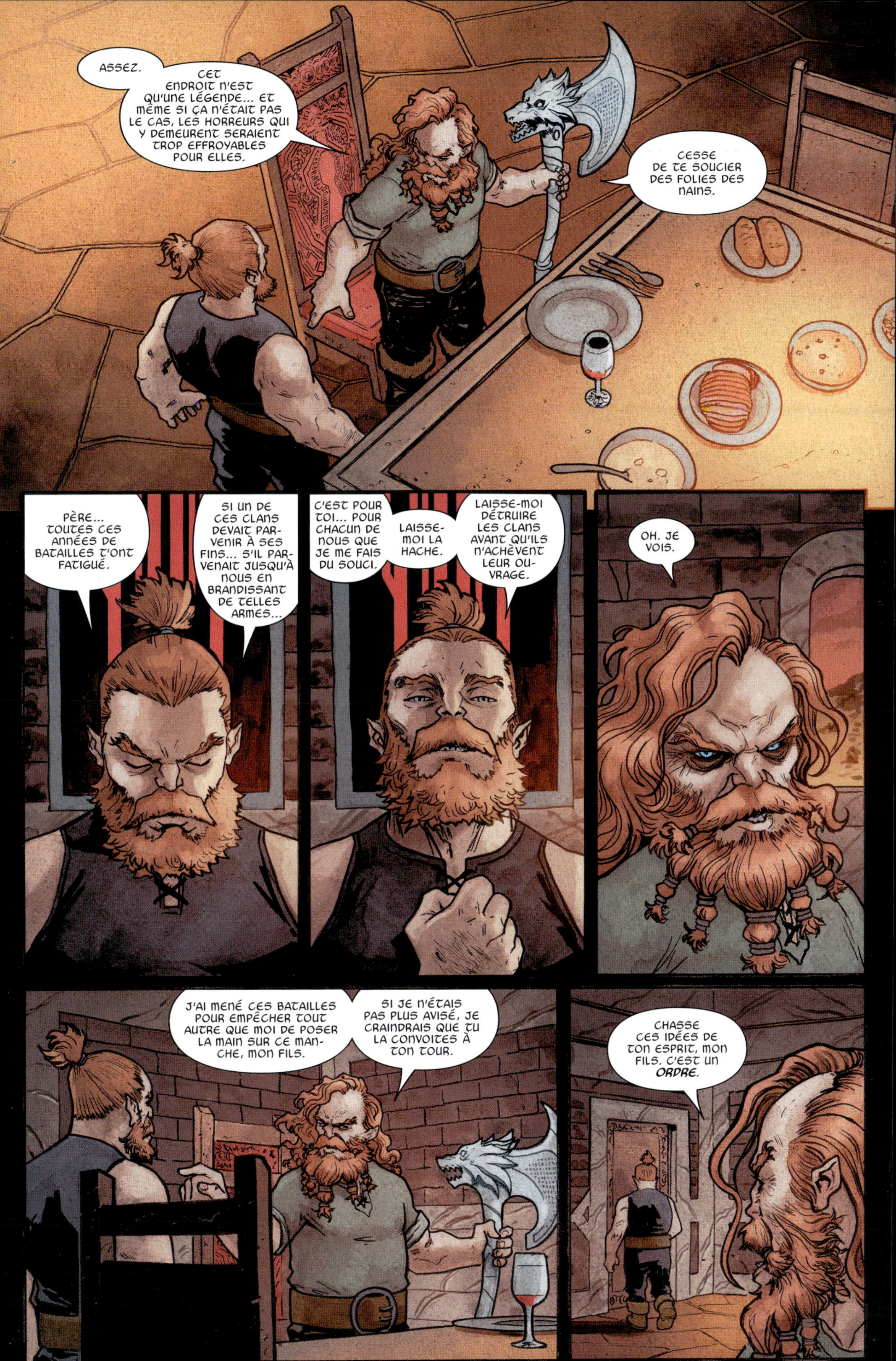

ASSEZ.
CET ENDROIT N'EST QU'UNE LÉGENDE... ET MÊME SI ÇA N'ÉTAIT PAS LE CAS, LES HORREURS QUI Y DEMEURENT SERAIENT TROP EFFROYABLES POUR ELLES.
CESSE DE TE SOUCIER DES FOLIES DES NAINS.
PÈRE... TOUTES CES ANNÉES DE BATAILLES T'ONT FATIGUÉ.
SI UN DE CES CLANS DEVAIT PARVENIR À SES FINS... S'IL PARVENAIT JUSQU'À NOUS EN BRANDISSANT DE TELLES ARMES...
C'EST POUR TOI... POUR CHACUN DE NOUS QUE JE ME FAIS DU SOUCI.
LAISSE-MOI LA HACHE.
LAISSE-MOI DÉTRUIRE LES CLANS AVANT QU'ILS N'ACHÈVENT LEUR OUVRAGE.
OH. JE VOIS.
J'AI MENÉ CES BATAILLES POUR EMPÊCHER TOUT AUTRE QUE MOI DE POSER LA MAIN SUR CE MANCHE, MON FILS.
SI JE N'ÉTAIS PAS PLUS AVISÉ, JE CRAINDRAIS QUE TU LA CONVOITES À TON TOUR.
CHASSE CES IDÉES DE TON ESPRIT, MON FILS. C'EST UN *ORDRE*.

OH, PETIT NAVIRE...
SI J'AVAIS SU QUE TU M'ENNUIERAIS À CE POINT UN JOUR...
CHUNK
KLIK
CHUUNK
KROOM
TIENS. LE VOILÀ QUI REVIENT.

IL REFUSE D'ENTENDRE RAISON.
C'EST LÀ LE LOT DE TOUS LES PÈRES, JE LE CRAINS.
CE N'ÉTAIT PAS UN NAIN BELLIQUEUX, AVANT QU'IL NE TROUVE LES MATÉRIAUX DE CETTE HACHE.
JE COMMENCE À CROIRE QUE LES ÂMES DE NAGLFAR SE SONT RENTRÉ UNE IDÉE DANS LE CRÂNE.
ELLES VEULENT QUE D'AUTRES SOUFFRENT COMME ELLES ONT SOUFFERT.
SI SEULEMENT IL EXISTAIT UN MOYEN DE L'EN PROTÉGER. DE CETTE HACHE COMME DES ARMES QUE LES PEAUX DE FER ET LES ÂMES DE CHÊ-NE SONT EN TRAIN DE CRÉER.
IL N'Y EN A PAS. À MOINS DE ME LAISSER SOR-TIR DE LÀ.
NAGLFAR EST MA CRÉATION. JE DOUTE QU'IL RESTE LE MOINDRE FRAGMENT DE MAGIE DANS TON ROYAUME QUI PUISSE RIVALISER AVEC LA MIENNE.
CE QUE J'AI VU DE MES PROPRES YEUX M'A CONVAINCU QUE CETTE HACHE NUIT À MON PÈRE.
MAIS JE REFUSE DE CROIRE QUE TU ME PENSES ASSEZ STUPIDE POUR TE FAIRE CONFIANCE, LOKI, FILS DE LAUFEY.

TU ES LÀ OÙ EST TA PLACE. DERRIÈRE CES VERROUS ET CES SCEAUX, DIEUX DES MENSONGES.
SLAM
KLINK KLONK
FOOM KLIK
AINSI DONC, IL N'Y A PAS ICI UN FRAGMENT DE MAGIE QUI SOIT À LA HAUTEUR DE LA TIENNE, HEIN ?
DANS CE CAS...
SIG. SOG. CHERS COUSINS...
FAITES CHAUFFER LES FOURS.
LA COURONNE DE LOKI EST FAITE D'OR.

MAIS L'OR EST UN MÉTAL POREUX. IL ABSORBE ET CONDUIT MIEUX QUE LA PLUPART DES AUTRES MÉTAUX.
ET CETTE COURONNE A PASSÉ D'INNOMBRABLES MILLÉNAIRES À S'IMPRÉGNER DE LA PERFIDIE DE LOKI.
DE SA MALICE.
DE SA MALVEILLANCE.
AUSSI FAUT-IL ADMETTRE...
... QU'EITIN BARBE-CHAUME, FILS DE SEMIR, A EU LÀ UNE IDÉE REMARQUABLE.

L'ARC QU'IL EN TIRE RIVALISE AVEC NOTRE BEAUTÉ. IL INSPIRE AUTANT D'ÉMERVEILLEMENT, OU PRESQUE, À CEUX QUI POSENT LES YEUX DESSUS.
HRNNNNNNNNNN
ET C'EST À PEINE S'IL A EU LE TEMPS DE REFROIDIR QUAND LES CLANS ENNEMIS APPARAISSENT AUX PORTES DU CHÂTEAU.
HMMM ?
HM.

NOTRE MAÎTRE DISAIT VRAI, QUAND IL AFFIRMAIT QUE L'ÉPINE DE DRAGON ÉTAIT TROP INSTABLE POUR ÊTRE TRAVAILLÉE.
MAIS RURI, DU CLAN DES PEAUX DE FER, AVAIT SUFFISAMMENT DE CHAGRIN ET DE RAGE DANS LESQUELS TREMPER SON MATÉRIAU POUR LE DÉMENTIR.
LE FRUIT DE SON OUVRAGE EST PRODIGIEUX.
PAS AUTANT QUE *NOUS*, BIEN SÛR.

NOTRE MAÎTRE NE S'Y TROMPAIT PAS NON PLUS, QUAND IL PRÉTENDAIT QUE LA PIERRE DES CATACOMBES FERAIT UNE ARME TROP PEU MANIABLE.
MAIS IL S'AVÈRE QUE LE CLAN DES ÂMES DE CHÊNE EST PASSÉ MAÎTRE DANS LE MANIEMENT DES RUNES AÉRIENNES. ET AINSI MARQUÉE, L'ÉPÉE A CONSERVÉ LA FORCE DE LA PIERRE TOUT EN ACQUÉRANT LA LÉGÈRETÉ D'UNE PLUME.
SEULES, AUCUNE DE CES ARMES NE FERAIT LE POIDS CONTRE NOUS.
ENSEMBLE, IL FAUT ADMETTRE QUE LA DIFFICULTÉ COMMENCE À PESER LOURD.
HRGH !
PÈRE !
TOUTE LA RUSE, TOUTE L'ESPIÈGLERIE DE LOKI RASSEMBLÉES DANS UNE FLÈCHE UNIQUE.
L'IDÉE N'ÉTAIT PAS MAUVAISE...

... MAIS EITIN AURAIT PEUT-ÊTRE DÛ Y RÉFLÉCHIR À DEUX FOIS.
TIENS BON, P...
BOOOOOM
IL AURAIT PU COMPRENDRE QUE LE MAL, LA MALICE ET LA FOURBERIE RISQUAIENT DE LUI JOUER UN TOUR.

EITIN ?!
MON FILS !
HMM.
VOILÀ QUI DEVRAIT SUFFIRE.
CHUNK
KLIK
CHUUNK
KROOM

JE NE VOULAIS PAS EN FAIRE UNE ARME.
JE NE VOULAIS PAS LA GUERRE.
JE NE VOULAIS QU'UNE HACHE POUR COUPER DU BOIS ET GARDER MON GARÇON AU CHAUD.
EH BIEN...
IL N'A PLUS L'AIR D'AVOIR FROID, AU MOINS.
VA EN ENFER, LOKI, FILS DE LAUFEY. ET PRENDS CETTE MAUDITE HACHE AVEC TOI.
J'ESPÈRE QU'ELLE TE PROCURERA TOUT LE BONHEUR QU'ELLE M'A APPORTÉ.
TU NE PEUX PAS DIRE QUE JE NE T'AVAIS PAS PRÉVENU, SEMIR BARBE-CHAUME.
TU BRANDISSAIS UNE ARME FORGÉE À PARTIR DES ONGLES DES MAL-AIMÉS...

"... À QUOI T'ATTENDAIS-TU ?"
VOUS SAVEZ, JE COMMENCE À CROIRE QUE VOUS ÊTES MAUDITS.
JE SUPPOSE QUE JE FERAIS BIEN DE ME METTRE EN QUÊTE DU DEUXIÈME MORCEAU SANS ATTENDRE.
LAISSONS LOKI PARTIR À LA RECHERCHE DE NOTRE DEUXIÈME FRAGMENT. IL EST MIEUX CACHÉ QUE LE PREMIER, CELA POURRAIT LUI PRENDRE UN CERTAIN TEMPS...
VOYONS PLUTÔT CE QU'IL EST ADVENU DU TROISIÈME.
MIDGARD.
NEW YORK.
En Floride, un homme disparaît dans un halo de lumière verte

JE M'APPELLE **MICK MULLIGAN**, MAIS LES GENS M'APPELLENT LE **PUANT**... PARCE QUE JE N'AIME PAS ME LAVER, JE CROIS.
EN RÉALITÉ, C'EST QUE JE NE FAIS PAS CONFIANCE À L'EAU... ELLE EST BOURRÉE DE **PRODUITS CHIMIQUES**.
BREF. JE... J'AI TROUVÉ **ÇA**. C'EST MON TRUC À MOI. J'AI DE LA CHANCE... JE TROUVE DES CHOSES.
ALORS, JE L'AI TROUVÉ, JE L'AI RAMASSÉ... ET C'EST LÀ QUE ÇA S'EST TRANSFORMÉ, ENTRE MES MAINS. ET JE CROIS... JE CROIS QUE ÇA S'EST TRANSFORMÉ EN ARME.
EN QUELQUE CHOSE DE **DANGEREUX**, EN TOUT CAS.
PERSONNELLEMENT, J'EN AURAI PAS L'UTILITÉ. PAR CONTRE, J'AURAI BIEN BESOIN DE **POGNON**... DE PAS MAL DE POGNON. COMME TOUT LE MONDE, J'IMAGINE.
ALORS, JE ME SUIS DIT QU'UN HOMME TEL QUE VOUS POURRAIT ÊTRE INTÉRESSÉ, M. LE **HIBOU**.
MONTRE-MOI. ET RECULE-TOI.
SNIFF
RECULE-TOI **PLUS QUE ÇA**.
QU'EST-CE...? OÙ EST-CE QUE TU AS VU UNE ARME ?
AS-TU LA MOINDRE IDÉE DE CE QU'IL ADVIENT DES GENS QUI ME FONT PERDRE MON TEMPS ?

FRAGILE
FRAGILE
HANDLE WITH CARE
THIS SIDE UP
BIEN SÛR, M. L'HIBOU. ET JE N'OSERAIS PAS, BIEN SÛR... MAIS REGARDEZ-Y DE PLUS PRÈS, VOUS ALLEZ COMPRENDRE.
TSS. C'EST...
UNE SECONDE.
NON.
NON, NON, NON, NON, NON. COMMENT...?
ENLEVEZ-MOI ÇA DE LÀ !
SORS DE LÀ ! SORS DE LÀ *TOUT DE SUITE* !
QUE... QU'EST-CE QUE TU M'AS FAIT ?!
NAVRÉ DE N'AVOIR PAS SU VOUS INTÉRESSER, M. LE HIBOU. MAIS NE VOUS INQUIÉTEZ PAS...
... J'AI PLEIN DE RENDEZ-VOUS. JE SUIS SÛR QUE JE FINIRAI PAR TROUVER PRENEUR.

LE MENTEUR (3)

Loki (2023) 3
Couverture : **DUSTIN NGUYEN**

C'était un héros de la guerre *Krees/Skrulls*.
Doué de pouvoirs psychiques dès la naissance, il a protégé les Krees sur la planète gelée de *Kava*, en bordure de l'espace skrull.
Il a repoussé maintes et maintes fois les assauts des Skrulls, qui ont fini par rassembler toute une armée pour le vaincre.
Et leur force d'invasion était si forte que le héros s'est enfui... et a abandonné son peuple aux griffes de l'ennemi.
C'est, du moins, ce que raconte la légende.
Aujourd'hui, chaque année, les descendants des rescapés de Kava brûlent son effigie dans un festival de sons, de lumière et de flammes.
Ce, pour que jamais personne n'oublie de maudire le nom de *Ko-Mir le Lâche*.
Mais nous savons exactement ce que vous vous dites...

… QUEL RAPPORT AVEC LOKI ?
VOILÀ QUI EST MIEUX.
ÇA, C'EST UNE FÊTE.
ILS ONT L'AIR D'AIMER LEUR SOLEIL, EN TOUT CAS.
KAVA A PIÉGÉ UNE BOULE DE GAZ EN MIGRATION DANS SON ORBITE, APRÈS LE MASSACRE. BOULE QUI, EFFECTIVEMENT, EST DEVENUE EN QUELQUE SORTE UN SOLEIL PRIVÉ.
PAR CONSÉQUENT, LA PLANÈTE DISPOSE DE SON PROPRE CLIMAT.
LE PEUPLE D'ICI Y A VU LA FAVEUR DE SES GÉNITEURS, QUI LUI ENVOYAIENT UN PEU DE CHALEUR APRÈS LA GUERRE.
IL LUI APPORTE LA PAIX.
J'IMAGINE, OUI. IL FAIT BON, ICI, POUR UNE PLANÈTE EN BORDURE D'UNE GALAXIE.
DIS-MOI, HULKLING… AS-TU DÉJÀ APPRIS À TON EMPIRE À PRÉPARER DES MICHELADAS ?
J'APPRÉCIE, LOKI, QUE TU SOIS VENU ME VOIR PLUTÔT QUE DE TE FAUFILER…
… MAIS TA SIMPLE PRÉSENCE SUFFIT À INCOMMODER TOUT L'EMPIRE.
ET IL ME SEMBLE T'AVOIR ENTENDU DIRE QUE TU VENAIS EN QUÊTE D'UN MORCEAU DE BOIS FLOTTÉ MAUDIT QUI POUVAIT SEMER LE CHAOS ET LA DISCORDE DANS LE ROYAUME.
ALORS, S'IL EST VRAIMENT QUELQUE PART ICI, JE SUGGÈRE QUE NOUS LE RETROUVIONS AU PLUS VITE.
OH, BILLY… TEDDY… VOUS AVEZ SUR VOUS CET AIR SI… SI SOUVERAIN. ON EN A PARCOURU DU CHEMIN, TOUS LES TROIS. VOUS VOUS RAPPELEZ, QUAND ON S'AMUSAIT TOUS ENSEMBLE ? LES "YOUNG AVENGERS" ET COMPAGNIE ?
AUJOURD'HUI, ON EST TOUS DEVENUS ROIS OU PRINCES DE QUELQUE CHOSE.
IL Y A DE QUOI ÊTRE FIER.
MOI, JE PENSE QU'ON LES MÉRITE, NOS MICHELADAS.

TU DISAIS QUE CE MORCEAU DE BOIS ÉTAIT PROBABLEMENT CONSCIENT... QU'IL POUVAIT PRENDRE LA FORME D'UNE ARME TERRIBLE.
JE DOUTE QU'ON LE TROUVE SUR LA PLAGE À FAIRE LA FÊTE...
QUAND AS-TU DIT QUE CE SOLEIL ÉTAIT APPARU ? PEU APRÈS QUE KO-MIR A DISPARU, SI JE NE M'ABUSE, HM ?
DIS-MOI, WICCAN, CHER CONFRÈRE AMATEUR DE RUSE ET DE MAGIE...
TU AS DÉJÀ ESSAYÉ DE LE REGARDER DIRECTEMENT ?
NE ME DIS PAS QU'IL VA FALLOIR QUE J'EXPLIQUE AU ROI DE JOTUNHEIM POURQUOI IL NE FAUT PAS REGARDER LE SOLEIL À L'ŒIL NU.
REGARDE LE SOLEIL, BILLY. REGARDE-LE AVEC TES YEUX DE SORCIER.
VOIS CE QUE LE FRAGMENT DE NAGLFAR Y A DISSIMULÉ.
QU'EST-CE QUE TU...?
OH, NON...
NON... PAS ÇA.
COMME TU DIS.
QUE SE PASSE-T-IL, BILLY ?
QU'EST-CE QUE TU VOIS ?

"C'EST LUI.
"C'EST KO-MIR."

C'EST TON MORCEAU DE **BOIS FLOTTÉ** QUI A FAIT ÇA ?
COMMENT EST-CE POSSIBLE ? CE SOLEIL EST COINCÉ LÀ-HAUT DEPUIS DES MILLÉNAIRES !
NAGLFAR EST UN BATEAU MAGIQUE QUE J'AI CONSTRUIT À L'AUBE DES TEMPS. IL S'EST ÉCRASÉ RÉCEMMENT CONTRE LE TRONC DE L'ARBRE-MONDE...
... UN POINT DANS L'UNIVERS OÙ CONVERGENT TOUS LES ROYAUMES, TOUTES LES DIMENSIONS ET TOUTES LES ÉPOQUES.
IL Y A DE FORTES CHANCES POUR QUE CE DÉBRIS AIT ATTERRI DANS UN COURANT DU FLUX TEMPOREL, SE SOIT LAISSÉ PORTER SOUS LE PRÉSENT ET SOIT RÉAPPARU PAR ICI, À L'ÉPOQUE EN QUESTION.
IL LUI AURA FALLU UN PETIT MOMENT POUR EN ARRIVER LÀ...
... MAIS IL A ENFIN COMPRIS.

KO-MIR ÉTAIT PERSUADÉ QUE SON DESTIN ÉTAIT DE MOURIR SOUS LES TIRS DE L'ARMÉE SKRULL, DÉPLOYÉE SPÉCIALEMENT POUR LE TUER.
EN PAIX AVEC SES ANCÊTRES, IL S'EN EST ALLÉ AFFRONTER SES ENNEMIS.
IL ÉTAIT PRÊT À MOURIR POUR SON MONDE, POUR SON PEUPLE. C'ÉTAIT CE GENRE DE HÉROS.
C'EST ALORS QUE NOUS SOMMES *TOMBÉS DU CIEL*.
UN DÉBRIS, AINSI QUE L'A DIT LOKI, BALLOTTÉ À TRAVERS LE TEMPS ET L'ESPACE.
LE HÉROS S'EN EST ALLÉ À NOTRE RENCONTRE, CRAIGNANT UN ASSAUT PRÉMATURÉ DE L'ENVAHISSEUR. MAIS CE QU'IL A TROUVÉ S'APPARENTAIT EN RÉALITÉ À UN DON DES DIEUX.
SANS POUVOIR SE L'EXPLIQUER, IL SAVAIT QUE CET ARTEFACT, ENTRE SES MAINS, POUVAIT ÊTRE TRANSFORMÉ... FAÇONNÉ EN L'OBJET DE SON DÉSIR.
PEUT-ÊTRE MÊME UN OBJET ASSEZ PUISSANT POUR REPOUSSER L'ARMÉE QUI LE MENAÇAIT. UNE *ARME*.

AINSI LE HÉROS NOUS A-T-IL TRANSFORMÉS EN BOMBE.
UN DESTRUCTEUR DE MONDE.
UN OBLITÉRATEUR PLANÉTAIRE.
PUIS, EN POSANT LES YEUX SUR CE QU'IL VENAIT DE CRÉER, IL FUT PRIS D'UNE INDICIBLE TERREUR.
KO-MIR N'ÉTAIT PAS BÊTE. IL SENTAIT LES ÉNERGIES QUI ÉMANAIENT DE NOUS. IL SAVAIT QUE SON ARME N'AMÈNERAIT RIEN DE BON.
AUSSI A-T-IL CHOISI DE NOUS ENTERRER LÀ OÙ PERSONNE NE POURRAIT SE SERVIR DE NOUS.
CE QUI, NATURELLEMENT, NOUS A PARU TRÈS INJUSTE. ALORS, NOUS AVONS DÉCIDÉ D'EXPLOSER SANS PLUS ATTENDRE.
IL A TENTÉ DE NOUS JETER AU-DELÀ DE SON MONDE...
... MAIS A VITE COMPRIS QU'IL NE NOUS AVAIT PAS LANCÉS SUFFISAMMENT LOIN. QUE NOUS NE REPRÉSENTIONS PAS MOINS UNE MENACE POUR TOUTE FORME DE VIE À LA SURFACE DE SA PLANÈTE.

À moins de RALENTIR notre détonation. À moins d'employer tout son pouvoir pour nous consolider.
Ce qui ne pouvait fonctionner que de L'INTÉRIEUR.
"Juste après la guerre... c'est ce que tu as dit, il me semble."
Le problème, avec la guerre, c'est que ça a tendance à distraire les peuples.
Je pense tout simplement qu'ils ne l'ont remarqué QU'APRÈS la bataille.
Ça fait des millénaires que Ko-Mir est piégé dans cette déflagration...
... MAINTENU EN VIE malgré SON AGONIE par les énergies qui flottent autour de lui et le traversent.
Il préserve cette planète pendant que ses semblables le maudissent.
Ça alors... je n'aimerais pas être à leur place, quand ils vont comprendre.

BON SANG... IL FAUT LE SORTIR DE LÀ. IL FAUT QU'ON AILLE LE SAUVER.
JE SAIS. MAIS... BILLY... ILS NE S'EN ***REMETTRONT PAS***.
LE PEUPLE S'EST RECONSTRUIT. IL A GUÉRI... S'IL PERD SON SOLEIL, IL PERD L'ESPOIR.
HÉLAS, LA VÉRITÉ A CETTE FÂCHEUSE TENDANCE À TOMBER COMME UN SEAU D'EAU GLACÉE SUR CES PETITES CHOSES COMME L'ESPOIR.
TU VOIS, JE SAVAIS QUE ÇA VOUS ENNUIERAIT. C'EST POUR ÇA QUE JE VOULAIS VOUS OFFRIR DES MICHELADAS... ÇA AURAIT AU MOINS AIDÉ À FAIRE PASSER LA PILULE.
IL DOIT Y AVOIR UN MOYEN DE LE SORTIR DE LÀ SANS LE TUER. SANS PRIVER CE MONDE DE SON SOLEIL.
AIDE-NOUS, LOKI.
PUISQUE TU INSISTES...
MAIS JE PROPOSE QUE L'ON FASSE VITE...
"... JE PENSE QUE NOTRE AMI KO-MIR A SUFFISAMMENT SOUFFERT."

LE PALAIS DE L'EMPEREUR HULKLING.
L'ESPACE KREE/SKRULL.
BILLY...
BILLY TU DEVRAIS TE METTRE AU LIT.
VA CAJOLER TON ROI.
NON, JE... JE NE PEUX PAS.
ON A DEMANDÉ DE L'AIDE À MISTER FANTASTIC, À LA SORCIÈRE ROUGE... PERSONNE N'A DE SOLUTION POUR NOUS.
JE NE SUPPORTE PAS DE LE SAVOIR LÀ-HAUT.
MAIS JE NE SAIS PAS SI ON PEUT LES SAUVER LUI ET LE SOLEIL.
NON. DE TOUTE ÉVIDENCE.
ÇA N'AURAIT PAS ÉTÉ POSSIBLE.

QUE... QU'EST-CE QUE TU AS FAIT ?
JE VOUS AIME, LES GARÇONS. VOUS LE SAVEZ, J'ESPÈRE.
JE SAVAIS QUE VOUS N'ACCEPTERIEZ PAS DE VOUS EN RENDRE **COMPLICES**...
IL EST MORT.
TOUT EST RÉGLÉ.
HRNN !
QU'EST-CE QUE TU AS FAIT ?!
IL AURAIT DÛ MOURIR IL Y A DES MILLÉNAIRES DANS LA BATAILLE QUI A EMPORTÉ LA MOITIÉ DE SA PLANÈTE.
AU LIEU DE ÇA, IL A ASSISTÉ AU MASSACRE DES SIENS TOUT EN SOUFFRANT COMME UN DAMNÉ.
C'EST TERMINÉ.
TU L'AS **TUÉ**... TU VAS SEMER LE CHAOS SUR KAVA !

IL ÉTAIT SOULAGÉ, SI ÇA PEUT TE RASSURER.
"JE LUI AI EXPLIQUÉ CE QUE J'ALLAIS LUI FAIRE...
"JE LUI AI DIT QUE J'ALLAIS LUI PRENDRE DES MAINS L'ARME QU'IL AVAIT CONFECTIONNÉE.
"SI TU AVAIS VU SON REGARD...
"IL ÉTAIT HEUREUX D'APPRENDRE QUE SA VEILLE, ENFIN, S'ACHEVAIT. QUE SA TÂCHE ÉTAIT ACCOMPLIE."

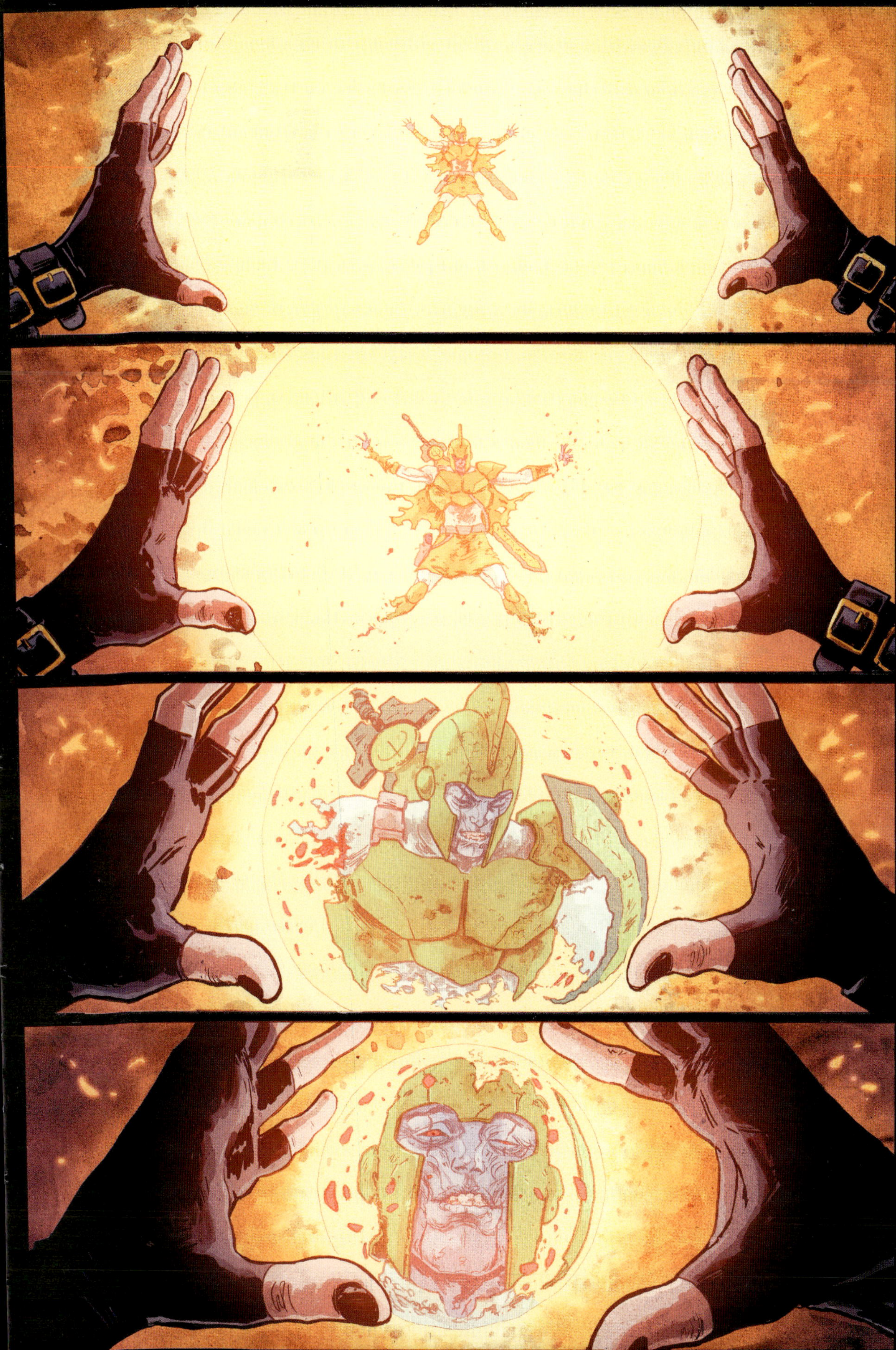

QU'EST-CE QUE TU AURAIS FAIT DE PLUS, BILLY ?
IL N'EXISTAIT AUCUN MOYEN DE LE SAUVER.
CE SOLEIL ÉTAIT UN MENSONGE.
DIS À KAVA CE QUI S'EST PASSÉ. EXPLIQUE À TES SUJETS POURQUOI LEUR MONDE DOIT REBASCULER DANS LE FROID.
ILS RISQUENT D'EN SOUFFRIR.
DE S'EFFONDRER UNE FOIS ENCORE.
IL EST MÊME PROBABLE QU'ILS VOUS AIMENT UN PEU MOINS, TEDDY ET TOI, APRÈS QUE VOUS LEUR AUREZ DIT LA VÉRITÉ...
... MAIS ILS POURRONT REBÂTIR LEUR SOCIÉTÉ SUR LES FONDATIONS DE LA *VÉRITÉ*.
VA AU DIABLE, LOKI.
DEPUIS QUAND AS-TU LA MOINDRE NOTION DE *VÉRITÉ* ?

JE SUPPOSE QUE ÇA AURAIT PU MIEUX SE PASSER...
MAIS, AU MOINS, ON VA POUVOIR TE REMETTRE À TA PLACE.
NOUS FRÉMISSONS.
NOUS BOUILLONNONS À LA SIMPLE MENTION DU MOT "VÉRITÉ" DANS LA BOUCHE DE LOKI.
LOKI, QUI PARE SES GESTES DU MASQUE DE LA NOBLESSE... QUAND IL ÉTAIT TOUT À FAIT DISPOSÉ À NOUS ABANDONNER À LA RUINE, À L'OUBLI, DEPUIS L'AUBE DES TEMPS JUSQU'À LEUR CRÉPUSCULE.
LOKI, QUI S'EST ENTOURÉ D'AMIS CAPABLES DE L'INVITER À COUCHER DANS LEUR PALAIS ALORS QU'ILS SAVENT QUE SA PLUS GRANDE VERTU EST SA TENDANCE À LA TRAHISON.
NOUS AVONS AIMÉ SEMER LA DISCORDE. NOUS AVONS AIMÉ PROVOQUER ET TOURMENTER.
MAIS À PRÉSENT, LES ÂMES DE NAGLFAR, MAL-AIMÉS DU VIEUX NORD, BOUILLONNENT.
ET LOKI, BIENTÔT, ÉPROUVERA NOTRE COLÈRE.
OÙ DONC, À PRÉSENT, A ATTERRI LE DERNIER MORCEAU ?
OH. JE VOIS. POURQUOI FAUT-IL TOUJOURS QUE CE SOIT MIDGARD ?

MIDGARD. OUI.
ENTRE LES MAINS DE CE DÉLICIEUX JEUNE HOMME QU'EST MICK MULLIGAN, DIT LE *PUANT*.
M. MULLIGAN AUSSI A TRANSFORMÉ SON ÉCLAT EN ARME. IL ESSAYE DE LE *VENDRE* DEPUIS.
LE SEUL PROBLÈME, C'EST QUE CHAQUE FOIS QU'IL L'A MONTRÉ À QUELQU'UN, SON ACHETEUR S'EST MIS À SAIGNER DES YEUX ET À *CRIER*.
MAIS LE PUANT EST UN HOMME TENACE...

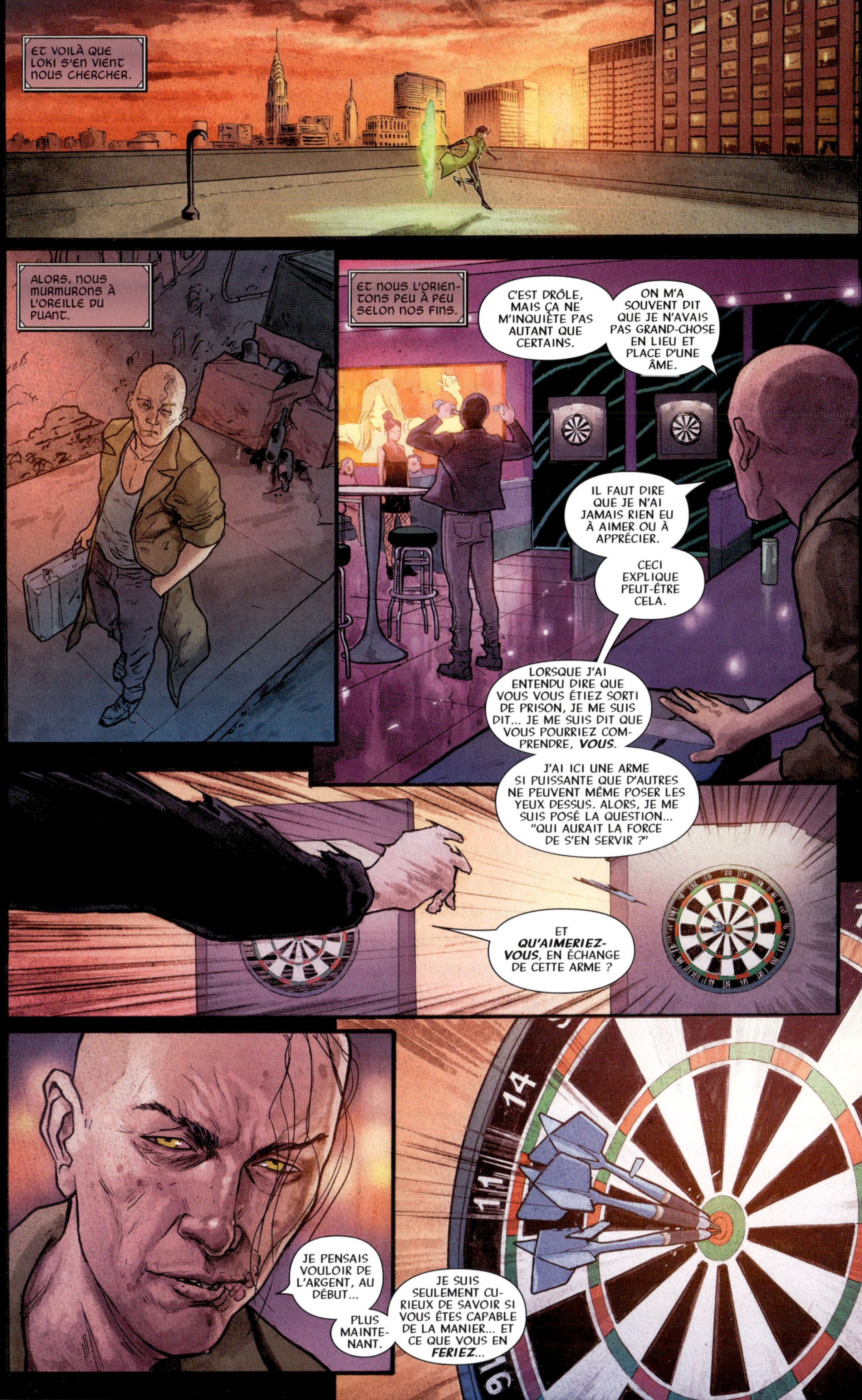
ET VOILÀ QUE LOKI S'EN VIENT NOUS CHERCHER.
ALORS, NOUS MURMURONS À L'OREILLE DU PUANT.
ET NOUS L'ORIENTONS PEU À PEU SELON NOS FINS.
C'EST DRÔLE, MAIS ÇA NE M'INQUIÈTE PAS AUTANT QUE CERTAINS.
ON M'A SOUVENT DIT QUE JE N'AVAIS PAS GRAND-CHOSE EN LIEU ET PLACE D'UNE ÂME.
IL FAUT DIRE QUE JE N'AI JAMAIS RIEN EU À AIMER OU À APPRÉCIER.
CECI EXPLIQUE PEUT-ÊTRE CELA.
LORSQUE J'AI ENTENDU DIRE QUE VOUS VOUS ÉTIEZ SORTI DE PRISON, JE ME SUIS DIT... JE ME SUIS DIT QUE VOUS POURRIEZ COMPRENDRE, ***VOUS***.
J'AI ICI UNE ARME SI PUISSANTE QUE D'AUTRES NE PEUVENT MÊME POSER LES YEUX DESSUS. ALORS, JE ME SUIS POSÉ LA QUESTION... "QUI AURAIT LA FORCE DE S'EN SERVIR ?"
ET ***QU'AIMERIEZ-VOUS***, EN ÉCHANGE DE CETTE ARME ?
JE PENSAIS VOULOIR DE L'ARGENT, AU DÉBUT...
PLUS MAINTENANT.
JE SUIS SEULEMENT CURIEUX DE SAVOIR SI VOUS ÊTES CAPABLE DE LA MANIER... ET CE QUE VOUS EN ***FERIEZ***...

... M. BULLSEYE.

ET JE PEUX SAVOIR CE QUE JE SUIS CENSÉ FAIRE DE ÇA, AU JUSTE ?
LA VÉRITÉ
EH BIEN, LE LIRE, BIEN SÛR.
IL CONTIENT DES VÉRITÉS. LES VÉRITÉS QUE LES GENS PRÉFÈRENT NE PAS SAVOIR.
CELLES QUI LES RENDENT MALADES... QUI LES FONT SAIGNER.
DES VÉRITÉS QUI POURRAIENT BIEN LEUR DÉCHIRER LE CŒUR, SI J'AI BIEN COMPRIS.
HMM.
QU'Y A-T-IL ?
QU'EST-CE QU'IL VOUS DIT ?
OUI, M. BULLSEYE... QUE PENSEZ-VOUS DE NOUS ?
IL... IL...

IL ME DIT QUE LE MONDE VA BIENTÔT PASSER UN SALE QUART D'HEURE.
HAHA HA HAHA!
HRMM.
POURQUOI J'AI L'IMPRESSION QUE CETTE HISTOIRE VA FINIR EN *CACAHUÈTES*, ENCORE ?

LE MENTEUR (4)

Loki (2023) 4

Couverture : **DUSTIN NGUYEN**

IL Y A DES GENS, DANS CETTE VILLE, QUI PORTENT DE DRÔLES DE COSTUMES POUR PERPÉTRER DE DRÔLES DE CRIMES.
PUIS, IL Y A CEUX QUI NE SE CACHENT PAS.
TOM WILLARD APPARTIENT À LA DEUXIÈME CATÉGORIE. MAIS IL A ŒUVRÉ TOUTE UNE PARTIE DE SA VIE D'ADULTE POUR LA PREMIÈRE.
IL A BRAQUÉ DES BANQUES, AIDÉ À ÉRIGER DES PIÈGES MORTELS, MÊME FAILLI SURPRENDRE DAREDEVIL AVEC UN PIED-DE-BICHE POUR LES COMPTES DU CAÏD ET BULLSEYE.
APRÈS QUOI, AVANT QUE LA POLICE NE LEUR TOMBE DESSUS... IL A ESSAYÉ DE DISCUTER AVEC BULLSEYE. IL LUI A DEMANDÉ S'IL AVAIT DES ENFANTS.
TOM WILLARD EN A DEUX, LUI. C'EST POUR EUX QU'IL FAIT TOUT ÇA. POUR LES NOURRIR. IL EST PRÊT À VENDRE SA LIBERTÉ... SA VIE... POUR LEUR OFFRIR L'AVENIR AUQUEL IL N'A JAMAIS EU DROIT.
BULLSEYE N'A JAMAIS OUBLIÉ CETTE CONVERSATION. IL N'A JAMAIS OUBLIÉ CET HOMME DE MAIN QUI AVAIT OSÉ LUI POSER DES QUESTIONS PERSONNELLES, LUI SOURIRE COMME S'ILS ÉTAIENT AMIS.
C'EST CETTE MÊME CONVERSATION QUI L'A INCITÉ À RETROUVER CET HOMME, À LUI LIRE QUELQUES PAGES DE NOTRE VOLUME.
LA VÉRITÉ
NOUS SOMMES LE LIVRE DE LA VÉRITÉ... LA DERNIÈRE ET LA PLUS EFFROYABLE DES ARMES QUI SOIENT SORTIES DES FORGES DE NAGLFAR, LE NAVIRE MAUDIT.
CAR NOUS SAVONS TOUT DE VOUS. DE VOUS TOUS.

C'EST DE NOUS QUE TOM WILLARD TIENT SA VÉRITÉ. QU'IL A DÉCOUVERT QU'IL SAVAIT, AU FOND DE LUI, QU'IL NE CRÉAIT PAS UN MONDE MEILLEUR POUR SES DEUX ENFANTS...
... QU'IL SE MENTAIT À LUI-MÊME, S'IL PENSAIT SUBVENIR À LEURS BESOINS EN ALLANT CHERCHER LES FRISSONS, LA GLOIRE ET LES MERVEILLES D'UN MONDE QUI EN REGORGE.
EN DONNANT À CES GENS LE POUVOIR DE RENDRE LE MONDE TOUJOURS UN PEU PLUS DANGEREUX. LE POUVOIR D'EFFRAYER SES ENFANTS.
HIGH EXPLOSIVES DANGEROUS
DES GENS COMME SON CHEF ACTUEL... UN SUPER-CRIMINEL EN DEVENIR, CONNU SOUS LE NOM DE MARQUIS DU PÉCHÉ.
SI TOM SE VOILAIT LA FACE, C'EST PARCE QUE LA VÉRITÉ LE DÉRANGEAIT.
À PRÉSENT QU'IL L'A REGARDÉE EN FACE, IL SE SENT MIEUX.

BULLSEYE ATTEND QUE LES COUPS DE FEU SE TAISENT AVANT D'ENTRER.
TOM ÉTAIT MAUVAIS TIREUR. PARMI LES BLESSÉS, BEAUCOUP SOUFFRENT ENCORE.
BULLSEYE POURRAIT LES ACHEVER D'UN SIMPLE GESTE... MAIS IL PRÉFÈRE CHERCHER *LEUR PAGE* ET LEUR LIRE LES VÉRITÉS QU'ILS PRÉFÉRAIENT SE CACHER.
PEUT-ÊTRE VAUT-IL MIEUX VOUS ÉPARGNER LE RÉCIT DES PLUS GRANDS REGRETS QU'ENTRETIENNENT CES HOMMES QUI, VOLONTIERS, SE RANGENT SOUS LA BANNIÈRE D'UN PERSONNAGE COMME CE MARQUIS DU PÉCHÉ.
CONTENTEZ-VOUS DE NOUS CROIRE, ALORS, QUAND NOUS VOUS CONFIONS QUE LES DÉSIRS ET LES PRATIQUES QUI SONT DÉCRITS ICI, CE SOIR, SONT SOMBRES ET TERRIBLES AU-DELÀ DU RAISONNABLE.
BIENTÔT, C'EST TOUTE LA CACHETTE QUI TREMBLE AU SON DES HURLEMENTS.
NOUS SOMMES LES ÂMES DAMNÉES DE NAGLFAR, ET NOUS CONNAISSONS L'ENFER. OR, CE SOIR, CE QUI SE PASSE ENTRE CES MURS Y RESSEMBLE ÉTRANGEMENT.
HIGH EXPLOSI DANGEROU
LA VÉRITÉ
ET BULLSEYE DE SE DIRE À LUI-MÊME...
C'EST UN BON DÉBUT.

ALLEZ... C'EST TERMINÉ.
JE SAIS QUI TU ES. TU ES DANS LE LIVRE, TOI AUSSI.
CE N'EST PAS À TOI QUE JE PARLAIS. C'EST AU FRAGMENT DE NAGLFAR QUE TU TIENS DANS LES MAINS.
TOI, MIDGARDIEN, TU ES SANS IMPORTANCE.
TU NE L'AURAS PAS. CE LIVRE RENFERME LA VÉRITÉ. UNE VÉRITÉ PERSONNELLE, CAPABLE DE DÉTRUIRE N'IMPORTE QUI EN QUELQUES MOTS.
JE N'AVAIS JAMAIS RIEN VU D'AUSSI PRÉCIS. D'AUSSI BEAU.
ET JE CROIS QU'IL EST TEMPS POUR TOI D'ENTENDRE TA VÉRITÉ, LOKI.

DEPUIS TOUJOURS, TU CHERCHES À DEVENIR CE QUE TU N'ES PAS. CES DERNIERS TEMPS, TU TE DIS ***DIEU DES HISTOIRES***.
POURTANT, TOUT RÉCEMMENT, TU ES ALLÉ EN NIDAVELLIR, ROYAUME DES NAINS...
"... TU AS ÉTÉ FAIT PRISONNIER... TU ES D'AILLEURS ***RESTÉ*** PRISONNIER, ALORS MÊME QUE TU AURAIS PU TE DÉLIVRER À TOUT MOMENT.
"AVEC TA LANGUE DE SERPENT, TU AS ENCOURAGÉ LES CHOSES À SUIVRE LA VOIE QUI T'ARRANGEAIT, ET ELLES SE SONT ACHEVÉES DANS LE FEU ET LE SANG.
"TU AURAIS PU TE MONTRER PLUS CLÉMENT. MAIS LA CLÉMENCE NE ***T'INTÉRESSE PAS***. LA ***FACILITÉ***, SI.
"EN CE MOMENT MÊME, EN NIDAVELLIR, ON INVENTE DE NOUVELLES LANGUES POUR TE MAUDIRE, ON FORGE DE NOUVELLES ARMES BAPTISÉES '***LA TUEUSE DE LOKI***' OU ENCORE '***LE BROYEUR DE TRAÎTRES***'.
"ILS ONT COMPRIS UN PEU TARD CE QUE TU LEUR AS FAIT.
"TU ÉTAIS TEL UN ENFANT QUI ARRACHE LEURS AILES AUX MOUCHES... ET À QUELLE FIN ?"
POUR ***LAISSER*** LES CHOSES SE FAIRE ? POUR DONNER DES ***LEÇONS***, EN BON DIEU DES HISTOIRES ?
LES HISTOIRES SONT DES CHOSES CRUELLES. UN AUTRE GENRE D'IMPOSTURE.
TU ES ET TU SERAS TOUJOURS LE DIEU DES ***MENSONGES***.

JE CROIS QUE CET HOMME VIENT DE POUSSER SON DERNIER SOUPIR.
À SA PLACE, JE SERAIS GÊNÉ DE MOURIR DANS UNE TENUE PAREILLE.
DYNA
WARNING EXPLO
TU N'AS PAS ÉCOUTÉ CE QUE JE VIENS DE DIRE ?
JE SAIS CE QUE JE SUIS. JE L'AI TOUJOURS SU.
C'EST DRÔLE... LE LIVRE NE TE FAIT VRAIMENT RIEN ?
QUELLE TRISTESSE.
BREF. RENDS-LE-MOI.
IL EST À MOI.
JE TE L'AI DÉJÀ DEMANDÉ DEUX FOIS. TU NE VAS PAS APPRÉCIER CE QUI VA SE PASSER, SI TU M'OBLIGES À ME RÉPÉTER.
L'HOMME QUI ME L'A DONNÉ N'ÉTAIT PAS AFFECTÉ NON PLUS.
JUSQU'À CE QUE J'EN ARRACHE UNE OU DEUX PAGES ET QUE J'EN FASSE CECI.
LA VÉRITÉ EST SI LOURDE... SI TRANCHANTE.
LE PREMIER A TRAVERSÉ SON TORSE.

EN CAS DE DOUTE, ON PEUT ***TOUJOURS*** SE FIER AUX ANCIENNES MÉTHODES.
HMM.
ÉVIDEMMENT.

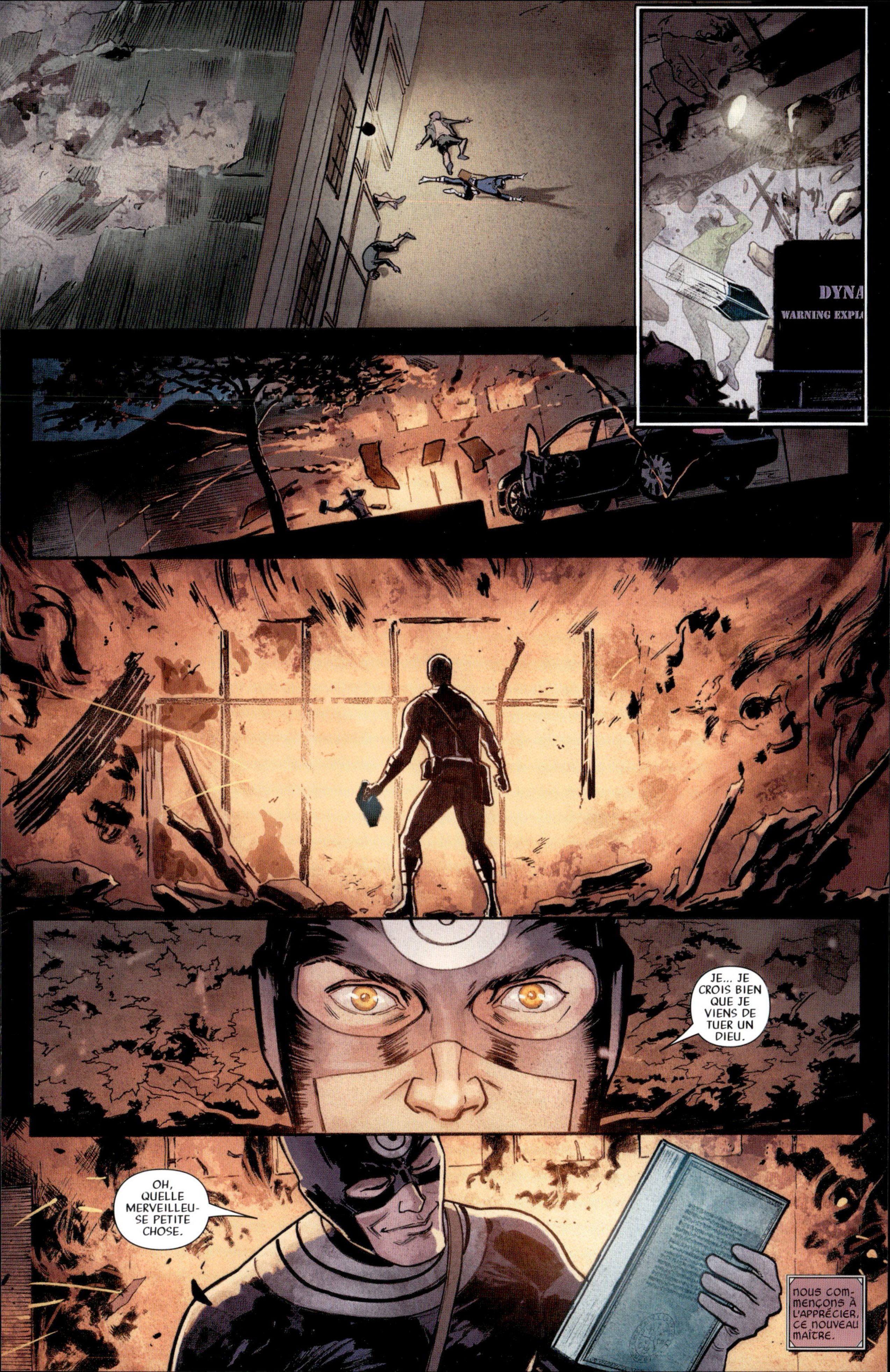
DYNA
WARNING EXPLO
JE... JE CROIS BIEN QUE JE VIENS DE TUER UN DIEU.
OH, QUELLE MERVEILLEU-SE PETITE CHOSE.
NOUS COM-MENÇONS À L'APPRÉCIER, CE NOUVEAU MAÎTRE.

IL A DE L'IMAGINATION.
QUAND UN VIEIL ADVERSAIRE REFAIT SURFACE, DANS L'ESPOIR DE NOUS ARRÊTER, IL CONSIDÈRE QUE LES VÉRITÉS UNIVERSELLES, LES VÉRITÉS LES PLUS AFFREUSES, PEUVENT SE RÉVÉLER AVEUGLANTES.
BULLSEYE, MON VIEUX, IL FAUDRAIT QU'ON ARRÊTE DE SE VOIR DANS CES CONDITIONS.
HMMF ?!
ELLES PEUVENT FAIRE TOMBER LES MASQUES.
PARALYSER... VOIRE RENDRE SES VICTIMES PARTICULIÈREMENT MALLÉABLES.
ARRÊTE-TOI.
BONJOUR, PETIT INSECTE.

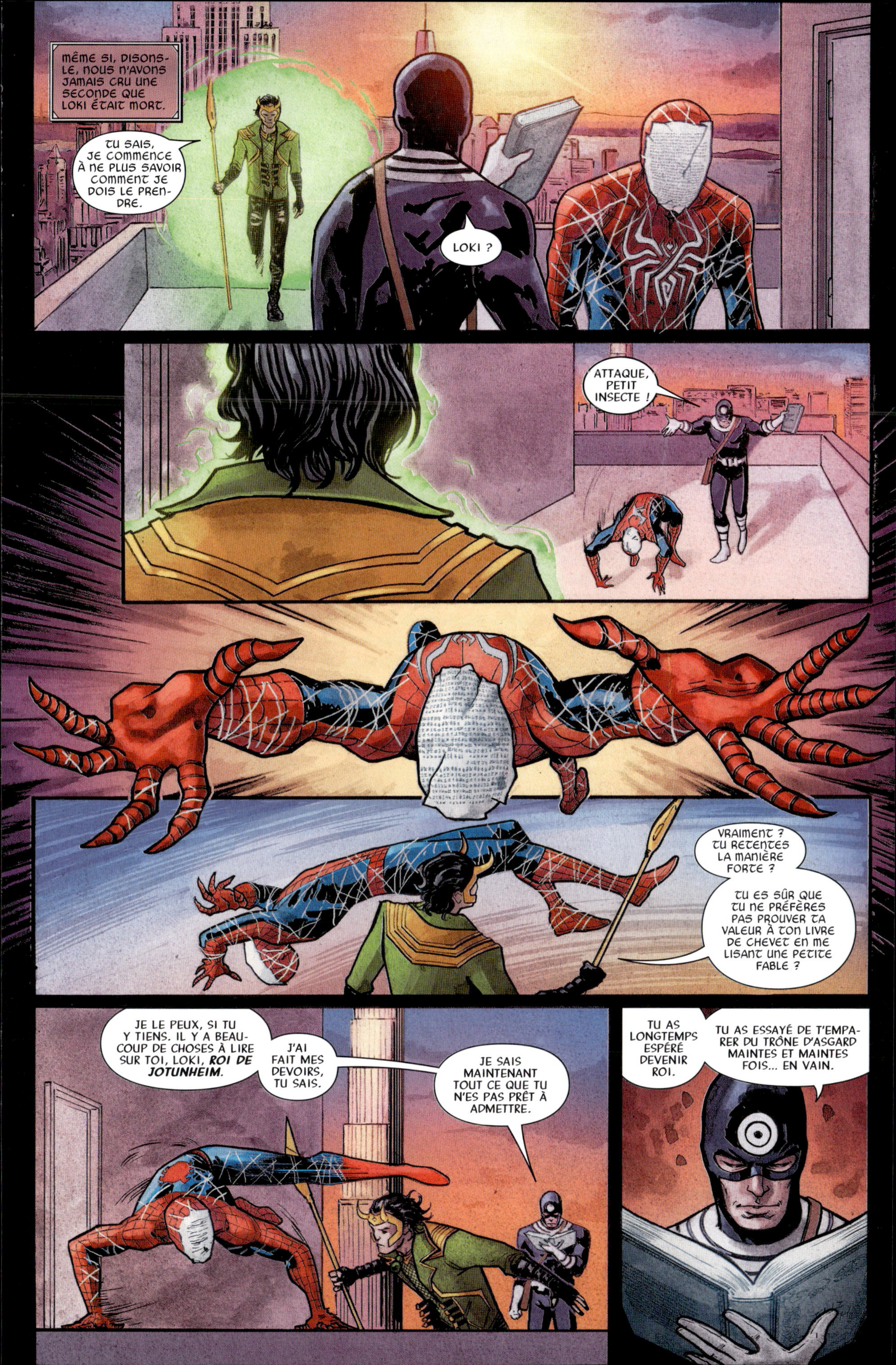
MÊME SI, DISONS-LE, NOUS N'AVONS JAMAIS CRU UNE SECONDE QUE LOKI ÉTAIT MORT.
TU SAIS, JE COMMENCE À NE PLUS SAVOIR COMMENT JE DOIS LE PRENDRE.
LOKI ?
ATTAQUE, PETIT INSECTE !
VRAIMENT ? TU RETENTES LA MANIÈRE FORTE ?
TU ES SÛR QUE TU NE PRÉFÈRES PAS PROUVER TA VALEUR À TON LIVRE DE CHEVET EN ME LISANT UNE PETITE FABLE ?
JE LE PEUX, SI TU Y TIENS. IL Y A BEAUCOUP DE CHOSES À LIRE SUR TOI, LOKI, ROI DE JOTUNHEIM.
J'AI FAIT MES DEVOIRS, TU SAIS.
JE SAIS MAINTENANT TOUT CE QUE TU N'ES PAS PRÊT À ADMETTRE.
TU AS LONGTEMPS ESPÉRÉ DEVENIR ROI.
TU AS ESSAYÉ DE T'EMPARER DU TRÔNE D'ASGARD MAINTES ET MAINTES FOIS… EN VAIN.

PUIS, ON T'A ATTRIBUÉ LA COURONNE DE JOTUNHEIM, TERRE DE CEUX QUI T'ONT VU NAÎTRE.
DEPUIS TA PRISE DE POUVOIR, RANCŒUR, DISSENTIMENT ET COLÈRE SONT MONNAIE COURANTE, AU ROYAUME... PLUS ENCORE QU'AVANT.
"DERNIÈREMENT, TU ES ALLÉ RENDRE VISITE À TON AMI HULKLING, EMPEREUR DES PEUPLES KREE ET SKRULL.
"ET APRÈS T'ÊTRE INSTALLÉ DANS SON PALAIS, TU L'AS REMERCIÉ POUR SON HOSPITALITÉ EN EMPORTANT LE SOLEIL DE L'UNE DE SES PLANÈTES.
"LE VOILÀ DÉSORMAIS CONSACRÉ AU RÉCONFORT DE SES SUJETS, QUI NE PENSENT PLUS QU'À UNE CHOSE : RÉDUIRE LEURS MAISONS EN CENDRES.
"LÀ ENCORE, IL Y AVAIT D'AUTRES SOLUTIONS...
"... MAIS TU T'ES BIEN GARDÉ DE LES CHERCHER.
"TU NE PEUX, À L'IMAGE DE L'EMPEREUR HULKLING, FAIRE PASSER LES BESOINS DES AUTRES AVANT LES TIENS."
ET ALORS QU'IL S'EFFORCE DE CALMER LA PANIQUE D'UNE PLANÈTE EN PLEIN REFROIDISSEMENT, UNE PLANÈTE AU BORD DE LA RÉVOLTE, IL TE MAUDIT À VOIX BASSE.
ILS FINIRONT PAR SE CALMER. PUIS, ILS TE DESTINERONT LA COLÈRE QU'ILS VOUAIENT À UN AUTRE.
ILS BRÛLERONT TON EFFIGIE, LES JOURS DE FÊTE...

... ET HULKLING, QUI EST CE QUE TU AS DE PLUS PROCHE D'UN AMI, LES LAISSERA FAIRE.
TU N'ES PAS UN ROI, LOKI. TU NE L'AS JAMAIS ÉTÉ ET TU NE LE SERAS JAMAIS.
JE DOIS ADMETTRE QUE LES DEVOIRS DE LA COURONNE SE SONT AVÉRÉS PLUS FADES QUE JE NE L'ESPÉRAIS.
LE LIVRE. MAINTENANT.
SAUTE, PETIT INSECTE. ET NE TE RATTRAPE PAS.
HMPF. C'EST UN AVENGER, LUI, NON ?
THOR VA M'EN VOULOIR, S'IL S'ÉCRASE SUR LE TROTTOIR.

OTIDIEN
QUE... QUOI ?
OÙ EST-CE QUE...? LOKI ?
OUI. JE T'AI SAUVÉ LA VIE.
TU TE RAPPELLES...?
TU VIENS D'ESSAYER DE ME JETER D'UN TOIT ?!
OH, POUR L'AMOUR DU CIEL...
IL EST LOIN D'ÊTRE FACILE DE FAIRE SOUFFRIR UN ÊTRE COMME LOKI.

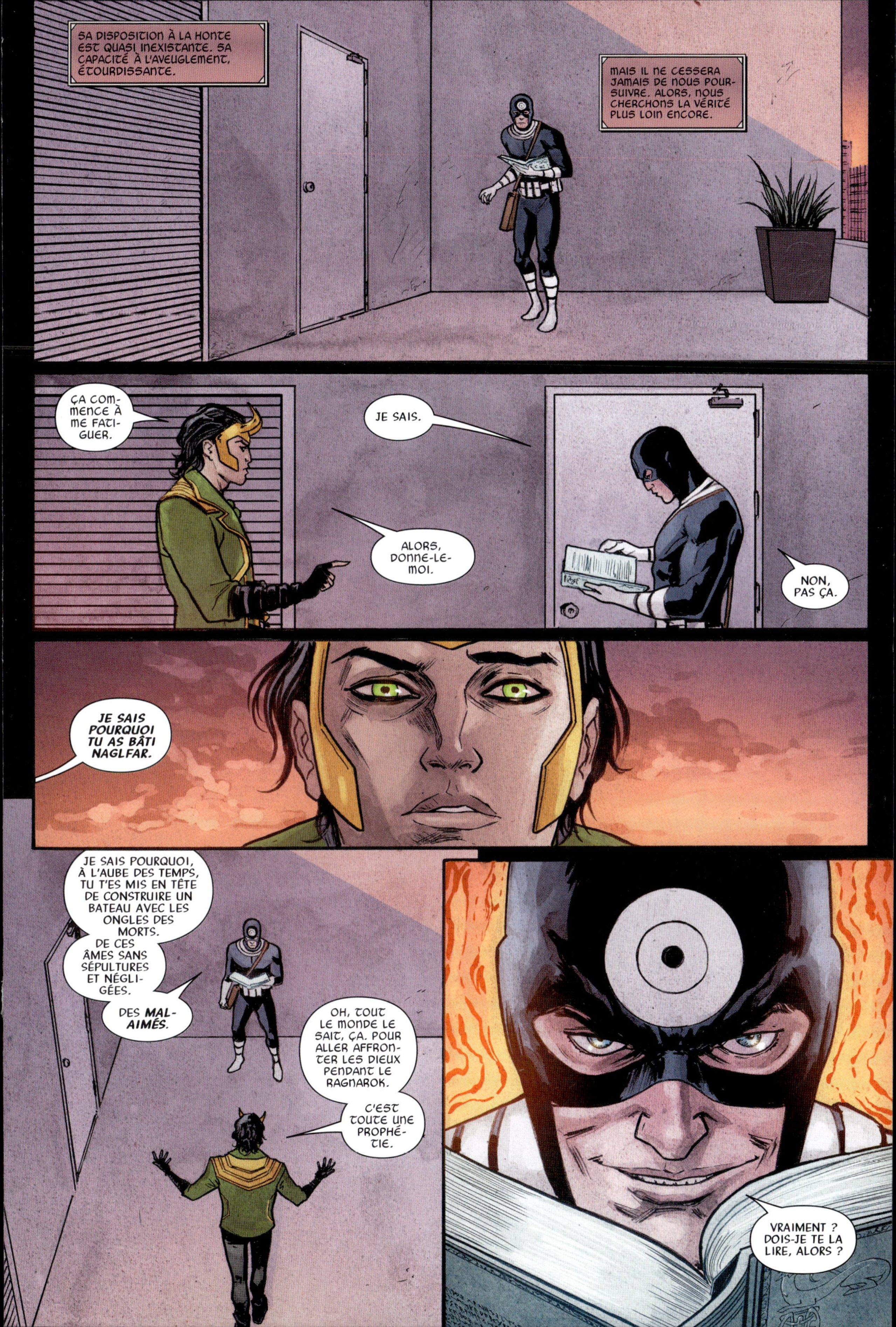

SA DISPOSITION À LA HONTE EST QUASI INEXISTANTE. SA CAPACITÉ À L'AVEUGLEMENT, ÉTOURDISSANTE.
MAIS IL NE CESSERA JAMAIS DE NOUS POURSUIVRE. ALORS, NOUS CHERCHONS LA VÉRITÉ PLUS LOIN ENCORE.
ÇA COMMENCE À ME FATIGUER.
JE SAIS.
ALORS, DONNE-LE-MOI.
NON, PAS ÇA.
JE SAIS POURQUOI TU AS BÂTI NAGLFAR.
JE SAIS POURQUOI, À L'AUBE DES TEMPS, TU T'ES MIS EN TÊTE DE CONSTRUIRE UN BATEAU AVEC LES ONGLES DES MORTS.
DE CES ÂMES SANS SÉPULTURES ET NÉGLIGÉES.
DES MAL-AIMÉS.
OH, TOUT LE MONDE LE SAIT, ÇA. POUR ALLER AFFRONTER LES DIEUX PENDANT LE RAGNAROK.
C'EST TOUTE UNE PROPHÉTIE.
VRAIMENT ? DOIS-JE TE LA LIRE, ALORS ?

NON.
ÇA SUFFIT.
UN HOMME CONTRE UN DIEU... ÇA FERA UNE SACRÉE HISTOIRE. MÊME SI C'EST UN DIEU FOURBE ET...
HNH !
IL EST SI RARE QUE LOKI SE RÉSOLVE À SE SALIR LES MAINS.
POURTANT, LE SANG DES GÉANTS DES GLACES COULE DANS SES VEINES.
IL A MÊME APPRIS À SE BATTRE AUPRÈS DES MÊMES CHAMPIONS QUI ONT ENTRAÎNÉ THOR LUI-MÊME... ET EST PROTÉGÉ PAR TOUTES SORTES DE MAGIES NOIRES.

SEULEMENT, IL N'AIME PAS LE FAIRE.
C'EST DONC SIGNE QUE NOUS SOMMES PARVENUS À L'ATTEINDRE.
HA !
IL A GAGNÉ, N'EST-CE PAS ? LE LIVRE.
IL T'A FAIT DU MAL.

HA. IL A GAGNÉ...
OH, BULLSEYE...
LOKI M'A FAUSSÉ COMPAGNIE... HEU-REUSEMENT, IL M'A SUFFI DE SUIVRE LA LUMIÈRE VERTE POUR LE RETROUVER... ET LÀ, SURPRISE... JE TOMBE SUR TOI.
ALORS... ON EN ÉTAIT OÙ ?
JOTUNHEIM.
LE PALAIS DE LOKI.
ROI LOKI !
OÙ ÉTIEZ-VOUS ?

LE CLAN DES FROOM... ILS ONT ENFONCÉ NOS PORTES.
MAIS ILS N'ONT PAS ÉTÉ CAPABLES DE CHOISIR LEQUEL D'ENTRE EUX MONTERAIT SUR LE TRÔNE.
ALORS, QUAND ILS ONT COMMENCÉ À S'ENTRETUER, ILS ONT JUGÉ QU'IL ÉTAIT PLUS JUSTE... *EUH*...
ILS...
OH. OUI... JE VOIS.
MERCI, DRRF. CE SERA TOUT.
MAIS...
MAIS...

TU CROIS QUE JE NE SUIS PAS CAPABLE D'AVOUER POURQUOI JE T'AI CRÉÉ ?
JE SUIS LE DIEU DES HISTOIRES. JE SAIS CE QUE JE SUIS.
LES *MAL-AIMÉS*. LES *INDÉSIRÉS*. JE VOUS AI RECUEILLIS ET JE VOUS AI DONNÉ LE POUVOIR. JE VOUS AI RENDU UNE UTILITÉ... ET LA VIOLENCE.
VOUS ÉTIEZ MON CHEF-D'ŒUVRE. MAIS VOUS N'ÉTIEZ PAS UNE ARME.
JE VOUS AI FAÇONNÉS À MON IMAGE.
POUR VOIR EN VOUS MON REFLET.
VOUS ÉTIEZ UNE ŒUVRE *D'ART*.

ENFIN. PUISQUE VOUS AVEZ L'AIR D'Y TENIR, NOUS SERONS...
... LOKI LE MAUDIT.
LOKI LE MAL-AIMÉ.
LOKI LE MENTEUR.
FIN

Loki (2023) 1
Couverture variante : **STANLEY "ARTGERM" LAU**

Loki (2023) 1
Couverture variante : **TODD NAUCK**

Loki (2023) 1
Couverture variante : **JUNI BA**

Loki (2023) 1
Couverture variante : **FRANK MILLER**

Loki (2023) 2
Couverture variante : **AKA**

Loki (2023) 2
Couverture variante : **MATTEO LOLLI**

Loki (2023) 3

Couverture variante : **MIRKA ANDOLFO**

LES AUTEURS

Scénariste anglais, **Dan Watters** découvre sa vocation enfant en lisant *Wolverine* de Chris Claremont et Frank Miller, ainsi que l'adaptation de *Mort* de Terry Pratchett par Graham Higgins. Il perce sur le marché des comics en 2016 avec une mini-série intitulée *Limbo*, dessinée par Caspar Wijngaard. Dans le même temps, il travaille sur des comics tirés de jeux vidéo comme *Dark Souls*, *Wolfenstein* ou encore *Assassin's Creed: Uprising*. Il écrit aussi *The Shadow* pour Dynamite. Puis, on le retrouve sur deux séries dérivées de *Sandman* de Neil Gaiman pour DC : *Lucifer* et *House of Whispers*. Il multiplie également les épisodes et histoires courtes sur des titres aussi variés que *Batman Secret Files*, *New Year's Evil*, *Superman: Red and Blue*, *Batman: Urban Legends* et *Secrets of the Sinister House*. En parallèle, Dan Watters réalise aussi bien des créations indépendantes comme *Coffin Bound* et *Home Sick Pilots* que des mini-séries comme *Arkham City: The Order of the World* et *Sword of Azrael*. En 2022, il se retrouve en charge des comics de *Cowboy Bebop* et de l'adaptation officielle du film culte de Nicholas Roeg, *L'homme qui venait d'ailleurs*. Il prépare actuellement une nouvelle série pour Image intitulée *The Six Fingers* tout en livrant des histoires pour *Doctor Who*, *Judge Dredd* et *Detective Comics*. *Loki* est son premier projet pour Marvel.

Originaire d'Argentine, **Germán Peralta** débute en tant qu'assistant du dessinateur Eduardo Risso, connu pour *100 Bullets* et *Flashpoint: Batman Knight of Vengeance*. Depuis 2014, Peralta travaille pour la Maison des Idées, notamment sur la mini-série *Axis: Carnage*. Il dessine également de nombreuses séries parmi lesquelles *Agents of S.H.I.E.L.D.*, *Totally Awesome Hulk*, *Man-Thing*, *Moon Knight*, *Thanos* et *Cable*. Il illustre des épisodes de *Green Lanterns*, *Suicide Squad* et *Green Arrow* pour DC, avant de retrouver Marvel avec *Age of X-Man: Prisoner X* et *Strikeforce*. Associé au scénariste Peter David, Peralta enchaîne plusieurs mini-séries consacrées au Hulk tyrannique du futur : *Maestro*, *Maestro: War and Pax* et *Maestro: World War M*. Récemment, il a mis en images la série *Black Panther* et la mini-série *Loki*.